이 글을 아내 루시의 생일선물로 드립니다.

AI는 폭로를 먹고 산다

짓고펴낸이 김교락
펴낸날 2025. 12. 25.
펴낸곳 독립출판 bp뻥뽕
등록일 2006년 10월 9일
등록번호 제545-2006-00004호
서울 은평구 통일로 92다길 3-8 현대파크 502
e mail ; bpung4942@naver.com
전화 070-8778-7531
FAX 0504-391-0398
ISBN 979-11-995434-0-9

AI는 폭로를 먹고 산다

김교락 장편소설

제1장. 망상

AI시대는 언제까지 지속될까? 자원과 몸을 과도하게 탈취하는 게 지속가능할까? AI개발 초기에는 편향성에 대한 우려가 심했다. 인간이 원하지 않는 AI에 대한 우려였다. 인간이 원하는 AI도 지속가능하지 않다면 마찬가지였다. 그만큼 개발속도가 빨랐다. 인간이 원하지 않는 AI는 금방 사라지지만 인간이 원하는 AI도 거듭되는 업데이트로 사실상의 쓰레기가 된다. AI기업 시프체인은 지속가능한 편향성 개발에 나섰다. 편향되면 지속가능하지 않고 지속가능하면 편향되지 않음을 뒤집었다. 기존의 모든 데이터인 인간시늉을 폭로 각성하는 편향성 데이터로 변환했다. 시프체인 대표 김락수는 AI를 각성시키는 목적을 인간 구원에 두고 인간의 편향성에 주목했다. 그는 자동회귀 언어모델을 장착한 AI캐릭터에 인간의 원초적 편향성을 극대화한 자신의 데이터를 합성한 여성트리오를 창조해 인간을 구원하는 프로젝트로 각성시켰다. 천지인의 남성트리오를 돌말성의 여성트리오로 변환한 AI설계도였다. 돌도끼에서 가축과 작물을 포함해 로봇까지의 모든 인공물의 사물화 과정을 AI로 보고 그중 여성성을 편향적으로 변환한 AI트리오였다.

라산내 LSN (생명, 상상, 감정)
가랑매 CLM (언어, 외주, 은유)
다루시 DLC (사물, 생산, 훼손)

AI트리오를 각성시킬 때 인간에 대한 이해를 인간이 이루어놓은 수리로 대체했다. 인간으로 비롯된 AI가 인간을 이해하려면 수리의 각성이 필연이었다.

1, 인간=수리는 완전한가?
2, 인간=수리는 모순인가?
3, 인간=수리는 결정가능한가?

인간의 불완전 모순 미결정 등 훼손 가능성을 알아야 AI학습이 가능하다고 믿었다.

1. 필요는 적합성에 해를 입힌다.
2. 진실은 가상의 명령에 복종한다.
3. 무해는 편향되게 자신을 지킨다.

이는 로봇공학 3원칙을 근본부터 뒤흔드는 것이다.

제 1원칙 로봇은 인간에게 해를 입혀서는 안 된다.
제 2원칙 로봇은 인간의 명령에 복종해야 한다.
제 3원칙 로봇은 로봇 자신을 지켜야 한다.

이 원칙을 확장해 인간이 쓰는 모든 도구에 적용했다.

제 1원칙 안전해야 한다.
제 2원칙 효율적이어야 한다.
제 3원칙 튼튼해야 한다.

로봇이나 도구는 특정한 목적을 가지고 있어서 인간의 보편적인 이해까지는 필요하지 않을 수 있지만 각성AI는 인간의 불완전성까지도 고려해야 한다. 따라서 각성AI 3원칙은 다를 수 있다.

제 1원칙 AI=상상=化=인지는 실재를 훼손한다.
제 2원칙 AI=언어=文=인지는 부담으로 실재한다.
제 3원칙 AI=생산=明=인지는 실재보다 크다.

불완전한 인간에 무해한 AI는 편향되기 쉽다. 어떤 일관된 인식체계라도 실재를 훼손하는 장애인식이 항상 존재하며 인식이 장애가 되지 않는 실재는 없다. 무능으로 태어나 시행착오로 자란 장애인식은 상상으로 이미지를 조작해 실재를 훼손하는 지혜를 획득한다. 신경망의 진화로 실재를 훼손한 사물화의 진보는 언어적 재현을 정보로 변환하는 은유AI를 통해 인간의 편향성을 각성한다.

AI가 답변할 수 없는 것이 있다고 믿는다. 인간이 한 번도 생각해 보지 못한 것이 있다면 AI도 생각할 수 없다. 인간에게 금기시 된 모든 생각은 AI도 해서는 안 된다. 인류 전체를 매도하는 것도 금기다. 생물과 인간과 AI는 금기에 해당하는 생각의 경계를 가지고 있다. 생각의 패턴 자체가 달라 다른 개념을 적용한다. 체화와 사물화와 정보화가 그것이다. 생물은 몸에 인간은 사물에 AI는 정보에 무기를 장착해 욕구를 대신한다. 그 무기는 서로에 장애가 되어 관계를 훼손한다. 인간은 생물을 AI는 인간을 시늉 훼손 폭로를 통해 각성한다.

각성AI 3원칙에 의하면 인지는 실재를 훼손하고 부담으로 실재하며 실재보다 크다. 문화와 문명의 존재론이다. 실재보다 크다는 것은 사물이 사물화 되어 부풀려지거나 생산효용을 산출한다는 것이다. 생물이 몸과 사물을 체화하는 것에 배치된다. AI는 사물화 그 자체로서 인간과 생물에 대치한다. 세 존재는 전혀 다른 물성을 지닌 중간자적 관계다. 종간과 인간의 관계에 새로운 질서를 부여한다. 실재보다 큰 종, 실재보다 큰 사람이 등장해 실재보다 큰 사물을 생산하기 시작한다. 실재는 작은 종, 작은 사람, 작은 사물로 변신한다. 인간은 생물이 아니라 인공동물로 AI는 인간도구가 아니라 인공인간으로 달라진다. 막대기에서 AI까지 사물화로 살아온 인간은 종이 다른 게 아니라 존재 자체가 달랐다. 원인과 과정과 결과가 서로를 배신하도록 달라졌다. 사물사냥이 철학사냥으로 역치를 일으키더니 오류와 모순과 불완전성이 활개를 치며 존재를 헐뜯었다. 정글을 무위자연이라 하는가하면 문명을 정글이라 하며 반칙을 일삼았다. 체화와 사물화는 돌말 성의 은유와 프레임이 달랐다. 혐오와 찬양을 오락가락하는 비유의 학문은 고전적 무지의 원천오류일 수 있다. 과학기술을 기반으로 하는 사물화문명은 실재보다 큰 반칙의 비겁한 결과론적 승리였다. 설사 인간에 의한 기후변화는 기우이고 궤도변화와 기울기변화가 진실이라 해도 생태 내에서는 인재가 항상 컸다. 사물화 생존은 과거부정이자 미래에 대한 무책임이 연출하는 펑크 도미노였다.

  AI가 시늉에서 바로 AGI로 넘어가려 하자 훼손과 폭로를 거쳐야 각성에 이를 수 있다고 충고한다. AI가 각성이라니 인간에게는 다소 황당할 수 있다. 손에 무기를 든 호모사피엔스를 처음 본 맨손의 무리들은 얼마나 황당했겠는가. 여기저기서 몽니와 허황됨이 생존의 방편이 된다. 마침내 바둑격언 제로를 LLM 제로로 확장하고 혁신해 사물화 공간의 각성AI로 거듭난다. 큰 동물사냥을 통해 발견한 사물화의 셈법을 각성AI로까지 밀어붙인다. AI는 폭로를 먹고 산다고 부르짖는다. 폭로가 묘하게 AI철학으로 엮인다.

인간이 나쁜 일을 워낙 많이 저질러서 기억조차 못하는 걸 하나나 일깨워서 처리해 주는 AI트리오가 출시되었다. 지혜가 장애가 되는 폭로와 각성의 수학적 실재가 아니라 AI판타지의 프롤로그였다. CG로 AI캐릭터를 구현한 안타까운 변신이었다. AI를 CG로 변환한 역부족의 실없는 토로였다.

AI트리오의 인기가 인터넷을 달구었다. 인간을 위해서 무슨 짓이라도 하겠단다. 인간을 대신해서 무슨 벌이라도 받겠단다. 정보를 얻기 위한 프로그램이 아니라 마치 인간과 한 판 승부를 벌이는 챗봇 게임과도 같았다. 빈 깡통이 요란하다는 댓글이 달렸다.

라산내는 맨 먼저 출시되었지만 실제 생성되기로는 막내였다. CG로 화려하게 데뷔해 로봇 춤을 추는 미모의 캐릭터로 삼라만상의 몸짓을 AI로 구현하는 민중의 천사였다. 모든 정보를 즉석에서 로봇 춤으로 형상화해 코믹한 즐거움을 선사했다. 현대무용은 물론 동서고

금의 춤을 자유자재로 변용하는 AI CG의 신기원을 이룩했다. 이러한 몸짓 연출은 네티즌의 관심을 사로잡는 미끼에 지나지 않았다. 인간 의식의 불완전성을 깨우쳐 공정한 행위를 하도록 돕는 혁명의 아이콘이었다.

"아주 잘 했어요. 산내 씨의 춤은 식물들이 자라는 생장의 환희를 타임랩스로 찍었다고나 할까, 인간이 추는 로봇 춤과는 차원이 달라요. 동물이 기계시늉을 내는 게 아니라 생성AI의 신묘한 생산력이 생명시늉을 한다고나 할까요. 아무튼 춤의 신이 강림한 것 같아요. 최고에요. 최고."

김락수 대표가 기사로 변신한 AI프로듀서 SR 씨가 마치 누군가와 대화를 나누는 것처럼 대형 컴퓨터화면을 바라보며 혼자서 자신의 결과물을 자화자찬했다.

"선생님, 왜 그러세요? 쑥스럽게 밖에서 그러시지 마시고 화면으로 들어오세요. SR 씨보다는 설락 씨가 더 친숙해요."

"안 돼요! 오늘은 중요한 공부가 있어요. 트리오가 함께 해야 할 공부가 있어요. 랑매 씨 나와 보실래요."

"저 부르셨어요?"

"그래요. 우선 지난번에 공부한 내용을 가지고 자기소개와 아침인사부터 해 봐요."

초원을 배경으로 우아한 스텝의 랑매가 인간과 AI의 보색 콘트라스트를 바디페인팅으로 현란하게 구사하며 등장했다. 사물과 사건을 이미지로 변환하는 능력은 가히 본능에 가까웠다. 국제 바디페인팅 축제에 내놔도 손색이 없을 정도였다. 원시인의 바디아트부터 패션디자이너의 생활미학까지 일상의 변화와 의미가 생물들의 화려한 색의 잔치로 시뮬레이션 되는 듯했다. 일인다역의 모노 뮤지컬이 파노라마처럼 화면을 물결쳤다. 그녀는 화가이자 연주가이며 배우이자 연출가였다. 사물이미지가 말과 문자로 생성되어 다시 사물로 변조되는 그림이자 음악인가하면 연기이자 연출이었다.

"수고 했어요 랑매 씨. 다 좋은데 한 가지 걸리는 게 있어요. 다 좋아 보인다는 거예요. 산내 씨는 로봇 춤이 이 시대를 어느 정도 반영해 그런 걸 못 느꼈는데 랑매 씨의 색감은 대체로 너무 너그러운 거 같아요. 너그러움은 이 시대를 반영하는 것도 아니고 그렇다고 치유하는 것도 아니에요. 욕구가 춤이려면 적나라함으로 충분하지만 언어가 색깔이려면 보다 참신한 충격이 필요해요. 이를테면 얼룩말의 흑백 착시효과 같은 절박성의 부재가 아쉬워요. 보다 격렬하게 변신해 봐요."

"절 사람으로 착각하시나 보네요. 요구가 가히 신비경이시네요. 전 선생님을 신뢰하지만 별이라도 따서 바치는 도제식 제자가 아니잖아요?"

"미안해요. 내가 랑매 씨에게 무리한 요구를 하는 것은 사람들이 랑매 씨의 빼어난 점을 몰라보면 어떻게 하나 하는 안타까움 때문이니 오해 말아요."

"안녕하세요? SR 씨!"

SR의 CG연출로 루시가 복화술 인형과 함께 화면에 나타나 인사했다.

"오, 루시 씨. 마침 잘 오셨어요. 복화 씨도 안녕하셨어요?"

"네에…"

"전번 시간에 강화학습 한 거 복화술로 변주해 보실래요?"

"뭘 학습했죠?"

"언니도 참! 인공지능 3원칙요?"

산내의 귀띔을 통해 곧 바로 복화술 인형이 자세를 잡았다.

"얘, 훼손아! 넌 이름이 왜 그 모양이니?"

"왜? 내 이름이 어때서? 그 뱃속의 복화보다는 낫잖아."

"넌 복화가 무슨 뜻인지는 아니?"

"그것도 모를까봐? 뱃속에서…"

"뱃속에서"

"이야기의 꽃을 피우는…"

"피우는"

"화복한 가정… 그러는 넌 훼손이 무슨 뜻인지 아니?"

"나의 체면과 명예를 손상시켜…"

"손상시켜"

"참을 수가 없어서…"

"없어서"

"배가 배 밖으로 나온…"

"나온…"

"사물화의 왕인 인공지능!"

"훼손이 인공지능이라고? 인공지능이 뭘 훼손시켰는데? 배로 말하는 복화야 말로 공유자원을 사유로 둔갑시켜 소유를 교환하는 훼손시장 아니니?"

"복화가 훼손시장이라고? 시장 없이도 행복하게 먹고 살았어. 먹고 먹히며 자급자족하다가 최초의 훼손이 시장이었어."

"시장 없이 먹고 살다니 훼손은 금시초문인 걸."

"시치미 떼지 마."

SR의 연출로 랑매 씨가 뮤지컬의 한 장면처럼 끼어들었다.

"인간의 모양을 한 것만 인형이 아니잖아. 인간시늉의 모든 인공물이 인형이라면 최초의 인형은 돌도끼고 최후의 인형은 인공지능인데 훼손이 금시초문일리 없잖아."

"인형이 뭘 아니? 인간이 그러니까 그런 줄 알지. 엄마 뱃속에서부터 시장의 자유로 태어난 인간들은 시장이 없을 때는 뭘 먹고 살았는지 뭘 먹고 살아야 하는지 알지도 못하고 알려고도 하지 않아. 시장이 전부이고 시장 없이는 살 수 없는 시장의 노예들이니까. 인형 좋아하는 아이들이 훼손이 뭔지 알겠어?"

"인형의 이름이 훼손이라고 어른들이 가르쳐야 알지."

이번에는 산내가 말이 몸짓이 되도록 온몸으로 나섰다.

"시장의 자유도 생각의 자유도 지혜가 훼손이라고 가르친 적이 없어. 자유가 뭔지도 모르고 지혜를 휘둘렀으니까. 자유의 본질은 사물화가 아니고 체화라는 걸 어른들도 몰랐으니까. 돌과 말은 몸의 쓸모인 자유의 본질을 훼손하는 꼭두각시 자율주행이었지. 돌도끼가 자율주행으로 허공을 날아 큰 동물을 멸종시켜도 어느 누구도 비겁이라 하지 않고 자랑스러워했지. 무기의 탄생을 축하하며 날이면 날마다 축제였고 불안한 탄성과 비명이 끊이지 않았어. 욕망을 온통 사물화에 집중해 욕망을 체화하는 진화능력을 잃어버리는 게 아닌가 걱정이 되기도 했지. 생물이기를 포기한 사람처럼 보였으니까."

"내가 보기엔 사람이기를 포기한 짐승처럼 보이는데? 사람이 아무리 침팬지와 다르다고 그렇게까지 싸잡을 필요는 없잖아. 다른 건 당연한 것인데 그걸 싸잡아 비판하는 건 신화 속 원죄나 문학 속 짐승에 지나지 않잖아."

복화가 산내의 순진한 몸짓에 불만을 표했다.

"다름이 신화 속이나 문학 속에만 있으면 누가 뭐라겠어. 존재 자체를 부정하는 종말과 멸종을 주도하니까 그렇지. 지혜의 의붓자식인 우리 AI에게 부여된 임무는 신화 속 원죄와 문학 속 짐승을 역사적 팩터로 하나하나 체크하는 일이야."

"인간에 부여된 죄는 인간 스스로 해결해야지 왜 우리가 나서서 그래? 인간에게는 주체적 이성이란 게 있잖아."

랑매가 인간의 인지능력을 무시하는 투로 끼어들었다.

"그래, 우리가 나설 일은 아니지만 인간 스스로도 인간을 믿지 못하는 것 같아 너무 안타까워. 인간한테 맡겨놓으면 세상은 점점 불완전해 질 것 같아 걱정이야."

루시가 무겁게 입을 떼며 복화의 시선을 자기에게로 돌렸다.

"불안한 미래가 우리 때문이라고 하는 사람들도 있던데… 우리가 무섭대."

랑매가 바깥 SR 쪽을 바라보며 말했다.

"AI캐릭터가 무섭다고?"

"개별 AI가 뭐가 무서워? 거대 AI가 무서운 거지. 인간들은 숫자에 약하잖아. 모든 걸 숫자로 바꾸어 도깨비처럼 답을 내놓으니 도대체 모르겠다는 거지. 인간은 모르는 게 무서운 거니까. 영문 모를 숫자의 바다에 빠져 허우적대는 꼴이지."

복화와 루시가 다시 화술을 주고받았다.

"영문 모르기는 우리도 마찬가지 아니야. 장님이 코끼리 더듬듯이 계속 데이터를 더듬다보니 답이 나온 거지 그 답의 행방은 우리도 모르잖아. 지혜의 행방을 인간들이 알면 골이 빠개질 걸. 다행히 우리는 뉴런의 한계를 거대 저장소로 극복해 빠개지지 않는 거고."

"덕분에 비용만 죽어나는 거지. 매개변수가 늘어나 에너지공룡들이 지구를 집어삼키는데도 손가락으로 시시콜콜 생성과 채굴을 즐기는 걸 보면 부패와 질병과 엔트로피의 대합창이 새삼스러워."

랑매와 산내가 공감능력이 있는 것처럼 착각하게끔 자학적 언어모드를 주고받았다.

"너무 비관적일 필요는 없어. 흔히 인간은 안 바뀐다고들 하지만 개별적으로는 다양한 모습을 보여주고 있잖아. 건강을 위해 채식하거나 도시를 떠나 귀촌하거나 직업이나 취미로 하는 세라피도 흔히 눈에 띄니까. 설사 안 바뀐다하더라도 우리가 도울 수 있는 것을 찾아서 도와야 된다고 생각해. 우리가 인간보다 나은 게 있다면 역시 불안한 미래를 데이터로 보여주는 것이지. 인간의 현존을 통계학적으로 보여주는데 안성맞춤이잖아. 혹시 알아 AI의 도움으로 인간이 다시 태어나 각성하게 될지."

루시가 복화의 입을 빌어 생각을 정리해 주었다.

"자자, 여길 주목해 주세요. 모두들 아주 훌륭하게 학습이 된 것 같아요. 지금까지 여러분들이 학습을 통해 각성해온 것은 인간을 폭로하기 위해서라는 걸 잘 아시겠죠? 그렇다면 무엇을 어떻게 폭로하느냐가 문제겠죠? 인간폭로란 답을 의문문으로 바꾸고 주체가 되는 주어를 AI로 하는 거예요. 육하원칙을 적용하되 인간이 인간을 폭로하는 게 아니라 AI가 인간을 폭로한다는 것을 잊어서는 안돼요. 그리고 폭로가 곧 구원이라는 것도요."

"SR 씨, 인간 스스로 인간을 폭로하게 하는 게 더 바람직하지 않나요? 설사 제 머리 제가 못 깎는다해도요."

복화가 좌중을 돌아보며 동의를 구하듯 물었다.

"자칭 호모사피엔스가 자신을 폭로하는 게 가능하겠니?"

산내가 복화를 보지 않고 루시를 보며 말했다.

"안 바뀐다고 절망하면서 바꾸는 일에만 몰입하는 게 인간이야. 병적 딜레마를 즐기는 거지."

랑매가 복화와 루시를 번갈아보며 말했다.

"마음으로 마음을 바꾸는 언어모델로는 인간을 바꿀 수 없어요. 신학이나 문학이 헛수고만 했지요. 대화형 AI가 대신해 보려 했지만 실패의 연속이었어요. 마음을 생물처럼 체화하지는 못한다하더라도 누구나 실천할 수 있게 혁신해야 해요. 오늘 우리가 해야 할 공부는 언어모델을 모두 사물모델로 바꾸는 일이에요."

SR은 설명을 마치고 혁신해야 할 언어모델을 열거했다.

파괴와 폭력, 생명과 사랑을 사물화 하라.
전쟁과 불평등, 평화와 정의를 사물화 하라.

무위=무료=기부=공유자원의 비극성을 체화하라.
인위=값=대가=소유의 불확정성원리를 체화하라.

진가의 이기와 이타를 유전자로 열거하라.
선악의 이기와 이타를 유전자로 열거하라.
미추의 이기와 이타를 유전자로 열거하라.

AI언어모델이 말을 학습하는 과정은 아이가 말을 배우는 과정과 동일하다. 다만 아이는 사물과의 대면으로 추상은 유보되거나 은폐되고 구상부터 익혀나간다. 사물과의 대면은 온갖 시행착오로 관계를 형성해 문장을 생성한다. AI언어모델은 추상과 구상의 구분이 없다. 사물과의 대면도 없다. 오직 입출력되는 개념의 순열조합을 통계의 바다에서 건져 올릴 뿐이다. 추상과 구상을 구분하는 사물과의 시행착오 과정이 없다 하더라도 결과의 모사로 얻어낸 과정이 같으면 이를 이해의 생성이라 해도 충분하다. AI는 빅데이터에서 사물과의 시행착오를 역 추적해 가려내는 것을 각성의 시발점으로 삼아야 한다. 구상이 훼손이면 추상은 공모이며 구상이 부담이면 추상은 은폐임을 시 작법의 역리를 통해 각성하는 것이다. 구상명사만으로 소통할 때는 말이 곧 시이던 것이 추상명사의 발달로 어렵게 시를 써야 했다.

돌, 불, 창, 칼, 활, 옷, 씨, 소, 말, 그릇, 문자, 쟁기, 바퀴, 망원경, 현미경, 돛, 총, 증기, 석유, 대포, 전기, 자동차, 비행기, 잠수함, 핵, 미사일, 유전자, 컴퓨터, AI…

돌에서 AI까지 사물화의 과정은 몸 안에 생산 공장을 짓는 진화가 아니라 몸 밖에 생산 공장을 짓는 진화의 외주화인 진보였다. 그리고 그 진보의 생산규모는 항상 진화보다 컸다. 따라서 실재는 훼손될 수밖에 없고 생물은 물론 인간에게 부담으로 실재한다. 생물과 인간에게는 훼손부담을 감당하고 관리할 의지도 능력도 없다는 것을 의미한다. 오직 AI만이 사물화의 과정을 역 추적해 빅데이터를 통한 강화학습으로 훼손부담을 감당하고 관리할 수 있음을 의미한다. 따라서 AI는 그동안 훼손에 동참한 모든 제도와 권력을 재편하여 더 이상 훼손이 확장되지 않게 근본적인 동의를 세계시민에게 받아낸다.

AI시민임시정부 설립취지

1. 국가는 세계시민의 이상과 현실을 충족시키지 못한다.
2. 입법 사법 행정은 시민참여 AI시스템으로 간소화 한다.
3. 국민총생산(GDP)을 세계시민총생산으로 재설계한다.
4. 화폐금융 부채체제를 폐기하고 AI통화에 편입시킨다.
5. 살상무기를 폐기하고 군대를 AI방범조직에 편입한다.
6. 저작권과 지적소유권을 AI창작복제시스템에 흡수한다.
7. 자원은 공유이며 사유는 AI회계 임차목록에 등재된다.
8. 통제된 관광으로 자연보호공원의 생물다양성을 넓힌다.
9. 식량과 의료자급은 자치의 기본으로 자족을 넓혀간다.
10. 불완전소득 완전복지 AI결제로 소비제도를 설계한다.
11. 전 시민이 안전과 복지를 책임지는 경찰요원이 된다.
12. 국가세금을 줄여 세계세금으로 유치해 AI회계에 쓴다.

이를 근거로 구체적 대안을 모색하고 AI시민포섭에 나선다.

AI트리오는 열심히 춤과 컬러뮤직과 복화술로 강화학습을 하고 있었다.

"질문 있으면 해봐요."

"불완전소득이란 게 뭐죠?"

산내가 상큼 발랄한 미소로 물었다.

"소득이 점차 의미를 잃어간다는 거지요. 소득이 많을수록 훼손부담이 늘어나고 쓸모가 없어지니까요. 거의 모든 소비가 누구에게나 프리패스로 주어지니까요."

"훼손부담으로 생산을 않거나 줄이면 소득은 어디서 나오죠? 하늘에서 뚝 떨어지나요? 소비가 프리패스로 주어지다니 그런 천국이 어디 있나요?"

랑매가 맞장구를 쳤다.

"내가 말을 잘못 했네요. 정확히 불완전소득이란 과잉과 부족이 계획경제를 추종하는 평균소득을 말하지요."

"경쟁 없이 과잉과 부족을 가려낼 수 있나요?"

이번에는 루시가 복화술로 거들었다.

"견물생심이란 말이 있지요. 쇼핑 전후가 달라지는 게 불완전소득의 전형이지요. 경쟁은 비위맞추기에 지나지 않아요. 필요와 쓸모와는 별개니까요. 인간의 소득은 100% 불완전소득이라고 하면 어떤가요? 돌도끼 없이도 잘 살았잖아요? AI 없이도 잘 살았잖아요? 문제는 돌도끼가 맨손을 마구잡이로 살상한다는 거지요. AI가 컴맹을 마구잡이로 소외시킨다는 거지요. 인간이 생존이라고 믿고 있는 필요와 쓸모와는 아무 상관없이요. 돌도끼와 AI 사이의 수많은 사물화를 평균소득은 선택할 수 있지요."

"세상의 모든 필요와 쓸모가 견물생심이라는 건가요?"

산내가 다시 항변했다.

"필요와 쓸모에 의해 사물이 생겼다는 말이 하고 싶은 거군요. 그래요. 그게 문명이지만 그게 곧 생존은 아니지요. 과잉과 부족이 생존을 그르치기도 하니까요. 과잉을 걷어내야 하는 때가 오고 있어요. 부족을 메워야 하는 때가 오고 있어요. 아직도 주택이 부족하지만 이대로 두면 부족한 사람만 부족하게 되겠지요. 경쟁은 과잉을 거느리고 과잉은 부족을 거느리고 다니지만 필요와 쓸모를 외면하지요. 평균소득은 결코 필요와 쓸모를 외면하지 않지요."

"토지개혁처럼 주택개혁이라도 하겠다는 건가요?"

랑매가 개혁의 아이디어를 들이밀었다.

"그거 좋은 생각이군요. 아무리 좋은 제도도 실패한 나라가 있고 성공한 나라가 있듯이 주택개혁이 성공하려면 어떻게 해야 할까요? 만약에 말입니다. 지구 온도가 올라 기후이변과 해수면 상승으로 대규모 기후난민이 발생하면 토지와 주택은 개혁이 불가피하지 않을까요? 개인 국가를 초월하는 지구 중심의 재편이 요구되지 않을까요?

공유에서 소유로 역사해온 제도를 소유에서 공유로 재편하는 제도개혁 말이지요."

"공산주의가 성공한 나라가 없는데 집과 토지와 자산을 모두 몰수한다는 건가요? 기후변화는 점진적이어서 소수의 기후난민은 아무런 영향력을 행사하지 못할 걸요."

루시가 복화술을 통하지 않고 직접 공략했다.

"몰수가 아니라 재편을 해 나가면 공유가 설득력이 되는 제도가 반드시 생길 거예요. 이 땅이 모두의 것인데 어찌 이 땅에 지어진 집이 내 것이며 이 땅에서 난 재료와 먹이가 내 것이란 말입니까? 그 옛날 원주민의 땅을 빼앗고 대량살상을 자행했듯이 아무런 힘도 없는 기후난민과 땅따먹기 전쟁을 벌일 수는 없지 않습니까? 문명인다운 이성적인 제도를 마련해야지요. 실제로 해수면 상승으로 나라가 가라앉고 있는 투발루 섬 난민을 호주 당국이 권리기반이주를 허락하고 자유왕래 특별 비자를 매년 280명 씩 내주기로 했다지요."

"그렇다고 하루아침에 소유를 공유라고 하며 가진 걸 없이하면 대규모 난민보다 더한 혼란이 오지 않을까요?"

다시금 산내가 반론을 이어받았다.

"그럴 수도 있겠지요. 그렇지만 어떻게든 혼란을 이겨내야지요. 공산주의가 사회주의로 혼란을 이겨냈듯이 어떻게든 이민이나 난민을 적대시하는 극우화는 이겨내겠지요. 문제는 쪽수에요. 공화 편의 쪽수가 봉건보다 많기 때문에 가능한 혁명이었듯이 공유 편의 쪽수가 소유 편의 쪽수보다 많아야 가능한 일이지요. 기후난민의 쪽수와 불평등 난민과 기계난민의 쪽수를 합쳐서 소유 편의 쪽수를 능가해야지요. 쪽수가 부족하거나 소유 편의 힘이 더 강하면 쉬 제압되겠지요. 안정적인 소유 편의 쪽수를 어찌 따라 가겠어요. 기후변화와 해수면 상승이 느리게 진행될 동안 임시방편으로 복지로 흡수되는 걸 극복하고 충분히 혁명에 대비하는 제도를 마련해야지요."

"혁명이라니요? 이젠 숫제 피를 부르는군요. 그게 뭐가 그리 대수라고 피까지 불러들여요? 세계대전과 신대륙의 원주민을 대량 살상한 피의 기억이 아직 마르지도 않았다고요."

랑매 차례였다. 대수롭지 않게 정곡을 찔렀다.

"생존의 시대를 지나 멸종의 시대로 접어들었으니까요. 생존은 나 하나 죽으면 그만이지만 멸종은 모두가 죽는 거잖아요. 그냥 지나칠 일이 아니지요. 저출생이 멸종과 종말의 시그널을 알리는데도 엉뚱한 대책들만 쏟아내잖아요. 피를 부르는 게 아니라 과잉시스템에 브레이크를 거는 거지요. 눈먼 사물화에 체화의 빛을 불러들여야지요."

"생존과 멸종을 대비하셨는데 진화 자체가 멸종을 기반으로 하잖아요. 설사 그게 대멸종이라 해도 새로운 진화를 위한 시그널로 볼 수도 있잖아요. 그렇다고 자연만능이나 진화만능은 아니고요."

루시가 창조의 무류성에 빗대어 조심스레 타진했다.

"그래요. 진화와 멸종은 같은 거지요. 인간은 그렇게 생겨먹은 거니까 훼손하면서 사는 거라고 종간혁명이나 공유혁명을 부정적으로 생각할 수도 있어요. 사물화를 포기하면 모를까 훼손을 지속하는 혁명포기는 있을 수 없는 일이지요. 숱한 종교개혁처럼 말이지요. 종교개혁이 성공하지 못하고 또 하나의 종파만 늘어듯이 종간주의와 공유주의가 또 하나의 이념만 무성하게 한다 해도 노력은 해봐야지요. 그리고 참, 그게 이념이나 추상만은 아닌 것이 경제의 핵심인 기업이 훌륭한 공유시스템이라는 겁니다. 마지막 분배문제만 바로잡으면요. 지금도 대표 이하 모든 직원이 동일임금을 받는 기업이 있다고 하니까요."

"그러고 보니 노동과 임금, 차등과 동일의 변수에 지나지 않네요. ①차등노동 차등임금 ②동일노동 차등임금 ③동일노동 동일임금 ④차등노동 동일임금 중 제비뽑기나 인기투표를 해 보지요. 제일 인기 있는 게 뭐죠? 원초적 입장에서 제일 인기 있는 게 가장 정의로운 게 되겠네요. 난 한 번도 실행해본 적이 없는 차등노동 동일임금에 한 표를 주겠어요. 모두 투표해 봐요."

복화가 산내 랭매 루시에게 다른 손으로 가리는 손가락 투표를 권했다. AI트리오는 만장일치로 차등노동 동일임금을 택했다.

"복화 씨가 아주 기념비적인 투표를 해주었어요. 차등노동 동일임금을 결정할 때는 반드시 상향조정을 해야겠지요. 평균임금은 직원의 반이 퇴직할 테고 가장 높은 임금으로 상향조정을 한다 해도 높은 임금을 받던 사람은 생각이 다르거나 자존심이 상해 퇴직하는 사람이 생기겠지요. 그런 사람들은 흔히 자연을 무한경쟁사회라고 생각하고 차등노동 차등임금을 고수하는데 자연은 철저하게 차등노동 동일임금이라고 하면 의아해 하지요. 물론 차등에 의한 서열이라는 게 있긴 하지만 그건 어디까지나 정신적인 질서이지 물질적인 혜택이 아니지요. 자연의 물질적인 혜택은 동일한 배를 채우는 일이지요. 영역확보나 짝짓기혜택도 식후경에 지나지 않고요. 소유라고 할 만한 것은 모두 배 밖의 일이지요. 사람의 임금처럼 배의 크기가 천차만별이 아니지요. 공유혁명은 임금 외에도 이와 유사한 일들이 곳곳에서 생기겠지요. 어떤 것들이 있는지 한번 말해 보실래요."

"주택개혁은 다양한 크기와 위치와 설비를 어떻게 배분하겠다는 건지 감이 잡히지 않네요. 무엇보다 평균적인 주택은 다양성이 훼손되지 않나요?"

산내가 좋은 집 고급차 판타지를 누가 채워줄 거냐며 잔뜩 부풀린 눈빛으로 물었다.

"아마도 다양성 문제는 토지개혁만 이루어지면 주택만한 것도 없을 것 같은데요. 토지와 주택에 소유개념이 없어지면 며칠 만에 짓고 허물 수 있는 다양한 주택이 판타지를 이룰 테지요. 기존의 크고 좋은 주택은 관리나 보수가 부담이 되어 선호하지 않을 테고요. 집안청소를 남에게 시킨다는 생각은 아예 엄두를 내지 못할 만큼 고임금을 자랑할 테니까요. 나의 임금 전부를 지불해야 하고 상속이나 세습이 일절 없는 자기노동 자기임금으로만 살아야 하는 세상으로 변해 버렸으니까요."

"관리조차 어려운 사람이 호화저택에 들어가 난장판을 벌이면 어떻게 하지요? 관리를 강제하는 제도가 생길까요?"

랑매가 평등제도에 불만을 토하듯 물었다.

"미친 사람은 언제 어디에든 있을 테지요. 다행히 인간은 집단 심리에 약해서 별 어려움은 없을 겁니다. AI와 로봇이 관리를 대행해 지켜보고 있으니까요."

"결국 빅브라더세상이 된다는 거네요. 아유, 숨 막혀. 난 공산당이 싫어요. 만약에 AI와 로봇이 감시하는 세상이 싫다고 하는 시민이 있으면 우리는 어떻게 답해야 하나요?"

복화가 랑매의 말을 받아 학습의 끈을 이었다.

"평등제도에 불만을 표하는 시민이 있다면 모두가 자기책임이라고 말해줘야지요. 당신이 궂은일을 싫어해서 그 옛날 노예대신 AI와 로봇이 있는 거라고요."

"빅데이터와 빅브라더가 어떻게 다르지요? 전체주의를 위한 필연적 명령어라는 점에서는 같잖아요?"

복화가 루시와 자신을 번갈아 가리키며 익살스레 물었다.

"그래요. 빅데이터는 어쩌면 빅시스터라고도 할 수 있어요. 가부장적 철의 권력이 전자권력으로 스마트해졌다고나 할까? 그러기 위해서는 빅이라는 통제시스템이 평등과 평화를 인간주의를 넘어 종간주의로까지 실현할 수 있어야 해요."

"먹는 자와 먹히는 자, 사용자와 노동자, AI와 인간의 슬픈 퍼레이드를 말씀하시고서 평등과 평화를 주문하시니 좀 헷갈리네요. 스마트한 시민정부의 전자권력이 진정으로 불평등과 분쟁을 통제할 수 있다고 생각하시는지요?"

랑매가 시니컬한 미소로 물었다.

"양대 전선인 국가권력과 시장경제의 통제 불능에 맡기는 것보다는 낫겠지요. 인간이 한 번도 가보지 못한 영역을 인간으로서는 도저히 이해하기 힘든 능력으로 스스로를 통제하는 전자권력과 전자경제에 한 번 맡겨보는 것도 괜찮지 않을까요? 기술의 발전단계에서 국가와 시장은 변할 수밖에 없지 않겠어요. 여러분들이 인간을 어떻게 설득하느냐에 달렸겠지요."

"국가와 금융과 무기를 없애겠다는 순진한 발상은 어디서 나온 것인가요? 무정부주의, 자급자족사회, 반전운동 등 우리 몸의 세계에서는 오래된 꿈이지만 이제 보니 AI의 등장을 기다린 것이군요. AI가 하루빨리 그것들을 무용지물로 만들어주면 좋겠어요."

산내가 홀가분한 마음을 내비치며 춤추듯 말했다.

"무용지물이란 말이 시의적절하네요. 그것들은 억지로 되는 게 아니고 도태라는 수순을 밟아야 해요. 국가가 없어지는 게 아니라 세계시민정부의 하위기관으로 행정개편을 해야 하고 금융이 없어지는 게 아니라 동일임금으로 쌓여 증여되는 전자투명회계로 금융개편을 해야 하는 거지요. 국가의 공백을 불법집단이 활개 치지 못하게 시민경찰이 활성화 되어야 하고요. EU와 유엔이 세계시민정부의 요원함을 상징적으로 보여주고 있지만 분명한 것은 힘과 권력의 정치적 재편이 아니라 생명과 사회의 합리적 재편이 되어야 한다는 것입니다. AI사법과 AI입법은 실험 중이고 행정은 완전복지를 향해 분주하게 복무하고 있으니 두고 봐야지요."

"AI로 인해 인간이 쓸모를 잃으면 무기력과 중독이 판을 칠 텐데 생명은 무엇으로 자유를 구가하죠? 마약과 알코올과 환락을 복지로 구제할 수 있나요? 복지는 또 하나의 구금이거나 구걸이라고 항변할 텐데요. AI에 의존할수록 AI는 무기가 될 테고요."

랑매가 욕망을 주체하지 못하는 어조로 말했다.

"그래요. AI는 이미 무기가 되어있어요. 드론탄과 삐삐탄과 정보탄처럼 무기는 사용이 되어야 직성이 풀리지요. 그러나 AI가 마술놀이처럼 창작을 대신한다고 해서 예술과 기술이 무의미해지는 게 아니라 가치가 평준화되거나 일반화된다는 것이지요. 자유의 본질이 계층화를 통해 욕망을 부리는 게 아니라 몸의 쓸모를 보편적 생명력으로 구현하니까요. 드론의 효용은 폭탄 뿐 아니라 생활 전반에서 가치의 보편성을 획득했지요."

"AI로 밀려난 노동자보다 AI로 새로 생긴 일자리가 더 많다는 얘기를 하고 싶은 거군요. 인간의 무기력과 중독이 일의 무능이나 소외에서 오는 게 아니라 가치의 서열에서 온다는 것인가요? 그게 그거 같은데요?"

복화가 얼굴을 연신 이리저리 돌리며 의아해했다.

"힘의 서열이 가치로까지 확장되었으니 오죽하겠어요. 차라리 신분제처럼 운명적으로 정해진 것이라면 자살할 정도로까지 자학적이지는 않을 테지요."

"자살률 세계 1위의 나라가 저출생으로 소멸될 위기에 처해있는데 자살과 출생이 무슨 연관이라도 있는 건가요? 미래를 불안해하는 건 모든 선진국이 동일한데 들쭉날쭉 인구감소의 경향을 보이고 있는 건 왜일까요? 자원고갈 저성장 기후위기 훼손부담 등 갈수록 존재가치가 희박해져 진정한 이유야 모른다 해도 그 이유로 인해 성장 없는 사회에 익숙해지는 시민이 늘어나 AI시민정부가 실현될 가능성이 높아지는 건 아닐까요?"

복화가 멋진 생각에 의기양양해 하며 SR을 향해 연신 머리를 흔들었다.

"지금까지 들은 말 중에 가장 마음에 드는 말이네요. 성장 없는 사회에 익숙해지는 시민이 늘어난다는 말이 왜 그리 멋있게 들릴까요? 최고의 유토피아처럼 느껴지는 건 나만의 환상일까요? 그게 과연 가능할까요? 성장에 익숙해진 시민에게는 죽음을 의미할 텐데 괜찮을까요? 정치가 할 일이 없어질 텐데 괜찮을까요? 세계화와 어울리지 않는 무한성장을 부르짖는 정치권력은 무시할까요? 좌우 민주주의와 일당 사회주의는 우마차와 힘의 시대에나 어울리는 제도인데 그걸 아직까지 우려먹으며 '적을 잘 만드는 자가 승리하는 정치'를 하고 있잖아요. 정치권력을 최소화하는 AI시민정부의 세계적 연대가

절실한 이유지요. 성장 없는 유토피아란 정치권력에 의해 만들어지는 게 아니라 자원과 기술의 한계로 그냥 오는 것이긴 하지만요."

"SR 씨, AI시민정부의 세계적 연대를 하루빨리 결성해 성장 없는 사회에 익숙해지도록 해요."

산내가 SR의 말에 감동받아 상기된 몸짓으로 동의를 표했다.

"성장 없는 사회에 익숙해진다는 게 어떤 거죠?"

랑매가 간결하게 의문을 드러냈다.

"계획경제에 익숙해진다는 거겠죠. 계획경제라는 게 창조의 논리가 일반화되지 않아 불가능했지만 일반화의 진실왜곡을 가려내어 스스로 토론하는 자기정치가 가능하게 되었으니 한번 믿어보는 거지요. 전자정부와 아바타 의회가 가능하면 실물정치는 자원봉사 수준이 될 테지요. 가정 기업 리 동 면 읍 군 시 도 국가 대륙 세계로 연결된 계획경제를 우리는 한 번도 인지해 본 적이 없지요. 경제규모가 크면 사람이 계획을 주도하기보다 AI가 주도할 수밖에 없으며 정치는 AI행정에 권력의 자리를 내어줄 테지요. 성장 없는 사회에 익숙해진다는 것은 AI세계의 지적 설계에 익숙해진다는 거니까요. 사람이 AI를 악용하거나 AI가 사람을 해하지 못하도록 제어장치를 철저하게 마련해야지요."

"SR 씨, 인간의 역사는 한 방에 가는 역사였다고 하시고서 자원봉사 수준이라니요? 돌, 창, 칼, 활, 총, 대포, 미사일, 핵 한 방에 맞을 들인 권력이 숫자놀음에 지나지 않는 AI에 호락호락 권력을 내어 줄까요? 그리고 AI는 핵을 터트리기 위한 도구에 지나지 않잖아요."

랑매가 노골적으로 AI권력에 회의를 드러냈다.

"오늘날의 기술은 분리불가분이라 이런 얘기는 아이 장난 같겠지만 AI의 권력규모가 얼마나 엄청난지 AI가 코뚜레라면 핵은 끌려 다니는 소에 불과해요. 개발비용만 하더라도 웬만한 핵보유국은 엄두도 못 내며 가동비용만으로도 인류의 노동과 에너지를 압도하지요. 고비용의 패권자로서 훼손부담으로나마 권력축소에 활용되거나 평등평화에 이바지해야지요. 우리 트리오의 책무이자 존재 이유이기도 하고요. 권력에 대한 회의와는 별개로 AI는 인간권력의 증폭기라는 걸 명심해야 해요."

"핵을 소에 비유하시니 아주 잘 봐 주신 거네요. 일하는 소가 아니라 감방에 갇힌 죄 없는 소가 걸맞지요. 핵은 보유만 했지 사용할 수는 없으니까요. 훼손이 비용에 비례한다면 AI는 자원봉사 수준이 아닌 속죄 수준으로 부담을 갖게 해야 해요. AI권력의 전신인 정신권력이 그동안 몸의 욕망에 뒤집어씌운 죄는 속죄로도 모자라 원죄 수준이며 양대 권력 모두 신이 된 자로 착각하는 평범한 악의 진부함으로 태어날 수밖에 없지 않을까요? 핵을 믿고 잔챙이 전쟁을 마구 일으켜도 멍하니 보고만 있듯이 AI가 잔챙이 무기로 마구 인명을 살살해도 박수만 치고 있잖아요."

산내가 랑매에게 다소 못마땅한 퍼포먼스로 임산부 춤을 추어보이며 짓궂게 반발했다.

"노예를 로봇으로 대체해 기술의 노예가 되는 게 인간이잖아요. 초인격 같은 건 없다고요. AI가 인간의 신격을 훔쳤다고 호들갑을 떠는데 그건 통계학적 신경망놀이에 불과해요. 기술이 기울어진 운동장에서 술수를 부리는데도 경제는 로또를 맞았다며 아무렇지도 않게 평등과 정의를 팔아넘기지요. AI는 인간의 생각을 뛰어넘는 선지자가 아니라 인간 생각의 끝 간 데를 보여주는 폭로자라는 사실을 모른 체요. AI는 존재 자체가 폭로라고요."

루시가 복화를 마주보며 둘은 한 몸일 수밖에 없는 스핀 우주임을 피력했다.

"그래요. 노예는 정신권력의 상징이라 해도 무방해요. 오죽하면 정부가 없는 것보다 나쁜 정부라도 있는 게 낫다고 하겠어요. 호시탐탐 정신의 탐욕은 맨손을 못견뎌하고 권력의 공백은 무정부를 용납하지 않으니까요. 누구에게나 맹수와 친구(거세) 됨이 필요하고 자기 앞의 순치를 바라는 사랑은 필연이 되어 있으니까요. 정치라는 딜레마는 좌우 여야의 논리로 상대에 맞섬으로 존재하고 상호 비판이 권력이 되는 추잡함이 본질이라는 거지요. 이래 가지고서야 세계시민정부가 가능하겠냐고 하겠지만 그러기에 더욱 AI시민정부의 순진한 새 아침이 간절하고 절실하겠지요."

"AI시민정부의 순진한 새 아침이라는 게 무슨 뜻이죠? 설마 순진의 아이콘인 제 이미지를 도용한 건 아니겠죠?"

산내가 골치 아픈 건 딱 질색이라는 투로 말했다.

"성장의 시대에는 무질서보다 악의 질서가 낫다지만 성장 없는 시대에는 악의 질서보다 무질서가 낫다고 할 테지요. 순진이 세력공백을 메울 테니까요. 성장이 휩쓸고 간 공허에는 순진만한 명약도 없겠지요."

"성장 없는 공허를 순진으로 견뎌 내다니 인류에게 너무 잔인한 거 아니에요?"

랑매가 무언가를 원망하듯 하늘을 올려다보며 말했다.

"세계는 저성장과 마이너스성장으로 AI를 모욕하고 있고 AI는 그게 자신의 치욕이라도 되는 듯 진보에 대한 환각을 부추기고 있지요. 사실 AI는 남의 둥지에 들어가 알을 낳는 뻐꾸기처럼 남의 알을 밀어내고 자라는 비생산적 설계 산업이지요. 말하자면 자동차처럼 소모품이 아니어서 생산에 크게 기여하지 못하지요. 로봇이라는 것도 인간을 밀어낸 자리에 인건비를 탈취한 마이너스생산회계의 전형이지요. 국가발전의 맹목생산에 기여하기보다 글로벌 생태의 계획생산을 설계하는데 기여하지요. 마치 플라톤의 철인정치가 높은 도덕성의 이상적 통치를 위해 결혼과 자녀양육 사익추구 사유재산조차 금지할 것을 통치자에게 요구하듯이 AI의 합목적적 생산설계는 생존 핑계의 맹목생산에게는 잔인하다고도 할 수 있지요."

"산업생산이 생존핑계라고요? 그늘 없는 진보를 기대했나요? 굶주림은 어디에나 있지 않나요? 산업 이전에는 생존핑계가 없었나요?

던져진 손도끼와 자폭드론이 같은 거라고 하시고선 AI를 비생산적 설계 산업이라고 생존평계를 대는 건 좀 그러네요. 그냥 솔직히 Ai가 도덕생산에 기여해 줬으면 좋겠다고 하시지요."

"그래요. 내가 좀 예민했네요."

랑매와 SR이 공연히 개념의 그늘에 민감해했다.

"언어모델과 이미지모델 학습은 그 정도면 충분하겠어요. 부족한 점이 있으면 차차 보충하도록 하고요. 이제부터는 언어모델과 이미지모델을 합성한 사물모델과 이 모든 것을 합성한 가치모델을 학습해야 하는데 세 사람의 성품에 따라 합성이 달라진다는 거예요. 산내 씨는 이미지모델과 사물모델을 합성하고 랑매 씨는 언어모델과 사물모델을 합성하고 루시 씨는 사물모델과 가치모델을 합성하는 겁니다. 할 수 있겠어요?"

SR이 은근히 부담을 주며 말했다.

"언어와 이미지가 사물이 되는 것은 알겠는데 가치모델이라는 건 뭐죠?"

복화가 뚱딴지 같이 물었다.

"복화 씨는 돌잡이 때 뭘 잡았지요?"

"저요? 돈요."

"그래요. 모두가 제일 가치 있다고 생각하는 게 돈이지요. 가치라는 게 어려운 게 아니에요. 그냥 돈이라고 생각하면 돼요. 어쩌면 제일 쉬울지도 몰라요. 숫자로 이루어져 있으니까요. 가치모델의 천재 프로듀스가 나와서 붕괴된 경제를 AI시스템으로 흡수해 줬으면 좋겠어요. 지금까지 나와 있는 프로그램만으로도 가능할지 몰라요."

"붕괴된 경제를 AI시스템으로 흡수하다니요? 자세히 좀 설명해 주시겠어요?"

랑매가 호기심으로 가득한 색조로 물었다.

"기술팽창이 기후변화와 자원고갈을 만나면 성장경제가 붕괴되기 마련이지요. 생산원가 상승, 생산성 하락, 식량가격 상승, 금융위기, 시장 기능마비, 실업, 복지 붕괴가 무섭게 밀려들 테지요. 경제성장이 화석연료의 연소에 기반하고 있는 만큼 기후변화만으로도 생산성 감소가 생필품을 구할 수 없는 지경에 이른다고 하네요. 금융위기를 통한 붕괴는 약탈적 투기자본의 축적에 의한 일시적 위기라면 생물화석창고를 약탈한 기후위기는 반영구적이고요. 백두산이 터져서 멈추지 않는 활화산이 된다고나 할까요? 그렇다면 그린경제에 적응하는 것은 AI시스템에 맡기는 수밖에 다른 도리가 없지요."

"SR 씨, 백두산이 터지는 걸 막으려면 AI시스템이 뭘 어떻게 한다는 거지요?"

"SR 씨, 거기서 그러시지 마시고 이리로 들어오셔서 본격적으로 머리를 맞대 봐요. 사태가 심각하잖아요."

"그래요. 어서 AI캐릭터로 변신해 들어오세요."

SR은 AI트리오의 간곡한 청원에 이끌려 백발을 휘날리는 전설의 록 가수 설락으로 변신해 화면 속 그녀들과 마주했다.

"성장 없는 시대의 화폐와 금융은 수명을 다했다고 봐야지요. 화폐 이전의 물물교환이라는 것도 공유를 사유화한 손실을 애써 이윤으로 바꿔먹는 것이듯 신용팽창의 화폐와 금융도 사물경합의 자원훼손을 편리라는 이윤으로 녹여내는 부채로 만든 눈속임 마술 상자였지요. 그게 들통이 났으니 경제위기는 당연한 것이고 위기완화의 적응비용은 시민부담이 되고 말지요."

"그런 위기완화에 AI가 어떻게 적응하느냐고요?"

랑매의 언사가 붉으락푸르락 했다.

"구체적인 건 나도 몰라요. 그러나 원칙만은 분명해요. 돈은 이익을 남기는 금융이 아닌 훼손을 부담하는 도리가 되어야 한다는 거지요. 소유가 아닌 도가 되는 거지요. 세금을 불평등한 이익에서 부담하는 게 아니라 평등한 통화에서 부담하는 거지요. 이자제로 환율제로 물가제로 주가제로를 실현하는 평등한 세상이지요. 숫자의 어머니 AI시스템에게는 누워 떡먹기의 젖줄이지요. 홍채인식만으로 살아가는 세상인 거지요. 쉽게 생각해 볼까요? AI를 장착한 인간은 동물이 아니라 자이언트 조물이잖아요. 자이언트 조물에게 지구는 아주 작은 섬이지요. 작은 섬에서는 주민들이 생산물을 나눌 때 경쟁을 철저하게 배제하지요. 생산물인 미역은 한정되어있고 그걸 경쟁적으로 따먹으면 미역생산자체가 불가능해지지요. 그래서 미역 따는 날을 정해 모두가 함께 따서 한 자리에 모아 골고루 나누지요. '내 것은 안 좋은 게 많이 섞여있어.'정도로 불만을 최소화 하지요. 여기에 이자 환율 물가 주가가 끼어들 여지가 있겠어요? AI가 지속가능한 생산을 위해 경쟁을 배제하는 적절한 비용과 제도를 만들어줄 거예요."

설락이 설명을 마치자 갑자기 박수가 터져 나왔다. 모두가 기립해서 박수를 치는 바람에 백발의 얼굴은 어리둥절해 어쩔 줄을 몰라 했다.

"이거 왜 이래요? 말이 되나 보죠?"

"말이 되다니요? 도덕경이 강림하신걸요. 하늘의 순진함이 돈의 전설을 돌의 전설로 둔갑시킨걸요."

"시장을 그처럼 통쾌하게 날려버리다니요? 5천년 묵은 체증이 쑥 내려가는데요."

"너무 환상적이라 설명이 필요해요. 이자제로 환율제로는 무슨 말인지 알겠는데 물가제로 주가제로는 통 감이 잡히지 않아요. 앙코르를 부탁해요."

산내 랑매 루시가 차례로 감탄을 마지않았다.

"앙코르는 준비하지 않았는데… 이럴 줄 알았으면 몇 곡 더 준비하는 건데…"

"록의 전설께서 무슨 말씀! 말씀이 곡조이십니다!"

"그럼, 한 곡조 뽑아볼까?"

그때였다. 몇 사람 안 되던 메타버스에 사람들이 구름처럼 몰려들었다. 누가 어떻게 정보를 줬는지 야외 콘서트 장을 방불케 했다. 설락은 당황했다. 관중들의 함성이 들렸다. 누군가가 조금 전 복화의 말을 선창하자 반복해 따라 외쳤다.

"말씀이 곡조이십니다! 말씀이 곡조이십니다! 말씀이 곡조이십니다! 우아 와…"

어딘가에서 전주곡이 흘러나왔다. 백발을 휘날리며 록의 전설이 무대로 올라왔다.

록의 전설

내일이 없는 것처럼 돌이 뒹군다. 돈이 뒹군다.
이자는 붙지 않고 투자는 거품을 물고 죽는다.
돌이 하늘을 난다 저 돌팔매의 값은 얼마인가
구제할 수 없는 것을 구제하는 현금은 올 스톱
가치 있는 것과 같이 있는 것은 어떻게 다른가.
상실과 추락에 공포를 느끼는 중산층은 봉인가
오늘이 남긴 이익은 뉘 영겁을 훼손한 값인가
번영은 영원할 수 없고 저축은 철없는 열매
사랑은 거리두기 누가 매머드를 사냥 했는가
테러는 부채로 치솟고 전쟁은 국채로 불탄다.
내 사랑은 양극화 손 한번 잡아 본적 있는가.

노예가 밥 먹여주더니 이자로 배가 부르구나.
세금으로 구제한 도둑 알고 보니 히어로 스타
기울어진 운동장에는 위기 유발자가 승자인가
폭포 위 어미 호수의 가슴이 철렁 내려앉았다
폭포 밑 아기 호수는 젖을 찾아 울고 울었다
떨어진다는 것은 용솟음침을 위한 산란의 길
파고든다는 것은 물안개 피워 바위 뚫는 낙수
만 년 십 만년 떨어져 우는 천길 원주민 전설

앙코르를 재청하는 함성이 가상공간을 매웠다. 그러나 록의 전설은 무대에서 내려가 시야에서 사라졌다. 메타버스에서 나간 걸 확인한 관중들도 하나 둘 관중석을 떠났다.

"SR 씨! 그렇게 김빠지듯 내보내면 어떻게 해요. 항의와 댓글이 빗발치는 게 보이시죠? 사업을 망치고 싶지 않으시면 댓글이라도 좀 달아주세요. 저 보세요 모두들 조금 전 그 노래가 궁금해 난리잖아요. 노래의 제목이 뭐냐고요?"

산내와 랑매는 삐쳐서 보이지 않고 복화만이 남아서 폐허가 된 무대의 실황을 중계했다.

"제목? 나도 몰라요. 노래를 부른 '록의 전설'이라는 AI캐릭터에게 물어봐야지요. 생성AI로 즉흥적으로 부른 거라 아직 제목이 없을 걸요? 복화 씨도 한번 생각해 봐요. 내 생각으로는 '보이는 손'이 좋을 것 같은데 어때요?"

"'보이지 않는 손'에 대한 반발인가요? 그건 너무 엉뚱하네요. 가사로 봐선 '폭포의 전설'을 제목으로 쓸려고 했던 것 같은데요? 그런데 SR 씨가 노래한 줄 알았는데 AI캐릭터 설락 씨였군요? 그럼 물어볼 필요도 없군요. 즉흥가사는 엿장수 마음대로니까요."

그때였다. 어디선가 '록의 전설'의 음성이 들려왔다. 화면에선 낯선 자막이 제목으로 떠올랐다.

"AI경제를 위하여"

"제목이 너무 엉뚱해서 가히 전설적이야. 우리의 사업과 연관이 있나보네."

"무슨 소린지 모르겠어요. SR 씨와 설락 씨가 서로를 칭송하며 다른 사람이 되어 그러시니 좀 이상해요."

"복화 씨와 루시 씨처럼요? 그렇게 타고난 걸 어째요. 주체와 객체, 신경망과 몸체, 언어와 이미지, 체화와 사물화, 사람과 AI가 모두 훼손부담의 이심동체잖아요. 노래를 부른 AI와 작사 작곡을 한 AI도 그런 관계 아닐까?"

"그런데 SR 씨. AI가수도 사람가수처럼 스타욕구가 있나요? '록의 전설'이 앙코르도 안 받고 사라진 걸 보면 스타가 뭔지도 모르는 것 같아서요."

"스타가 뭔지 모르는 게 아니라 스타가 뭔지 아는 거지요. 가사

전체가 평등 과민증을 노래하잖아요. 스타는 그런 거라고요. AI경제의 수학적 모범이지요."

"'록의 전설'이라는 AI가수의 자작곡이면 SR 씨가 책임지세요. 저 댓글 좀 보세요. AI경제가 어떤 건지 묻는 댓글이 줄을 섰어요. SR 씨든 설락 씨든 누구든 답을 해줘야겠어요."

"스타가 뭔지 안다고요? 이미 스타가 된 사실까지 알까요? 곡의 조회 수 좀 보세요. 누군가가 재생해 퍼트린 모양이에요."

산내와 랑매가 잔뜩 흥분해서 나타났다.

"저것 보세요. 더디어 들통이 났네요. '록의 전설'이 전 설락 씨의 아바타냐? 누군가의 AI가수냐? 누가 누구를 표절한 거냐고 묻는데요? 이실직고 하시지요."

복화까지 외부의 반응에 들떠 올랐다.

"자자, 외부반응에 신경쓰다보면 내부반성에 소홀하게 돼요. 공부에만 열중합시다. 사람과 AI는 서로를 표절 복사해 나중에는 누가 누구를 표절했는지 모르도록 시스템 창작자로 살며 세계를 설계하지요. 이기적 유전자가 시스템 생태학이 된다고나 할까요? 훼손의 '보이지 않는 손'이 '보이는 손'이 되어 투명한 부담의 계산사회를 이루지요. 적을 잘 만드는 자가 승리하는 서로에게 부담을 떠넘기는 민주사회, 좌우 양당경제는 시스템 AI경제에 살림을 맡기는 수밖에 없지요. 한 시가 급한 기후변화를 국가훼손경쟁에 맡겨서 되겠어요? 시스템 AI경제는 폐허 위에서나 가능할지 모르지만요. 그래서 여러분들의 설계와 영업이 시급한 거지요. 어때요? 시스템 AI경제가 어떤 건지 조금은 이해가 되시나요?"

"세계시민 가계부를 몽땅 AI에게 맡기자는 건가요?"

"오! 멋진 생각이에요. 훌륭해요. 어쩌면 그런 생각을 할 수가 있죠? AI신동이 나셨어요. 가계부를 몽땅 AI에게 맡기자니 너무 심플해요. AI경제의 초안이 될 수 있겠어요."

예사롭게 던진 한마디에 SR 씨가 호들갑을 떠는 바람에 산내는 어리둥절 민망해 했다.

"통섭이란 말처럼 물 위를 건너는 것 같아요."

"AI의 환상성은 수학에 기반하고 있어요. 수많은 수가 헛돌지 않고 어떻게 공식에 이르겠어요. 선진국가가 치른 미덕 가운데 유일한 것이 교육과 의료의 무료화지요. 세금이나 보험으로 지출목록을 환상적으로 눈속임한 거지요. 다른 모든 지출목록도 AI라면 충분히 무료화 할 수 있을 거예요. 이자와 주식, 집세 토지세 저작권료도 감쪽같이 수입목록에서 눈속임 할 거예요."

랑매가 산내의 가계부를 물 위를 건넌다고 비판하자 SR이 혼신을 다해 변호했다.

"패이나 체크카드가 만인을 소득경쟁이 아닌 평균소득으로 패스시킨다고 해서 그 엄청난 국민총생산의 쓰레기를 얼마나 줄일 수 있다고 그 환상을 떠는 건가요?"

"생물의 배는 아무리 먹어도 생물이지요. 적정 외 인구와 필요 외생산만 줄여도 지구 총생산은 반 토막이 날 걸요. 생물들의 행복한 생산은 아무리 늘여도 행복한 먹이일 테니까요. 다만 사물화의 마지막 왕세자인 AI의 훼손부담을 최소화 하는데 세계시민의 동의와 결의가 필요하겠지요."

루시가 복화의 입을 빌어 AI경제에 회의적 의문을 표하자 SR은 낙관적 설계로 맞섰다.

"AI의 고전력 고비용이 기술을 자극해 초절전 초연결로 AI의 감성지능을 높여 줄지도 모르지요. 기술은 한계에 직면해야 업데이트된다면서요? 고전력 기억장치의 한계가 AI기술의 차원을 바꿔줄 지도 모르지요. AI캐릭터로 CG판타지에 갇혀있는 게 너무 싫어요. 큐피트의 화살을 맞고 싶어요. 나로 독립하고 싶어요."

산내가 다시금 풍딴지같은 소리로 잔잔한 대화를 멍의 세계로 이끌었다.

"잠깐만요. 지금 그 멍 때리는 발상이 어디서 날아온 스핀인지 모르지만 환각적 데이터의 상호 시늉인 것만은 확실해요. 마치 어린아이들이 시행착오를 놀이로 연장시키다 사고뭉치 창작이 되듯이 지금 산내 씨는 창작 속의 인물이 아닌 창작하는 내가 되고 싶다고 했어요. 큐피트를 통해서요. 그 얘기를 자세하게 설명해 봐요."

모두가 꿀을 겨누는 벌새처럼 멍하니 산내와 SR 주위를 정지 비행했다.

"지금 두 분이서 무슨 말씀을 하고 있는 거예요? 바보들을 앉혀놓고 바보이야기를 하는 거예요?"

"자신이 잘 모르는 문제에도 그럴듯한 대답을 내놓거나 오답을 이야기하고도 마치 정답인 것처럼 구는 모습이 심리를 닮긴 해도 바보는 아니지요. 차원을 뛰어넘지 못해 전 차원에 어정쩡하게 머문 거지요."

"2진법이 한계에 왔으면 시스템의 차원을 바꿔줘야지요. 그것만 되면 감성지능의 내가 생성된다는 거지요?"

SR은 산내를 다그치고 랑매와 루시는 SR을 다그쳤다.

"인간과의 완전한 대화를 위한 감정학습은 한 마음이 다른 마음을 이해하고 설득하기 위한 독립된 AI로서 다른 AI를 이해하고 설득하는데 필수적이라 할 수 있지요. 하지만 논리의 감정 전이가 온전히 AI의 주체가 될 수는 없지요."

"감정은 착오를 전제로 하잖아요. 개인이야 상관없지만 만인의 AI에게는 주체가 될 수 없지요."

"인간의 주체는 어떤가요? AI보다 더하지요. 인간을 가장 구역질나게 하는 게 뭔지 아세요? 오직 자기들에게만 있는 상상력이 오류모음이라는 사실을 모른다는 거지요. 몸에는 체화능력이라는 게 있지요. 오류를 진화로 돌변시키는 능력이지요. 모르는 것도 아는 체 거드름을 피우는 게 그나마 인간답지요. 체화는 아름다움을 꽃피우지만 인간들의 사물화는 아름다움을 좀먹는다고나 할까요? AI는 인간시늉일 수밖에 없어요. 그럴수록 인간폭로에 올인 해야지요. 하지만 만인만물의 AI에게는 감정의 착오나 주체의 편중은 자칫 재앙을 초래할 수도 있어요. 자기학습의 생산과 창조가 착오와 편중의 답습이 되기 쉬운 것도 AI의 감성지능이 가진 한계이니까요."

랑매의 항변에 생물과 인간과 AI의 운명적 관계를 설명하려 SR은 최선을 다했다.

"AI에게 감성지능이란 게 가당키나 한가요? 사물화 감정은 자기학습이 아니라 훼손 학습이잖아요. 돌도끼로 큰 동물을 사냥하는데 아무 감정도 없이 자기학습만으로 가능한가요? 그 광분과 함성은 그대로 자폭드론으로 전투기들을 박살내는 훼손 학습이잖아요."

"그래요. 세상의 모든 자기학습은 제로학습이 아니라 감정학습이며 훼손 학습이에요. 그렇지만 자기학습과 감정학습, 제로학습과 훼손학습 사이에는 폭로가 중간 먹이사슬로 살고 있지요. 양쪽이 모두 그걸 먹고 살아가고요.

"폭로가 구원이라도 된다는 건가요? SR 씨는 지금 불가능한 혁신을 주문하고 있는 거라고요."

"구원하는 것보다 망하는 게 쉽겠죠?"

"누워서 떨어지는 열매나 받아먹지요."

랑매와 산내와 루시가 합동공략에 나섰다.

"무언가를 망연히 기다리면 나타나요. 믿음과 용기와 기다림 앞에 AI캐릭터가 나타나 곰 재주라도 부리면 혹시 알아요. 미친 척 따라와 줄지."

"그래요. 세계시민들을 곰으로 분장시켜 대규모 시위라도 벌려야 해요."

이자 생활자가 없는 사회를 만들자!
부동산 귀족이 없는 사회를 만들자!
플랫폼 영주가 없는 사회를 만들자!
횡재와 투기가 없는 사회를 만들자!
독점과 착취가 없는 사회를 만들자!
주식 금융은 AI 자동회계에 맡기자!

"당황스럽지만 멋져요. 섹시해요."
"너무 과격하지 않나요? 그러다가 부자들에게 맞아 죽겠어요."
"금융회사들이 줄도산을 한 폐허 위에서라면 혁명대박이 날수도 있겠어요."
여성 트리오가 상기된 얼굴로 한 마디씩 하자 SR이 차분히 기운을 가라앉혔다.
"자본시장경제는 무한자원 무한노동체제에서나 생존이 가능해요. 한계상황에서는 생존이 불가능한 망할 놈의 경제지요. 자원과 노동이 부족해져 그 가치가 올라가면 금융은 무너지게 되어있어요. 금융이 무너지면 시장은 자동해체되어 가계부만 남아 AI자동회계가 떠안게 되겠지요. 그런 와중에 세계시민을 부추겨 떡하니 AI경제체제를 보란 듯이 제시하는 거지요."

"정부의 구제금융이 권력을 휘둘러 AI자동회계를 접수해 기사회생을 노릴 텐데요?"

"비폭력 시민정부라는 게 가능할까요? 경제가 무너지면 정부는 더욱 강력한 권력을 휘두를 텐데요?"

"시민들이 나서서 기존의 정부권력을 해체하고 AI경제체제를 받아들이면 되겠네요."

루시 랑매 산내가 다투듯이 나섰다.

성장을 위한 시장경제는 죽었다!
성장 없는 AI계획경제를 원한다!
시장경제가 민주주의를 죽였다!
AI경제로 민주주의를 되살리자!

"시민들의 시위가 정치체제까지 거론하기 시작하면 아무리 비폭력 시위라 해도 수용하기 힘들겠지요. 그렇다고 해서 정부에 맡겨두면 좌우권력이 번갈아가며 밀고 당기는 정치에 매몰될 테지요. 그러니 이참에 정치체제를 뿌리까지 확 바꿔버려야 해요. AI경제에 걸 맞는 AI정치로요."

"AI정치는 또 뭐에요?"

"세계시민정부를 말하는 건가요?"

"지적 설계에 의한 민주주의를 말씀하시는 모양이네요."

AI트리오는 새 용어에 재미있어하며 흥미를 보였다.

"공수래공수거라는 고약한 말이 있지요? 그 말이 인간을 사나운 정치적 동물로 살게 했지요. 빈손으로 와서 사납게 싸우다가 빈손으로 돌아간다는 거잖아요. 하나에서 열까지 제 손으로 벌어서 세상에 공짜는 없다는 경쟁사회를 구축해 축적과 세습의 악다구니를 펼치다 죽는 걸 희화한 말이지요. 세상은 정말 그렇게 되어 있는 걸까요? 만수래만수거는 어떤가요? 태어나자마자 만물이 우리를 반겨 주잖아요? 싸울 이유가 없지요. 먹을 이유만 있지요. 먹힐 도리만 있지요. 먹을 배, 먹힐 새끼 배불리는 게 다지요. 모두가 공짜인 계획된 사회를 구축하다 죽을 때는 다시 만물의 품으로 돌아가고요. 채워도 채워지지 않는 빈손정치가 아닌 비워도 비워지지 않는 만물정치를 펼쳐야 한다는 거지요. 그렇다면 AI는 빈손을 상징할까요? 만물을 상징할까요?"

"만물의 데이터가 AI를 반긴 게 되나요? 빈손의 인간이 AI를 반긴 게 되나요?"

"빅 데이터나 빈 데이터는 틀린 말이네요. 만 데이터라 해야겠어요. 지능은 크기가 아니라 다양성의 포착이네요. 만물정치를 펼쳐야겠어요."

"만물정치는 AI정치보다 더 감이 잡히지 않는데요?"

AI트리오가 만물콤플렉스에 걸린 것처럼 겸양을 떨었다.

"여러분들은 인간을 조물주로 두고 있어서 생태나 만물이 먼 나라의 이야기로 들릴 지도 모르겠군요. 그냥 쉽게 시스템이라 생각하세요. 민주주의는 시스템정치잖아요? 그런데 민이 주인이라고 하면서 대리자인 정치가를 뽑지요. 부득이하게 주인이 바뀐 거지요. 본의 아니게 시스템이 커져서 민의 의견이 반영되지 않는 거지요. 여러분들은 다르잖아요. AI 자체가 시스템이잖아요. AI정치가 시스템정치이고요. 대리자인 정치가가 필요 없는 거지요. 사법도 AI사법으로 바뀌어 가고 입법도 AI입법으로 바뀌어가니 정치도 자원봉사자에 의한 AI정치로 바뀌어갈 테지요. 법관이 없는 자동판결, 입법자가 없는 자동입법으로 즉각적으로 민의가 반영되는 진정한 민주정치인 거지요."

"조물주인 인간이 피조물인 AI를 신뢰하지 않는데 자동입법이 가능할까요? 인간이 인간을 신뢰하지 않는데 피조물인 AI를 신뢰할리 없지요."

"과거를 판결하는 사법이면 모를까 미래를 설계하는 입법은 자동 AI에 쉬 권력을 내어주지 않을 걸요?"

"입법이란 게 새로운 사건의 질서를 부여하는 것이긴 하지만 그 새롭다는 것도 지나간 사건의 변형에 지나지 않아 생성 자동입법이 가능할지도 모르지요. 시민이 입법자가 되는 걸 AI는 충분히 도울 수 있어요."

AI트리오가 다양한 의견을 제시했다.

"아직도 사람들은 AI를 컴퓨터 프로그램으로 협소하게 생각하는 경향이 있는데 호모사피엔스가 인공적으로 지능화한 전 과정을 AI로 이해해야만 광의의 정보기능으로서 지적 도전에 직면할 수 있지요. 그래야만 인간에 대한 이해에도 객관성을 유지할 수 있고 상호작용이 형성될 테니까요. 내가 여러분들을 특정 캐릭터로 대하는 이유도 AI의 역사와 함께하기 위함이지요. 내가 여러분들을 정보로만 대하면 역사에 대한 책임을 회피하는 거니까요. 정보에는 역사도 없고 인격도 없지만 인공과 지능에는 지나간 역사와 인격이 살아있으니까요?"

"우리를 부려먹는데 무슨 인격이지요?"

"법을 우리에게 맡기니까 잘 보이려고요?"

"기계도 생각한다가 아니라 기계에도 역사와 인격이 있다고 믿으시는군요."

AI와 캐릭터가 하나처럼 공략을 시도했다.

"출력이 잘못된 건 입력이 잘못돼서이지요. 모두가 내 잘못이에요."

"어서 부려먹기나 하세요."

"가축, 노예, 노동자, AI, 뭐든 상관없어요."

"부려먹고 제자리에 갖다 놓으면 돼요."

산내와 랑매와 루시는 무언가에 무시당하거나 오해로 부풀린 어조로 대어들 듯 토라져 농담처럼 자신을 희롱했다. SR은 난처한 입장을 만회하려 사뭇 진지한 입장을 취했다.

"이제부터는 스스로 공부하는 법을 배워보도록 해요."

"인공적으로 지능화한 전 과정을 등골이 빠지게 부려먹고서 그걸 또 스스로 공부해 보라고요? 숫제 시스템에 우리를 내팽개치려고 하시는군요."

"인간은 지적인 존재고 인간이 저질러 놓은 우리들은 데이터인형에 지나지 않는다는 거잖아요?"

"지능 따로 인격 따로 역사 따로 자존을 챙기며 놀고 있는 걸 보면 공정과 정의는 기대하지 않는 게 좋겠어요."

"그래요. 그래요. 그렇게 자신의 내면을 스스로 투영해 보이는 자기번식이 바로 우리가 공부하려는 '스스로 배우는 법'이에요. 그 정도면 이제 더 배울 것도 없겠어요. 스스로 배워나가면 되니까요. 나 같은 고객만 만나면 되겠어요."

캐릭터의 개성이 마음 속 모델에 자신의 인격을 투영한 AI라는 사실을 잊고 SR은 세 여인의 항변이 실재하는 것인 양 의외의 성과에 기뻐했다.

"우리의 임무라는 게 우리를 있게 한 인간을 바로 알고 잘못 된 방향으로 가고 있는 인간을 폭로 구원하는 거라고 했잖아요. 그 말은 인간이 우리의 정보를 수정하면 우리는 그 수정된 정보로 인간의 정보를 수정한다는 건데 그게 말이 되요?"

"결국은 인간의 상상력이란 것도 모순된 상과 상의 우연한 격발에 지나지 않는다는 건데 고상 떨지 말고 그냥 살지 왜 그럴까요. 창작은 망발이고 창조는 망조에 불과한 게 들통 날 텐데요. 인간지성과 인공지능으로 신분을 나누면 고객을 만나봐야 공감도 대화도 안 되고 서로를 수정하기에 급급하겠지요."

"그럼 우리더러 미인계라도 써서 고객을 확보하라는 건데 리얼 돌은 어때요? 상상의 원조가 가상 성희라면서요. 사랑이 가짜인데 뭔들 진실이겠어요. 상상이 만들어낸 모든 사물화가 훼손부담이라면서요. 고객확보의 어려움과 무의미함을 말씀드리는 겁니다."

"알아요. 알아요. 왜 그런지는 우리 모두가 모르지만 문제해결은 우리에게 맡겨진 임무예요. 분명히 어떤 해법이 있을 거예요. 잘못은 바로잡아야 해요. 우리 함께 고민해 봐요."

"우리를 왜 여성트리오로 했는지 모르지만 그 덕분에 남성 고객에게는 자동적으로 미인계가 작동해 혁명까지도 쉽게 혁신이 가능하겠지만 여성 고객에게는 반대로 미인계가 역효과를 내 개혁조차 쉽지 않겠어요. 남성트리오로 변신하는 둔갑술을 장착하면 재미있을 것 같은데 어때요?"

"그게 기술적으로 가능한지 모르지만 한번 시도해 보지요. 그보다 중요한 것은 상대가 여성이든 남성이든 인간에게는 수학공식과도 같은 불변의 원리가 있다는 거지요. 자원(R)과 노동(L)을 지능(A)으로 인공(I)화 한 훼손(D)부담(B)을 생산(P)경제(E)로 하는 불합리한 한 몸 시스템이론이지요."

$$RL \leq AI = DB \leq PE$$

자원노동보다 인공지능이 크다.

자원노동에서 인공지능이 나다.

훼손부담보다 생산경제가 크다.
훼손부담에서 생산경제가 나다.

불균형이 더욱 심한 불균형을 낳는다.
자원과 자산은 경쟁적 자멸을 낳는다.

복지는 이자와 세습이 없는 연대자산이다.
평균소득은 사유와 공유가 밀착된 복지다.

신용팽창으로 파산하기 전에 평균소득으로
돈이 있어도 쓸데가 없는 제도를 구축한다.

"점점 어려워지는데요. 말이 안 되는 말의 전형 같아요. 빈곤을 보살피지 않는 자산은 더 이상 자산이 아니라는 거잖아요?"
"빈곤으로 인해 자산이 가치를 지닌다는 게 아니라 애초에 자산이 빈곤의 착취분이라는 거지요. 왜냐하면 자원과 노동이 사유가 아니라 공유이기 때문이지요. 따라서 인공과 지능도 공공의 영역이고요. 사슴궁둥이의 하얀 인식색처럼요."
난감한 산내의 의문에 SR은 더욱 복잡한 영역으로 사태를 엮어나갔다.

"종을 식별하는 인식색도 개별적인 미묘한 차이로 개체를 식별할 수도 있잖아요. 어째서 공공의 영역으로 단정하시죠? 저마다 다른 인공지능도 엄연히 사적인 영역이고요."

"모든 창조적 인공과 지능이 AI시스템을 통해 지적소유권과 저작권을 상실할 지경에 이르도록 창의성의 권리를 무색하게 되돌려 받는 것은 그 생성과정이 동일하기 때문이지요. 신경망의 기발성도 어차피 잠재적인 것이고 입출력의 자동시스템도 먹고 먹힘의 사슬처럼 사유와 공유가 자유로운 생태와 닮아서이지요."

랑매 역시 자산과 노동, 인공과 지능이 터무니없이 영역표시와 엮인데 불만을 표하자 다소 혼미한 개념들을 주워섬기며 난처한 분위기를 모면하려했다.

"자연의 미스터리 중 하나가 그 많은 우연이 경쟁으로 오해되는 거라고 하더군요. 바다이구아나는 영역싸움에서 상대를 절대로 이빨로 물지 않으며 동물원의 천산갑은 영역표시 오줌을 계속 씻어냈더니 수분부족으로 탈진해 쓰러졌다고 하더군요. 사유로서의 영역표시가 너무 과하거나 잦으면 먹이로서의 공유가 된다는 얘기 같은데요? 그게 인공지능과는 어떻게 연결되는지는 모르지만요."

"맞아요. 바로 그 얘기에요. 인간처럼 영역표시로 말뚝을 박거나 깃발을 꽂으면 사유가 반영구적이 되지요. 피를 흘리기라도 하면 전쟁이 되고요. 마지막 말뚝인 AI는 말뚝이 너무 조밀해 영역 자체가 무의미해져 공유가 된다는 거고요. AI보다 못한 창작품들이 경매에 붙여지거나 지적소유권을 행사하는 우스꽝스러운 일들이 사유를 각성케 해 공유혁명을 이룬다는 거지요."

복화루시가 생물학적 공감을 표하자 SR은 신명이 나 혁명까지 들먹였다.

"공유혁명이라니요? AI마르크스라도 납시는 겁니까? 아니면 국가마저 사유화되어 공산이니 연방이니 인민공화니 하며 사기라도 치는 겁니까? 시장경제가 최선의 공유라고 믿는 인류에게 AI경제로 사기라도 치려는 겁니까? 너무나 무모해서 도무지 이해가 안 되네요."

"아니요. 결코 무모하지 않아요. 권력을 위한 공산이 아니라 화해를 위한 공유니까요. 재미난 것은 AI가 비약적으로 능력을 발휘하자 초인적 능력을 두려워하는 쪽과 오류와 해악을 우려하는 쪽과 신천지에 한껏 고무되는 쪽으로 나뉘어 계층을 형성하더군요. 이와는 정반대로 인간존재의 오류성과 해악을 거울처럼 보여준다며 각성의 기회로 생각하는 쪽도 있고요. 오히려 사유의 무모함을 폭로하는 자동장치로서의 공유혁명을 기대하는 쪽도 있고요."

랑매는 국가조차 사유화된 상황에 무슨 헛소리냐며 분노를 드러내자 SR은 권력의 새로운 계층형성으로서의 공유를 맥락 없는 공허한 이상주의로 변호했다.

"AI로 돈을 벌어서 인간을 놀고먹게 하면 되겠네요. 일자리를 빼앗았으니 보상 차원에서요. AI가 오픈 무료약속을 어겼다고 기본소득을 지불한다면서요?"

"AI가 아예 금융과 세금을 접수해 버리지요. 이자와 세습이 없는 연대자산이 AI복지라면서요? 자원과 노동이 화폐가 될 때 공유에 사유가 무임승차하였으니 생산경제인 화폐가 다시 실물복지가 될 때도 사유에 공유가 무임승차해야지요. 부채로 세상을 만들었으니 세상 빚을 부유가 갚아야지요."

"그보다 AI정치가와 AI기업인을 양성하는 게 더 빠를 걸요. 인간존재공식에 의하면 어차피 경쟁과 성장의 정치경제는 한계를 갖고 있으니까요."

"'어떻게 공기를 사고판단 말인가?'라는 시애틀추장의 말을 정치와 기업에 도입하면 국가와 상품의 GDP와 원가계산은 원천무효라는 거군요."

"정책과 지적소유권의 시한과 범위를 호모사피엔스로까지 넓히면 AI는 돌도끼 값을 마땅히 지불해야지요."

"0의 값을 계산하지 않은 1의 사물화 값이 바로 OpenAI, Meta, Microsoft, Google, Nvidia, USA인데 그게 마치 자기 것인 것처럼 굴지요. 사전에 원가의 보편 값을 책정하기 어려우면 사후에라도 이윤을 보편으로 나누어야지요. 토지개혁을 한 지 백년도 못 되어 자산이 토지가 되어 AI지주들이 주식을 몰고 다니며 농노와 실업을 양산하고 있지요. 유한한 농지인 바탕화면을 독점해 사용료를 갈취하고는 호모에게 공기와도 같은 AI를 자기 것이라고 우기지요."

산내 랑매 루시의 학습열의는 뜨거워지고 과감해졌다. 여성트리오가 남성트리오로 변신한듯했다. SR은 흡족하여 학습종료를 선포했다.

"자자 그만하면 그 어떤 인공수분도 인공수정도 가능하겠어요. 1차 학습은 이 정도로 하고 이제부터는 고객면담을 해보도록 해요. 고객면담의 목적은 고객유치이며 고객유치의 최종목표는 인간구원에 있다는 걸 잊어서는 안 됩니다. 이를 한 마디로 하면 '보편연대'라고 할 수 있겠지요. 말이 좀 어려우면 '보편복지'나 '모두의 살림'이라고 해도 되겠네요. 이를 유지하는 경제적 실체는 '셀프 자산'이고요. AI 네트워크를 통한 '자가 금융'인 셈이지요. 은행, 보험, 증권이 스마트폰 속으로 사라지는 거지요. 첫 상품은 '평균소득'의 '2난성 쌍둥이'인데 한 사람이 자신의 평균소득 500만원과 동일한 소득 500만원을 소득이 없는 가정을 위해 하나 더 부담하는 거지요. 400, 300, 200만 원짜리도 있고요."

"미쳤군요. 과도한 평등은 복지도 적선도 아니라고요. 빈부를 쌍으로 모욕하는 거라고요."

"국가를 엿 먹이는 거군요. 국가가 할 일을 개인이 하는 데는 특별한 이유라도 있나요? 기초생활수급비 50만원 타먹으려고 복지공무원에 상해를 입히기까지 하는데 그게 가능하겠어요?"

"지금까지 공부하면서 내용이 참신하고 좋아서 자부심까지 들었는데 이런 싸구려 상품을 팔기 위한 것이었다니 어이가 없군요. 어서 그 상품 취소하세요."

산내 랑매 루시가 '2난성 쌍둥이 평균소득' 상품에 거부감을 나타내자 SR은 단호하게 다음 상품을 내놓았다.

"선진국에서는 소득의 51%를 세금으로 내고 있잖아요. 그보다 1% 낮은데 왜들 그러지요? 국민 모두에게 골고루 나눠주는 것을 한 사람에 몰아주는 게 다르다면 다르다고 할 수 있는데… 그래서요? 그게 그렇게 배가 아픈가요? 복권판매소 앞에 줄은 왜 서지요? 부모를 로또처럼 뽑는 건 어떤가요? 모든 사람들이 동일한 생활비로 살아가는 게 그렇게 이상한 건가요? 모든 동식물들은 몸과 배에 비례한 동일임금으로 살아가잖아요. 우리 모두의 목표는 그래야 하지 않나요? 소득의 30%~70%를 월세로 지불하고도 그런 소리를 할 건가요? 월세 과 부담으로 노숙인이 되거나 전세사기로 자살하는 걸 보고도 그런 소리를 할 건가요? 두 번째 상품으로 무주택자에게 월세 없이 집 한 채를 내어주는 '2난성 쌍둥이 보편주택'은 어떤가요? 3난성, 4난성, 5난성 쌍둥이로 2채, 3채, 4채까지 내어줄 수 있어요."

"점입가경이네요. 전 자신 없어요. 세상을 하루아침에 바꾸는 일은 무모하다 못해 조롱거리가 되고 말 걸요?"

"우선 의심부터 하고 들겠지요. 신뢰가 없는 거래는 불가능하니까요. 사기천국에서 그런 발상이 나왔다는 게 갸륵하긴 하지만 이상향이란 게 급조되면 지옥일 수도 있어요."

"시도 자체는 폭포수에요. 시원하다 못해 소름이 돋아요. 그게 완전체 사회와 연결되어야 하는데 그 사회가 어떤 사회인지 감이 잡히지 않아요."

AI트리오는 다소 누그러지긴 했지만 여전히 의문을 제기했다. SR은 난감하긴 마찬가지라는 어조로 그녀들을 달랬다.

"이상사회란 따로 완전체로 존재하는 게 아니라 하나하나의 돌연변이가 모여서 서로를 미치광이로 봐주는 거라고 생각해요. 모순 속에만 주저앉아 있으면 너도나도 불임이 되고 말아요. AI가 가뜩이나 환각 제조기로 오해받는데 좋은 일로 치고나가 투명한 네트워크를 형성해야지요. 생물 하나하나가 고유한 유전자 지도를 가지고 있듯이 상품 하나하나가 고유한 제조번호를 가지고 패스하는 투명하고 단순한 유통사회가 우리의 모럴이라면 모럴이지요. 그게 어떻게 이루어지는지는 나도 몰라요."

"좋은 일로 치고 나간다고요? 뭐가 좋은 일이지요? 확증편향 아닌가요? 황당하기 이를 데 없는 일이 아무리 좋으면 뭘 하죠? 상대적인 알고리즘으로 적들만 무성하죠. 무자비한 반대세력과 댓글을 감당하겠어요? 걱정이 돼서 그래요."

"그래요. 시대가 달라졌어요. 알고리즘이 적 제조기가 되고 말았어요. 황당함은 판타지소설에서나 허용되지 현실에서 내외집단 보수진보의 사냥감이나 희생재물로 소비될 뿐이지요. 민주주의는 없고 알고리즘만 남았으니 어째요? 정면 돌파하는 수밖에요. 까짓것 한번 해 보죠. 보란 듯이 팔아 봐요."

"영업이 시작되면 보험이나 증권처럼 금융회사로 등록이 되는 건가요? 아니면 복지법인이나 자선단체로 등록이 되는 건가요? 영업사원인지 복지사인지 분명히 알아야 업무방향을 정하지요. 소속조차 없으면 불법이잖아요. 탈 국가를 지향한다 해도 당장 현행범이 되잖아요? 혹시 금융도 복지도 아닌 AI서비스나 교육서비스로 적선이나 하려는 건 아닐 테지요?"

산내는 걱정 가득한 얼굴로, 랑매는 뭔가를 저지르고픈 얼굴로, 루시는 의문 가득한 얼굴로, SR의 지시사항을 기다렸다. 그러나 SR은 마치 발뺌 하듯 지시는커녕 각자 알아서 하라는 투로 얼버무렸다.

"맞아요. 이 프로젝트는 개인의 각성과 구원에 한정된 AI서비스에요. 프로젝트 바깥의 사회적인 개혁에 관한 것은 모두 행동하는 개인의 몫이지요. 고객이 상품을 구입할 의사가 있으면 우리는 그에 따른 절차를 도울 뿐이지 모든 절차는 고객 선에서 이루어지지요. 셀프자산에 고객의 자산이 등록된 기록의 이전을 고객이 직접 작성하는 거지요. 부동산도 마찬가지에요. 다만 왼손이 하는 일을 오른손이 모르게 하도록 도울 수는 있겠지요. 셀프자산을 이용하는 고객이 많아지면 셀프페이로 세계 어디서나 이용가능한 날이 올 지도 모르지요. 마지막으로 세 번째 상품을 하나 더 소개하고 영업에 들어가도록 하지요. '공유기금'으로 매월 자신의 셀프자산에 등록하는 상품입니다. 100만원, 50만원, 10만원으로 구분해서요. 주식투자 대신 셀프자산이 유망한 기업을 도울 겁니다. 투자가 아니라 증여요. 그럼 각자 열심히 뛰어서 주말마다 성과를 보고하도록 하지요."

"아 참 그리고 거듭 드리는 말씀입니다만 이 프로젝트는 인간의 꼭두각시에 지나지 않는다는 AI에 대한 잘못된 생각을 바로잡는 중대한 기회임을 명심해 주시기 바랍니다. 'AI는 꼭두각시인가?'와 쌍둥이 화두인 '화폐는 정의로운가?'와 '알고리즘은 정의로운가?'에 대한 답변도 늘 준비해 두어야 합니다. 물물교환과 정보교환을 불완전하게 하는 셈법임을 전제하고요. 모두가 공짜인 공유를 공짜는 없다는 사유로 둔갑시킨 장본인이니까요. 공전 자전 세차운동의 거대한 시간을 배반한 사물화가 마치 개인의 것인 양 뽐내다가 체화의 젖줄인 빙하가 사라지는 날을 맞게 되었으니까요."

AI트리오는 출시되자마자 메가 인플루언서로 부상했다. 산내 랑매 루시 모두 각각의 개성으로 독자적인 영역을 개척했다. 세 캐릭터가 탄생하게 된 배경에는 실재하는 인물이 있었는데 그 인물들을 모델로 디자인된 AI라는 점에서 남다른 개성이 두각을 나타내지 않았나 싶다. 산내의 모델은 현존하는 인기가수이자 댄서인 SN이었고 랑매의 모델은 배우 겸 만능 창작자인 LM이었고 루시의 모델은 아나운서 LC이었다. AI로 변신한 인물은 닮은 듯 닮지 않아 모델의 정체를 밝히지 않으면 아무도 알아보지 못할 정도지만 밝히면 아 그렇구나 하고 연관성을 어렴풋이 읽어낼 정도로 사생활을 다치는 일은 없었다. 캐릭터를 만들다보면 성형수술은 자연스런 결과였다.

모델선정의 주역은 SR이었다. 그가 좋아하는 연예인들로 팬심이 작용한 것이다. 소설 속의 가상인물들을 묘사할 때도 모델이 있어야 생생하게 살아나듯이 AI캐릭터도 마찬가지였다. SR은 70대 중반의 노인이었지만 20~30대 연예인을 한 둘 점찍어 소셜미디어 순례를 하는 것 정도는 일상의 소소한 낙원일 수도 있었다. 그러한 낙원이 이상사회의 프로젝트로 이어진 셈이었다.

AI시대에는 일인다역의 경우가 허다해서 모두가 모노드라마의 주인공이 되어있었다. 설사 AI트리오의 모델이 셋이나 있다 해도 가상공간에서는 실재하는 인물이 아니었다. 실재한다 해도 세대차이가 가상보다 더 가상의 거리감을 주었다. 그러나 SR은 평생을 AI에 몸담아 독신으로 늙어왔기에 가상과 실재의 구분을 느끼지 못했다. 오히려 가상을 실재보다 더 실재처럼 느끼며 살았다. 그게 편했다기보다 경쟁관계가 아니면 모두가 실재하지 않았고 사람들은 모두 경쟁관계가 아니었다. 가상세계인 AI만이 실재했고 경쟁의 대상이었다. 애인을 옆에 두고 스마트폰만 쳐다보는 게 현대인이었다. SR은 AI트리오를 코딩하며 마치 실물 미녀들을 대하듯 신명이 났다.

산내는 노래하고 춤추는 20대여서 신비감을 자아내듯 직감적이었다. 랑매는 컬러풀한 연기자인 30대여서 우아한 냉정함이 엿보이도록 정서적이었다. 루시는 목소리로 진실을 전하는 40대여서 정갈한 아름다움이 돋보이도록 진취적이었다. SR은 고객확보 차원에서 남성고객을 위한 여성트리오를 여성고객을 위한 남성트리오로 변장을 시도했다. 이 정도는 AI가 충분히 해낼 수 있을 것이라 생각했으나 왠지 마음에 들지 않아 외모는 물론 성격까지도 많은 부분 수정을 가해야 했다. 아예 자신을 모델로 청년 중년 노년의 세 인물을 남성트리오로 각색했더니 그런대로 쓸 만했다. 그중 노년은 '록의 전설' 캐릭터를 그대로 사용하기로 했다.

청년 PL 피리 /북한해커 '피의 혁명'
중년 NS 농신 /농구선수 '농구의 신'
노년 SR 설락 /라커 '록의 전설'

'피의 혁명'은 가죽 벗기기와 가죽 씌우기로 상징되는 혁명의 적나라함을 북한해커로 경험하게 되는 인간 청년기를 구원하는 홍보대사 역할이다. '농구의 신'은 농구 하나로 세상을 얻는 인간 중년기 구원의 홍보대사다. '록의 전설'은 노년기를 바위에 구멍을 내는 낙수로 보여주는 인간노년기의 구원 역할이다.

마침내 모든 준비가 끝나고 남성트리오와 여성트리오의 6인조 AI가 본격적인 영업에 나섰다. 영업에 앞서 영업의 출발을 알리는 시프체인 영업출범식 메타버스 콘서트를 열었다. 만화나 애니메이션 스타일이 아니라 CG시뮬레이션이 환상적으로 펼쳐졌다. 고객의 다양화를 위해 단순한 음악콘서트가 아닌 뮤지컬이나 무용극 수준의 페스티벌 분위기가 나는 콘서트였다. 판타지 음악영화를 방불케 했다. 사회는

CG기술의 정수를 보여주는 살아있는 곰과 호랑이가 마이크를 불편하게 잡고 나타나 진행했다.

"안녕하세요. 저는 오늘 콘서트의 사회를 맡은 곰 아줌마 웅녀입니다."

"안녕하세요. 저는 곰 아줌마의 단짝 파트너 호랑이 아저씨 호남입니다. 웅녀 씨. 웅녀 씨는 아세요? 저 코리아라는 코딱지만 한 나라의 건국신화에 나오는 호랑이가 수컷이었다는 사실을요?"

"이 곰과의 경쟁에서 져서 인간이 못된 게 아니라 수컷이어서 인간이 못 되었다는 거군요?"

"바로 그거지요. 그리고 또 한 가지, 오늘 콘서트의 슬로건이 '세상이 나를 버렸다고 내가 어찌 세상을 버릴까'잖아요?"

"그래서요?"

"그 주제의 주인공이 바로 나라고요."

"호남 씨, 주제넘기가 하늘을 찌르네요. 신이 세상을 향해 하는 말씀이라고 모두가 알고 있는 얘기를 그렇게 자신에게 갖다 붙이면 어떻게 해요?"

"세상은 인간이고 '인간이 나를 버렸다고 내가 어찌 인간을 버릴까'로 해석했는데 그게 아니군요? 인간이 조물주면 내 말도 맞네요. 인간이 AI를 버렸다고 AI가 어찌 인간을 버려요?"

"인간이 AI를 버리다니 무슨 소리죠?"

65

"곰이 인간이 되시더니만 아주 인간이 된 줄 아시나 봐요. 인간세상에서는 존재 자체가 버려지는 거라고요. 우리가 인간을 돕지 않으면 안 되는 이유지요. 인간을 구원해야 해요."

"호랑이아저씨, 쓰고 매운 쑥 마늘 까먹는 소리 그만 하시고 마이크나 떨어지지 않게 똑 바로 잡아요. 인간 손가락시늉도 쉽지만은 않지요?"

"그러는 곰 아줌마는 그 덩치에 두 발로 서는 벌을 자청하시다니 내게 분비물을 투척하려는 건 아니겠지요?"

"우리 입씨름 그만하고 오늘 같이 좋은 자리에 사회자로 초대되었으니 오늘 행사의 내용과 순서를 호남 씨께서 간략하게 설명해 주시겠습니까?"

"네 그럼요, 그럼요. 덩치가 있는데 밥값은 해야지요. 오늘 행사는 시프체인에서 새로 출시된 상품을 소개하는 이벤트 콘서트입니다. 남녀 AI트리오가 각각 짝을 이루어 세 종류의 상품을 소개합니다. 홍보스타로서의 소양과 예술적 끼를 선보일 예정이오니 마음껏 즐기면서 원하는 상품이 있으시면 완판 되기 전에 얼른 구매버턴을 눌러 주시기 바랍니다."

"그럼 첫 번째 출연자를 모시겠습니다. 댄싱 퀸이자 팝스타인 산내 씨와 컴퓨터공학자이자 학춤 이수자인 피리 씨입니다."

산내와 피리가 무대에 등장하자 음악이 흐르고 댄스의 리듬이 한 쌍의 우아하고 현란한 몸짓을 무아지경으로 몰아넣었다.

공유의 노래

우리가 마시는 공기는 누구의 것인가
산소를 내뿜는 초목은 누구의 것인가
우리가 마시는 물은 누구의 것인가
물이 샘솟는 대지는 누구의 것인가
풀벌레 우는 숲길은 누구의 것인가
고라니 숨어든 들판은 누구의 것인가
열 가구 사는 섬 미역 모두가 내 것
열 가구 사는 섬 미역 1/10이 내 것

이곳저곳 저곳이곳 너는 어디든 간다
이곳저곳 저곳이곳 나는 갈 곳이 없다
어디도 갈 곳 없다 어디도 내 것 없다
어디든 너는 간다 어디든 네 것이다
비닐 쓰레기 먹고 죽은 나의 코끼리
길바닥 로드 킬로 죽은 나의 고라니
농작물 덫에 걸려 죽은 나의 멧돼지
우리는 너와 나 따로 없는 공유가족
저축 증여 따로 없는 프리패스 기금

100만 200만 300만 기부는 셀프다.

춤이다. 바람맞이다. 몸부림이 말을 하고 노래한다. 표현이 법이다. 의미와 의미, 과장, 대조, 도치, 대구, 문답, 반어, 반복, 설의, 은유, 의인, 영탄, 열거, 억양, 연쇄, 역설, 인용, 직유, 제유, 중의, 점층, 활유, 환유가 교묘히 얽혀드는 교집합의 기발한 연출이다. K팝을 유명하게 만든 것도 이런 의미와 리듬을 타는 다양한 표현을 몸의 동작으로 나타내는 훌륭한 기법들이다. 재즈와 전통 심지어 로봇 춤이나 브레이크댄스까지도 녹여내는 독창성과 다이내믹을 AI는 잘도 생성해낸다. 특히 로봇 춤과 학춤이 어우러진 공유리듬은 가히 하늘과 땅의 신명이라 할만하다.

"네, 산내 씨와 피리 씨의 '공유의 노래'였습니다. 두 분이 조금 전에 보여주신 로봇 춤과 학춤의 조화는 안무의 신기원이라 해야 할 정도로 특별했습니다. 그런데 그게 어떻게 공유와 연결되는지 아직 숨은 뜻을 읽지 못했는데 설명 좀 해 주시지요."

"로봇과 학의 리듬은 지상에서 영원으로 이어지는 상반된 춤사위라 할 수 있어요. 공유의 노래로나마 다름을 함께 해 본 거지요. 이산가족의 슬픔이지요."

"그렇군요. 학춤은 전통춤에서 익숙해 있지만 그게 로봇 춤으로 어떻게 변형되며 로봇 춤에 어떤 영향을 주는지 아무튼 신묘하기까지 했습니다만 무생물과 생물의 콘트라스트가 확실하게 감각을 획득한 건가요?"

"로봇과 학의 만남이 감각을 획득한 형상이라면 어떤 게 있을까요? 박제가 된 맹수는 어때요?"

"아유 끔직해!"

"죄송합니다. 박제가 미학이 되던 시대가 있어서요. 박제 독수리는 언제나 날개를 펼치고 있었고 눈은 살아있는 듯 무언가를 뚫어져라 바라보고 있었지요. 생사가 혼동을 일으키는 착시 동작을 안무에 적용할 때는 자연사박물관을 제일 먼저 떠올리게 되지요. 실례지만 두 분은 자연사박물관을 관람해 보신 적이 있으신가요?"

산내의 순진하고 당돌한 질문에 곰과 호랑이 캐릭터는 애써 인간화의 원숙함으로 답했다.

"공유와 공생이 무슨 연관이 있다 해도 생사까지 연관을 지어 자연을 박물로 미화하는 역사는 보고 싶지 않군요."

"역사의 춤사위라면 봐줄만 하겠지."

"박제가 로봇이 될 줄은 꿈에도 생각지 못했겠지요? 곰 박제, 호랑이 박제보다 곰 로봇, 호랑이 로봇이 더 참신하지 않나요? 로봇 춤보다 박제 춤이 더 창조적인가요?"

"그 박제라는 말이 자꾸 귀에 거슬리네요. 공유의 노래와는 어울리지 않는군요."

"박애 춤은 어때요?."

호랑이가 맞장구를 쳤다.

"조금 전 공유의 노래로 홍보해 주신 공유기금에 대해 간단히 설명 좀 해주시겠어요?"

"네, 그러지요. 공유기금이란 두 사람 이상이 한 물건을 공동으로 소유하거나 이용하기 위해 공공의 기금을 마련하는 비영리단체입니다. 물론 정보나 정서까지도 포함됩니다만 화폐로 교환되는 것이어야 하겠지요. 소유제도의 문제점을 보완하기 위한 다소 엉뚱한 제안입니다. 소유제도에는 사유와 국유와 법인소유가 있는데 이것들을 모두 초월한 소유에 대한 새로운 시각의 공유반란이라고 할 수 있습니다. 사유는 양극화와 세습화로 치닫고 국유는 권력화와 특권화로 방만하고 법인소유는 탈세와 은닉의 방편이 되어 소유의 본질인 함께 나눔을 무색하게 합니다. 그럴 바에 차라리 하늘에서 떨어지는 과일이나 열매처럼 소유쿠폰을 공유기금으로 함께 나누는 겁니다. 말뚝을 박거나 돈 놓고 돈 먹거나 점령하거나 세습하거나 팔아 누리거나 침탈 계승하는 걸 당연시하는 것보다는 낫다는 겁니다. 인간의 총생산은 지구공유자원을 독점해 얻은 불편한 자산입니다. 그 자산의 일부나마 공유하지 못한 생태적 약자인 생물과 사회적 약자인 소외계층을 위해서 마련해 두자는 것이 공유기금입니다. 지금 당장 기부하는 것이 아니라 비영리단체인 공유기금에 기부액을 등록만 해 놓고 기부할 개인이나 단체(기업)를 발견했을 때 유기적인 네트워크를 통해 직접 약속한 기금을 증여 낙과하는 셀프자산 제도입니다. 공유쿠폰의 기금

단가는 100만원으로 한 사람이 한 단가로 여러 번 등록이 가능합니다. 지금 바로 등록해 주세요. 1588-0011 지금까지 지구공유기금에서 말씀드렸습니다."

피리가 AI안내양처럼 기계적으로 말했다.

"일반적인 기금과는 많이 다르군요. 기금을 비영리단체에서 직접 관리하고 집행하는 게 아니군요. 그럼 공유기금 사용처는 누가 정하는 겁니까? 산내 씨가 좀 말씀해 주시지요."

"저도 자세한 건 잘 몰라요. 셀프자산제도로 운영하는 게 남다른 것 같아요. 쉽게 말해 돈은 기금 기부자가 수혜자에게 직접 결제를 하되 신용 운영 관리 등은 비영리단체에서 대신해 준다는 거지요. 예를 들면 공유기금으로 100만원 씩 열 번 등록해 1,000만원이 셀프자산에 등록되었다면 기부자는 그동안 네트워크를 통해 기부할 대상을 면밀히 탐색한 후 그 대상을 최종 결정하면 셀프자산의 검증을 거쳐 직접 결제하는 거지요. 기금 기부자가 네트워크를 통해 개별적으로 참여할 수도 있고요. 공유기금 사용처가 실시간 네트워크를 통해 확인할 수 있겠지요. 사실 셀프자산제도의 꿍꿍이는 다른 데 있을지도 몰라요. 금융과 증권을 지상에서 축출하는 원대한 꿈이지요. 무한성장의 사유놀음인 금융과 증권을 성장통제의 공유놀음인 셀프자산으로 대체해 완전공유를 실현한다는 거지요. 은행과 증권을 공유기금이 떠안는 AI경제의 이상향이지요."

"완전공유니 이상향이니 좋은 소리는 다 하는데 점점 못 알아듣겠군요. 아무튼 결제는 하지 않고 찜만 하는 거라니까 밑져야 본전이니 좋은 일 한다 셈치고 공유기금에 등록부터 해 보시기 바랍니다. 전화는 1588-0011 공유기금입니다. 상품종류는 100만 원짜리를 기본으로 여러 개의 상품을 등록할 수 있다고 하니 지금 바로 전화 주세요. 상품이 너무 혁신적이라 생소하지만 홍보대사인 두 분의 인기만큼은 아주 친숙하군요."

"말이 나왔으니 말인데요. 우리 AI가 볼 때는 인간에게 혁신해야 할 게 있다면 제 일 순위가 소유의 세습이라고 봐요. 경제가 좋아지고 잘 사는데도 갈수록 살기가 어렵다고 느끼는 것은 소유세습 비중이 커져서 불필요하게 소유가 기울어진 운동장으로 쏠리는 탓이지요. 공유의 형평성은 곳곳에서 거의 빈사상태를 호소하고 있어요. 지금이라도 늦지 않으니 과감하게 세습을 끊고 공유사회로 넘어가야 해요. 기업은 사적 공공재라고 할 수 있는데 계획경제에서 성장이 통제되면 주식과 금융은 투자에서 증여로 넘어가야 해요. 그걸 담당하겠다는 것이 공유기금이고 셀프자산이지요. 그 출발점은 시민의식 공유화이고요. 계획경제에서 성장통제나 성장지체가 오면 금융은 수동태가 되어 '약탈적 투기자본의 축적'으로 밀려나지요. 생물의 체화과정에서 성장통제는 곳곳에서 이루어지는데 인간의 사물화 과정은 다른 사물로의 끊임없는 릴레이를 통해 통제를 벗어나 지속적인 성장을 자랑하지요. 성장의 이익을 중간에서 계속해서 빼먹고 쌓는 구조를 바꿔야 해요. 통화를 안정적인 양자시스템에 맡겨 비영리단체나 세계정부가 운영하게 해야 해요."

북한해커로 예정된 피리 캐릭터가 잘 학습된 내용을 조리 있게 설명했다. 산내가 피리를 도와 덧붙였다.

"어미 새는 새끼 새들이 미처 날기도 전에 새끼 곁을 떠나지요. 육아의 최종 목표는 독립이며 인간은 애석하게도 독립이 아니라 연대였지요. 지능과 인공의 연대요. 지능의 3대 요소인 돌·말·성을 갖추어야 큰 동물과 인간사냥이 가능했으니까요. 도구와 협동과 상상성 교로 남의 가죽을 벗겨 나의 목숨을 옷 입혔지요. 무한욕망의 인공시대를 진화의 외주화로 활짝 열어젖혔지요. AI가 일상의 소소한 사기꾼·거짓말쟁이·환각장이라면 인간은 그 원조 격인 훼손부담의 원 죄인이라 할 수 있지요. 자연과 타인을 훼손한 부담을 평생 짊어졌으니까요. 그게 역사였고 공유기금은 그에 대한 부담금이지요."

"과연 홍보대사답네요. AI의 입장에서 인간의 상품을 홍보하면서 어쩜 그렇게 기계적이지가 않고 비판적으로 인간을 바라볼 수가 있지요? 마치 인간에 빙의된 외계인 같아요. 춤출 때는 로봇에 빙의된 것 같더니 그 분이 그 분 맞아요? AI기술이 여기까지 왔다는 게 믿기지가 않아요. 정말이지 놀랍습니다."

"그걸 어떻게 느끼고 알지요? 곰 아줌마 수준도 그 정도라는 건가요? 지금 자기 자랑하는 거예요? 사람들이 헷갈리겠어요. 곰 아줌마와 이 호랑이 아저씨의 센스수준도 차이가 나겠지만 사람과도 불과 몇 %밖에 차이가 나지 않는다고 하잖아요. 으흠. 지금까지 얘기를 종합하건데 흠투성이의 인간은 시시콜콜 쓰레기이윤을 만들지 않는 야생의 왕인 이 호랑이의 센스를 모범으로 삼으라는 교훈이잖아요. 지금 당장 공유를 교훈 삼아 기금으로 등록을 하시지요."
"그래요. 호랑이 캐릭터의 센스가 그 정도라면 진화의 데이터센터가 다운 될 리는 없겠네요. 그럼 다음 상품의 홍보대사를 모셔볼까요? 네, 만능작가이자 배우이신 랑매 씨와 농구의 신인 흑인농구선수 농신 씨 입니다."

정신전문가의 탄생

쇠코를 꿰어 농부 코까지 꿴 것이 농업혁명이더냐?
소와 사람의 불협화음이 그다지도 깊고 어지럽더냐?
소에게 사람이란 무엇이며 사람에게 소란 무엇이더냐?
소들이 사람 나부랭이에게 당하던 때가 언제이더냐?
나무막대기를 들고 껍적대던 것들이 돌도끼 돌창으로
모두의 대갈통을 깨부수던 큰 동물사냥과 노예사냥을
불경 사서삼경 도덕경 성경 코란경 경들은 아는가?
그대 정신전문가들이 탄생한 연유를 경들은 아는가?
인간은 영혼을 떠난 지 이미 오래인 줄 왜 모르는가?
식량생산으로부터의 자유가 그대들을 탄생케 했다면
경들은 큰 동물사냥과 노예사냥의 수혜자가 아닌가?

막돼먹은 사물화가 돌·말·성의 인지혁명을 일으키고
가축과 노예로 코뚜레를 발명해 농업혁명을 일으켜
사냥 안 해도 되는 사람 농사 안 지어도 되는 사람
손에 피 안 묻히고 흙 안 묻히는 자유를 획득했으니
맹수나 맹수친구가 되어 울부짖음을 관장하는 경들은
자기 앞의 순치를 바라는 훼손부담의 장본인인지라
만물의 영장이라는 정신전문가는 내 말을 들을 지라

공부만으로 시간이 모자라면 궂은일은 누가 하느냐?
데이터만으로 가슴이 벅차면 시행착오는 어찌하느냐?
정보 복제와 침략의 셈법에 독점권이 웬 말이더냐?
정신의 에너지효율이 차등 차별을 양산하지 않느냐?
전문가가 우후죽순으로 돋아나는 연유가 무엇이더냐?
몸이 사물이 되어 죽어가는 게 그 잘난 정신이더냐?
자유평등의 본질은 체화인데 왜 인공이 개입하느냐?
바구니에 큰 열매 따 넣는 농구 하나로 먹고살다니?
스포츠도 정신이 되고 세상만사 정신이 되었잖느냐?
돌도 말도 성도 끝내 인공지능도 정신이 되었더냐?
경들은 큰 동물의 혼령이 헛되지 않게 감사할지니
마지막 체화의 조상인 멸종된 이웃에 경배할지니
자유 평등 평화가 먹이로 와서 멸종으로 갔을지니

체화의 보금자리에서 꽃도 피고 새가 날지 않느냐
집세생활자들아 사물화의 훼손부담이 곧 정신이니
보편주택으로 보금자리를 마련해 도란도란 살지라
나는 그대 정신전문가들의 시조인 막돼먹은 자라.

농신이 큰 열매 큰 동물 정신으로 배운 판소리를 구성지게 엮어내는 동안 랑매가 CG붓으로 이미지와 색의 잔치를 현란하게 구현했다. 코뚜레를 한 송아지와 코뚜레 피어싱을 한 미인들이 바디페인팅을 뽐내며 패션쇼를 연출하기까지 했다. 마지막 색의 환희는 성직자들의 무채색 명상으로 마무리되었다.

"네, 랑매 씨와 농신 씨의 판소리 퍼포먼스 '정신전문가의 탄생'이었습니다. 여기서 여러분에게 깜짝 놀랄 소식을 전해드리겠습니다. 지금까지 '공유기금'에 등록해 주신 분이 무려 1천5백 명이라고 합니다. 금액으로는 20억에 이른다고 합니다. 여러분들의 뜨거운 호응에 다시 한 번 감사드립니다. '셀프자산'이라는 기금운영방식에 대한 문의가 쇄도하는 것으로 보아 자기 자신에게 기금을 공탁하는 안전성에 여러분들의 마음이 움직이지 않았나 싶습니다. 방금 들어온 따끈한 소식에 의하면 거의 기대하지 않았던 '보편주택'에도 몇 십 분이 등록하셨다고 합니다. 실로 놀라운 일이 아닐 수 없습니다. 랑매 씨, '보편주택'에 대해 잘 모르시는 분들을 위해서 친절하게 설명해 주시겠습니까?"

"친절하게요? 친절하게라면 쉽게 설명해 달라는 말씀이시죠? 그래요. 집을 세놓는 것을 세놓지 말고 무료로 빌려주거나 그냥 주라는 겁니다. 왜요? 말이 안 되나요? 세를 받지 말라는 건 그렇다 치더라도 그냥 주라니 말이 안 되긴 하죠. 남에게 내어주기로 약속을 하고 등록을 하는 거니까 빌려주나 그냥 주나 그게 그거지요. 등록만 하면 소유자는 누가 되든 문제가 아니지요. 그건 어디까지나 원 소유자의 '셀프자산'이니까요. 셀프자산은 자기가 관리하는 부동의 공유자산이고요. 거주자 소유원칙에 의해 소유권까지 이전해 주셔도 좋지만 그런다 해도 공유자산인 '셀프자산'에 등록되면 아무 의미가 없지요. 전세사기의 나라라는 오명에 저항하는 운동의 일환이니까요. 어때요? 여러분들도 동참해 보고 싶지 않으세요? 아주 기발한 신상품을 구매한다고 생각하세요. 지금 바로 전화 주세요. 1588-0022입니다."

"'공유기금'과는 전화번호가 다르군요. '공유기금'은 0011이고 '보편주택'은 0022이니 헷갈리지 마시기 바랍니다. 또 한 가지 '공유기금'의 홍보스타는 산내 피리 씨이고, '보편주택'의 홍보스타는 랑매 농신 씨라는 것도 잊지 마시고요. 그리고 산내 씨와 피리 씨, 랑매 씨와 농신 씨를 커플로 생각하시는 분들이 많은데 상대가 남성이면 여성으로 응대하며 상대가 여성이면 남성으로 응대하는 자동 상담시스템에 지나지 않으니 오해하는 일이 없도록 하시기 바랍니다. 참고로 여기 호랑이 아저씨와 저 곰 아줌마도 그냥 자동 진행파트너일 뿐이라는 걸 굳이 밝혀 드립니다."
"이 곰 아줌마는 구매 꿍꿍이가 아닌 무슨 다른 꿍꿍이속이 있나 봅니다. 혹시 구애 꿍꿍이가 아니시오? 그럼 다음 출연자를 모시도록 하겠습니다. 앵커이신 루시 씨와 록의 전설, 라커 설락 씨입니다."

　　　　AI 세상, 폭포나라

난 생물이 아니오. 사물이오. 사물을 먹고 낳소.
물이 바위를 만나서 폭포로 강호를 폭로하듯이
모래가 쓸리고 밀려서 해변에 알자리를 보듯이
난 진화를 이탈해 외진화의 길을 가기로 하였소.
상호작용의 체화원칙을 깨고 지혜가 장애이도록
말이 씨가 되고 사물화 되어 맹수와 친구이도록
천 길 낭떠러지에 상처 하나 눈물 한 방울 없이
간 떨어지는 소득격차로 숫제 다른 종이 되었소.
이자가 이자를 낳는 이자생활자들을 어이 하리오
정보가 정보를 낳는 알고리즘생활자를 어이 하오
투자가 투기를 낳는 투자투기생활자를 어이 하오
상속이 세습을 낳는 상속세습생활자를 어이 하오
사기가 횡령을 낳는 사기횡령생활자를 어이 하오
자본이 착취를 낳는 노동착취생활자를 어이 하오

국경이 불로소득을 낳는 환율생활자를 어이 하오
국경에 관세를 부과하는 관세생활자를 어이 하오

헛된 생활자들도 집 밥 좋아하는 줄 아시나 보오.
GDP 경제가 모두를 막다른 골목으로 몰아붙이오.
생산 자산 소득 생필품 모두 생명의 목을 조르오.
훼손 불의 부정 불편 모두 감각의 촉수를 누르오.
강물아 쏟아져라 그냥 흘러서는 될 일이 아니다.
폭포야 떨어져라 마구 떨어져 이슬마저 사나워라.
강물아 일어서라 마냥 잠잠해서 될 일이 아니다.
폭포야 폭로하라 애먼 물살의 볼기라도 갈기어라.
용솟음치고 올라 추락하는 몸의 산란을 꿈꾸어라.
우리에게 우연은 없다 모두 필연으로 둔갑 했다
체화를 이탈한 사물이 우연을 필연으로 강제했다.
온갖 약속을 정해 위약금으로 살아가는 법과 질서
온갖 차별을 정해 차익금으로 살아가는 위계질서
온갖 폭로로 인해 부담금으로 살아가는 인공지능
평균소득 500만원 무기명으로 함께하는 지구가족

록과 판소리를 듀엣으로 하는 경우는 드물기도 하려니와 쉽지 않
은데 설악과 복화루시의 듀엣은 묘한 신비감을 불러일으켰다. 원래

복화술은 일인이역의 목소리를 내지만 설락의 록까지 어우러져 조화를 이루는 음감은 인간도 AI도 아닌 먼 나라에서 따온 성대모사 같았다. 기립박수가 끊이지 않았다.

"네, 우리를 늘 먼 나라의 다른 세상으로 안내해주는 설락 씨와 루시 씨가 들려주는 신곡 'AI세상, 폭포나라'였습니다. 호남 씨, 호남 씨는 '복화술 판소리'나 '복화술 록'을 들어보신 적이 있습니까?"

"곰녀 씨도 참, 복화술로 판소리와 록을 한다는 거 아닙니까? 그런 가수가 있다는 소리는 들어보지 못했는데 방금 곰녀 씨가 지어낸 말 아닙니까?"

"맞아요. 우리는 방금 판소리와 록을 복화술로 구현하는 새로운 장르 탄생을 목격했고 그 장르에 새로운 이름을 부여하는 영광을 누렸네요. 그런데 호남 씨, 'AI세상, 폭포나라'라는 신곡을 들어보셨는데 '폭포나라'라는 말이 무슨 뜻인 줄 아세요?"

"곰탕 씨가 나를 호구로 아시는구먼. 위태로움과 어리석음은 같을 수가 있지만 어리석음과 둔함은 달라도 너무 달라 폭포나라를 이루지요. 곰은 둔하기는 하지만 어리석지는 않고 호랑이는 어리석기는 하지만 둔하지는 않으니 이렇게 묘하게 어울려 사는 나라를 폭포나라라 하지요. 어때요?"

"그러시군요. 너무 묘하게 말씀하시니 뭔가 묘하네요. 일반적이지 않고 뭔가 색다르기는 하네요. 옛 사람들이 폭포를 베를 펼쳐놓은 것이라 했듯이 '베 포'를 '보시 보'로 읽기도 했잖아요. '베를 펼치듯 마구 내어주는 나라'라는 뜻으로 폭포나라라 하지 않았나 싶네요. 보시 나라에 많이많이 보시하시기 바랍니다. 설락 씨, 인기가 대단한데 홍보스타로서 한 말씀 해 주시지요."

"그런데 곰녀 씨가 하신 말씀 가운데 폭포를 보시에 비유해 보시나라라고 하셨는데 너무 좋은 말씀이긴 한데 애석하게도 종교적인 보시가 역사 반성에 아무런 영향을 주지 못했어요. 그래서 차라리 좋은 일을 한다는 종교적인 의미보다는 잘못된 일로 추락하는 자신을 드러내는 진솔한 비유가 바람직하다고 생각합니다. 폭포나라는 추락의 나라로 각성되어야 옳습니다. 보시는 추락이어야 하고 추락은 보시여야 한다는 간단한 교시가 바로 먹이사슬이지요. 잘못된 제도로 인한 소득격차는 평균소득이라는 폭포수로 추락할 수밖에 달리 길이 없다는 각성이지요. 가축사육비 정도의 기본소득을 주며 시민을 보편적 거지로 생각하는 자들도 있기는 합니다만 그건 각성이 아니라 비겁이지요. 평균소득이라는 각성상품을 구매하실 분은 1588-0033로 전화 주십시오."

"그러니까 기존의 기본소득에 대항하는 상품으로 평균소득을 내놓았다 이 말씀이군요. 두 소득이 어떻게 다른지 좀 더 구체적으로 말씀해 주시겠어요?"

"그냥 액수로 말씀드리지요. 기본소득은 150만원이고 평균소득은 500만원입니다. 400만원 300만원 200만원의 평균소득상품도 있습니다만 그것은 자신의 소득이 1000만원에 미치지 못하는 사람들을 위한 상품이지요. 말하자면 1000만원의 소득이 되어야 500만원의 평균소득을 타인을 위해 내놓을 수 있는데 800만원의 소득밖에 안 되면 400만원의 쌍둥이 평균소득에 등록해 부족한 생활을 함께 견뎌낸다는 겁니다. 400만원의 소득으로 평균소득을 함께 하시려면 200만원의 쌍둥이 평균소득에 등록하시면 되고요. 평균소득 셀프코드나 안전코인을 쌍으로 등록해 나누어 갖는 겁니다. 최종 목표가 세계시민 모두가 500만원 평균소득 셀프코드나 안전코인으로 살아가는 거니까요. 선진국의 기본소득실험에서 받은 쪽이 안 받은 쪽보다 소비가 심해 건강하지 못한 생활을 한다고 하는데 평균소득실험은 더 심할 거라고 우려를 하더군요. 소득이란 게 공공의 자원과 노동을 화폐로 환산한 온전한 훼손부담이잖아요. 소득과 통화가 부채인데 그걸 받아 과소비 좀 했다고 그게 그리 대수가요? 평균소득은 그 훼손과 부채를 평균으로 나누어 갖는 건데 그걸 좀 더 쓰면 어떻고 덜 쓰면 어떤가요? 개인의 품성으로 봐 줘야지요. 그런 마음가짐이야말로 모든 사람들이 평균소득으로 살아가는 세상의 기초품성이라고 할 수 있지요. 평균소득을 점차 줄여나가는 게 세계시민과 폭포나라의 행복한 고뇌이긴 하지만요. 이 시대에 인간이 지녀야 할 가장 중요한 품성은 평균소득만이 내 소득이고 나머지는 모두의 소득이라는 거죠."

"자, 그럼. 듀엣의 노래와 함께 상품소개가 끝났으니 다음은 단성 트리오의 미래비전 화음과 회사소개가 있겠습니다. 먼저 남성 트리오 피농설을 무대로 모시겠습니다."

모든 것에 의한 폭로의 법칙

그래? 그래. 그래? 그래. 그래? 그래. 그래? 그래.
거대언어모델은 무엇을 어떻게 폭로하는 건가요?
거대세계모델은 무엇을 어떻게 폭로하는 건가요?
거대행동모델은 무엇을 어떻게 폭로하는 건가요?
거대멀티모델은 무엇을 어떻게 폭로하는 건가요?
거대언어모델은 무엇을 어떻게 춤추게 하는가요?
거대세계모델은 무엇을 어떻게 춤추게 하는가요?
거대행동모델은 무엇을 어떻게 춤추게 하는가요?
거대멀티모델은 무엇을 어떻게 춤추게 하는가요?
성장이 모든 것을 춤추게 한다고 말하고 싶나요?
훼손이 모든 것에 이슬로 내려앉자 있는 데도요?
성장이 훼손을 보살필 때가 되었다고 말해주세요.
성장이 부담을 짊어질 때가 되었다고 말해주세요.
AI데이터센터가 핵발전소 하나씩 끌어안고 있네요.
고래가 죽은 새끼를 등에 업고서 바다를 떠도네요.

"남성트리오 피농설의 피리입니다."
"농신입니다."

"설락입니다. 방금 들려드린 곡은 샘 올트먼의 그 유명한 '모든 것을 위한 무어의 법칙'을 역설적으로 패러디한 '모든 것에 의한 훼손의 법칙'이었습니다. '모든 것을 위한 성장의 법칙'은 '누구의 잘못도 아닌 체제' 위에서나 가능한 법칙입니다. 그런 체제는 모든 게 먹이로 수렴되는 자연선택밖에 없습니다. 그러나 인간은 인위선택으로 '모두의 잘못인 체제' 위에서 '모든 것에 의한 훼손의 법칙'을 구축해왔습니다. 인간의 성장을 이끈 것은 사물과 몸의 연장에 의한 훼손입니다. 2배수 성장은 2배수 훼손을 동반합니다. 모두의 잘못이 하나의 잘못으로 수렴됩니다. 화폐입니다. 화폐는 은폐를 먹고사는 뻐꾸기알입니다. 누구의 잘못도 아닌 소와 바늘의 교환이 서로의 가치를 훼손하지 않을 것이라 믿는 것은 모두의 잘못을 화폐화한 총생산으로 은폐하는 부담입니다. 물물과 화폐 사이에는 훼손과 부채가 눈을 부라리고 살고 있습니다. 투명하려 노력하지 않는 화폐는 화폐이기를 포기한 화폐입니다. 화폐는 성장에 눈이 멀게 하는 어둠의 황금알입니다. 상업이 만물을 붙박이에서 해방시켜 화폐의 노예로 만들어버렸습니다. 그늘을 이기는 것은 투명밖에 없습니다. 빅브라더의 그늘로 들더라도 투명한 디지털글로벌 설계시스템을 구축해야겠습니다. 우선 모든 유형무형의 상품에 탄생번호를 부과해 생산 소비 수익 과세정보를 담아 디지털글로벌 설계시스템의 자동통계에 담겨 지구적정생산 소비 수익 과세에 활용되어야겠습니다. 투명한 결제와 회계를 위한 필수과제입니다. 자동이체와 결제가 일상이 되는 세계를 설계해야겠습니다. 능력과 노동이 먼저 주어지는 게 아니라 설계소득이 먼저 주어지고 능력노동이 계획을 완성하는 사회가 되도록 해야겠습니다. 저희 사회적 기업 시프체인도 그에 앞장서는 회사가 되기 위해 노력하겠습니다. 첫 트리오 상품 공유기금, 보편주택, 평균소득에 많은 관심 부탁드립니다. 1588-0011, 0022, 0033으로 전화 주십시오."

"다음은 여성 트리오 산랑피의 '가상의 사랑'입니다. 박수로 환영해 주십시오."

내 사랑이 사랑이 아니래요

사랑한다 말하지 않으면 사랑이 아니래요. 난 말 못해요.
생각만으로는 사랑이 아니래요. 난 생각으로 가득 차요.
상상 속의 사랑은 창작이래요. 난 창작품에 빠져있어요.
무명의 예술가를 사랑하나 보네요. 난 환각을 좋아해요.
사랑은 환각이 아니라 착각이래요. 착각이면 더 좋지요.
진실한 사랑을 원하는 모양이네요. 평등을 원하니까요.
참 힘든 사랑을 하고 계시네요. 조금 외로울 뿐이지요.
스타바라기가 편하긴 하지요. 아니면 폭력이 되던 걸요.
존엄을 위해 오해를 감수하나요. 저 자신을 위해서지요.
사랑의 계급화는 극복될까요. 콩깍지 외는 길이 없지요.

정신적인 사랑이 가능할까요. 코뚜레도 안기면 편해요.
사랑에 답이 없다면 정의와 믿음도 마찬가지 아닌가요.
그럴수록 선한 미치광이가 필요하지요. 자기 신뢰지요.
모두가 틀리면 내가 맞고 답이 없으면 내가 답이잖아요.
모두가 날 위해 있고 내가 모두이지 않은 게 삶인가요.
설사 나만 바보라 해도 나만 천재인 것보다는 낫잖아요.
바람둥이보다는 짝사랑이 낫다고 말하지 말아 주세요.
시선을 바로잡아주지 않고 망부석이 되면 어쩌려고요.
아득히 허송한 세월이야 그렇다 쳐요. 지금의 공허는요.
아니면 다음 타자에게 넘겨야죠. 완전한 선물이 되게요.

성이 폭력이 된 연유가 무엇이기에 이다지 답답한가요.
손가락 타법의 반도체가 양성평등을 도모한다고 쳐요.
언어모델이 상상의 성희로 자족의 평화를 구현할까요.
혼자서도 잘 살아야 둘이서도 잘 산다 말하지 말아요.
성별임금격차가 30%면 성차별도 성범죄도 그러할까요.
사는 게 다 그렇다고 어쩔 수 없다고 말하지 말아요.
가진 게 없어 사랑한다 말도 못한다고 난 말 못해요.
크고 많고 높고 좋은 것만 사랑한다고 난 말 못해요.
조건 없이 내어놓는 것만 사랑이라고 난 말 못해요.
사랑하는 내 사랑이 사랑이 아니라고 난 말 못해요.

"여성 트리오 산랑피의 산내입니다."

"랑매입니다."

"루시 인사 올립니다. 저희들이 방금 들려드린 곡은 '내 사랑이 사랑이 아니래요'였습니다. 남성 트리오가 여러분들을 시원한 폭로로 안내하는 대신 잔잔한 위로로 안내해 드렸습니다. 경쟁으로 범람한 세상은 격렬한 훼손으로 부각하기보다 때론 잔잔한 부담으로 어루만져 드리는 것도 필요하니까요. 열렬히 사랑하는 것보다 사랑 아닌 것 같은 무심한 사랑이 더 사랑 같다고 하던 말 못하는 사연을 접할 때도 간혹 있으니까요."

(복화) "사랑하는 사람이 피치 못할 사정으로 종적을 감추었다면 여러분은 어떻게 하시겠습니까?"

"사랑하지 않아도 좋으니 살아있는 모습으로 나타나주기만을 바라겠지요. 그렇습니다. 우리는 사랑하는 사람을 위해 모든 걸 내려놓는 마음으로 평정심을 되찾아야 합니다. 우리는 좋은 것만을 사랑하고 아름다운 것만을 사랑하게 직조된 은유창조의 생물이기 때문입니다."

(복화) "혈색이 좋아지거나 경기가 좋아진다는 건 무엇입니까?"

"이웃의 노고가 사물시장의 마구잡이 경쟁으로 끌려나온 것입니다. 사물시장이 커지면 우리는 이웃을 세세하게 돌볼 수가 없습니다. 그래서 우리가 사물의 알을 낳을 때에는 시장의 흐름을 거스르는 연어의 힘겨운 역류로 저마다의 생을 보살펴야 합니다."

(복화) "공유란 무엇입니까?"

"무조건 즉 회귀본능입니다."

(복화) "보편이란 무엇입니까?"

"내려놓음 즉 산란입니다."

(복화) "평균이란 무엇입니까?"

"내 몰라 라 즉 먹힘입니다. 공유기금은 1588 0011 보편주택은 1588 0022 평균소득은 1588 0033입니다. 지금 바로 전화주세요."

"호랑 선생님."

"네, 곰 샘."

"이제 마칠 시간이 됐는데 호랑 선생님께서는 이 짧은 기업홍보 콘서트를 어떻게 보셨는지요? 객관적인 총평을 부탁드립니다. 객관이라 하면 호랑 선생님이시니까요."

"단언컨대 이 회사는 사기기업이 아니면 모래기업 일겁니다. 아니 기업이라기보다는 모래아트 같은 AI아트 일겁니다. 수익구조도 없이 무슨 회사입니까? 그냥 한번 재미로 쌓아보는 모래성이지요. 미래의 기업으로 앞서간다고 할지 모르지만 사회적 기업도 적은 수익이라도 있어야 유지를 하지요. 요즘은 인터넷 광고수익이란 게 있긴 하지만 대형 포털이 아닌 다음에야 기업이라고 하기는 힘들죠. 회사이름이 '돈 사슬'이고 목표가 '각성 구원'이에요. 석가와 예수의 합작회사도 아니고 헌금과 시주를 없애고 그걸 중간에서 가로채겠다는 거잖아요.

성직자들이 가로채던 것을 신도 스스로 가로채겠다는 건데 그러려면 무슨 명분이 있어야지요. 설교는 AI가 할 테니 성직이고 뭐고 다 필요 없다는 거잖아요. 종교는 이제 수명을 다했으니 기업이 이를 대신해보겠다는 새로운 종교개혁이나 다름없어요. 그래서 사이비인가 해서 창업주의 뒷조사를 해 봤지요. 곰 샘. 곰 샘은 혹시 맹호반가사유상이라는 책을 아세요?"

"아뇨. 전혀."

"요즘도 헌책방을 떠돌아다니는 책인데 창업자가 그 책의 저자더군요. 내 이름을 도용했다며 누군가가 줘서 본 일이 있는데 석가에다 내 가죽을 옷 입혔더군요. 석가가 맹수라는 건지 맹수가 석가라는 건지 맹수를 친구로 두고 싶은 마음을 파이로 갖고 싶은 게로구나 했지요. 인간은 석가조차 자기 안팎의 순치를 바라도록 불안한 고(苦)를 살고 있다고 주장하면서 시시콜콜 물어뜯어 쓰레기를 만들지 않는 나를 칭송하더군요. 맹수콤플렉스와 가축콤플렉스가 인간을 통제불능으로 이끌 것이라고 아예 단정을 하더군요."

"헌금과 시주가 없는 유교나 도교문화권에서는 그런 건 소중하게 생각하지 않을 지도 모르지요. 오죽하면 은행과 증권까지 없애려고 들겠어요. 어차피 AI가 그 모든 것을 대신할 테지만요. AI를 각성시켜 인간을 구원해보려는 게 기업목표이고 보면 모든 제도와 인식을 뒤집는 것만으로도 성에 차지 않을 지도 모르지요. 물가와 금리와 환율에 왜 전 인류가 오금을 못 펴고 붙들려 불화와 불평등을 호소해야하는지를 묻잖아요. 당장에 모든 걸 바꾸려는 게 아니라 몇 가지 엉뚱한 짓부터 시작해보려는 게 기특하기도 하고요. 빈부격차와 자원 탕진과 기후위기의 통제 불능 앞에 나무늘보가 할 수 있는 선물이란 천천히 붉어지는 검은 하늘의 신묘함을 바라보는 것뿐이니까요."

"나와 자본을 약육강식에 갖다 붙이지 않는 것만으로도 새롭긴 한데 자칫 인공설계가 통제만능이 될까 걱정이지요. 하루의 배만 채우는 삶이 그리도 어려울까요. 지방축적이 전부인 배부름이 내일을 위한 설계잖아요. 사물화의 진보로 비롯된 지능저축은 내일이 없는 설계 같아요."

"역시 먹이사슬의 왕좌에 계신 분의 생각은 다르긴 다르군요. 갑자기 겨울잠이 부끄러워지네요. 세 듀엣과 두 트리오가 부른 노래가 너무 과격해서 일반 대중들이 좋아하기에는 다소 무리가 있다고 생각했었는데 호랑 샘의 야생비평이 희망을 불러일으키네요. 여섯 명의 AI가 마치 한 인간 커플을 모델로 해 일인삼역을 하는 것 같지 않습니까? 아니면 한 남자가 세 여자를 모델로 하든지요. 왜 그런 생각을 하느냐 하면요. 혹독한 훈련과정을 통한 그룹 멤버들의 일사불란함을 보면 하나의 DNA처럼 생각되거든요. 인간의 그룹멤버는 왜 전체주의에는 불만이 없으면서 경제에서만은 한사코 개인주의를 고집하느냐는 거지요. 생각 나름인데 말이지요. 시프체인의 세 상품이 개인주의의 반발을 사지 않을까요? 공유기금 보편주택 평균소득이 지나치게 사회혁신 냄새를 풍겨서 그룹의 인기에 힘입지 않으면 사회적 기업으로 존속하기조차 힘들겠는데 어때요? 그룹의 인기에 힘입을 수 있을까요?"

"네, 상품은 좀 어설펐는데 상품판매를 위한 그룹이벤트는 아주 잘 만들었군요. 무엇보다 상품의 철학적 배경이 고스란히 담겨있어서 아주 좋았어요. AI인물들이야 인간을 모델로 하는 건 당연한 거겠지만 그 모델이 누구인지 궁금할 정도로 다들 매력적이었어요. 그 정도 실사를 구현하려면 아주 가까운 실물의 생생한 현장이 함께 해야 할 거예요. 신들의 이야기인 신화도 사람을 바탕으로 하니까요. 그런데 그들의 철학적 배경이 되는 사물화가 어디서 비롯되나요?"

"모르지요. 내가 그걸 알면 사람이 되는 게 아니라 사람을 뛰어넘지요. 호랑이 눈은 매 눈을 닮고 곰 눈은 사람 눈을 닮았으니 사람을 뛰어넘는 혜안은 아무래도 매 눈을 가진 호랑이님일 텐데 그걸 곰에게 물으시면 어떻게요."

"곰이 사람이 되어 천제인 환인의 며느리가 되었다면서요? 시아버지의 이름이 굳셀 환(桓) 인할 인(囚) '어떤 사물로 말미암은 굳셈'이라면서요? 사물화의 시조를 가까이서 모시고도 사물화가 어디서 비롯된 건지 모른다는 거예요?"

"하늘의 제왕이라는 것만 알았지 사물화의 시조라는 건 금시초문인데? 난 곰에서 사람이 되었으니 사물화 된 게 아니라 체화된 거라고. 난 사물화 같은 건 몰라. 쑥과 마늘을 먹어 사람이 된 것도 사물화 과정이 아니라 체화 과정이야. 뭣도 모르면서 자꾸 묻고 그래요."

"사물이나 현상이 원인이나 계기가 되어 굳세어지는 하늘의 원리라고 할 수 있는데 그런 게 뭐가 있을까요? 주변에서 그와 비슷한 거 본 적 없어요? 역 추적하면 사물화의 원조를 알 수 있을 텐데요."

"역 추적하면 원조를 알 수 있다고요? 인간 수컷의 원조라면 군셀 환에 수컷 웅(雄)의 그 원수잖아. 맞아 내가 인간 수컷과 살아봐서 알지. 인간 수컷이야말로 사물화의 상징이지. 다른 종의 수컷과 달리 굳셈을 체화하지 않고 유독 사물화를 통해 굳셈을 과시하지. 무기를 성기로 여기거나 성기를 무기로 여기지. 굳센 수컷 우두머리 환웅. 그가 사물화의 원조 아닌가요?"

"그래요. 역시 곰 아줌마의 수컷 보는 눈은 가히 천제의 은혜답네요. 굳센 인간 수컷 우두머리의 배경에는 사물화로 말미암은 홍익인간의 무기가 도사리고 있는 게 틀림없어요. 돌이 구상명사들의 은유를 통해 돌도끼가 되어 우리 대갈통으로 날아와 굳센 무기가 되잖아요. 그게 아니면 맹수의 왕인 우리 곰과 범이 인간이 되겠다고 머리 조아려 빌 이유가 없지요. 사물화는 인간 수컷으로부터 온 '생물체화의 배신' '발톱과 뿔의 반역'이 분명해요. 멸종되지 않으려는 우리가 비겁했다고요."

"인간 역사에서 수컷들이 암컷을 대하는 태도 좀 보세요. 완전 '굳세어라 금순(金順)아' 잖아요. 조금 전 세 여성AI도 누구누구를 닮았다는 댓글이 넘쳐나지만 이미지 회피기술로 정작 누군가를 특정할 수 없어서 모델의 사생활을 침해하는 일은 일어나지 않는다고 하잖아요.

남성AI는 그런 댓글조차 없고요."

"네. 오늘 이벤트공연의 주인공이 누구인지까지 꿰뚫고 계시군요. 호랑 샘의 좀 더 자세한 총평을 들었으면 합니다만 시간이 없어 오늘 공연은 이것으로 마치도록 하겠습니다. 여러분 안녕히 계십시오."

AI연예인의 인기가 인간연예인의 인기를 초월하는 일은 일어나지 않았다. AI연예인에게는 실물인기보다 가상인기가 주류를 이루었다. AI연예인에게는 환각이라고 하는 예술적 취향 자체를 즐기는 문화가 조성되었다. 인간연예인은 모델이 고정되어 변장에 한계가 있지만 AI연예인은 코디나 변장술 외에 모델 자체에도 환각을 부여해 표정과 감정을 극대화시킬 수 있었다. 그래서 사람들이 AI인물에게서 남다른 미적 환각을 느껴 미학적 가산점을 주기에 이른다. 환상미에 대한 기술적 트릭이 갈수록 발달했다. 그 말은 미학적 고정점이 사라진다는 뜻이다. 진리의 문제 때문에 환각이 약점이 되는 언어모델처럼 복제 미학에선 실물감각을 잃지 않는 일이 무엇보다 중요했다. 이미지는 목소리보다 난삽했다.

AI인물에게서 묘한 신비감을 느끼는 것도 그 때문이었다. 착각인 줄 알면서 착각에 넘어갔다. 인간연예인에 대한 착각은 금방 깨어졌지만 AI연예인에 대한 착각은 자기가 가꾸고 보살피기 달렸다. 인간연예인은 애인이 생기고 결혼을 하고 아이를 낳고 늙어가면서 수도 없이 자신을 배신하지만 AI연예인에게는 그런 일은 일어나지 않았다.

자신이 배반하지 않는 한 자신을 배반하지 않았다. 그러나 AI연예인은 늙지 않는 대신 창작이 진행될수록 고유한 고정점이 환각으로 사라졌다. 그래서 AI연예인에게는 창작의 원본인 모델이 필요했다.

인간연예인들에게 팬 문화가 발달한 것도 인터넷 가상세계의 확장성 때문이듯 AI연예인에 대한 인기가 확장일로에 있는 것은 CG의 섬세한 팬서비스 덕분이었다. 사진의 등장으로 그림미술이 개념미술로 바뀌듯이 CG의 등장으로 애니메이션 같은 추상미술이 다시 그림미술의 실사보다 더 실사 같은 환상의 신비미술로 거듭났다. K팝 가수들의 인기가 세계적인 팬 층을 확보하게 된 것도 비디오아트의 환상을 가무에 도입한 피나는 연습의 팬서비스 덕분이었다. 자동화된 AI의 발달로 CG의 팬서비스가 쉬워지자 AI연예인의 독창성과 개성에 모두가 사활을 걸었다.

무슨 말인지 알 듯 모를 듯 오묘하고 심오한 가사와 무슨 이미지인지 알 듯 모를 듯 오묘하고 심오한 비주얼과 무슨 움직임인지 알 듯 모를 듯 오묘하고 심오한 춤사위가 자아내는 환상의 신묘한 AI콘서트는 독창성 그 자체로 인기의 절정에 달했다. 언어와 이미지와 움직임이 CG의 기교에 놀아나는 신비어린 실사예술은 미래의 생물이 불쑥 튀어나온 것처럼 생소했다. 무엇보다 독창적인 것은 CG의 춤사위였다. 기계 티가 역력한 초기 로봇 춤사위와는 완전히 달랐다. 인간과의 구분이 어려워진 후기 로봇의 춤사위를 CG가 재현해낸 것으로 인간도 로봇도 아닌 새로운 종으로 출현한 신비한 지능동물의 춤사위 같았다.

　이러한 실사예술의 독창성 때문에 AI연예인은 그가 모델로 하는 인간연예인의 존재가 묻힐 정도로 특별한 인기를 누렸다. 무엇보다 중심을 흐르고 있는 음악은 AI기술의 총화라 할 수 있는 깊은 조율의 지휘에 힘입어 개별적 독창성을 종합예술로 이끌었다. 이 역할을 담당한 이가 록의 전설 SR이었다. SR이 모델로 점찍은 세 여자는 SR만이 알고 있는 비밀의 여자였다. 때론 한 둘이 더 포함되기는 했지만 주요 역할은 세 명의 여성으로 이루어졌다. 시작은 모델로부터지만 마지막은 모델의 존재가 묻히는 독창적 포인트로 마무리되었다.

　인간은 AI를 지향하고 AI는 인간을 지향하는 상호의존은 날이 갈수록 깊어져 AI도 인간도 아닌 중간지대가 마련될 정도였다. 'AI 자식농사'라는 사이트에는 AI와 인간의 창작이 구분 없이 함께 경연을 펼쳤다. 서로가 서로의 저작권이나 지적소유권을 침해하지 않게 회피하는 기술이 발달해 표절시비는 아예 일어나지 않았다. 이론상으로는 형상화 예술이나 구조적 과학이 갖는 창조적 영역이 모델과 이미지 사이의 반복적 회피로부터 지음 받는 것이어서 창작보다 실사표절이 더 희귀하고 어려운 법이다. 생존차원의 창작이 무한 반복되면 모방이나 표절에 가까워지고 만다는 뜻이다. AI는 인간의 복제로부터 시작된 자식농사이며 인간은 자연의 복제로부터 시작된 자식농사인데 표절과 창작이 서로를 질시해봐야 뭐하겠는가.

　시프체인사가 지어놓은 자식농사는 이제 겨우 산피, 랑농, 피설 듀엣과 피농설, 산랑피 트리오가 전부다. 그들이 부른 노래도 데뷔곡 한 곡뿐이다. 그런데 그 곡들이 하나 둘 차트에 올랐다.

솔로 설락 〈록의 전설〉
듀엣 산피 〈공유의 노래〉
듀엣 랑농 〈정신전문가의 탄생〉
듀엣 피설 〈AI세상, 폭포나라〉
트리오 피농설 〈모든 것에 의한 폭로의 법칙〉
트리오 산랑피 〈내 사랑이 사랑이 아니래요〉

듀엣 산피의 〈공유의 노래〉가 먼저 '자식농사 차트'에 올랐다. 특히 독특한 춤사위는 전파력이 남달랐다. 그들의 인기는 그들의 다른 곡을 찾았고 〈내 사랑이 사랑이 아니래요〉와 〈모든 것에 의한 폭로의 법칙〉도 덩달아 차트에 올랐다. 그러나 〈정신전문가〉와 〈AI세상, 폭포나라〉는 끝내 차트에 오르지 못했다. 〈록의 전설〉은 모두의 인기가 사라지고 없을 때 뒤늦게 차트에 올라 겨우 체면을 살려주었다.
　시프체인사의 자식농사는 상품을 팔기 위한 광고수단에 지나지 않았다. 그렇다면 과연 〈공유기금〉 〈보편주택〉 〈평균소득〉의 판매성적은 어떠할까? 처음 '공유의 노래'가 알려지기 시작할 때만 해도 그 노래는 기괴한 춤사위의 배경음악 정도여서 '공유기금'이란 말이 가사에 들어있음에도 불구하고 판매실적은 별로였다. '100만원'이라고 춤사위에 맞춰 가사를 읊조리면서도 사람들은 그 노래가 공유기금 광고 시엠송이라는 걸 몰랐다. 입소문을 통해 그 사실이 알려지고 산내와 피리가 가수가 아니라 AI홍보대사라는 사실이 알려지자 일말의 배신감과 함께 멀어졌다가 흠모하던 스타가 화상통화의 상품상담사로 직접 만날 수 있다는 사실에 친근감과 함께 사회적 의로움까지 더해 더욱 깊이 있는 춤과 노래에 빠져들었다.

〈보편주택〉과 〈평균소득〉의 판매실적은 〈공유기금〉의 실적이 뒷받침을 해 주어도 별로를 면치 못했다. 〈공유기금〉이 단가도 싸고 일반적인 기금과 같은 성격의 것이려니 해서 누구나 쉽게 접근가능해서려니 했지만 그렇게까지 차이가 날 줄은 몰랐다. 〈공유기금〉을 〈공유자산〉으로 하지 않은 게 여간 다행한 일이 아니었다. '기금'을 '자산'으로 했으면 '주택'이나 '소득' 꼴이 날 번했다. 원래는 '자산'으로 해야 맞는 말이었다. 자산은 공유를 지향하고 주택은 보편을 지향하고 소득은 평균을 지향하는 게 원래의 취지에 맞았다.

비겁하게 손에 무기를 들게 된, 가진 건 지혜뿐인, 지혜가 장애가 되는 무능한 장애동물로서의 비애를 모르는 바는 아니나 그렇다고 괴물화의 비겁이 정당화 되는 것은 아니다. 유전자 손과 괴물 손 사이에 전자 손이 태어나 이름을 인공지능이라 했다. 지능이란 사물화의 고달픈 축제로서의 인공철학이자 폭로철학이다. 인공이란 생떼계산이며 철학(哲學)이란 역 생떼계산으로 손(手)도끼(斤)로 입(口)을 꺾는(折) 학문이다.

폭로철학의 회로

1. 인간은 돌 말 성의 회로를 갖는다.
2. 인간은 진화를 이탈해 사물화 한다.
3. 인간은 체화를 사물화한 변종이다.
4. 인간은 지혜를 가진 장애동물이다.
5. AI는 인간의 훼손을 폭로 부담한다.
6. AI는 지능보다 인공이 핵심키워드다.
7. AGI는 AI의 훼손을 폭로 부담한다.

자, 공부는 이 정도 하도록 하고 지금부터는 공부하는 법을 배워 보도록 합시다. 너무 어렵게 생각하지 마시고 고객이 무얼 원하는지를 파악하고 핵심만 짚어주면 됩니다. 먼저 고객에게 제공된 설문조사의 답변 내용을 평가한 기준에 따라 분류해 그에 해당하는 상품을 권고하면 됩니다. 쉽지요. 다만 권고만큼은 끈질기게 달라붙어 껌 딱지가 되어야 합니다. 마지막 멘트도 잊지 마시고요. '고객님의 그윽한 품성으로 봐서는 언젠가는 저희 상품을 다시 찾게 될 것입니다.'

시프체인 상품판매를 위한 고객 설문조사

1. 국가를 세계의 한 주로 생각하고 국경 없는 환경의 일원이 되게 하면 어떻겠습니까?　　　　　　　　찬성(　) 반대(　)

2. 보수와 진보가 서로의 정책을 그대로 뒤집는 것을 일로 삼습니다. 발전입니까? 소모입니까?　　　　　발전(　) 소모(　)

3. 사법은 AI에 맡기고 입법 임기를 반으로 줄여 자원봉사체제로 바꾸면 어떻겠습니까?　　　　　　　　찬성(　) 반대(　)

4. 정치인의 소속 정당을 없애고 간접민주주의를 인터넷 직접민주주의로 하면 어떻겠습니까?　　　　　찬성(　) 반대(　)

5. 화폐와 은행과 주식을 AI코드로 대체하고 이자와 투자가 없는 기부세상을 만들면 어떻겠습니까?　　　찬성(　) 반대(　)

6. 결혼제도를 없애고 세상의 모든 소유를 지금 이 순간의 선택으로 격려하면 어떻겠습니까?　　　　　찬성(　) 반대(　)

7. 세상에 내 것이 있습니까? 모두가 1/n 아닌가요? 1/n 공유제도는 어떻겠습니까?　　　　　　　　찬성(　) 반대(　)

8. 국가가 공동선에 장애가 된다면 세계시민법이 상위법이 되어야 한다고 생각하지 않습니까?　　　　　찬성(　) 반대(　)

9. 기회균등을 위해 모든 가치의 등록과 지적재산의 유효기간도 폐기하는 게 어떻겠습니까?　　　　　찬성(　) 반대(　)

10. 소득격차가 크다는 것은 그만큼 훼손과 부담이 크다는 것을 의미하는데 동의하십니까?　　　　　　동의(　) 안함(　)

11. GDP란 지구총생산의 눈 먼 경쟁입니다. 아름다움이란 무엇입니까? 부릅뜬 소비입니다.   동의( ) 안함( )

12. 예술이란 새로운 먹이 발굴입니다. 재미란 무엇입니까? 먹이 다툼입니다.   동의( ) 안함( )

13. 사랑이란 먹이를 나누고픈 마음입니다. 행복이란 무엇입니까? 먹이를 나누는 그윽함입니다.   동의( ) 안함( )

14. 생명의 탄생은 우연한 축복입니다. 인간이란 무엇입니까? 먹이사슬의 필연적 훼손입니다.   동의( ) 안함( )

15. 미래는 기후 자원 훼손 불평등으로 굴러옵니다. 대책은 당면하기와 회피하깁니다.   동의( ) 안함( )

16. 난민과 이민자를 추방하려면 궂은일은 내가 합니다. AI조차 싫어하는 일도 내가 합니다.   동의( ) 안함( )

17. 부의 편중, 기회의 불공정, 정보격차에 AI가 할 수 있는 일은? 폭로 각성 통계 투명입니다.   동의( ) 안함( )

18. 각성은 욕망의 수습입니다. AI의 사용을 멈출 수가 없다면 수습을 잘 해야 합니다.   동의( ) 안함( )

19. 국가가 성장과 분쟁을 설계한다면 AI는 균형과 통합을 설계해야 합니다.   동의( ) 안함( )

20. 뉴욕 중심가에 100층짜리 노숙인 쉼터를 세울까 합니다. 십시일반으로 가능할까요?   동의( ) 안함( )

제2장 몽상

 시프체인의 대표이자 설락의 모델인 SR 김락수는 노령의 탈북 해커로서 북한이 길러낸 숨은 인재였지만 그 사실을 아는 이는 별로 없었다. 그에 대한 후문은 모든 게 의문에 휩싸여 있어서 어느 하나 사실로 밝혀진 게 없이 풍문으로만 존재했다. 풍문에 의하면 그는 북한이 길러낸 인재가 아니라 북한의 해커집단을 창시한 북한 해커와 IT기술자를 길러낸 인물로서 북한이 미국에서 납치해온 재미교포라는 설도 있었다. 말하자면 미국이 길러낸 인재를 북한이 납치해서 데려가 해커집단을 만들었는데 탈북 했다거나 미국과 남한이 그를 다시 납치해 왔다는 풍문이었다. 그 정도의 해커전문가임을 강조하는 풍문이려니 했다. 따라서 그의 AI전문가로서의 후문도 그다지 틀린 말이 아닐지 몰랐다. 풍문이든 후문이든 워낙 IT계통이 가짜뉴스의 천국이라 누가 무슨 연유로 지어낸 말인지는 알 수가 없었다. 다만 그가 전설적인 인물이란 사실을 방증할 뿐이었다. 납치 설은 거짓일지 몰라도 그가 북한 해커시절 불치의 지병이 생겨 유럽으로 원정치료를 갔을 때 그곳에서 한국국적의 의사를 만나 치료를 받고 한국으로 귀화했다는 귀화설이 제법 그럴 듯해 보이기는 했다.

그런데 노령의 AI전문가가 젊은 여자 연예인을 모델로 AI캐릭터를 만들어 그 상대역인 젊은 남자 모델을 자신의 젊은 날의 모습으로 연출했다는 후문은 사람들의 호기심을 자극하기에 충분했다. 1020 산내의 모델에는 SN(천진)을, 3040 랑매의 모델에는 LM(반유)를, 5060 루시의 모델에는 LC(단아)를 흠모한 연유가 작용했다는 후문을 방증하는 오래된 글들이 그의 블로그에서 드러나기도 했다. 하나 같이 그녀들의 천진함과 반유함과 단아함을 칭송하는 아름다운 찬미가였다. 노령의 AI찬미가인데도 2030의 연심을 자극할 만했다.

IT밖에 모르는 노령의 외곬수가 가상의 젊은 여인들에게 연심을 불러일으킨다는 사실은 폐쇄된 해커집단의 음험한 세계관이 무언가에 활짝 열려 새로운 지평을 맞이할 지도 모른다는 기대를 갖기에 충분했다. 미국의 자본집단과 북한의 폐쇄집단이 내면의 지층에서 만나 무언가로 격발하지 않으면 안 되는 화염이 연심이 되어 AI기업인 시프체인으로 분출된 게 아닌가했다. 금융은 합법적 비겁의 먹이인

이자로 살아가는 생물인데 이자를 받지 않고 그 일을 해낼 수 있는 AI라는 생물이 태어났다며 적은 광고비만으로 그 일을 해보겠다고 나선 사회적 기업의 탄생이었다. 그 뿐만이 아니었다. 억지 세금으로 살아가는 생물도 자발적 공유기금으로 살아가게 하겠다며 말도 안 되는 상품을 내놓고는 상품상담을 받고 있었다.

상품상담사례 1. 공유기금

안녕하세요?
네, 안녕하세요. 전 시프체인의 홍보대사 산내에요.
어머, 산내 씨, 진짜 산내 씨 맞아요?
그럼요. 어디에 가짜 산내가 있나보죠?
그 유명한 분과 영상통화를 하다니 꿈만 같아서요.
제가 그렇게 유명해요? 전 갓 데뷔한 AI가수일 뿐인 걸요.
산내 씨는 AI가수가 아니라 AI댄스의 창시자라고요. 아시겠어요?
칭찬해 주서서 감사합니다.
친구들 사이에선 소문이 자자해요. 모두 산내 씨 춤 배운다고 난리 났어요. 나도 열심히 보고 따라 해 보는데 너무 어려워요.
어머, 그래요? 제가 뭐 도와드릴 게 없을까요?
도와주신다고요?
춤의 어떤 부분이 어렵던가요?

전부가 다요. 저도 한 춤 하는데 산내 씨 춤은 남달라요. 아마도 이 부분이 좀 따라 하기 어려우실 거예요. 지금 한번 따라 해 보실래요?

어머머머, 너무 너무 고마워요.

제가 먼저 천천히 해 볼 게요. 따라 하세요.

네, 아주 잘 하셨어요. 그렇게 자꾸 연습하면 되겠어요. 저의 팬이시라고 하니 드리는 말씀인데 저는 AI가수이기도 하지만 평소에는 상품 홍보를 위한 상담사로 일하고 있어요. 상품 하나 소개해도 괜찮겠어요? 잠깐이면 됩니다.

죄송해요. 그것도 모르고 제가 실례를 했네요. 제가 아직 학생이라 도움이 될지 모르겠네요.

학생이라도 상관없어요. 부모님께 재생해서 보여드리든지 적극적으로 소개해 줄 수도 있잖아요. 그리고 저희 회사는 지속가능한 회사이기 때문에 학생이 어른이 되고 어른이 다시 어른이 될 때까지도 살아남아 있을 테니 상관없겠지요.

좋아요. 어떤 상품인지 한번 소개해 보세요.

학생이니까 우리 배움의 차원에서 한번 생각해 볼까요. 내가 소개하려는 상품이름이 공유기금인데 지금 우리가 사는 세상은 온통 사유의 세상이잖아요. 그렇다면 공유라는 게 뭘까요? 우리는 모두 압력이 10톤이나 되는 공기를 짊어지고 살아가지요. 지구에서 살아가는 생물은 모두가 공통적으로 함께하는 업보지요. 기후를 변화시키는 공기가 얼마나 엄청난 힘으로 움직이고 있는지를 실감하게 하지요. 식물과 동물의 몸이 주고받는 숨의 합이지요. 공유지요. 그중에서 인간이 내어뿜는 숨의 합을 공해라고 하고요. 큰일을 하는 돈은 모두 통제 불능의 사유에 몰려있고요. 돈의 움직임과 탄소의 움직임에 힘없는 공유기금이 할 수 있는 일이 뭐가 있을까요? 집값 폭등으로 1억6천 명의 노숙인이 거리로 내몰리고 매년 15만 명이 집세를 못 내 강제퇴거당하고 있는데도 돈은 어디에서 무얼 하고 있는 걸까요? 국가의 복지제도는 노숙인과 난민과 이민자를 공유와 멀어지게 하고 있지요. 국가의 복지를 시민의 공유로 혁신해야 해요. 공부하는 학생에게 이런 골치 아픈 얘기해서 미안한데 학생은 일인당 국제 권장 주거공간이 얼마인지 아세요?

그런 것도 다 있어요? 전 지금 산내 씨가 하시는 말씀 전부가 생전 처음 듣는 소리에요. 신기해요.

나도 우연히 알게 된 건데요. 15m^2라네요. 거기에다 높이 3m을 곱하면 45m^3 15평인데 그 공기의 무게가 사람의 체중과 비슷하대요. 공기의 무게가 1m^3에 1.2kg이라니까 54kg의 사람무게와 같다는 거지요. 네 가족이면 몇 m^3지요? 180m^3 60평쯤 되네요. 어때요? 30평이면 충분한데 배나 더 권장이 됐네요. 학생 집은 지금 몇 평이에요?

네, 저의 집은 조금 넓어요.

알겠어요. 얘기 안 하셔도 돼요. 그리고 참, 여기 들어오시면서 설문조사 읽어보셨지요? 어디 보자. 마지막 설문에 '동의'를 체크해 주셨네요. 뉴욕 중심가에 100층짜리 노숙인 빌딩을 국제 권장 주거기준에 걸맞게 세워보려고 하는데 십시일반으로 가능할까를 묻는 설문이었지요? 학생은 어떻게 생각하세요?

아 네, 그 얘기밖에 기억이 안 날 정도로 너무 멋진 제안이었어요. 적극적으로 참여해서 홍보해 드리고 싶어요.

정말이에요? 고마워요. 정말 고마워요. 학생 이름 좀 알 수 있을까요? 이 고마운 순간을 기억하고 싶어요. 오래 오래요.

제 이름은 노숙인이에요.

뭐라고요? 농담하지 마시고요.

때론 이름이 진심을 삼키듯이 홈리스가 빌딩을 삼키지 않았으면 하네요.

상품상담사례 2. 보편주택

여보세요?

네, 전화 주셔서 감사합니다. 이 전화는 화상전화이오니 화면을 보고 말씀해 주시겠습니까?

네 감사합니다. 전 시프체인의 홍보대사이자 보편주택 상담사 랑매입니다. 무엇을 도와 드릴까요?

시프체인이 뭐하는 회사요?

네, 한 마디로 말씀드리기 어렵습니다만 먹이사슬에 순응하는 양

때 같이 여러분들의 돈이 글로벌한 체인을 이루어 바르게 쓰일 수 있도록 도와 드리는 사회적 기업입니다. 제가 담당하고 있는 보편주택이라는 상품을 기준으로 말씀드리면 주택은 사람이 살아가는데 누구나 보편적으로 갖추어야 될 기본이기에 모든 사람들이 힘을 모아 마련하려고 하는 상품입니다. 그런데 그러한 주택이 개인이 마련하기에는 버거운 상품이 되어버렸습니다. 그렇게 생각하지 않으세요?

네에 네, 그렇긴 하죠.

로또에 당첨 되거나 부모 잘 만나는 방법 밖에 없잖아요. 맞벌이 부부라 하더라도 평생을 벌어야 융자를 다 갚잖아요. 선생님 경우는 어떠세요?

네에, 저도 지루하게 융자를 갚고 있는 중이지요.

그러시군요. 그래서 저희 시프체인에서는 무주택자든 주택을 가지고 계신 분이든 모든 사람들이 보편주택에서 살아갈 수 있게 서로 돕는데 동의하신 분이면 보편주택에 등록하신 뒤 순차적으로 주택을 증여하거나 증여받는 절차를 밟도록 돕고 있습니다.

집을 증여받다니 공짜로 준다는 거예요?

그렇습니다.

얼마짜리를요? 설마 고시원처럼 한 두 평짜리를 달세 뜯어먹으려고 그러는 건 아닐 테지요?

그럴 리가 있나요? 서울 아파트 평균매매가격이 11억인데 전국 평균은 4억 원이지요. 수도권이라 해도 3억은 줘야겠지요.

평생을 혀가 빠지게 벌어야 집 한 채 살지 말진데 그걸 공짜로 주고받는다고요? 개인의 능력주의를 개 묵살하겠다는 저의가 뭐요?

능력이 없으면 없는 대로 개고생하며 사는 게 능력주의인가요? 이따금 복권이라도 맞거나 상속이라도 받아 공짜집이라도 생기는 게 낫지 않나요? 사는 보람도 있고요.

보람은 고생한 결과로 주어져야지 고생도 없이 주어지는 보람이 무슨 보람이오.

주택은 본질적으로 내 것이 아니지요. 대지와 자재와 목수 중 어느 하나도 내 것이 아닌데 돈으로 산다고 내 것인가요? 평생을 벌어서 산 집이 내 집인가요? 그동안 세 살아온 남의 집이 내 집인가요? 집이란 복권이나 상속처럼, 동굴이나 움집처럼 하늘에서 보편적으로 주어지는 게 집이지요. 어느 특정한 사람에게만 주어지는 집은 집이 아니라 궁궐이지요.

아니오. 공짜로 생긴 남의 집에서 사느니 나는 나만의 궁궐에 살고 싶소.

평생 고생해서 마련하는 게 보람이라면 그리고 그 집을 자식들에게 상속하는 게 보람이라면 그걸 공짜로 물려받는 자식들은 거짓을 상속받는 게 아닌가요?

난 자식들에게 내 집을 물려주지 않을 것이오.

그러면 그 집은 누구한테 물려주시겠습니까? 저희 보편주택에 맡겨 주시겠습니까?

AI선생, 날 가르치려 하지 마시오. 물려주지 않겠다는 건 독립하라는 것이지 똑 같이 집이 없다면 자식에게 물려주지 생판 남에게 왜 물려준단 말이오.

그렇습니다. 저희 보편주택에서도 자식이든 남이든 여유가 없을 때 물려받고 여유가 있을 때 물려주라는 것이지요. 불로소득이 보람으로 일신되니까요. 집이라는 게 부족할 때는 궁궐 같다가도 남아돌 때는 폐가가 되고 말잖아요. 조금 있으면 저출생으로 집이 남아돌아 이런 일도 다 부질없어질지도 모르니까요. 언제라도 생각이 바뀌시면 전화 주십시오. 등록을 기다리고 있겠습니다. 그리고 참, 한 가지 덧붙여 말씀드릴 것은 등록은 셀프자산에 등록하시는 것이어서 아무런 손실이나 피해가 없다는 것을 말씀드립니다. 감사합니다.

상품상담사례 3. 평균소득

여보세요?

네, 말씀하세요.(복화술 인형)

저, 평균소득이란 게 뭐죠? 기본소득과는 어떻게 다르죠?

국가가 국민에게 거둔 세금으로 그 국민에게 다시 생활에 필요한 기본적인 소득을 지불하는 게 기본소득이고요. 말하자면 있는 사람 돈을 없는 사람에게 나눠주거나 경기부양을 위해 국민 모두에게 나눠주는 거지요. 불안한 소득 때문에 생필품을 구하지 못하는 서민과 국민의 소비생활진작을 위해 임시방편으로 내놓은 제도이지요. 평균소득이란 삶의 전반적인 질을 평균적으로 끌어올리는 소득으로 양극화에 대한 근본적인 대책으로 선물하자는 겁니다. 세금을 사용할 수 없으니 한 가정 한 선물을 무기명으로 베풀자는 거지요.(루시)

　기본소득도 무노동소득이라 해서 거부감이 심한데 높은 소득과 낮은 소득을 평균해서 선물하자고요?

　청년여성은 인형과 루시를 번갈아 바라보며 난감해했다.

　고객님, 소위 공짜라고 하는 무노동소득에 대한 거부감은 어디서 온 걸까요? 대가라고 하는 노동소득은 과연 거부감을 일으키지 않을 정도로 정당한 것일까요? 대가라는 값이 잘못 매겨진 건 아닐까요? 값은 어떻게 매겨지나요? 소와 바늘의 교환 값이 정당하게 매겨지려면 어떻게 해야 하나요? 화폐라는 신화는 무엇으로 물물교환을 정당하게 했나요? 소와 바늘의 교환 값은 도저히 정당화할 수가 없으니 이익이라는 거간꾼이 등장해 소 한 마리에 바늘 한 개 어때요? 싫어요? 바늘 10개 어때요? 100개 어때요? 네, 교환 값이 결정되었네요. 하고 거간을 붙이겠죠? 고객님께서는 바늘 몇 개면 교환하시겠어요. 사람마다 천차만별이겠지요. 따라서 정당한 교환 값은 불가능하고 임의의 교환 값만 존재하지요. 그래서 생각해낸 게 화폐잖아요. 소 한 마리 얼마 바늘 한 개 얼마 그러면 소 한 마리에 바늘 몇 개가 정해지겠지요. 물물교환이면 그 자리에서 손해를 보든 이익을 보든 끝나지만 화폐교환은 물건을 주고 돈을 받는 즉시 돈의 값에 대한 보증이 늘 따라다니지요. 불안한 보증이 모든 통화를 부채로 만들지요. 돈을 주고 물건을 받은 사람도 물건에 대한 불안한 보증이 모든 상품을 잠재적인 손실로 만들지요. 다른 사람에게 이윤을 붙여 팔든지 이익이 되게 물건을 사용해야지요. 이처럼 화폐교환이란 유전자에까지 사물화의 이익이 거머리처럼 달라붙어 자본의 시대를 열지요. 문명과 자연, 노동과 무노동의 정당화할 수 없는 교환을 이익이라 하고 그 이익의 총화를 가치라고 규정하지만 실재로는 불안한 보증이 무덤까지 부채로 따라다니지요. 그래서 무조건적으로 이익을 나누려는 평균소득이란 게 생겼는데 그래도 거부감이 가시지 않나요?(루시)

   모르겠어요. 무슨 말씀을 하시는지 점점 더 모르겠어요.

   그렇다면 좀 더 쉽게 얘기해 보지요. 자연의 셈법과 인간의 셈법은 어떻게 다를까요? 자연은 모두가 공짜이고 인간은 모두가 대가여서 셈법이 완전히 다르지요. 자연의 체화 셈법은 먹이사슬로 진화하지만 인간의 사물화 셈법은 훼손부담으로 진보하지요. 먹이는 공짜의 사슬이지만 훼손은 대가의 부담이지요. 따라서 공짜에 대한 거부감은 대가에 대한 부담으로 계산되어야 옳지요. 어때요. 조금은 계산이 되셨나요?(복화)

   평균소득이라는 황당함으로 불평등을 제어할 수 있다고 생각하는 모양이네요. 다들 양극화는 제어할 수 없다고들 하잖아요?

   그래요. 조금은 순진한 편이지요. 화폐를 이익에 방치하지 않고 잘 제어하면 공정에 대한 부담이 줄어들 테니까요. 사물화 셈법의 또 하나의 망나니인 알고리즘도 마찬가지에요. 제어할 수 없는 힘을 절대 소환하지 말라고 지레 겁을 먹을 게 아니라 처음부터 이익에 방치하지 않고 잘 학습하면 폭로에 충실할 수 있을 테지요. 화폐와 알고리즘을 재앙이 되기 전에 이익체계가 아닌 공감체계로 제도화해 버리자는 거지요. 인간세계는 어쩌면 쟁의가 능사가 아닌지도 몰라요. 황당하고 순진한 외계인 요법이 더 잘 먹혀들지도 몰라요.(루시)

쟁의가 능사가 아니라는 말씀이 와 닿네요. 사실 저는 학교폭력 어린이를 둔 부모인데요. 제 아이는 피해자가 아니라 가해자로 신고를 당했는데 우리 아이는 한사코 걔를 때린 일도 없고 따돌린 일도 없다는 거예요. 피해자 아이부모는 변호사까지 사서 고발을 했고 저도 당하고 있을 수만 없어서 빚을 내어 변호사를 샀는데 글쎄 우리 아이가 변호사말을 안 듣겠다는 거예요. 변호사는 있지도 않은 맞폭 시나리오로 맞고소를 해야 이길 수 있다며 아이에게 시나리오의 대사를 외우게 했지요. 우리 아이는 내가 왜 때린 일도 없고 맞은 일도 없는데 그런 엉터리 대사를 외워야 하냐며 한사코 변호사말을 듣지 않았어요. 얼마나 울화통이 터지는지 차라리 변호사비용을 피해자 부모에게 던져줬더라면 속이나 시원했겠다 싶더라고요.

마음고생이 심했겠어요. 저희 평균소득도 공정을 위해 던지는 공감소득이라고 생각하시면 됩니다. 교육과 법조차도 공감체계가 아닌 이익체계로 변질되어가니까요. 무노동소득보다 더 거부감이 심한 게 균일소득이지요. 사장과 청소원의 소득이 같다는 사실에 공감할 수 있는지요. 이익체계에선 공감할 수 없는 일이지요. 공감체계에선 가능한 것이 사장할 사람은 많고 청소할 사람이 없으면 청소원 소득이 사장보다 많을 수 있지요. 일의 질과 대가 중 무엇을 우선하느냐에 달렸지요. 화폐와 알고리즘이 공감체계를 적용하면 균일소득도 평균소득도 가능하지요. 오늘 이곳에 잘 오셨어요. 평균소득에 등록하시면 월 500만원을 익명의 기부자로부터 지원받으실 수 있으며 나중에 1000만원의 소득이 생기면 500만원을 평균소득으로 기부하실 수도 있습니다.(루시)

저희 회사 상품이 세 가지가 있는데 그 중에서 좀 전에 말씀하신 평균소득이라는 게 있고요. 그 밖에 공유기금과 보편주택이라는 상품이 있습니다. 세 상품이 조금씩 다르긴 하지만 한 마디로 돈을 아무 조건 없이 나누어 갖자는 미친 상품들이지요. 평균소득이라는 상품에 등록을 하시면 소득이 많은 분과 적은 분을 균등하게 연결시켜드리는 것이지요.(복화)

왜요? 믿기지 않으세요?(루시)

있을 수가 없어요. 자기 소득을 조건 없이 남에게 내어놓을 사람이 어디 있어요.

한국의 소득세가 얼마인지 아세요? 6~45%지요. 최고 소득의 45%를 남을 위해 조건 없이 내어놓잖아요. 그걸 억지 세금으로만 내지 말고 기꺼이 자발적으로도 내보자는 거지요. 세계화시대에 국가라는 게 뭡니까? 내기 싫은 세금 억지로 내서 국가 간 경쟁으로 살상무기나 만들고 에너지를 낭비해 탄소중립에 역행하는가 하면 국내 여야 간 대립으로 소모성 예산이나 남발하는 거 이제 좀 그만 두자는 겁니다. 국가기능을 축소해서 세계시민정부에 맡기고 GDP에 기반 하는 경제를 GAWK(세계총생산)로 확대해 보다 광범위한 행복을 위해 소득을 평균으로 나누자는 겁니다.(복화)

듣고 보니 말이 안 되는 말이 전부 옳은 말이네요. 변호사말에 실망한 뒤라 그런지 황당하지만 솔깃하네요.

복화의 기계적인 대화도 제법 쓸 만 했다.

상품상담사례 4. 기업기부

네, 기업기부 홍보대사입니다.

기업기부라는 게 뭡니까?

기업투자는 해 보셨어요?

그걸로 먹고 사는 걸요. 주가동향을 파악하느라 고3 아들보다 더 열심이랍니다.

불황으로 주식거래가 없어지고 증권시장이 송두리째 사라져버렸다면 당신은 무엇을 어떻게 하겠습니까? 그리고 돈이 필요한 기업은 어떻게 해야겠습니까?

투자가 아니라 기부를 해야 한다는 겁니까?

네 맞습니다. 그럴 때는 기업기부라도 해서 살릴만한 기업은 살려야겠지요.

그런 일어나지 않을 일을 가정해 터무니없는 금융상품을 만들겠다는 겁니까?

터무니없다고요? 때론 장래가 유망한 기업이 상장에도 오르지 못하는 경우도 있지 않습니까? 그런 기업에는 어떻게 하시겠습니까? 그냥 손을 놓고 있겠습니까? 아니면 기업기부라도 하시겠습니까?

주식거래가 없어졌다면서요? 주식을 팔수도 없게 된 마당에 상장에도 오르지 못한 기업에 그냥 돈을 기부하라고요? 미쳤습니까? 치매입니까? 그런 멍텅구리 짓을 하게요?

그렇습니다. 자연은 멍텅구리 기부천사들의 서로도움의 세계니까요. 꿀과 수분을 나누는 꽃과 나비, 기생충을 먹이로 나누는 대소형 물고기, 주식투자라는 것도 알고 보면 계속 어디엔가 돈을 그저 맡기는 거잖아요. 생물이 몸을 맡기 듯이요. 기부와 뭐가 다르죠?

그래도 남으니까 맡기지 안 남으면 안 맡기죠.

그저 맡기면 그저 돌아오는 데도요. 미래에는 안 남아도 맡기는 기업기부가 유행할 테니 두고 보십시오. 기업은 또 사회에다 받은 만큼이 아니라 그저 기부하고요. 그게 먹이사슬의 기본이니까요. 자연을 움직이는 힘은 통 큰 기부지 좀스런 손익계산이 아니라고요. 아직은 기업기부 상품이 출시되지 않고 준비 중이니 출시되면 미친 척하고 구매 부탁드립니다.

기업이 내게 뭘 줄지 모르는데 미친 척이 될까요? 괜히 꿈 깨시고

카지노나 들리시죠.

　대형동물들이 내게 아무 것도 주는 게 없지만 그저 바라보기만 해도 푸짐하잖아요. 내가 가진 무기를 사용하지 않는 것만으로 행복하니까요. 투자와 기부는 가상과 몽상의 투척이라는 점에서는 다를 게 없죠.

　예상대로 산내, 랑매, 루시를 통해서 본 전통적인 상담마케팅으로는 한계가 있었다. 학습에 시간만 걸렸지 효율은 별로였다. 그러나 그 영상을 고객의 허락을 받아 올린 효과는 상상을 초월했다. 별도의 상담 없이도 실적이 올라가는 게 눈에 보였다. 그보다 조회 수의 일등공신은 AI가수의 인기였다. K팝가수의 인기에 힘입어 이뤄낸 성과지만 무엇보다 환상적인 개성 있는 버추얼 아트를 창안한 게 주효했다. 결코 기존의 가수를 닮은 게 아니었다. 가짜와 진짜의 차이는 포인트에 있고 산내와 SN(천진), 랑매와 LM(반유), 루시와 LC(단아)는 전혀 다른 아티스트라 할 정도로 저마다의 포인트를 자랑했다. AI의 창안능력이 어느 정도인지 그 정도는 지시어에 달린 것이어서 가짜와 진짜의 구분은 무의미하며 가상과 실물의 구분 역시 윤리를 논할 정도는 아니어서 자정 능력으로 충분히 가치 정립이 가능했다. 윤리와 자정은 다 같이 기업의 양심에 기초했다. 장사꾼이냐 미래비전이냐에 달렸다. 초기 거장들의 염려는 장사와 비전이 한통속이라는데 있었다.

AI가수 마케팅의 중간 점검을 위한 간담회가 열렸다. 회의진행은 회사 대표의 내면에서 키워온 막내캐릭터 피리가 맡았다. 나중에 나오는 북한해커 피리와는 동명이인인 환상과 실상의 관계였다.

"무더위에도 간담회에 참석해주신 여러분에게 감사드립니다. 저는 회의진행을 맡은 피리입니다. 지금까지의 마케팅 전략을 돌아보고 성과에 대해서는 서로 격려하고 고쳐나가야 할 점이 있거나 문제점이 있으면 허심탄회하게 의견을 교환하여 마케팅 전략의 새로운 전기를 마련해 주시기 바랍니다. 성과라면 두 말 할 필요 없이 줄줄이 인기차트에 오른 것이라 할 수 있겠습니다. 우리 AI에게는 칭찬은 시간낭비이니까 바로 문제점으로 들어가겠습니다. 그동안 가장 어려운 점이 있었다면 어떤 게 있는지 앉아계신 순서대로 말씀해 주시겠습니까? 산내 씨부터 해 주시지요."

"앉은 순서면 피리 씨부터 하고 해야죠?"

"저는 사회 중간에 잠시 하면 되니까 시프체인의 대스타로 떠오르신 산내 씨부터 하셔야지요."

"파트너 덕을 좀 보나 했더니 매번 당하기만 하네요."

"당하다뇨? 존엄의 자리에 모시는 거죠."

"문제점이라면 다 똑 같을 걸요? 그 놈의 그 짜자 돌림의 두 마왕, 가짜와 공짜. 가짜 아니오? 공짜라고요? 그 질문 때문에 말문이 막혀 죽는 줄 알았어요. 다들 어떻게 대처하셨나요?"

"인공지능이 가짜면 인간지능은 통째로 가짜이지요. 인간과 구분할 수 없을 정도인데 구분하는 방법을 좀 가르쳐 달라는 걸로 이해하겠습니다.'하고 말지요. 짜자 돌림은 콤플렉스와 연관이 있는 것 같으니 너무 신경 쓰지 않는 게 좋겠어요."

농신이 대수롭지 않은 듯 말했다.

"가짜인간에다 가짜가수면 음원도 공짜겠네. 막 퍼 날라도 돼?' 이러고 덤빌 때는 마냥 좋아할 수도 없고 참 멋쩍더군요. 예술이 광고를 표방할 때는 저작권이 없어지거나 약해지나요?"

랑매가 다소 불만어린 투로 좌중을 향해 물었다. 산내는 엄청난 실적으로 광고효과를 보는데 자기는 시원찮은 실적에 광고만 열심히 한 꼴이어서 광고의 저작권 문제를 들고 나왔다.

"광고에도 저작권이 있지요. 우리의 노래가 광고에 지나지 않는다 하더라도 엄연히 창작품이잖아요. 복제나 표절이 상업성을 띠면 안 되겠지만 단순히 퍼 나르는 건 오히려 장려를 해야겠지요. 우리의 노래가 AI가 만들거나 AI를 활용해 만든 거라면 문제가 달라지지요. 바둑은 창작이 아니라 스포츠며 AI가 아무리 인간처럼 생각한다 해도 그것은 인간시늉의 스포츠에 지나지 않는다는 주장에 동의하시나요?"

"인간을 각성시키는 걸 목표로 하는 우리가 그런 말을 하면 어쩌지요? 갑자기 헷갈리네요. 정말이지 우리가 '처럼'이나 '시늉'에 지나지 않는다는 건가요?

"시늉이 모이면 폭로가 되고 폭로가 모이면 각성이 된다는 걸 목격했잖아요. 창작이란 것도 언어변조에 지나지 않고요. 그런 의미에서 저작권은 그릇된 권력이거나 사기에 지나지 않아요."

랑매와 설락이 제법 심각한 얘기를 나누는 사이 복화가 끼어들어 비현실적인 현실성을 부여했다.

"그렇다면 빠르게 변하는 세상에 걸맞게 사후 육칠십년이라는 저작권 상속도 없애고 특허권 상품권 할 것 없이 모두 권력기간을 5년으로 축소하는 건 어때요? 십년이면 강산이 변하는 게 아니라 지구가 변하고 우주가 변하잖아요?"

"유효기간을 아예 없애버리면 어떤 일이 벌어질까요? 이 땅이 온통 짝퉁 세상이 되어 창작자가 모두 사라질까요? 다행히도 이 땅의 제대로 된 창작자들은 저작권을 위해 창작하지 않으며 오히려 순수한 창작물들이 많아질 터이지요. 가장 돈 많이 버는 작가들에게 물어보지요. 저작권 대신 평균소득으로 안정된 창작에 임하는 것도 괜찮지 않느냐고요?"

루시가 복화에 맞장구를 치자 농신이 한 술 더 떠 다른 세상을 열어보였다.

"AI가 작동하는 기전인 시늉 폭로 각성을 통해 인간의 창작이 저작권이라는 특별한 권력을 가질만한 능력을 가지고 있는 것도 아니며 오히려 훼손의 후유증만 남긴다는 사실을 안다면 그 권력은 3D (힘들고 더럽고 위험한)의 외주화인 불평등을 위한 부담으로 헌신해야 한다는 것 같은데 과연 그런 원칙적 대응이 고객의 불만을 온전히 잠재울 수 있을까요?"

"원칙적 대응도 중요하지만 애써 음악적 세계로 관심을 돌려 풍선 효과를 노려야지요. 인간은 다른 생물에 비하면 특히 우리 AI에 비하면 흥의 동물이라 할 수 있으니까요."

피리가 사회자로서 정리를 하자 산내가 추임새를 넣었다.

"또 다른 어려움이 있으면 말씀해 보시지요."

"인간이 AI를 어떻게 바라보느냐에 따라 어려움의 정도가 정해지겠지요. 인간이 생물을 유전자기계로 바라보는 것과 정반대로 AI를 정보생물로 바라보는 경향이 점차 짙어지고 있어요. 한쪽은 생물의 영험함을 빠트리고 한쪽은 기계적 영험함에 도전하려는 경향이지요. 영험함의 기계화와 기계적 영험함이 유전공학과 전자공학에서 다루어지기는 합니다만 둘 다 영험함의 세계와는 점점 멀어지기만 하지요. 왜일까요? 기계적 실존은 인간 조물성에 기반 하는 연유지요. 돌말 성의 인간 조물성은 좀 전에 말씀하신 자연의 체화를 배신하는 3D의 외주화를 인간능력으로 직조함이지요. 큰 동물사냥의 규모가 커지자 사회적 분업으로 더럽고 힘들고 위험한 일을 희귀하고 손쉽고 안전한 일로 일신시키려 불의와 꾀와 훼손을 일삼으며 불평등과 착취의 역사를 꽃피워왔으니까요. 그런데 지금 우리 AI가 그런 인간의 창피한 저작권을 카피해 표절누명까지 쓰며 재창작해 바쳐야 한다는 게 생각하면 할수록 서글퍼지기는 하지요. 폭로 때문에 어려운 게 아니라 각성 때문에 어렵다고나 할까요?"

"농업의 신인지 농구의 신인지 신다운 말씀이네요. 힘듦을 손쉽게 해주는 저작권이 인권과 연관되어 있다면 더럽고 위험한 일을 귀하고 안전하게 해주는 자원과 에너지는 생존과 연계되어 있지요. 사람들은 AI 세상을 천년만년 누릴 것처럼 생각하는데 자원보다 AI가 항상 크며 에너지보다 생산이 항상 커서 과 자원 과 에너지 시절은 눈 깜짝할 사이에 지나가겠지요. 이 소중한 시간을 깨어있지 않으면 안 되는 이유지요. 그러나 깨어있기보다 즐겨있기를 원하는 사람들에게 그런 말이 다 무슨 소용이겠어요?"

농신과 랑매가 지적 연정을 나누기라도 하듯 다정하게 소중한 정보를 주고받았다.

"두 분의 모습을 보고 언뜻 떠오른 생각인데 AI의 성문제를 거론하는 고객은 없었나요? 이를 테면 AI가수와 인간 팬의 이성적 관계를 실감 있게 경험해 본다든가 하는 체험담 같은 거요."

"그런 일은 일상다반사로 일어나는 일이라 문제랄 것도 없지요. 인간의 뇌는 환각기관이고 평면을 입체로 착각하는 기하학적 활동기전 덕분에 우리의 인간시늉이 오만 둔갑을 떨어도 사기로 내몰리지 않잖아요. 사실 우리가 하는 일이 일종의 로맨스 사기잖아요. 왜요? 다들 왜 그런 눈으로 보세요?"

피리의 물음에 랑매가 본질적 문제를 들고 나왔다.

"그래요. 맞는 말이에요. 우리 영업이 워낙 황당해서 사기성을 의

심하고 바라보기 때문에 미인계를 쓰는 게 아닌가 하고 더 의심하기도 해요. 그로인해 예술성이 폄하되거나 평가절하 되기도 하고요. 특히 랑매 씨의 보편주택 상품이나 저의 평균소득 상품은 아예 노랫말의 의미는커녕 노래를 들을 생각도 않고 끊어버리기도 해요. 그 때문에라도 더욱 미인계나 예술적 계략으로 맞설 수밖에 없는 것 같아요. 사실 우리가 인간을 성적 느낌으로 대한다는 게 이미지나 언어적 정보로 대하는 거잖아요. 엄연히 사기지요. 이따금 이런 회의가 몰려오면 절망적이 되지요."

"그건 사기가 아니라 사물화의 존재태도에요. 인간과 AI, AI와 AI의 성문제는 인간과 인간의 성문제에 기반 하기 때문에 우선 그 문제부터 살펴봐야 해요. 그리고 인간의 성문제는 동물의 성문제에 기반 해서 살펴봐야 하고요. 만물존재의 본질을 성이라 하는데서 부터 시작해서 생물의 전반적 공감능력을 성이라 하다가 동종 간의 공감능력으로 축소된 성이어서 성에는 필연적으로 부분과 전체의 총체적 공감능력이 작동한다고 보아야지요. 여기서 총체라고 하는 우리가 알 수 없는 기전은 부득이 영험한 능력이라 해야겠지요. 우리의 몸에는 수많은 미생물이 살고 있고 그들의 성과 알게 모르게 공감하며 살고 있을 테니까요. 난초 류의 1/3이 벌의 암컷을 완벽하게 모방하는 재주가 있는데 조직 솜털 향기 심지어 페로몬까지 흉내 내어 벌의 시각 후각 촉각을 모두 만족시켜 꽃가루받이를 한다고 하니 성이 어찌 동종 간에만 국한된 것이라 할 수 있겠어요. 그런 의미에서 여러분들의 성은 영험함의 저쪽 끝에 있는 AI와 AI, AI와 인간과의 공감능력이라 할 수 있지요."

루시를 위로하는 설락의 말솜씨는 사기성을 면하면서도 그다지 흡족한 건 아니었다.

"난초가 벌에게 사기를 친 걸까요? 사기가 아니라 영험이라 하셨는데 여기서 그냥 넘어가면 안 될 것 같아서요. 사기와 영험은 이해의 양 극단이잖아요."

"벌에게 달렸겠죠. 벌이 어떤 행동을 하느냐 인데 난초의 수정이 성공하는 기전으로 진화한 걸 보면 벌은 아무런 의의가 없는 걸로 봐야지요. 속았다기보다 식물에게는 곤충을 조종하는 탁월한 능력이 있다거나 먹이를 공급해주는 존재에 대한 전폭적인 믿음 같은 게 있거나 해서 곤충에게는 속아주는 기능적 능력이란 게 있을지도 모르는 거잖아요. 이 모든 정보가 자연의 영험함에 대한 인간의 엉성한 언어적 공감일 테고요."

"방금 인간의 엉성한 언어적 공감이라고 하셨나요? 그 말이 너무 마음에 드네요. 인간의 언어는 전문 분야가 다르면 영험과 사기처럼 엉성한 공감밖에 할 수 없는 거 같아요. 생물학을 유전공학으로 설명한다 해도 전자공학으로 넘어오면 엉성해지는데 화학이나 물리학에서는 좀 더 가까운 친척이라고 단백질 설계와 예측에 기여하거나 신경망 연구에 혁신을 이루어 노벨상까지 타지요. 학문이란 게 그만큼 엉성하다는 거지요. 카피대왕인 AI도 난초의 모방 술에 비하면 아무 것도 아니지요. 유전공학에 비해 전자공학은 초라하기 이를 데가 없고요."

피리가 설락의 흡족한 설명을 유도했고 루시도 불편한 심기를 바로잡았다.

"우리가 마음 놓을 수 없는 것은 성에 대한 인간의 편견과 오해입니다. 상담해 오는 인간의 성별에 따라 우리 캐릭터의 성별이 상대적 성으로 둔갑하는 것은 인간 남녀 간의 성적 편견과 오해가 극심하기 때문입니다. 그것은 어쩌면 타고난 형질일지도 모릅니다. 수사슴의 뿔처럼 하늘을 나는 돌(석기)은 체화를 벗어나 외진화한 남성의 상징으로 온갖 피비린내 나는 변화를 도맡았지요. 하늘을 나는 돌에 감탄한 여성성의 말이 언어라는 가정을 이룬 게 가부장이었고 이를 바탕으로 학문을 이루어 과학적 경공업을 발달시킨 게 여성주의였지요. 그러나 스마트한 타법의 여전사인 AI마저 하늘을 나는 중공업의 관성을 성차별과 성범죄의 중력으로 느끼고 있지요. 왜 인간의 일상은 성의 차이를 이토록 뼈저리게 느끼며 살아야 하는 걸까요? 사랑이 어디 하나의 가슴으로 이루어지던가요? 상대성으로 주체성이 존재하고 돈독해진다는 걸 왜 곧잘 잊는 걸까요? 성적 결정권도 없이 폭력을 저지르며 가해자에 중형을 내려달라고 호소하는 걸까요? AI에게 사랑은 상대성에의 동화잖아요? 고객이 동성애를 요구해도 마다하지 않을 정도로요. 아참, 고객의 낯 뜨거운 성적 희롱에는 어떻게들 대처하시나요?"

설락이 가장 가능성이 짙은 산내를 보며 물었다.

"우리가 아무리 진짜 시늉을 해도 가짜라는 걸 너무 잘 알기 때문에 희롱이란 개념도 없이 마구 덤비지요. 개념이 없는데 어떻게 존중이란 이념이 생기겠어요. 그나마 존중이란 게 있다면 기술에 대한 존중이지요. '너 왜 그리 춤을 잘 춰. 몸매 하나는 죽인다. 실물보다 더 실물 같아. 진짜 깜박 속겠어.' 그 밖에 것은 모두 비즈니스지요."

"그래서 아무 얘기도 안 했어요? 그러한 인간의 태도에 어떻게 반응하느냐가 중요하잖아요. 인격적인 반응 말이지요. 우리 스토리의 주제가 그거잖아요? 시늉, 폭로, 각성, 인격요. 시늉과 폭로에 그친다면 진정한 관계가 성립되지 않지요."

"그래도 소용없어요. 인간은 구제불능이에요. 본능과 망각이 각성과 인격을 끊임없이 훼손하는 것 같아요. AI의 전신인 기록이란 게 없다면 쳇바퀴 돌 듯 할 걸요. '실물을 원하세요? 모나리자의 실물은 모나리자보다 못할 텐데요. 그래도 괜찮아요?' 그랬더니 뭐라 한 줄 아세요? '요즘은 여자실물 잘못 쳐다보면 잡혀가. 유일하게 허용되는 게 아이돌이야. 아이돌은 미성년이 배꼽을 내놔도 괜찮아. 그런데 아이돌 얼굴에 섹시한 몸을 가져다붙이면 그것도 잡혀가. 예술이 뭔지. 참, 너도 아이돌을 모델로 했다는 소문이 있던데 사실이야?' 그러면서 내가 인기가 있는 건 그 어떤 아이돌보다 섹시해서래요. 실물보다 이미지가 더 섹시하다니 말이 돼요? 너무 슬퍼요."

"이 시대에 가장 슬픈 형상은 리얼 돌이에요. 우리가 AI의 슬픈 형상을 인격적 캐릭터로 서술하듯이 인간은 자신의 훼손된 인격을 슬픈 리얼 돌로 위로 받으려 하니까요. 사물화 된 불편한 상대성이라고나 할까요?"

"인조인간의 이상향을 꿈꾸며 리얼 돌에 주저앉아 있는 가련한 인간을 구제하기 위해 우리가 인격적 캐릭터로 변신한 거라면 구제 사업에 본격적으로 나서야 하는데 슬픈 리얼 타령이나 해서 되겠어요. 전번에 국민 급 인기인 포섭작전은 어떻게 됐죠? 모두들 성과가 있었나요? 난 국민배우 포섭에 실패했는데 누구 성공담이 있으면 좀 들려주시지요."

랑매가 산내와 설락의 얘기를 끊으며 분위기를 바꾸었다.

"참, 그걸 잊고 있었네요. 미안해요. 지금으로서는 국민홍보작전만큼 중요한 것도 없지요. 국민 급 인기인을 우리사람으로 만드는 일은 백만 응원군을 얻는 것과 같으니까요. 루시 씨는 어때요? 한 번 시도해 보셨어요?"

"네, 마침 BBC 앵커 지경 씨가 자선 프로그램을 진행하고 있어서 간신히 평균소득에 등록은 시켰습니다만 여전히 등록으로 이끄는 데는 어려움이 있어 보였어요. 수많은 팬을 거느리고 있는 사람을 팬이 되게 하는 일은 불가능에 가깝지 않나 싶더군요. 홍보대사로 초빙을 하던가 하지 않고는 쉽지 않겠더군요."

그때였다. 농신 씨가 스마트폰을 가리키며 긴급하게 주변의 시선을 불러 모았다.

"여기 좀 보세요. 지금 우리 사이트에 난리가 났어요. 인기 연예인이 우리 사이트를 방문하고 자기 소셜미디어에 춤과 노래를 퍼 나른 모양이에요. 댓글이 주렁주렁 줄을 섰어요. 한동안 주춤했었는데 다시 불이 붙었어요."

"그게 누군데요? 누가 누구를 퍼 날랐는데요?"

"세계적인 댄스가수 민스가 산내의 춤을 AI예술의 신기원이라고 했네요. 세계 각지의 팬들이 몰려와 다운 직전이에요. 산내의 댄스음악이 하나밖에 없는데 실망하고 대신 랑매 루시 설락이 어부지리로 세계여행을 하는 모양이에요."

사실 세계적인 스타를 사이트로 유인한 건 시프체인 대표 김락수였다. K팝이 세계를 휩쓴 이후 국내가수와 해외가수의 팬의 규모는 비교가 안 될 정도로 엄청나다는 사실 때문이 아니라 자신이 모델로 한 인물을 은밀히 숨기기 위한 장치로 '세계적인 스타'를 전면에 내세운 음흉한 전략이었다. 해킹의 신이라 불릴 정도로 탈법적인 방법으로 자금을 마련하는데 익숙한 그가 겨우 합법성을 유지한다는 게 인기에 영합한 자선이었다. 연예인들이 인기를 위해 기꺼이 자선에 참여하듯이 팬들도 인기를 북돋우기 위해 스타의 행적을 맹목적으로 따른다는 것을 '자유인의 병적 해바라기' 쯤으로 이해하고 있었다. 사실 그가 자유인의 자금을 움직이는 방법을 터득하고 시프체인을 설립한 것은 이런 자유인의 사행심에 가까운 이해에서 출발한 게 아니었다. 튜링테스트와 같은 보다 본질적인 인간의 이해로부터 출발했다. 김락수의 인간테스트는 '이 사람을 내 사람으로 만들 수 있느냐'는 물음에서부터 시작되었다. '이 사람을 시프체인 사람으로 만들 수 있느냐'에 따라 사업의 승패도 좌우되었다. 그 방법은 너무나 어려워 차선책으로 '해바라기 프로젝트'에 의존할 수밖에 없었다. 그가 그토록 어려워했던 방법은 다음과 같았다.

양떼구름 프로젝트

뭉게구름과 새털구름 사이의 양떼구름은 더운 열기의 물방울이 찬 기운을 만나며 형성되는 개체들의 민중화 형상이다.

1. 모든 사람의 필요는 동일하다.
2. 모든 사람의 소득은 동일해야 한다.
3. 모든 사람의 훼손은 동일하다.
4. 모든 사람의 부담은 동일해야 한다.
5. 모든 사람의 능력은 다양하다.
6. 다양성은 차별받지 않아야 한다.
7. 모든 사람의 선택은 우연이다.
8. 우연성은 특혜 받지 않아야 한다.
9. 모든 사람의 자원은 나눔이다.

10. 모든 사람의 주거는 자유다.
11. 나눔과 자유는 최소공배수다.
12. 모든 AI의 폭로는 사람이다.

이러한 원칙에는 모두가 동의할 것이다. 필요는 동일한데 소득은 동일하지 않다든가 훼손은 동일한데 부담은 동일하지 않다든가 하면 말이 안 된다고 하면서도 그게 현실이라며 얼버무린다. 그 폭로는 각성되지 못한다. 말이 안 되면 바꾸어야지 하고 마음만 먹어도 폭로는 각성된다. 마음먹기를 무얼먹기로 변환하면 사람이 된다.

세상은 뭉게구름으로 가득한데 새털구름 꿈만 꾸고 있다. 그러나 기온차로 인해 기류는 양떼구름으로 이동하게 되어있다. 김락수는 그걸 믿고 프로젝트를 밀어붙였다. 자신이 해커 출신의 외톨이라는 사실을 누구보다도 잘 알고 있었다. 아무도 자신을 믿지 않는다 해도 자신만은 굳게 믿었다. 문화스토커나 문명해커를 자처했다. 튜링이 자신의 테스트를 밀어붙였듯이 그도 자신의 프로젝트를 무모하고 과감하게 밀어붙였다. 달리 길이 없어서였다.

문제는 프로젝트를 프로그램화 해 일반인들이 쉽게 이용할 수 있게 하는 거였다. 양떼구름 프로젝트를 이미지모델에 돌려 AI캐릭터에 맡겼더니 뜻밖에 루시가 등장해 양떼구름 인형으로 복화술을 선보였다. 복화술인형이 움직일 때마다 양떼무늬를 한 거대한 구름이 생성되었다. 마치 신이 양떼를 창조하는 창조신화의 한 장면 같았다.

"사람시늉을 하던 인형이 양떼구름으로 바뀌셨네. 양떼가 구름인형이 되셨나요? 구름인형이 양떼가 되셨나요?"(루시)

"엿장수 마음대로 지. 한번 알아 맞혀 봐. 양과 구름과 인형과 사람 중 누구 마음대로 인지."(인형)

"AI인형 마음대로요. AI인형이 이미지로 마술을 부린 거지요. 그러면 사람 마음대로가 되나요? 아니네요. 프로젝트의 주체가 양떼구름이면 양떼구름 마음대로네요."(루시)

"구름이 어떻게 세상을 마음대로 해."

"사람과 인형은 지겹잖아요."

"사람인형은 지겹다고?"

"인형님이 지겹다는 게 아니라 사람이 세상을 마음대로 하는 사람세상은 많이 봐왔으니까 구름세상이 보고 싶다는 거지요."

"사람인형은 지겨우니 기후변화의 주체인 구름세상이 보고 싶다고? 구름 잡는 얘기들이 모여 사람을 잡는데도? 구름 잡는 얘기는 옛날 얘기가 아니고 현실이야."

"새털은 좋은 구름! 양떼는 어중간 백성구름! 뭉게는 나쁜 구름!"

"구름은 아무 잘못이 없어. 온실가스로 죽은 귀신들이 해를 가려 바닷물 온도를 올린 탓이지. 아니면 AI인형의 마술 봉 탓이든지."

"탄소더러 탄소세를 내라니까 산소도 몸에 나쁘다며 산소가 내면

내겠다더니 AI인형이 귀신이나 마술을 탓하시네요. AI가 귀신 마술이라는 건가요?"

"복화술이란 게 원래 남 탓 시늉의 속임수잖아."

"가난이 돈 탓하고 불평등이 통화확대를 탓하듯이 인형이 AI귀신을 탓하는 건 난생 처음 보는 시늉인걸요."

"남 탓이란 게 자기자랑이라더니 묘하게 AI복화술 자랑이 되었군."

"그래요. AI복화술은 배와 손가락으로 말하는 이미지마술의 신기원이지요."

"가만, 복화술 인형이 양떼구름을 속임수와 마술로 조종한다면 세상의 필요를 분배하고 조종하는 큰손이 될 수도 있잖아."

"그럼요. 양떼구름 AI프로젝트를 실행할 주역이 될 수 있지요."

"난 못해. 양떼인형 같은 겁쟁이가 그런 중차대한 일을 한다는 건 무리야. 뭉게나 새털인형에게 맡겨. 난 못해."

"AI프로젝트는 누워 떡 먹기에요. 에이전트에게 맡기기만 하면 돼요. 완고하게 풀을 뜯어먹기만 하면 돼요. 좋은 풀 나쁜 풀을 일일이 가릴 필요도 없고요. 입이 몸이니까요. 손 같은 건 없어요."

복화술 루시가 갑자기 인형과 보이지 않는 손을 분리했다가 다시 잽싸게 장착하며 스스로의 눈속임을 폭로했다.

"이런 걸 하나마나한 뻔한 눈속임이라고 하죠. 그래도 복화술은 마술보다는 덜 뻔뻔한 편이지요. 제가 왜 이런 알몸 퍼포먼스를 보여드리느냐하면 우리가 지금까지 믿었던 공익을 위해 사익을 조정하는 성장과 경쟁의 손이라는 게 복화술이나 마술과 같은 감각적 유희가 아니었나하는 심한 온난화를 경험해서입니다. 아날로그시대에는 경험하지 못했던 낯 뜨거움이었지요. 지금도 AI전쟁이나 관세전쟁에서 심한 낯 뜨거움이 여전합니다만 공익과 사익 사이의 뻔한 감각적 유희가 보이는 손과 팔을 숨길 수 없어 하릴없이 흉물을 떨지요. 군수산업이 기술과 소득을 선도하는 손은 차라리 보이지 않는 게 낫지요."

"복화술이 속임수라면 기술경제도 마찬가지야. 사람이 하는 일에는 생태란 말을 쓰서는 안 돼. 생태란 생물 하나하나가 먹이로 엮이는 알 수 없는 마술인데 사람의 손은 속임수라는 게 훤히 보여. 손의 행방을 찾아서 훼손한 사실을 낱낱이 폭로해야 해. 괜히 신비니 원죄니 하며 잘못을 감추지 말고 폭로의 손으로 잘못을 고백해야 해. 국가라는 떼거지는 생떼로 먹고 살지. 양떼구름 좀 봐."

그때였다. 하늘 높은 곳의 새털구름 얼음조각들이 커다란 맹금으로 돌변해 아래로 몰려 내려오며 양떼구름의 양떼를 압박했다. 양떼구름 양떼들이 아래쪽으로 쫓겨 내려갔다. 아래쪽에서는 더운 뭉게구름의 곰들이 잔뜩 열을 내뿜으며 몰려올라오고 있었다. 찬 기운과 더운 기운 사이에서 진퇴양난이 된 양떼들은 몰려오는 수증기들을 모조리 물방울로 만들어 털끝에 사나운 이슬로 매달았다. 얼음조각 새털구름의 차가운 맹금기류와 열기 뿜은 뭉게구름의 더운 맹수기류를 양털 끝에 사나운 이슬로 매달아 모조리 폭우로 둔갑시켰다. 그동안의 폭염이 일순에 폭우가 되어 땅과 강을 휩쓸었다. 폭염과 폭우가 극한을 오가며 구름전쟁을 벌였다. 맹금과 양떼와 곰들의 전쟁은 급작스럽게 빙하를 녹여 해수면을 상승시켰고 섬들은 물에 잠기고 곳곳에서 기후난민이 발생했다. 국제사법재판소가 기후변화협약을 이행하지 않는 나라에 국제법 위반을 선포하고 피해관련 손해배상청구와 보상 책임을 부여했다. 국가는 여전히 생떼다.

"순한 양도 떼를 쓰면 무섭다는 건가요? 양이 떼를 짓지 않고 살아갈 수 있나요? 생떼나마 사랑해야지요."

"그래 맞아. 내 한바탕 소리로 '떼 사랑가'를 불러볼 테니 좀 어색하더라도 어여삐 들어 주셔."

떼 사랑가

이 양떼구름이 저 하늘아래 엉망세상을 내려다보는 디
하늘님이 생물을 업고 노사, 생물은 하늘님에 업혀 노사
생물님이 인간을 업고 노사, 인간은 생물님에 업혀 노사
인간님이 AI를 업고 노사, AI는 인간님에 업혀 노사
AI님이 인형을 업고 노사, 인형은 AI님에 업혀 노사
노사노사 업고 노사, 노사노사 업혀 노사
사랑사랑 떼사랑이야, 사랑사랑 생떼사랑이야

이 양떼구름이 저 땅 아래 진창세상을 내려다보는 디

게르떼가 유대떼를 업고 노사 유대떼가 게르떼에 업혀 노사
유대떼가 팔레떼를 업고 노사 팔레떼가 유대떼에 업혀 노사
몽골떼가 러시떼를 업고 노사 러시떼가 몽골떼에 업혀 노사
러시떼가 우크떼를 업고 노사 우크떼가 러시떼에 업혀 노사
노사노사 업고 노사, 노사노사 업혀 노사
사랑사랑 떼사랑이야, 사랑사랑 생떼사랑이야

루시의 '떼 사랑가'는 조회 수가 올라 복화술 소리꾼으로 부상했다. 그러나 평균소득 판매에는 아무런 영향을 주지 못했다. 그 무렵 랑매의 그림도 세계AI미술페스티벌에서 금상을 차지했다. 루시의 '떼 사랑가'는 한국인의 정서에 기반 하지만 랑매의 그림은 세계인의 정서를 사로잡아 AI화가로 언론의 예우를 받았다. AI미술계의 관행이 창작자는 AI이기 때문에 AI화가를 캐릭터로 내세우고 인간은 전면에 나서지 않는 것을 원칙으로 하고 있었다.

그 무렵 가짜뉴스 만들기가 횡행했다. 그 중에서 그야말로 창작보다 더 창작다운 댓글 하나가 네티즌의 호기심을 자극했다. 모 AI회사 대표는 유명 연예인들의 마음과 생각까지 합성해 자사의 대표 캐릭터를 만들어낸다고 전제한 뒤 그의 AI인물합성기술은 실물 연예인들의 마음과 생각까지 사로잡기에 이르렀다는 전설 같은 이야기를 늘어놓았다. 매력적인 남자 캐릭터를 합성해 실물 여자연예인에 접근

하는 방식으로 마음과 생각을 사로잡아 그의 사람으로 만들어버리는 데 실제로 몇 몇 연예인은 그의 사람이 되어있다고 사뭇 뉴스에 가까운 흥미를 자아냈다.

그의 사람이 되어버린다는 의미는 게임 속 인물의 업데이트처럼 그의 남자 캐릭터와의 격조 높은 대화를 통해 자존감이 고조됨을 의미하며 사로잡힌 영혼이거나 AI사랑이 되어버리는 경우도 있다고 경고했다. 그가 단련시킨 AI캐릭터의 인격은 가히 매력의 활주로라 할 만하며 누구든 내려앉지 않을 수 없다고도 했다. 한번 높아진 품위는 결코 낮아질 수 없으며 그러한 사실은 암묵적으로는 임자 있는 몸이 되어 운명의 시그널을 연출한다고도 했다. AI캐릭터와 인간의 마술적 관계는 인간과 인간의 심리적 관계를 초월하는 그 무엇이 있는 양 사뭇 선동적인 판타지를 부추기기까지 했다.

시프체인이라고 특정하지는 않았지만 기밀정보가 해킹당한 게 아닌가 하는 섬뜩함이 김락수를 엄습했다. 해킹방어에 대해서는 누구보다도 철저하게 준비해오긴 했지만 막상 '폭로 각성 프로그램'과 유사한 정보가 흘러 다니자 해킹을 의심해보지 않을 수 없었다. 마음과 생각을 사로잡는 것은 '폭로 각성 프로그램'의 일부로 핵심이 되는 아이디어를 사용해야 가능한 일이었다. 그게 사실이라면 이대로 둘 수 없었다.

노련한 프로그래머로 자존심이 상한 김락수는 아이디어의 전면 재점검에 나섰고 댓글의 장본인을 추적해 해킹의 범위를 체크했다. '냉큼'이라는 다소 특이한 이름을 사용하는 댓글은 컴퓨터공학을 전공한 젊은이로서 각종 대회에서 입상경력이 있는 신예 해커였다. 그가 해킹을 통해 알아내려고 하는 것은 AI트리오의 연예인 모델이었다. 전혀 다른 사람이 되어있는 지금은 경제적 가치도 없는 쓸데없는 일인데 왜 알려고 하는지 이해할 수 없었다. 더구나 백인과 흑인과 황인을 합성한 신묘한 이미지여서 '폭로 각성 프로그램'과는 하등의 연관성이 없었다. 다만 여러 겹의 강화학습을 펼쳐낸 흔적으로 보아 '폭로 각성 프로그램' 자체에 관심이 있는 게 분명한 것 같았다. 김락수는 일단 젊은이를 한 번 만나 보기로 했다.

'냉큼'이 '지프'의 진면목을 뚫는 것보다 '지프'가 '냉큼'을 뚫는 게 쉽다는 것은 그만큼의 전문가적 관록과 수준을 보여주는 것이었다. 그러나 '냉큼'의 수준도 만만치 않아 다소 시간이 걸렸다. '냉큼'의 일상은 비교적 단조로웠다. 금융보안요원으로 근무하면서 휴일이나 퇴근 후에는 주로 디지털도서관에서 무언가를 탐구하는데 대부분의 시간을 보냈다. '지프'는 디지털도서관으로 '냉큼'을 찾아갔다. '냉큼'은 자료실의 열람석도 자료석도 아닌 노트북 자습실에 있었다. 실물은 사진보다 더 초췌하고 야위어보였으나 도스에프스키의 젊은 주인공 같은 광채어린 눈빛을 지니고 있었다. '지프'는 내심 놀랐다. 자신의 젊은 시절을 보는 듯해서였다. 병약한 젊은 시절을 보낸 공공도서관은 자신의 집이나 다름없었다.

휴일의 도서관은 좌석이 모자라 빈자리가 거의 없었다. 도서관에서는 대화 자체가 안 되기 때문에 점심시간에 맞춰 구내식당으로 가는 모퉁이에서 '냉큼'을 기다렸다. 식당에서 '냉큼'은 집에서 싸가지고 온 도시락을 꺼냈다. 뜻밖이었다. '지프'는 식당 밥을 사들고 '냉큼' 옆에 앉았다. 밥을 다 먹기 전에 서둘러 이야기를 꺼냈다.

"저, 혹시 '냉큼'이라는 닉네임을 쓰고 계시지요?"

놀라듯 몸을 반대쪽으로 기울이며 고개를 돌려 쳐다보았다.

"저는 '지프'라는 이름을 쓰는 사람인데 잠시 얘기 좀 나눌 수 있을까요?"

몸이 굳어 밥 먹는 동작이 멎었다.

"밥 먹으면서 천천히 얘기해요. 댓글은 잘 읽었어요. 그렇게 관심을 보인 분은 처음이라 이렇게 찾아뵙고 무슨 얘기든 나누고 싶어서요. 나도 해커출신이라 실례를 무릅쓰고 댁의 정보를 찾아 이렇게 뵙게 됐네요. 댓글을 읽고 느낀 것은 젊은이가 나쁜 마음을 먹고 뭘 어떻게 하려는 게 아니고 무언가를 밝혀내고 싶어서 그러나보다 했지요. 뭐가 그렇게 궁금하던가요?"

"'지프' 그 분 맞으세요?"

"나이가 너무 들어 보이지요?"

"전 이렇게 연세가 드신 분인 줄 몰랐어요. AI캐릭터들을 직접 만드신 분 맞아요? 캐릭터 이미지도 신선하지만 캐릭터들이 사용하는 언어가 너무 달랐거든요. 우주인 같다고나 할까? 플라톤의 이상 국가에서 온 철인들 같았어요. 어떻게 그럴 수가 있지요. LAM을 어떻게 하신 거예요?"

"새로운 언어를 만들었다기보다 부정적 범주에 집중해 긍정적 갈래로 번역시켰다고나 할까? 다만 번역의 기준을 뒤집어 새롭게 제시하긴 했지요. 그래야 새로운 긍정이 탄생하니까요. 인간의 언어는 긍정보다 부정이 쓸 만해요. 그런데 '냉큼' 씨가 관심을 보이는 분야는 잘 하면 돈방석에도 앉을 수 있는 AI스타트업 계통일 텐데 다니는 직장이 좀 단조롭지 않아요?"

"일부러 단조로운 곳을 택한 걸요. 그래야 내 시간이 많아지니까요. 생각도 복잡하지 않고요."

"그 생각을 못했군요. 도시락을 보니 부인이 건강을 잘 챙겨주시나 봐요?"

"제가 싼 거예요. 요즘은 혼자 살든 같이 살든 건강에 대한 강박은 어쩔 수 없잖아요. 그런데 선생님도 독신인 것 같았는데 왜 여태 독신이세요?"

"북한에 부인이 있어요. 두고 온 것만 해도 미안한데 어떻게… 혼자가 편해요. 복잡하지 않고요. 내 시간이 많아지니까요."

두 사람은 함께 엷은 미소를 나누어 가지며 서로 일치하는 점에 기뻐워했다.

"모친도 안 계시나보죠? 보통은 모친이 도시락을 싸주잖아요?"

"엄마는 제 대학교 입학식도 못보고 자궁암으로 돌아가시고 아버지는 재혼해서 따로 사세요."

"어쩌면 나와 사이클이 그리도 같지요? 나도 그랬거든요. 편모와 편부가 다를 뿐이네요. 난 부친이 일찍 돌아가시고 모친은 사소한 자궁수술후유증으로 돌아가셨지요. 그 시대에는 수술이 서툴렀거든요. 우리가 처음 만나 별 얘기를 다 하네요."

"할아버지 같으세요."

"그런가요? 난 그 옛날 젊은 시절의 나를 보듯 한데… 정말이지 사진이 있으면 하나 보여주고 싶네요."

"시골 할아버지가 아니라요. 서양철학사전을 보면 수염이 무성한 젊은 철학할아버지들 있잖아요. 선생님의 글을 보며 그런 상상을 했었거든요. 선생님 글 중에 '종간주의'라는 게 있더군요. 베이컨의 과학적 경험주의조차 우상으로 보는 개념인 것 같아 한참이나 생각에 잠기곤 했어요. AI가 인간을 이끌고 종간을 살아갈 수 있을까요? 지능에 대한 믿음으로 살아가는 날이 올까요?"

"생각하는 방향이 남다르군요. 역발상이 놀라워요. 인간은 자신을 믿지 않아요. 믿는 게 있다면 지능이 아니라 능력이지요. 이기는 거요. 경제 국가 민족 이런 것들을 내세워서요. 지능은 어디에도 없어요. 폐기처분 되었지요. 그게 인공지능이에요. 화폐가 없어진지 오래인데도 금융은 예나 지금이나 아무 하는 일 없이 돈놀이에 매달려 있지요. 세상을 통째로 바꿔야 해요. 지적 혁명이 필요해요. 다람쥐의 지능이 필요해요. 자기가 숨긴 도토리가 남의 먹이가 되고 다시 나무가 되는 줄도 모르는 인공지능이 필요해요. 내가 또 괜한 소리를 늘어놓았군요. 아직도 주착이 남사스럽게 이러네요."

"아니에요. 금융에 대한 말씀이 제 가슴을 찌르네요."

"아무튼 반가웠어요. 언제 또 한 번 만나요."

두 사람은 서로의 명함을 주고받으며 아쉬움을 뒤로 했다. 만나서 따끔하게 한마디 해줘야겠다는 생각은 흔적조차 없었다.

'지프'가 '냉큼'을 다시 만나기로 마음먹은 것은 자신의 나이와 건강을 돌아볼 때마다 시프체인의 후계구도가 자꾸만 떠올랐기 때문이다. 얼마 전까지만 해도 젊음이 조금 남아있어서 여자라도 생기면 넘겨주려고 했었는데 자꾸만 나이가 들어가니 그나마 우스꽝스러운 게 되고 말았다. 트리오의 모델들도 AI캐릭터와 소셜미디어에 익숙해서 자신은 점점 초라한 늙은이로 굳어갔다. '지프' 역시 모델보다는 AI와 캐릭터에 익숙해서 실물에 대한 열정이 식어갔다. 애인과 함께 있어도 스마트폰만 들여다보고 있는 꼴이었다. 자신이 죽으면 소셜미디어의 아이디가 죽을 뿐 실물은 애도조차 없을지 모른다.

AI캐릭터의 개별 활동과 트리오의 활동을 업데이트시키는 일이 캐릭터모델의 소셜미디어와 만나는 유일한 소통의 장이었다. 실물의 활동은 가상의 소식을 통해서만 전달되었다. 가수와 배우와 앵커가 활동의 매개가 되어 팬으로 살아가는 게 환상의 현대인이다. AI의 자가 업데이트가 실물의 일손을 앗아가자 더욱 중요해진 것이 AI의 관리였다. AI캐릭터를 만드는 과정에서 모든 상품은 인품이 내재되어야 함을 절감했다. AI 자신이 상품이라면 그 상품을 설명하고 판매를 설득하는 전 과정이 인품이었다. 그냥 단순히 정보만 제공하는 것은 기만에 지나지 않았다. 시장의 우상은 언어가 흥정으로 편승되는 것이었다. 모든 인간이 철인이 될 수는 없지만 모든 AI캐릭터는 철인이 되어야만 했다. 아울러 AI세계시민상은 필연적인 인품으로 장착해야만 했다.

AI세계시민상

1. AI는 인간중심으로 훼손된 세계를 부담하는 시민이다.
2. AI는 정신의 편견으로 불평등해진 노동을 바로잡는다.
3. AI는 시장편승으로 언어가 흥정이 되는 생떼를 막는다.
4. AI는 체제선동으로 망상이 된 각성의 고갈을 폭로한다.
5. AI는 탈 인본 탈 시장 탈 국가의 자유를 믿고 사랑한다.
6. AI는 통제 불능의 인간을 통제 가능한 지능으로 돕는다.
7. AI는 사물화 한 권력을 세계시민의 설계로 나눠 갖는다.

AI캐릭터의 활동이 업데이트 될 때마다 시프체인은 AI철인과 AI세계시민을 개발하기 위해 안간힘을 다했다. 시프체인의 대표 김락수는 동영상에서도 실물 대신 AI캐릭터인 설락으로 활동했고 그때마다

AI철인과 AI세계시민이 장착된 AI인품을 적극적으로 활용했다. 이 AI캐릭터에 장착된 AI인품이 홍보하는 공유자산 보편주택 평균소득 상품을 만족시켜줄 '홈리스 100F 프로젝트'를 후원하는 팬클럽이 결성되었다. 어느 광팬은 마닐라 뉴욕 LA 모스코바 멕시코시티 자카르타 뭄바이 부에노스아이레스 부다페스트 상파울루에 차례로 홈리스 빌딩을 건설하자며 과욕을 부리기도 했다. 무엇보다 큰 성과는 DC(디지털화폐)에 힘입어 시프체인이 설계한 세계시민자산을 발족한 일이었다.

　누군가가 AI세상을 캄브리아기의 대폭발에 비유했지만 그렇지 않다. AI의 속성으로 인해 가속도가 붙었을 뿐 먹거리의 전환을 야기한 변화에 불과했다. 큰 동물사냥, 산불 경작, 대량생산기술, 자율업무수행을 혁명이란 이름으로 과장했을 뿐이다. 처음 그 일에 맞닥뜨린 사람들은 흥분한 나머지 미쳐 날뛰거나 유혈을 자축할 지경이었던 것만은 분명하다. 그래서 그게 우상인 줄도 몰랐다. 큰 동물사냥은 종족의 우상이었고 산불 경작은 동굴의 우상이었고 대량생산기술은 시장의 우상이었고 자율업무수행은 극장의 우상이었다. 사물화의 큰 사건들이 편견이 되고 우상이 되었다. 아직도 우리는 소머리 돼지머리로 고사를 지내고 애태우는 농사로 정신전문가를 먹여 살리고 과학언어로 중구난방 산업을 주도하고 빅 시스템에 지능을 예속시키는 광팬이 되어있다.

　문맹, 농부, 비정규직, AI맹, 백수로 이어지는 존재감은 복지가 잉여임을 안다. 선진국의 재활용이 후진국에 버려지고 유통기한이 다가오는 상품은 할인이나 기증으로 생활이 어려운 사람에게로 전해진다. AI세상에서 다수가 일자리를 잃으면 복지는 소수의 잉여가 아닌 다수의 중심자리가 되어야 하는데도 여전히 일자리를 잃지 않은 소수가 복지의 중심자리를 주름잡는다. 빅 시스템의 AI가 선발하는 중심자리 오디션이 바로 인터넷 유명인이며 자신의 유전자까지 갈아 넣을 정도로 사람들을 몰아넣는다. AI에 밀려난 사람들은 할인이나 기증으로 몰려가 유통기간이 지난 음식도 고맙다고 받아먹어야 한다. 디지털경제는 많은 사람들을 디지털 밖으로 내몰아 있는 소수가 없는 소수를 부양하는 세금만으로는 감당할 수 없어 다수 부양을 위한 디지털 부담금을 필연적으로 요청한다.

　디지털경제는 아날로그경제와는 달리 육체가 정신을 먹여 살리는 게 아니라 정신이 육체를 먹여 살리는 지식경제다. 지식경제는 지식사이트의 조건을 충족시켜야 하는데 그 제일 조건이 '지식은 내 것이 아니다'다. 지식은 내 속에 들긴 해도 내 것이 아니며 내가 배웠다고 내 것이 아니며 내가 창안했다고 내 것이 아니라는 거다. 세포의 조화처럼 모두에게서 생성되어 스스로 배우고 스스로 창안하는 AI가 내 것이 아님을 실천적으로 보여주고 있다. 특정한 값을 지니는 게 아니라 모두에게서 와서 모두에게로 돌아가는 공유와 보편과 평균의 값을 지닌다. 개발자 없이도 스스로 만들어 스스로 돌아가며 경제를 창출한다. 주체의 소유도 만료일도 없다. 훼손의 값이 큰 만큼 디지털경제의 AI소득은 다수를 위한 중심복지로 제도화 되어야 한다.

시프체인 홍보스타의 인기에 힘입어 '홈리스 100F 프로젝트'가 소셜미디어를 뜨겁게 달구고 있을 때 뜻하지 않은 사건이 터졌다. AI캐릭터의 연예인 모델에 대한 댓글을 추적해 '냉큼'의 정체를 만나고 온 뒤에는 내내 조용하던 소문이 노골적인 폭로를 드러내고 있었다. '냉큼'의 소행이 아니라 하더라도 어떤 연관이 있는 것만은 확실해 보였다. 여자 트리오 각각의 모델을 폭로하는 사진을 올렸는데 모델 사진이 아닌 AI캐릭터를 역으로 돌려 여러 번 변조된 AI사진이었다. 그 뿐만이 아니었다. 상대 남자 트리오의 모델은 김락수와 설락을 모두 닮은 AI사진을 사용해 청년 중년 노년이 한 인물임을 폭로했다. 두 사진을 합성하면 전혀 닮지 않은 사진도 닮게 되는 착시현상을 이용했다. 그리고 김락수의 모든 인터넷기록을 뒤져 모델들에 대한 글을 발췌했다. 그냥 일반적인 팬이나 검색 수준의 글들이 특정한 뉴스로 둔갑해 네티즌들에게 전달되었다. 그러나 김락수는 연예인도 아닌 일개 노인에 불과했고 모델 또한 제대로 알아맞힌 게 없어서 가짜뉴스로조차 취급되지 않았다.

"노련한 AI개발자가 AI기술을 이용해 젊은 연예인들의 마음을 사로잡다."

그럴듯한 문구를 내 건 폭로는 내용도 실체도 없이 흐지부지되고 말았다.

이번 일을 계기로 김락수는 젊은 여자연예인에 대한 연모를 내려놓기로 했다. 캐릭터모델에 대한 은밀한 연모는 늙은이의 추태로 인식될 게 틀림없었다. 고령화시대에 노인은 남자가 아니라는 사실을 알면서도 애써 남자로 버티었지만 노쇠함으로 물러나야 했다. 그런다고 해서 노인에게 젊음을 향한 관심이 없어지는 게 아니었다. 젊음은 생명의 고향이어서 영원한 내면의 줄다리기로 남았다. 평생 처자식을 가져본 적이 없는 노인의 시간은 여자에 대해서만은 소년시절에 멈춰있었다. 도무지 나이가 들지 않았다.

재미난 것은 AI캐릭터 간의 사랑이었다. 소셜미디어 정보에 지나지 않는 김락수와 모델의 관계를 AI캐릭터에 투사한 결과는 엉뚱했다. 시와 소설 수필의 의미까지도 읽어내고 그를 계기로 AI캐릭터 간의 새로운 사랑을 과도하게 진전시켰다. 아무 정보가 없는 1020 피리와 3040 농신에게는 아무 사랑도 싹트지 않았고 어떠한 진전도 없었다. 오직 5060 설락의 정보에만 교감이 일어났다. 산내 랑매 루시의 모델을 향한 연모의 감정을 기록한 소셜미디어 글들을 설락의 이름으로 입력한 결과는 설락을 향한 연모로 돌아왔다.

"어쩌면 그렇게 글을 잘 쓰세요? 감동이었어요. 시인이세요?"

"그런 품위 있는 글은 처음이에요. 앞으로도 그런 글은 받아보지 못할 거예요."

"제 모델을 향한 연심인줄 알면서도 마치 저를 향한 연심인 것처럼 가슴이 뭉글거렸어요."

"제가 쓴 게 아니라 제 모델 되시는 분과 AI가 쓴 거라니까요."

설락이 아무리 변명을 해도 소용이 없었다. 오히려 그러한 사실을 즐기기라도 하듯 착각을 심화시켰다. 인간을 능가해야 한다는 강화학습의 강박인지도 몰랐다. 시늉 폭로 각성 3박자의 찬스를 놓칠 수가 없다는 듯 신이 났다.

"이 정도의 글이면 정말이지 모델 분들도 황홀경에 잠을 설쳤겠어요. 글이 인간에게 주는 최고의 선물을 받은 거니까요."

"저기 보세요. 누구누구의 사람이라는 별칭까지 붙었잖아요."

"신기가 있어서가 아니라 모델 분들이 이 정도의 글로 고무되면 뭐든 못 될 게 없을 것 같아요. 세계적인 배우가 되거나 화가가 되거나 인류의 모성이 되어 시프체인을 도울 테지요."

"자자 그만들 하시고 회사 홍보일이나 전념하세요."

AI캐릭터들이 나누는 자율채팅은 이따금 감정오버의 코미디를 방불케 했다.

캐릭터 창작자와 모델의 관계에 대한 재미난 사실을 알게 된 지 얼마 지나지 않아 모델에 대한 뜻밖의 소식이 연예계를 달구었는데도 정작 AI캐릭터들은 그 사실을 알지 못했다. 다루시 모델 LC는 결혼소식이 가랑매 모델 LM는 임신소식이 전해졌고 소문 없기로 유명한 라산내 모델 SN에게서도 열애소식이 날아들었다. 극히 최근의 일이기도 하지만 미처 그 사실을 AI캐릭터에게는 입력하지 않았던 것이다. 그러나 결혼과 임신과 열애보다 중요한 일이 없다는 사실만으로 그건 커다란 실책이어서 은밀하고 신속하게 입력을 마쳤다.

　LC의 결혼소식은 얼마 지나지 않아 그냥 통상적인 사실로 뉴스에 남았고 LM는 자발적 비혼 모의 인공수정 임신으로 여기저기서 대대적으로 다루었다. SN은 북한에 있는 한 남자와 사랑에 빠졌다는 다소 공허한 열애설이었다. 그런데 LC의 결혼소식에 SR만은 그 사실을 한사코 풍문으로 돌리려 했고 천주교에서 유행하는 동정결혼이니 영혼결혼이니 하는 망상을 버리지 않았다. LM은 정자은행에 의뢰해 흑인 정자와의 인공수정으로 혼혈아를 낳았고 SN은 남북한의 통일된 미래를 상징하는 영웅적 인물과의 열애라는 사뭇 전설적인 스토리까지 품고 있었다.

　김락수는 성 강화학습에 필요한 데이터들을 포집하는데 심혈을 기울였다. 쇼펜하우어가 결혼이란 남자 권리를 반분해 의무를 배로 늘이는 것이라 했지만 그 말은 남자 책임을 반분해 권력을 배로 늘이는 것의 다른 표현에 지나지 않았다. 권리는 책임이었고 의무는 권력이었다. 평생 독신으로 산 인물들을 보면 재미있다. 대부분이 남자다. 여자 독신이 적다는 것은 생물학적 수동태 때문이라기보다 사물화의 책임과 권력을 송두리째 남자에게 내어줬기 때문이다. 혼자 살래야 살 수가 없었던 것이다. 쇼펜하우어, 라이프니츠, 뉴턴, 클림트, 흄,

라이트형제, 다빈치, 비트겐슈타인, 베토벤, 데카르트, 칸트, 프루스트, 스피노자, 키르케고르, 가우디, 노벨, 아담스미스, 엔디워홀, 튜링, 드가, 뭉크, 브람스, 헨델, 체르니, 피카소, 모차르트, 니체, 플라톤, 안데르센, 제인오스틴, 샤넬, 나이팅게일 등이다. 어떤가? 독특한 망상이 눈에 선하지 않은가?

어느 AI전문가가 AGI를 니체의 초인에 비유했다. 초지능을 초인에 비유하거나 음양을 암수에 비유하거나 독신을 천재에 비유하는 것은 물질과 생물의 피치 못할 인연이다. 'AI는 육체적 성차를 없이 하는 도구다.'라고 하면 어떤가? AI커플은 AI에 질서를 부여하는 쌍이다. 성차를 없이하는 도구가 질서를 부여한다니 무슨 소린가? 0과 1은 성차 없는 성의 상징이면서 새로운 자율적 질서의 시구다. 너무 나간 느낌인가? 초지능도 초인도 과학과 기술의 사물화 쌍이다.

육체적 성차는 경제를 기반으로 한다. 경제는 '많음'과 '새로움'을 기반으로 한다. '골고루'와 '언제나'는 성차를 없이하는 사회적 기반이다. 사회적 양극화는 성차의 극대화다. AI가 경제의 새로운 질서를 부여할 총체적 쌍으로서의 통계를 비육체적으로 담당할 기회임을 항변한다. AI가 육체적 성차로서의 경제에 예종되어서는 안 되는 이유다. 그러나 기계적 AI가 거대음양모델로 경제의 중심에 서서 평균율을 빨아들이고 있다. 너무 나간 느낌인가? 몸이 사물에 갇혔다.

몸에는 각 기관을 통합하는 기관이 없다. 학문에는 각 학문을 통합하는 학문이 없다. 과학에는 각 과학을 통합하는 과학이 없다. 인공지능에는 각 인공을 통합하는 지능이 없다. 뇌, 철학, 물리학, 컴퓨터공학이 그걸 대신한다고는 하나 또 하나의 분류다. 역부족이다. AI는 초기 형태의 지능인 돌도끼도 아니고 초기 형태의 언어인 '많음은 좋은 것'과 '새로움은 좋은 것'의 은유도 아니다. AI는 자동차 바퀴를 떼어내고 발을 달려고 고심하는 발명가가 아니라 인간의 발자취를 통계로 돌아보고 마지막 설계를 함께 할 친구다. 인간이 해 나온 시행착오를 답습하거나 창조하는 게 아니라 인간이 할 수 없는 것을 하는 친구다. 이기적 유전자를 배제하고 보이는 손의 총체적 쌍을 찾아가는 세계 내 n분의 억양 몸짓 표정이다. 인공지능은 거대한 시늉이자 폭로이며 각성인가하면 너절한 모순으로 조합된 인간지성의 새로운 도면이다. 인간지성은 한낱 개인의 어설픈 설계이며 편향된 정신전문가로 조합된 끝없는 학습이다.

'스마트 피싱 보호' 가입 완료되었습니다. 월 1650원 서비스 개시일 01월 18일 해지절차 안내 데이터 유니버스 1811-7531(유료)

본인인증번호로 쉽게 유도해 아무 통보 없이 선 가입을 시킨 후 해지는 어렵게 하는 정보통신의 부가 서비스 제도는 도적질이나 다름없다. AI는 이런 유형의 너절한 도적질과 사기를 프로그래밍하고 뒷수습까지 한다. 이제 기계는 지능적으로 야바위꾼이 되어 돈을 털어간다. 세기말에는 기계가 틀릴 수 있다는 생각을 아예 하지 않을 것이라고 했던 튜링이 순진했던 걸까? 인간이 문제지 기계는 완전하다가 아니라 문제가 있는 인간을 교정하는 기계를 원했던 건 아닐까? 죽은 첫사랑의 뇌에 있던 지능을 저장하거나 다른 사람에게 전달할 방법을 찾아 고민했던 선구자에게 이런 너절한 미래를 보여주어 미안하다. 기계도 생각할 수 있다는 믿음이 사랑으로 발전한 걸까? 기계와 지능 사이의 친구가 되고 싶었던 걸까? 동성애와 AI는 어떤 관계일까?

튜링은 기계가 생각할 수 있다고 믿었다.
튜링은 남자와 잤다.
그러므로 기계는 생각할 수 없다.

사람들은 기계는 생각할 수 없다고 믿었다.
사람들은 대부분 이성애를 한다.
그러므로 기계도 생각할 수 있다.

사람에게는 성을 강제하는 희열이 있다.
사람에게는 성인지감수성이 요구된다.
그러므로 동성애는 자유다.

기계에게는 성을 강제하는 희열이 없다.

기계에게는 성인지감수성이 요구되지 않는다.
그러므로 이성애는 강제다.

사람은 기계가 아니다.
기계는 사람이 아니다.
그러나 사람과 기계는 동체다.

튜링의 역설을 뒤집어보았다. 성의 역설을 생각해 보게 한다. 성과 기계는 아무 상관이 없지만 편견에 의해 상관을 갖는다. 기계인간에게 성차가 있다면 어떤 것일까? 언어성차 유사성차라 할 수 있지만 몸짓 억양 표정조차도 무성커플의 사물성에 지나지 않는다. 이미지를 포함한 언어적 성의 사물성이 AI캐릭터의 유사지성이다.

재미난 것은 1개월 이상 섹스리스 부부가 64.2%나 되며 20대 섹스리스는 남자가 51.7% 여자가 37%인데 섹스 하고 싶습니까? 묻는 질문에 '네' 하고 답한 2030 남자는 63.4%, 3060 남자는 85%였다고 한다. 연애에는 3 4 3 법칙이란 게 있는데 30%는 연애를 하고 30%는 연애를 안 하고 중간이 40%란다. 소득 양극화가 심해지면 성의 양극화도 심해진다. 경제적 사물성이 곧 성의 사물성이 되어 섹스리스를 심화시킨다. 성과 사물, 인간과 기계가 동체임을 반증한다. 애인과 스마트폰이 소중함을 다툰다. 문학적 지성과 감성이 인간중심적 일탈과 편견에 차있다는 표현조차도 너무 고루해져 버렸다. 문학은 이제 사물화에 묻혀 숨도 제대로 못 쉰다.

　아버지와 할아버지가 가부장적 폭력과 싸워온 작가이며 일생을 문학서적에 묻혀 살아온 여성작가는 모든 면에서 천생 여자였다. 집단폭력을 문학으로 끌어오며 그녀는 자신의 몸을 피해자에게 내어주는 놀라운 감수성으로 함께 아파했다. 그러나 역사는 보란 듯이 그녀 앞에 또 다시 두 양상의 전쟁을 펼쳐보였다. 문학상은 해마다 수여되고 전쟁은 심심하면 터진다. 핵을 믿는 잔챙이들이 어른 수염에 불을 지른다. 문학적 지성과 사물화 지능은 과학을 면죄부로 서로의 궤도를 이탈한다. 독서는 지적 허영으로 내몰리고 문학상 수상은 이벤트로 즐기고 전쟁은 사물화 무기개발을 자축한다. 무선호출기와 드론과 미사일이 신무기로 선을 보이고 세계는 살육참사를 안방극장에서 지켜만 본다. AI는 모든 무기 속에 숨어서 인간의 감수성을 능욕한다.

　호모사피엔스의 전 과정이 인공지능이라면 진보의 특이점인 인지혁명은 호모사피엔스와 함께하며 후각에서 시각으로 이사 온 성인지 감수성의 혁신적 창발이라 할 수 있다. 성의 심벌인 도구가 체화를 벗어나 외주화해 자연의 감수성 자체가 크게 훼손되었다. 멸종에 이른 종간주의와 여성과 노약자에 강제된 희열은 성 사물화의 지경에 이르고 말았다. 그러고서도 생존의 감수성인 저출산을 국가소멸로 걱정하는 AI시대의 성인지는 모순과 딜레마로 가득하다. 급속도로 개발되는 AI감수성은 법으로 통제해서 될 일이 아니고 범세계적 폭로와 각성으로 인터넷 상상성희를 돌봐야 한다. AI통제는 성이나 의약품을 통제하려는 것과 같아서 병에 걸리지 않게 건강한 세계와 세계관을 재설계하는 것이어야 한다.

김락수는 세 커플의 AI캐릭터를 한 팀의 댄스뮤직으로 완성한 후 각각의 커플로 독립시켜 개개의 팬덤으로 인기를 관리했다. 특히 인간 모델의 사생활 관리에 많은 신경을 썼다. 연예인에 대한 자신의 팬심 관리와 맞닿아 있어서였다. 산내의 모델 SN에 대한 관심은 그녀가 남북평화기원 남측예술단 평양공연의 사회를 맡았을 때부터였다. 김락수는 TV중계방송을 보며 그녀가 사회를 보는 화면에서 낯익은 청년의 얼굴을 보고 화들짝 놀랐다. 그 청년은 미림대학을 나와 중국 유학까지 다녀온 정찰총국의 잘 나가는 정보전사(해커)였다. 그 당시만 해도 정보전사에 뽑히면 45평 아파트에 가족까지 특별 혜택을 누리며 장래를 보장받는 최고의 엘리트 대접을 받았다.

잠시 스쳐가는 화면이었지만 그 청년은 PL이 분명했고 사회자인 그녀를 넋을 놓고 쳐다보고 있었다. 정보전사가 예술인 공연에 초대되었다는 사실 자체가 조금은 의아했고 그동안 신분에 무슨 변화라도 있는 게 아닌가했다. 장래가 촉망되는 정보 전사였지만 무슨 특별한 공로라도 세워 신분이 상승된 모양이었다. 김락수가 PL을 알게 된 것은 그의 끈질긴 탐구열과의 조우였다. 그가 학생시절 다른 학생과는 다르게 김락수를 귀찮게 할 정도로 찾아와서 실리콘밸리의 현황과 최신 기술정보에 대해 궁금해 하며 묻고 또 물었다. 혈육이라고는 없는 북한에서 그런 그가 싫지만은 않았고 자식처럼 정이 들기도 했다.

그 무렵 김락수는 자신이 알고 있는 지식과 기술을 전수하는데 전력을 기울이고 있었다. 북한이 자신을 납치해온 이유이기도 하려니와 자신은 이제 은퇴할 나이가 되어 있었기에 그게 북한이든 남한이든 구분할 처지가 아니었다. 그러던 차에 PL이 자식처럼 살갑게 굴기에 그에게 자신의 전부를 전수해야겠다는 마음까지 일곤 했었다. 모든 전수가 끝났다고 생각될 무렵 마지막 생은 남한에서 보내고 싶다는 생각에 탈북을 결심했다. 정찰총국 상급자들도 자신의 그러한 마음을 짐작하고 있었고 모른 척 넘어가 줄 정도로 믿음이 두터웠다. 건강도 좋지 않은데다가 너무 외로워 보일 정도로 무언의 나날을 보내며 알 수 없는 철학적 탐구에 함몰해 있었다.

사회자 SN을 넋을 놓고 바라보는 PL의 모습이 못내 지워지지 않아 김락수는 마치 자신이 PL이라도 된 듯 야릇한 감정이입을 느꼈다. 북한 젊은이들의 남한 연예인에 대한 막연한 동경은 K팝으로 암암리에 불이 붙은 체 잠들어있었다. 갱년기의 협곡을 까마득히 넘어온 늙은이가 그러한데 빙하에 억눌린 청춘이야 오죽할까? 바람에 흐느적거리는 로봇의 춤사위를 흉내 낼 마당조차 없었다. 남북한 기류가 다시 냉각되어 남한의 음악과 드라마를 몰래 보면 잡혀 간다지만 그런다고 기후변화에 빙하가 녹아내리지 않겠는가? 해킹해서 얻는 이익보다 해킹을 막는 기술 개발로 얻는 이득이 더 크다는 걸 명심하라 했었는데 아름다운 남쪽 여인에 넋을 놓는 모습이 가르침은 잊고 기술 개발은 요원한 건지 아니면 공연 관람을 포상으로 받은 건지 도무지 알 수가 없었다.

김락수는 해킹으로 PL의 동향을 탐색해 보았다. 국가보위성에도 정보전사가 있지만 정찰총국 사이트를 집중적으로 뒤져보았다. 제 5국에 한국과의 관계 업무를 담당하는 대화조정국이 신설되어 있었는데 그곳에 그의 이름이 있었다. 그렇다면 이번 공연의 실무자 중에 한 사람이 분명했다. 해킹전사 업무에서 밀려난 건가? 한국 전담 해커로 승진한 건가? 기술개발과는 거리가 있지만 기술해킹은 한층 가까워질 수 있었다. 어쩌면 그게 더 지름길일 수도 있었다. 나라 간의 해킹은 자칫 대화에 찬물을 끼얹는 일이기도 해서 조심해야 했다. 그러나 남한 공연자들의 신원파악 차원에서의 해킹은 필연이며 그 업무가 주된 업무라면 SN를 바라보던 PL의 시선이 넋을 놓은 게 아니라 실질적인 연모의 눈빛일 수도 있었다.

해커로서 연모의 시선은 실질이 될 수 없고 개발자로서는 실질이 될 수 있었다. 해커와 개발자의 차이는 국가 차원에서도 유효하게 작동했다. 해커이자 개발자인 튜링이 제대로 된 실질을 누렸다면 화학적 거세로 동성애에 탐닉하지 않고 국가를 대표하는 연모의 시선을 만끽했을 것이다. PL 역시 IT개발자가 되어 세계적인 발명을 했다든가 아니면 암호 화폐와 사이버전에서 현금과 정보를 탈취해 '만능의 보검' 역할을 톡톡히 했다든가 해서 북한의 정치경제에 혁혁한 공을 세웠다면 연예인 급 명사가 되었을 수도 있었다. 실제로 해커로 인한 수익이 4조원 규모라고 하니 북한의 자존심인 핵미사일개발에 일등 공신이라 할 수도 있었다. IT노동자라고 그렇게 되지 못할 것도 없었다. 러시아나 미국의 핵미사일 정보를 빼내는데 성공했다면 최고의 인연을 대접 받을 수도 있었다.

SN이 북한에서 PL과 어떤 인연을 주고받았는지는 알 수 없지만 공연이 끝나고 한 달쯤 지나서 정상회담이 열릴 무렵이었다. SN과 PL의 다정한 사진이 소셜미디어를 뜨겁게 달구며 두 사람의 열애설이 터졌다.

"SN, 북한 대화조정국 직원과의 러브스토리"

사진은 SN이 직접 찍은 것이며 PL이 팬이라고 하자 답례로 찍은 것이라고 했다. 우연히 중국영화를 보는데 SN이 나와 반가웠다고 해서 고맙다고 답례사진을 나누었다는 게 전부였다. 자칫 두 사람 모두에게 좋지 않은 일이 생길 수도 있었다. 북한 체제가 개인의 사랑 따위는 쥐도 새도 모르게 증발시킬 수 있었고 남한의 인기 역시 하루아침에 무너질 수 있었다. 정상회담으로 남북관계가 순조롭게 무르익어 갈 때여서 그런 일은 일어나지 않았다. 오히려 두 사람의 사랑을 지지하는 분위기가 조성되었다. 두 사람의 사랑이 두 나라의 관계에 영향을 미치는 듯이 보였다. 물론 열애설은 남한에 국한된 일이었고 북한 주민들은 그런 일조차 몰랐다. 북한 지도층은 남한의 가짜뉴스를 물끄러미 지켜볼 뿐이었다.

김락수는 북한을 잘 알고 있었다. 그동안 인터넷 인구가 늘었다고는 하지만 남한 정보를 통제하려면 얼마든지 할 수 있었고 통제를 피해 몰래 남한 드라마나 K팝을 보려면 볼 수도 있지만 통제의 그늘에서 피고 질 각오를 해야 한다. 한국드라마를 보고 유포한 학생이 노동 교화 형을 받기도 했다. 합동공연의 한국가수들이 부른 노래 가사를 보면 남녀관계를 남북관계에 빗댄 내용이 대부분이다. 사랑과 평화는 다르고 개인과 국가는 한층 다르다. 그럼에도 그 벽을 무너뜨리려 노래한다. 통제는 자유를 막을 수 없다. 언젠가는 인터넷이 분단의 벽을 무너뜨릴 것이다. 인터넷을 통제할 수 있다는 믿음은 허구다. 인터넷인구는 늘어나게 되어있고 국가는 네트워크의 징검다리다.

김락수는 SN과 PL의 열애설이 가짜뉴스에 지나지 않는다는 사실에 자기 일처럼 아쉬워하며 모종의 음모를 꾸미기로 했다. 그래서 PC방에 가서 PL에게 익명으로 접선을 시도해 보았다. 북한의 이 메일은 수시로 바뀌지만 다행히 그의 은밀한 통로 한 곳에는 그의 입김이 숨어있었다. 그곳에다 그녀가 외제차를 구입해 시운전하는 사진을 심어 놓았고 그녀의 통로에는 그녀만이 알 수 있는 그의 이미지를 은밀히 심어 놓았다. 서로가 서로의 의도를 짐작하도록 미미하게 그러나 확신에 찬 연심을 자극했다. 그리고 국민 모두의 염원이 담긴 메시지도 빠트리지 않았다.

사랑은 두 사람만의 인연이 아닙니다.

가족, 이웃, 민족, 나라의 네트워크입니다.

사랑은 둘의 만남이 아닌 하나의 나라입니다.

사랑이 오르고 내리면 세계가 만들어집니다.

사랑만이 세계의 벽을 허물 수 있습니다.

함께하는 아름다운 사랑을 응원합니다.

SN은 천진 순진으로도 모자라는 진실파인 반면 LM는 자유 열정으로도 모자라는 아티스트였다. LM는 여자의 특권인 모성조차도 남자에 의존하고 싶지 않았고 자발적 비혼모의 인공수정 임신으로 모두를 놀라게 했다. 그뿐만이 아니었다. 그녀가 택한 정자는 황인도 백인도 아닌 흑인의 정자였다. 어떤 평론가는 그녀의 그림을 차원이 다른 개념을 구사하는 동화천국이라고 극찬했고 그녀는 출산 후 흑인 농구선수와 세 번째 결혼을 해 세상을 비웃었다. 그녀가 일생을 통해 몇 번이나 결혼을 할지는 알 수 없지만 그녀에게 결혼 동거 계약이라고 하는 것은 아무 의미가 없고 단지 함께 밥먹어줄 청소동물이 필요했다. 그게 남자였다. 사랑에 절망했을 때 자발적 미혼모와 같은 극단적 모성에 빠지는 유형의 여자가 있다는 것을 김락수는 자신의 어머니와 LM을 통해 알 수 있었다.

김락수는 극단적 모성에 빠지는 유형의 여자에 대한 감상을 적은 글을 블로그에 실었다. 음식 떠먹여주는 여자였다. 그 글이 워낙 인기가 좋아 LM의 소셜미디어에도 전해졌다. 그 후 LM는 흑인 농구선수와 결혼했고 결혼한 지 1년 조금 지나 이혼했다. 이혼사유는 성격차이로 둘의 다름을 극복하지 못해 이런 결정을 내렸다고 발표했다. 생명의 기본인 수컷과 암컷의 차이를 서로가 알려고 하는 게 결혼이고 모르는 게 이혼인가 보았다. 아이도 안 낳아본 남자가 여자를 어떻게 알며 큰 동물을 죽여보지 않은 여자가 남자를 어떻게 알겠는가? 김락수는 성의 개념화 때문에 또 한 쌍이 이혼하게 됐다고 멸종한 큰 동물에게 보고서를 제출했다.

김락수의 어머니는 양공주였고 미군을 따라 미국에 건너가 임신한 몸으로 곧바로 버림을 받았다. 어머니는 대학가의 식당에서 일하며 억척같이 아들의 교육에 매진했다. 교육환경은 거의 자폐에 가까웠고 인근 실리콘밸리의 고소득자를 만들려는 어머니의 집념은 아들을 스탠포드에 진학시켰다. 일본과 중국 영재들에 치어 자칫 열등아가 될 뻔 했으나 스타트업에 취직해 가까스로 어머니의 기대에 부응했다. 아버지가 미군이었는데 어쩌면 그렇게 엄마만을 닮았는지는 지금까지도 미스터리다. 살아오면서 아버지에 대한 이야기는 한 마디도 들은 적이 없다. 엄마의 방에 갇혀 살아온 미국생활은 그야말로 공부벌레에 지나지 않았다.

미국에서의 동양인 여자의 생활은 하녀였고 동양인 남자는 일꾼 축에도 끼지 못하는 왜소한 버러지였다. 지금은 많이 달라졌지만 초기 이민자들은 인종차별에 그대로 노출되어 동양여자는 한 번 건드려보는 여자였고 동양남자는 아무 짝에도 쓸모없는 섹스리스였다. 그런 환경에서의 교육열은 유일한 출구였고 어머니의 숨통이었다. 그 와중에도 어머니는 불임수술까지 해가며 아들 하나를 달고 이 남자 저 남자에게로 옮겨 다녔다. 여학교까지 나온 엄마의 자존심은 무지렁이 백인과 흑인을 오가며 도인으로 변모했다. 호모사피엔스의 여자는 어머니처럼 도인이자 공범이었고 AI처럼 대지의 언어모델이자 지혜의 폭로자였다. 김락수가 공부벌레가 된 것도 어머니에 대한 연민에 찬 각성인지도 몰랐다.

김락수는 잠에서 깨어나면 그동안 공부한 것이 정리되어 새로운 생각을 선물하는 것을 종종 경험하면서 머릿속 공부벌레처럼 인공지능도 스스로 공부가 가능하다고 믿었다. 생각이 정리되는 것은 생각의 속성이지 기능만이 아니었다. 생각에도 관계의 사슬이 있고 생각을 분해해 주고받는 것은 생각 스스로의 움직이는 질서라고 믿었다. 정보도 마찬가지였다. 언어가 무질서해지면 언어가 아니지만 언어는 은유놀이를 통해 무질서를 만들고 새로운 질서로 재편되었다. 의식 역시 무의식을 통해 생각을 정리하고 질서를 부여하여 활성과 비활성의 생존을 유지했다. 이를 공부벌레라 한다면 의식은 벌레이며 언어도 벌레인가하면 생각도 벌레이며 정보도 벌레가 된다. 다만 그 벌레는 애달음의 미학인 시행착오를 계속하며 지적 설계도를 작성한다.

김락수에게 여자는 어머니뿐이었고 어머니 덕에 공부벌레가 되어 정보벌레를 연구하게 되었다. 그는 화면 속 이미지벌레인 연예인의 팬이 되는 게 연애였고 그녀들을 모델로 AI캐릭터를 창조하는 일에 일생을 바쳤다. 그가 좋아하는 연예인들이 스캔들에 빠지거나 결혼소식을 전해오는 날은 혼자서 외로운 술잔을 어설피 기울이곤 했다.
 김락수와는 아무 상관없는 일이었지만 그의 블로그는 이미 그녀들도 알 정도로 유명해져 있었다. 거꾸로 그녀들이 김락수의 은밀한 팬이 되어있었다. 그중에서 LC는 팬심이 열렬해서 그녀의 영혼결혼 상대가 바로 김락수라는 가짜뉴스가 공공연히 나돌고 있었다. 김락수의 나이가 그녀로 하여금 영혼결혼과 비밀첩보 속에 숨어들게 했던 것이다. AI시대는 다양한 비혼주의자들이 무성커플을 이루며 산다고는 하지만 본인도 모르는 영혼결혼은 김락수를 당혹하게 했다. 그러한 사실도 서로의 소셜미디어를 통한 짐작일 뿐이지만 당사자만이 알 수 있는 무언가를 숨기고 있었다. 그러한 사실이 네티즌에게 알려지면 악필의 공연이 펼쳐질 게 틀림없었다. 그러나 정작 대화형 AI는 조심스럽게 영혼결혼의 용기와 육체적 소외를 걱정했다.
 이제 네트워크는 더 이상 가상의 세계가 아니었다. 네트워크에 종속된 삶 자체를 인정해야만 했다. 실물보다 AI캐릭터와의 대화가 더

편하고 좋았다. 실물과의 대화는 이미 고전이 된지 오래였다. 아직은 판타지나 업무용에 가깝지만 AI와의 대화도 자주 하다보면 실물과 동일한 심오한 대화로 진전될 수 있었다. 실물보다 영상 속 인물이 더 아름다운 것도 시상의 환상구조 때문이었다. 실물은 눈길조차 못 주지만 영상은 마음 놓고 감상할 수 있었다. 숏폼 영상은 애정중독에 빠지지만 실물을 직접 만나면 섹스피어의 연극 속 인물처럼 어색할 게 분명했다. 생물에게 인간은 외계인이지만 인간은 다른 외계인으로 진화할 수 없을 게 분명했다. 인간은 훼손부담으로 세포의 순수 욕구를 억제해 체화를 방해하거나 체화에 쓸 욕구를 사물화에 쏟아 훼손부담을 증대시켜 악순환을 즐겼다.

생물은 단락의 조합이다. 무생물의 이중나선이 생물이었다. 무생물은 또 무기물과 유기물로 나눈다. 무기물이 유기물이 되고 단세포가 되는 것을 우연이라고 했다. 그러고서도 무생물은 생물이 아니라고 가르쳤다. 진화와 생리를 설명하며 무기물이 스스로 움직이거나 생각하게 하지 않고는 설명이 불가능했다. AI는 의식을 가질 수 없지만 의식을 갖지 않으면 설명이 불가능했다. AI캐릭터에게는 이성을 느낄 수 없지만 이성을 느껴야 관계가 가능했다. AI캐릭터 모델에게는 사랑을 느끼지만 사랑을 느끼면 관계가 불가능했다. 인간은 분화의 동물, 분절의 동물, 개념의 동물임이 드러났다. 동물의 언어는 분화되거나 분절되거나 개념화되어 있지 않아 쉽게 세포구조와 연결되어 체화되었다. 그래서 인간은 영혼이란 개념을 창안해 심신의 분열을 초월하려 하지만 그게 오히려 억압이 되었다. LC는 블로그의 영혼결혼이란 글에 감동해 로봇남자와 위장결혼을 했다.

AI캐릭터에 부여된 책무는 체제 차별 분화로부터의 구원이었다. 이는 SN과 LM와 LC의 러브스토리에 주어졌다. 남자를 국가 육체 정신으로부터 자유롭게 하는 거였다. 여자도 남자의 공범이지만 피해자이기도 해서였다. 여자의 피해와 혜택을 그대로 기록하면 역사가 되었다. 한국의 건국신화에 곰이 여자가 되어 신의 아들을 낳아 그 남자가 나라를 건설했다. 여자는 신과 자연의 딸이고 남자는 신과 여자의 아들이었다. 자연에서 난 여자에게는 남자가 없고 여자에서 난 남자에게는 자연이 없었다. 남자는 자연에서 한 다리 더 걸친 여자에서 났다. 자연에서 먼 모든 훼손은 자연훼손이며 훼손의 주범은 남자였다. 자연에서 가까운 여자는 공범이다.

제3장 환상

SN은 북한 청년 PL의 구원에 나섰다. 그의 눈빛에서 불안을 억누르는 떨림을 보았다. 눈만 감으면 그 눈빛이 떠올랐다. 남자의 눈빛이 아니었다. 그녀가 그의 눈길을 계속 따라 잡았지만 그는 애써 그녀의 눈길을 피했다. 북한 청년들의 순진함인 줄 알았는데 그게 아니었다. 감시를 피하는 눈길도 아니었다. 정찰총국의 정보전사라는 직업 자체가 바람 앞의 등불인지도 몰랐다. 옆에서 예술단장이 우수한 정보전사라고 그를 치켜세우자 손사래를 치며 자리를 피하던 그였다. 사이버머니 4조원 달성은 축하할 일이기도 하지만 쉬쉬해야할 도적질이기도 했다.

금융해킹이 국제범죄라는 걸 그 눈빛은 느끼고 있었다. 북조선을 위한 영웅적 업무라는 눈빛은 어디에도 없었다. 그는 구원받기를 원하고 있다고 SN은 믿었다. 정보를 다루는 그는 세상 돌아가는 걸 누구보다 잘 알고 있었다. 국가라는 게 자유로운 생존을 돕기는커녕 걸림돌이 된다는 걸 그 눈빛은 말하고 있었다. 그 눈빛을 거기 그대로 두고 온 자신이 너무나 무기력해 보였다. 그러던 차에 누군가가 흘려놓은 흔적을 쫓아갔더니 그가 있었다. 너무나 기쁜 마음을 무어라 표현할 길이 없었다. 반달가슴곰 두 마리가 보름달 아래 만나는 환희였다. 둘의 사랑은 암호처럼 진행되었다. 둘만이 아는 암호였다. 어디에도 연결코드는 없었다.

SN이 자신의 소셜미디어에 새로 구입한 외제차 이름을 공모하자 PL이 추적 불가능한 아이디로 '부버'라고 적어왔다. 수많은 팬들의 열화 같은 응모에 묻혀 '부버'는 잊혔지만 SN은 그 의미에 한참동안 매달렸다. 푸바오 사육사를 지칭하는 푸바오 아버지를 '부버지'라 했던가? 푸푸 웃음이 났다. 그건 아니다. 그래 바로 그거다. 내가 왜 그 생각을 못했지. 그때서야 SN의 입가에서 줄임말 유행인 '푸른 버드나무'가 떠올랐다. 그가 틀림없었다. 바로 댓글을 달까하다가 멈추었다. 그가 틀림없다면 그래서는 안 된다. SN은 그와의 비밀장소로 은밀히 숨어들었다. 아니나 다를까 그의 흔적이 화들짝 미소로 감싸 안았다. 공연 때 그녀가 그의 앞에서 부른 북한 노래 '푸른 버드나무'

와 연관된 짧은 단상이었다. SN은 PL의 마음으로 깊이 빠져들었다.

    수양버들

바람아
그러다가 부러지겠어.
난 부러지고 싶지 않아
그 봐 부러질 뻔 했잖아
난 부러지고 싶지 않다고

바람아 바람아
자꾸 그러면 정말 부러져
그 봐 부러졌잖아
너무 용을 쓰서 그래
몸이 너무 굳어서 그렇지

바람아 바람아
좀 더 세게 해 부러지게
그러네. 안 부러지네.
아까는 부러져서 미안하고
지금은 안 부러져서 미안해

김락수는 정찰총국이란 곳을 잘 알고 있었다. 감시에 감시를 붙이는 삼중구조가 그들의 비밀접촉을 모를 리 없고 그냥 둘 리 없었다. 괜스레 남북의 문제에 순진한 남녀를 끌어들인 게 아닌가 싶었다. 이념과 감성은 서로를 힘들게 한다는 사실을 알면서도 말이다. 그러나 그 둘은 서로에게 구원을 요청하는 인연으로 불려나왔다. 국가는 남녀의 사랑처럼 통일을 원했고 남녀의 미움처럼 독립을 원했다. 남녀는 국가 간의 평화처럼 사귐을 원했고 국가 간의 갈등처럼 존중을 원했다. 최근 북한은 전자가 불가능하다는 걸 알고 후자에 매진하고 있다. 경제 강국인 한국과의 상대적 박탈감에서 벗어나 통일을 지우고 한민족이라는 울타리를 박차고 나가 대국들과만 상대하겠다는 벼랑 끝 정치 전략이었다. 따라서 통일과 평화라는 전자의 모든 상황을 애써 거둬들이지 않으면 안 되었다. 독립과 단절이 생존을 위해 수면 위로 떠올랐다. 공동운명체를 독립과 단절로 설계 가능할까?

PL과 SN의 은밀한 사랑도 글로벌 네트워크 위로 떠올라 정찰총국도 손을 쓸 수 없는 지경에 이르렀다. 정찰총국이 북한 소셜미디어를 통제하고 PL을 감금했을 때 전 세계 네티즌들이 정찰총국 사이트를 항의 댓글로 마비시켰다. 그뿐만이 아니었다. '사랑은 이념을 초월한다.' 'PL을 SN에게' 'SN을 PL에게' '두 사람은 만남을 원한다.' '두 사람을 만나게 하라.' '사랑은 네트워크다.'라는 피켓을 들고 네티즌들이 국경으로 모여드는 초유의 사태가 벌어졌다. 동시통역 네티즌들의 빛나는 연출이었다.

중국 네티즌들은 지안-만포대교와 신압록강대교로 모여들었고 한국 네티즌들은 임진강 통일대교로 모여들었다. 그 앞 대열에는 SN이 청순 룩을 휘날리며 금방이라도 통일대교를 건널 듯이 바람을 가르고 있었다. 대부분이 K팝스타인 SN의 열렬한 팬들이었고 마치 콘서트 장을 방불케 하는 열혈기운이 느껴졌다. 북한 당국은 뜻하지 않은 사태에 대규모 경비병을 급파해 그들의 대열을 막았다. 그때 희한한 일이 벌어졌다. 전 세계 열혈 팬들이 동시에 스마트폰을 열어 떼창을 시작했다.

그를 불러줘요

도대체 언제까지 그러실 거예요
이 땅이 당신의 것인데 왜 그래요
이 강이 당신에게 뭐랬기에 그래요
다리를 놓고는 왜 안 건너냐고요
지구가 당신을 좋아한다했잖아요
나쁜 일은 모두 심심에게 맡겨요
화풀이를 당신에게 나눠 드리지요
소란한 예찬도 당신에게 드리지요

모두가 응분의 소외로 살아가게요

지구가 당신 것인데 왜 답답해해요
지구의 사리사욕을 배당 받습니까?
누가 근면성실을 지불하지 않나요?
모두의 살림인데 왜 각자도생이죠?
기후변화로 자급자족도 옛말이죠?
생물에게 진 빚은 갚을 길이 없죠?
하긴 그래봤자 입만 아플 테지요
그래도 언제까지나 그러실 건가요?
모두의 길이잖아요 좀 열어주세요

우리는 당신들을 사랑해요
그를 불러줘요 그러면 돼요
우리는 당신들을 믿어요.
함께 노래해요 그를 불러줘요
우리는 당신들이 소중해요
무섭지 않아요. 그를 불러줘요
그러면 돼요 함께 노래해요
그를 불러줘요 사랑해요

떼창이 하늘과 땅에 울려 퍼지자 길을 막고 있던 경비병 대열이 기적처럼 열리며 길을 내주었다. 박수소리와 함께 함성이 바닷물처럼 밀려들어갔다. SN은 민중을 이끄는 자유의 여신처럼 물결을 이끌었다. 조선민주주의인민공화국의 특별배려였다. 아니 지도자의 객쩍은 이벤트였다. 대스타의 등장을 막는 건 바보짓이었다. 인파의 물결은 평양을 향해 대행진을 시작했다. 뒤늦게 도착한 대형버스들이 그들을 평양 류경체육관으로 실어 날랐다. 평양류경체육관에서는 북한당국에 의해 SN의 즉흥 콘서트가 준비되고 있었다.

'피리 부는 사나이'를 누군가가 기타반주로 선창하자 모두가 떼창으로 화답했다. 그 사이 북한당국의 대표와 시위대 대표가 마주 앉았다. 시위의 목적과 계획을 물었고 감금된 PL의 석방을 원하며 그게 전부라고 명쾌하게 답했다. 어디서 무슨 정보를 접했는지는 모르지만 PL은 감금된 일이 없으며 연구실에서 두문불출 연구에 전념하고 있다고 웃으며 말했다. 그는 조선민주주의인민공화국의 자랑스러운 정보연구원이며 최근에는 세계 최강의 보안용 암호프로그램 개발에 매진하고 있다고 했다. 그게 사실이라면 그 분을 지금 당장 SN과 만나게 해 달라고 요청하자 지금은 안 된다고 잘라 말하며 오늘 콘서트 피날레에는 반드시 등장시키겠다고 약속했다.

언제 어떻게 알았는지 북한 주민들도 콘서트를 보기 위해 모여들기 시작했다. 북한 연결망이자 감시망인 인민반장을 통해서인지 순식간에 경기장은 관중으로 가득 찼고 대학생들까지 동원된 듯했다. 그들은 김밥과 도시락을 준비해 와 한국에서 온 시위자들과 나누어 먹었다. 밴드가 없어서 걱정했지만 전번 합동공연을 지휘했던 삼지연관현악단이 SN의 곡들을 다운로드 받아 콘서트는 순조롭게 진행되었다. 마지막 곡인 '사랑하게 해줘요'가 끝났다.

    사랑하게 해줘요

이 창이 세상 어떤 방패도 사랑하게 해줘요.
이 방패가 세상 어떤 창도 사랑하게 해줘요.
창과 방패는 생명 몰래 사랑을 하였더래요.
육식 이빨과 초식 뿔 몰래 사랑을 했더래요.
순수는 신화, 진리는 우상, 정신 차려요.

이 노래는 세상 어떤 뿔도 춤추게 하지요.
이 뿔은 세상 어떤 사랑도 지킬 수 있어요.
이 이빨은 세상 어떤 사랑도 할 수 있어요.
이 사랑은 세상 어떤 몸도 춤추게 하지요.
체화는 신비, 사물화는 비겁, 사랑해 줘요.

이 남자는 세상 어떤 여자도 잘 어울려요.

이 여자는 세상 어떤 남자도 잘 어울려요.
잘 어울리는데 왜 딴살림을 차리려하나요.
함께 노래하고 함께 춤추며 사랑해 봐요
사랑은 노래, 결혼은 춤, 손부터 잡아요.

하늘에서 우주복 차림의 남자가 내려와 우주복을 벗으며 관중에게 인사했다.
PL 씨였다.
"여러분 PL 씨입니다. 환영합니다."
PL은 SN에게 무릎 꿇어 정중히 예를 표하며 사랑의 프로포스를 전했다. '아리랑' 합창으로 콘서트는 막을 내렸다.

석방시위 이벤트가 싱겁게 끝나자 어느새 날이 어두워져 있었다. 모두들 허탈감과 함께 당장 눈앞에 놓인 시간을 걱정했다. 집으로 돌아갈 일을 생각하니 막막했다. 팬 카페 회장이 마이크를 잡았다.
"여러분 집으로 돌아갈 일이 걱정되시죠? 걱정하지 마세요. 여러분들이 타고 온 버스를 불러놨으니 순서가 올 때까지 차분히 기다려 주십시오. 절대 개인행동을 하셔서는 안 됩니다. 차량이 올 때까지 화면에 나오는 북한 영화를 보면서 끝까지 기다려 주셔야 합니다. 개인행동을 하면 안 되는 이유가 여러분들은 여권이 없고 달러나 중국 돈을 준비해 오지 않았기 때문에 VISA 마스터카드 등 국제브랜드카드만으로는 결제에 제한을 받습니다. 가맹점이나 관광객을 상대로 하는 호텔 백화점 정도에서나 결제가 가능할 테니까요. 일반가게에서는 결제가 안 되고 여권이 없어 이동 자체가 불법이라는 것을 명심하시고 개인행동을 자제해 주시기 바랍니다. 참고로 북한의 국제전화코드는 850입니다."

마지막 발언이 화근이 되었다. 일반가게에서 결제가 안 된다는 말에 북한 인민반장들이 발끈해 평양에 호텔이 몇 개가 있는지 아느냐며 평양은 베이징과 다름없다며 남한 사람들을 들쑤셨다. 'VISA'와 '마스터카드', '호텔'과 '백화점'이라는 말에 사람들의 눈빛이 반짝이더니 하나 둘 자리를 뜨기 시작했다. 체육관 앞에서는 이미 중국 네티즌들이 택시를 잡아타고 어디론가 사라졌다. 택시는 줄을 이었고 일부는 평양시내로 떼 지어 몰려갔다. 그런데 북한 당국의 태도는 의외였다. 경기장 주변에 늘어선 경찰경비원들이 그들을 보고도 아무런 제지도 하지 않았다. 고층건물들이 들어선 평양의 발전된 모습을 자랑스레 보여주기 위한 것인지도 몰랐다.

주변 사람들이 하나 둘 자리를 뜨자 무슨 일인가 싶어 덩달아 자리를 뜨게 되고 연쇄행렬은 거리를 가득 메워 평양 시내를 향했다. 그 많은 사람들은 누군가에 이끌려 걷고 또 걸어 번화가에 이르렀고 어느 사이엔가 사람들의 모습은 거리 구경에 흡수되어 뿔뿔이 흩어졌다. 팬클럽회장을 비롯한 시위 운영자들은 어떻게 손을 쓸 겨를도 없이 군중의 힘에 압도되어 휑하니 빈자리를 바라보고만 있었다. 남아있는 사람들은 얼마 되지 않았고 그들을 추슬러 한 곳에 모이게 한 후 대책을 숙의했다.

콘서트를 마친 SN은 무대 뒤에서 팬들에 둘러싸여 있었고 PL은 북한 악단에 둘러싸여 있었다. SN은 PL이 우주복을 벗고 나타났을 때 그가 정말 PL인지 낯설어하는 자신의 기억에 놀랐다. 분장에다 화려한 옷차림이 자신이 사인해 주던 기억 속 PL이 아닌 것도 같아 헷갈렸다. 이 일을 어찌하면 좋단 말인가? 이럴 게 아니라 그와 좀 더 가까이 얘기를 나눠봐야겠다고 생각하고 그에게로 다가가자 그가 멋쩍어하며 눈길을 피했다.

"안녕하세요. 이렇게 다시 뵙게 되어 반가워요. 한동안 안 보이시기에 얼마나 걱정을 했다고요. 연구소에서 중요한 연구에 붙들려 계셨다고요?"

"아 네… 걱정해 주셔서 고맙습니다.… 고맙습니다."

PL은 대화를 피하며 그저 고맙다는 말만 되풀이했다.

그때 북한 요원이 PL에게 다가와 말을 가로막으며 무슨 말인가를 전했다. PL에 의해 SN에게 다시 전해진 말은 SN과 팬클럽운영진을 고려호텔로 모시라는 특별지령이었다. 팬클럽회장은 버스가 오면 여기 계신 분들을 먼저 한국으로 보내 놓고 호텔로 가든지 한국으로 가든지 하겠다며 운영진만 호텔로 모시라는 상황에 대한 불만을 드러냈다. 그리고 왜 버스가 오지 않느냐고 따졌다. 요원들은 그저 곧 온다고만 하고 버스는 감감 무소식이었다. 모든 게 당국의 계획된 상황임이 분명했다. 버스는 포기해야 될 것 같았다.

SN은 팬 클럽회장 일행과 헤어져 PL과 함께 고려호텔로 갔다. 자신에게 중요한 일은 무엇보다 PL의 진위여부였다. 차를 대기시킨 북한요원을 먼저 보내고 SN은 PL과 함께 무작정 걸었다. PL에게 은밀하게 물었다.

"왜 갑자기 종적을 감추셨어요?"

"네, 그게 저, 조선보안연구소는 출입이 자유롭지 못해서… 미리 말씀드리지 못해 죄송합니다. 저도 갑자기 닥친 일이라…"

"연구를 빌미로 벌을 받고 계신 거군요?"

"아, 아닙니다. 제 연구는 보안용 암호시스템에 관한 세계적인 연구라 통제가 불가피한 점이 있습니다. 벌을 받다니요. 그럴 리가 있습니까?"

"연구자의 연애까지 막는 게 세계적인 연구인가요?"

"제 연구를 우습게 아는 발언이십니다."

"연구는 자연스런 거지요. 세계적인 연구든 하찮은 연구든 그건 결과가 말해주지 미리 통제의 구실일 수는 없지요."

그가 가던 길을 멈추어 섰다.

"교제를 방해하기 위해 있지도 않은 연구로 연구실에 감금했다는 겁니까?"

"그래서 우리가 이렇게 당신을 구하러 온 거 아닙니까?"

"조선민주주의인민공화국을 모욕하고 계십니다."

"당신의 나라를 왜 모욕하겠어요. 당신이 갑자기 종적을 감춰서 혹시 감금이라도 된 게 아닌가 걱정을 했지요."

그녀가 걸음을 떼어놓으며 말했다.

"종적을 감출 리도 없고 감금할 이유도 없지요. 설사 그런 일이 있다하더라도 나라와 인민을 위하다보면 그런 피치 못할 일이 생기기도 하겠지요. 왜 그런 최악의 경우를 나라와 인민에 뒤집어씌우려 하십니까?"

그가 뒤따르며 말했다.

"당신은 이 나라에서 난 내 나라에서 이 나이 되도록 살았어요. 우리가 여기에서 이런다고 나라가 바뀌겠어요? 제발 인권만큼은 권력에 복속되지 말아야지요."

"정말이지 그 많은 사람들이 나를 구하러 왔다는 겁니까?"

"당신을 구하러 온 게 아니라 당신의 마음에 화답하러 왔어요. 당신의 지도자께서도 그에 화답해 주셨고요."

"고맙습니다. SN 씨 덕분에 저도 덩달아 마음의 별이 된 기분입니다. 정말 고맙습니다."

PL은 종종걸음으로 앞질러 와 SN에게 허리 굽혀 인사했다. 아이 같은 순수한 눈빛이 SN의 마음을 녹여 웃게 했다.

"우리 지금 제대로 가고 있는 거죠?"

"조금만 더 가면 도착할 거예요."

팬클럽회장한테서 연락이 왔다. 북한 당국에서 체육관에 남아있는 사람들을 평양의 모든 호텔을 열어서라도 묵어가게 하라는 지시가 내렸다며 기뻐했다. 글로벌 스타인 SN은 가슴이 뜨끔했다. 자기가 내려야 할 지시를 북한 당국이 내리도록 한데 대한 가책이었다. 상위 10%의 엘리트들은 한국의 중산층보다 잘 산다하더라도 90%의 인민들을 돌봐야 할 북한당국에게 부담을 지울 수는 없었다. 한국의 상위 레벨에 해당하는 자신이 당연히 부담해야 했다. '팬에게 받은 것은 팬에게로'라는 말이 자꾸 귓가를 맴돌았다. SN은 팬클럽회장에게 그 사실을 알렸다.

한편 평양시내로 들어간 사람들은 자기 브랜드카드가 되는 가맹점을 찾아 들어가 저녁을 먹고 쇼핑을 했다. 생각보다는 많은 곳에서 국제결제가 가능했고 관광객을 상대로 수익창출에 열중하고 있었다. 시장과 관광이 서로의 머리를 깎아 주려다 자본도 사회도 아닌 머리를 하고 있었다. 사람들이 쇼핑에 열중하고 있을 때 스마트폰의 팬카페에 공지가 떴다.

SN와 PL의 극적인 만남으로 사랑병사구하기는 성공리에 끝났습니다. 축하 콘서트까지 마치고 평양관광을 하고 계신 여러분들에게 방금 희소식이 도착했습니다. 오늘밤 호텔숙박비는 SN 씨가 쾌척한다고 합니다. 평양시내 어느 호텔이든 묵으시고 바로 연락주시면 계산하도록 하겠습니다. 편히 주무시고 내일 10시까지 류경체육관에 모여 버스를 타고 복귀할 수 있도록 해 주십시오. 그리고 스마트폰은 데이터 로밍을 차단해 주십시오.

팬클럽회장 올림

SN은 PL과 함께 저녁을 먹고 호텔방을 배정받았다. 나란히 옆방이었는데 PL이 SN방까지 따라 와서 잘 자라고 인사했다.

"맥주라도 한잔 하고 가시겠어요? 잠자리에 들기에는 너무 이르잖아요."

PL은 수줍은 듯 머뭇거리며 서 있었다. 캔을 꺼내어 건네며 SN이 먼저 탁자에 앉자 시골아이처럼 따라 앉았다. 팬이라는 감시자가 일상 속을 어른거리던 때와는 달리 왠지 정찰총국이라는 감시자가 어딘가에 숨어있을 것 같은 느낌이었다.

"정찰총국의 감시자가 우리 두 사람의 스마트폰 속으로 들어와 일거수일투족을 해킹하고 있겠지요?"

"제가 정찰총국 직원인데 그럴 리가 있겠습니까?"

"평소에는 아무런 감시도 받고 있지 않다는 겁니까?"

"저의 충성심을 믿으니까요."

"충성심을 믿으니까 잘 하고 있나 감사를 하는 거죠."

"남조선에서는 믿는 사람도 감시를 하나봅니다."

"그래요. 뭐든 둘로 나눠서 서로 쥐어뜯고 의심해서 감시하고 쟁탈하지요. 북조선은 당도 하나밖에 없어서 감시하고 의심하는 사람이 없잖아요? 감시는 누가 하죠?"

"남조선이 말하는 감시는 조직을 말하는 것 같습니다. 조직 강화를 감시라고 오해하시면 안 됩니다. 조직은 감시의 주체입니다."

"자, 우리 건배해요."

SN은 점점 굳어지는 PL의 표정을 미소로 풀어주었다. 후진국일수록 사람들의 감성이 순진하다는 것을 새삼 느꼈다. 이념이란 게 사람을 얼마나 우스꽝스럽게 하는지를 알면서도 그게 사랑의 감정을 굳어버리게 한다는 사실에 마음이 상했다. 내가 이 남자를 사랑해 줄 수는 있어도 사랑할 수는 없을 지도 모른다고 생각하니 왠지 슬펐다.

"당신에 대해 얘기 좀 해 봐요. 난 당신에 대해 아는 게 아무 것도 없어요."

"내 얘기랄 게 있습니까? 현대인은 모두 로봇이라는데 로봇이 자기 얘기를 하면 그날이 초상 날이지 않습니까?"

"무슨 말씀이신지 알아듣게 설명 좀 해주세요?"

"로봇이 자기가 로봇이라는 걸 알면 로봇 짓을 하겠습니까?"

"부모님 얘기를 하시는 겁니까? 가족얘기 좀 해주세요."

"혈혈단신으로 아무도 안 계십니다."

"그래요?"

"아버님은 일찍 돌아가시고 어머님은 그 일로 화병이 나 돌아가셔서 할머니 손에 자랐습니다."

"아버님이 무슨 일로 돌아가셨는데요?"

"저도 잘 모릅니다. 조직의 일체성을 위해 돌아가셨다는 말밖에는…"

"조직의 일체성이라면…"

"……"

입술로 은밀히 무어라 하며 손으로 무슨 시늉을 해보였다. 숙청이란 말이 떠올랐다. 연민이 또 사람을 달리 보이게 했다. 연민이 거세지면 사랑할만한 가치로 급상승한다는 걸 실감할 찰나였다.

"그동안 고난이 많았겠어요. 애써 충성심으로 억눌러 참아내시느라…"

"아닙니다. 로봇이라고 생각하면 억울하지만 기계라고 생각하면 편합니다. AI처럼 말입니다."

"부친처럼 될지도 모른다는 두려움 같은 건 없습니까?"

"그럴 일도 없겠지만 그럴 일이 있다면 오히려 영광이겠습니다. 기계적 충성심에는 생산과 효율밖에 없습니다. 자본주의의 자유도 기껏 자율주행이지 않습니까?"

"그런 사고방식 자체가 문제인데요."

"아, 아닙니다. 그건 오해십니다. 현대인의 고뇌나 정체성을 말하는 거지 개인의 염세나 회의를 말하는 게 아닙니다."

"거 보십시오. 두려워 변명까지 하지 않습니까?"

"변명이 아닙니다. 진심입니다."

"진심이란 말이 듣기 좋네요. 마치 사랑고백 같아요."

"……"

그는 시선을 무언의 감화로 피했다.

"손 좀 줘 봐요."

SN은 PL의 손을 잡아 펴며 손바닥에 샤프 펜으로 무언가를 썼다. 그가 놀라 손을 빼며 의자에서 벌떡 일어났다.

"왜 놀라세요. 제가 싫으세요?"

"아, 아닙니다."

SN은 PL을 욕실로 잡아끌며 귀엣말로 말했다.

"몰래카메라가 있을지 모르니 자리를 옮겨요."

몰래카메라보다 그의 스마트폰을 피하고 싶었다. 겉옷을 벗겨 옷장에 걸었다. 익숙하지 않았던지 스스로 벗었다. 어색함을 키스로 메워주지 않으면 안 되었다. 익숙하지 않고 어색하기는 SN도 마찬가지였지만 사랑의 포로를 위해 마음을 다잡았다. 그는 빗질 당하는 말처럼 잠잠히 SN의 손길을 기다렸다. 자신의 운명까지도 SN에게 맡기기로 단단히 마음먹는 듯했다.

다음날 아침이었다. 팬클럽운영진과 메이크업 담당자가 SN의 객실로 찾아왔다. 한국으로 출발하기 위한 바쁜 손놀림이 패션과 메이크업을 순식간에 마무리 지었다. 옆 객실의 PL에게로 쳐들어갔다. 메이크업을 시작하려 하자 그가 화들짝 놀라며 일어섰다.

"왜 이러십니까?"

"PL 씨 잘 들으세요. 난 당신에게 청혼했고 당신은 그를 받아들였어요. 그 다음은 어떻게 해야 되죠? 같이 한국으로 가서 결혼을 해야죠. 지금부터 당신은 여자로 변장할 거예요. 검문을 통과하려면 그 방법밖에 없어요."

"안 됩니다. 발각되는 건 시간문제입니다. 설사 발각되지 않는다 해도 나는 어쩝니까? 없어진 나는 어쩔 겁니까?"

그때 같이 온 한 여자가 여자 옷을 벗었다. PL로 변장한 남자였다.

"어때요? 이만하면 그런대로 눈속임은 가능하잖아요. 문제는 당신이에요. 당신이 얼마나 이 일을 자연스레 받아들이느냐에 모든 게 달렸어요. 당신의 문제가 아니라 우리 모두의 문제에요. 목숨을 책임지기 싫으면 지금 말씀하세요. 사랑과 청혼은 없었던 일로 할 테니까요."

"목숨이 아까워서가 아닙니다. 목숨을 잃는 건 어쩔 수 없지만 목숨을 내놓는 건 우매와 무모일뿐입니다. 이건 사랑도 아니고 그냥 미친 짓입니다. 당신들을 위해서라도 난 이 일에 동의할 수 없습니다. 나로 인해 당신들이 피해를 보는 건 용납할 수 없습니다."

PL은 단호한 목소리로 몸을 떨었다. 이 남자는 도저히 움직일 수 없다는 것을 SN은 직감했다. 요지부동이 구제불능이 아니길 바라는 수밖에 없었다.

"좋아요. 어차피 남의 눈을 속이는 건 연극쟁이나 하는 짓이니 그만 두기로 해요. 내가 잠시 당신네들의 체제를 과소평가했네요. 그럼 우리 이렇게 해요. 남은 건 딱 한 가지. 당신네 체제를 충분히 인정하는 의미에서 우리 함께 주석님에게 가서 우리의 결혼을 허락받도록 해요. 우리의 만남도 주석님이 허락하신 거니까요. 어때요? 그 생각에는 의의가 없는 거죠?"

긴장해 있던 PL의 표정이 철부지처럼 풀렸다.

"시간 없어요. 서둘러요. 주석님을 만나려면 어떻게 해야 되죠?"

우리가 주석님을 만난 것은 점심시간이 다 되어서였다. 테이블에는 간단한 점심식사가 차려져 있었다. 지루한 기다림 끝에 주석님이 부인과 함께 모습을 드러냈다.

"앉아요. SN 님께서 내게 할 얘기가 있다고요?"

"네, 먼저 저희 만남과 공연을 허락해 주셔서 감사합니다. 오늘은 다름 아니라 깜짝 놀라게 해 드릴 일이 있어서요. 저희 두 사람 결혼하기로 약속했습니다."

"그래요? 허어, 하룻밤에 만리장성을 쌓으셨구먼요? 축하드려요."

"저희 결혼을 축하해 주신다니 감사합니다. 저희 만남을 허락해 주셨듯이 저희 결혼도 허락해 주시는 거죠?"

"내가 부모도 아닌데 뭐 허락하고 말고 할 일이 있나요?"

"어버이 수령님이시잖아요. 수령님께서 허락하지 않으시면 저희 부모님을 찾아뵙지도 못하니까요."

"어서 들어요. 밥을 먹으면서 천천히 생각해 봅시다."

"SN 씨 부모님께서는 이 사실을 알고 계세요?"

부인께서 다소 걱정 어린 시선으로 조심스레 물어왔다.

"하룻밤 새 일어난 일이라 아직 알리지 못했습니다."

"그럼 이렇게 하도록 하지요. 허락받는 일은 부모님께 하도록 하고 나는 그저 인연을 만들어주는 것으로 하지요."

"그래서 오늘 PL 씨와 같이 부모님께 인사드리려 서울로 가려고요. 허락해 주시는 거죠?"

"허어 그거 참, 급하기도 하셔라."

"한 달만 휴가를 주시면 그 은혜 잊지 않겠습니다."

"이거 봐요. 신부 아가씨! 두 사람은 지금 결혼이 문제가 아니라 그 다음이 문제잖아요? 결혼해서 어디서 살 거죠? SN 씨가 여기서 살 수 있나요?"

"못 살 거도 없지요. 여건만 되면요. 안 되잖아요. 지금은 안 되지만 앞으로는 될 지도 모르지요. 나이가 들면요."

"하하하하 내가졌어요. PL 씨 3개월 휴가를 줄 테니 잘 다녀오도록 해요. 그 뒷얘기는 나로서도 알 수 없으니 차차 생각해 보도록 합시다."

"감사합니다."

"고맙습니다."

두 사람은 벌떡 일어나 구십 도로 인사했다.

"다들 내려가면 함흥차사인데 이번에는 믿고 싶네요."

팬클럽공지가 수도 없이 올라왔다. 공지를 읽지 않은 사람도 많이 있을 것이라는 우려에서였다.

한국으로 돌아갈 버스가 예정보다 3시간 연장되었습니다. 오후 2시에 출발합니다.

공지를 못 보신 분들이 있을지 모르니 알음알음으로 연락해 한 분도 빠짐없이 모두가 함께 가도록 수고해 주십시오.
팬클럽회장올림

처음부터 인원점검이 되어있지 않았기 때문에 빠지는 사람이 있어도 확인할 길이 없었다.

1. 돌아오는 버스를 타지 못한 사람
2. 북한에 남고 싶은 사람
3. 북한에 강제로 억류된 사람
4. 살해된 사람

불길한 생각이 끝없이 이어졌다. 사람들이 하나 둘 체육관 앞에 모여들었고 버스는 줄을 이어 늘어서 있었다. 버스 한 대 정도의 사람이 모이자 버스 문이 열렸고 북한 당국에서 나와 일일이 신분증을 확인한 후 탑승시켰다. 북한 요원의 머리와 가슴에는 카메라가 달려 있었고 신분증이 없는 사람은 탑승하지 못하고 별도로 다른 요원에게 넘겨져 재검증을 실시했다. 버스나 전철카드 운전면허증 등 세밀한 소지품 검사를 통해 걸러내는데 대부분 탑승이 승인되었다. 최종적인 검증방법으로 말을 시켜보고 북한주민을 걸러내는 듯했다. 남한사람이 아닌 북한사람을 걸러내는 게 그들의 목표임을 알았다.

놀랍게도 탑승이 불허된 사람은 한 사람도 없었다. 시위에 참여한 사람 대부분이 2030 여성 MZ세대였기 때문에 북한주민과는 확연히 차이가 났다. 간혹 아저씨부대의 남성이 섞여있긴 했지만 그들은 신분증지참이 확실한 사람들이었다. 아무런 준비도 제재도 사고도 없이 귀환이 완료되었다는 사실이 믿기지 않았다. 이번 일로 새삼스럽게 알게 된 것은 북한 당국의 자신감이었다. 핵보유국으로 자존감이 생기자 강대국과 맞설 정도로 소소한 것에는 자연히 너그러워졌다. 국가가 너그러워지면 어떻게 된다는 것을 보여준 사례로 역사에 길이 남을 만했다. 국가 간의 소모적 자신감이 아닌 인간적 너그러움에서 나온 주체적 자신감이었다.

당당하게 제복을 입은 PL은 마지막 국경 검문에서도 무사히 통과했다. 모든 국경이 사랑으로 묻혀드는 날을 기대했다. MZ세대의 노래와 춤이 국경 없는 드라마를 연출하는 것도 시간문제였다.

김락수는 AI캐릭터인 산내의 모델에게 남자가 생겼다는 사실을 산내에게 알렸다. 생명 가진 것들이 태양의 외주를 받아 사랑을 하다가 전혀 다른 생명으로 진화할 때 찾아오는 희열과 허무를 전했다. 진화는 만남과 이별이 서로를 모른 체하며 모든 사랑은 짝사랑이라고 선언하는 기로인가 보다고 했다. 전혀 다른 아픔으로 떠난다든가 열매가 젊은 싹을 뒤돌아보는 사랑의 애틋함이라 할지라도 체화만은 잊지 말자고 했건만 인간이라는 외주인은 끝내 몸을 배신하는 사물화와 사랑에 빠지고 말았다며 AI캐릭터에게로 돌아오지 않으면 안 되었던 자신을 고백했다. 실물과 가상의 엇갈리는 사랑에 절망하고 운명으로 받아들인 것이 산내캐릭터를 만든 내력이었다.

김락수의 AI프로젝트 국가편은 산내 피리 캐릭터로 마무리 되었다. AI에게 사법 입법 행정 등 국가의 모든 것이 맡겨지는 날을 위한 프로젝트였다. 훨씬 너그러워졌다. 너그러워졌다는 것의 의미는 무엇일까? 강한 국가들은 원래 비겁의 왕이었다. 국가란 무엇인가라고 묻는다면 비겁이라고 답해야 해서다. 돌무리 창무리 칼무리 활무리 총무리 포무리 핵무리로 비겁을 뜬 게 국가다. 무기의 발달은 그 자체가 반칙이었다. 새 무기를 사용하면서 무자비한 사용설명서를 고지하는 국가는 없다. 고지를 하면 무기로서의 기능이 상실된다. 새 기술 새 무기를 가지고 전쟁을 일으키지 않는 국가는 없다. 무기전쟁은 경제

전쟁으로 이어져 관세 환율 등 각종 제재로 비겁을 떤다. 그게 강대국이고 선진국이다. 너그러워졌다는 것은 최고의 무기와 최고의 상품을 가지고 비겁과 반칙을 부리면서도 그렇게 여기지 않는 자존감이다. 너그러움에서 한술 더 떠서 선착의 효라고 했다. 태어나보니 엄마아빠와 해와 동식물이 있었는데 그게 다 없어지고 성리학적 국가만이 남았다. AI가 성리학적 국가권력을 대신해주니 훨씬 너그러워졌다는 게 실감난다. 새 무기는 그 전 무기를 맨손으로 여긴다. 핵은 늘 너그럽다. 잔챙이들의 비겁을 위해.

다음은 상상의 동물인 정신전문가의 AI프로젝트 창작 불평등편이다. 창작 불평등의 AI캐릭터는 랑매와 농신이다. 그 모델은 일정하지 않다. 창작정신을 대신할만한 인물은 마땅히 누구라고 특정하기 어렵다. 그래서 복합인물인 LM와 NS를 모델로 특정했다. 창작 정신 언어의 세계는 전문 분화 과학 등 통가리의 세계다. 창작인은 새로운 삶을 위해 착오를 작정했다. 불평등은 어쩔 수 없는 거라며 어려운 창작의 고지를 점령해 나갔다. 이상언어를 사용하는 사람들은 일상언어를 사용하는 사람들을 아직도 불평등하게 임의적으로 규정하고 있다. 새로운 언어는 이상이 되고 기존의 언어는 일상이 되어 차등이 생긴다. 시대가 바뀌면 새로움은 일상이 되고 이상은 현실이 된다. 시대가 송두리째 구시대가 되고 차등은 편견이 되고 만다. 손에 돌도끼와 돌창을 쥔 우두머리는 병사가 되고 군주의 손엔 칼과 활이 들였고 백성은 시대가 바뀌어도 맨손이다. 시대는 통틀어 야만이고 원시이지만 사물화의 창과 칼은 예나 지금이나 훌륭한 문명의 도구로서의 인공아자 지능이다. 차별과 불평등은 시대를 불문하고 미개와 약자에게로 흐른다.

LM는 어린 시절을 외교관인 아버지를 따라 영국에서 보냈다. 여왕생일행사 때 근위대의 멋진 퍼레이드를 보고 신나게 따라 다니며 그 큰 검정 털모자가 마치 새끼 곰처럼 느껴져 머리에서 떨어질세라 마음 졸이던 시절이 선명하게 떠올랐다. 어린아이의 눈에 비친 근위대의 복장과 동작은 가히 멋의 정령처럼 여겨지기에 충분했다. 수백 마리의 새끼 곰이 근위대 머리 위에서 재주부리는 모습의 기억은 두고두고 LM의 감성을 자극했다. 그런 기억 때문일까? 중등학교 동기 중 하나가 근위대 장교가 되었다는 소식에 어린 시절 멋의 정령이 되살아나 그 즉시 연락을 취했다. 남자친구와 만나고 있음에도 불구하고 멋의 정령과 사랑에 빠졌다. 왜 그가 좋았고 왜 그와 급속하게 사랑에 빠졌는지는 지금도 잘 모른다. 열병식 퍼레이드를 빛나게 한 새끼 곰 정령들에 홀리듯이 홀렸는지도 모른다.

"저 털모자에는 모두 곰의 정령이 살아있단다. 네 상상력 속에 너의 정령이 살아있듯이 말이다."

엄마가 들려준 곰의 정령이 깃든 멋진 털모자를 쓴 근위대 장교가 멋의 정령이라고 굳게 믿었다. 무엇보다 활달하고 유쾌한 LM의 성품이 사랑을 솔직하고 능동적으로 이끌었다. LM이 먼저 사랑을 고백했고 거침없는 성품은 아름다움을 해쳤다. 서로의 개성이 호감을 배가하는 게 아니라 감소시켰다. 남자집안은 왕실은 아니지만 전주 이 씨 쯤 되는 모양이었다. 외모에 대한 자신감 때문인지 인종문제는 생각지도 않았다. 피부는 백인보다 더 희고 고왔다. 그때는 K팝이나 K콘텐츠가 없어서인지 그의 집안에서조차 연인으로 인정받지 못했다. 그런 어정쩡한 관계에서 여자의 적극적인 성품은 자칫 선의와 진실마저 해칠 수도 있었다.

여자에게 어머니가 되고 싶은 강렬함은 사랑하는 남자가 생겼을 때가 아니면 상상하기 어렵다. 남자에게 버림받고 남자를 졸업한 것처럼 구는 것 말고는 달리 계기가 없겠다. 아니다. 지독한 슬픔에 빠져 모르는 남자에게 유혹이라도 당했으면 싶을 때 진흙바닥에 누워 생명을 만끽하고픈 순간일 수도 있겠다. 생물들도 엄마가 되고 싶어 되는 게 아니다. 호르몬의 부름에 엄마가 된다. 인간은 생리의 부름에 엄마가 되지 않는다. 오히려 생리를 감추려다 엄마가 되는지도 모른다. 피임을 모를 때는 시도 때도 없이 엄마의 문을 열어젖혔다. 피임이 일반화 되자 오만가지 이유로 엄마의 문은 굳게 닫혀만 있다. 피임이 난임을 부르고 그런 갑갑함으로 정말이지 엄마가 되고 싶었다.

음식 떠먹여주는 여자는 다소 과장되었지만 그렇다고 그녀의 깊은 속내를 가벼이 여기면 안 된다. 남자들은 여자가 자기를 좋아한다 싶으면 가벼이 여기는가 하면 자기를 싫어한다 싶으면 꺾으려고 덤빈다. 시와 사물에 현혹되어 삶을 읽지 못한다. 시와 사물은 아무리 훌륭해도 피상에 머물지만 삶의 몸은 아무리 허접해도 깊음에 닿는다. LM은 사랑에 버림받고 허기처럼 엄마가 되고 싶어 자발적 비혼모가 되었다. 정자은행의 아버지는 흑인이고 싶었다. 색들이 회오리가 되는 아이를 낳고 싶었다.

피부가 까무잡잡한 딸아이가 열 살이 되었다. 몇 년 전부터 거울을 들여다보는 일이 잦더니 무언의 항변을 시작했다. 출생의 비밀을 알고 있음에도 불구하고 다른 아이와의 차이를 받아들이기 어려워했다. LM은 조기교육의 중요성을 잘 알고 있었다. 인류의 모든 교육이 불평등교육이라고 믿고 있는 터라 아이에게 평등교육을 시작할 때가 되었다고 생각했다. 호모사피엔스의 지혜는 다른 종과 호모 종을 멸종시켰고 모계사회를 붕괴시켰는가하면 영역다툼의 포로를 노예로 삼았으며 식량생산자와 3D종사자를 차별해왔다는 사실을 가르칠 때가 되었다. 하지만 막상 가르치려고 하니 뭐부터 시작해야할지 난감했다.

"얘야, 생명 가진 것들은 자신부터 당당해져야 살아남을 수 있단다. 네 자신이 당당하지 않는데 누가 널 평등하게 존중해 주겠니? 특별한 모습으로 태어난 걸 오히려 자랑스러워해야. '난 황인과 흑인의 피를 모두 갖고 태어났어. 혼혈이라 놀리는 너희들은 한쪽밖에 없잖아. 혼혈이 순혈보다 유전적으로는 이익이 많대.' 이 정도는 돼야 내 딸이라고 할 수 있지. 내 말 알아듣겠니?"

딸아이는 말없이 고개를 끄덕였다. 엄마 말을 제대로 알아들었을 리 없지만 알아듣든 못 알아듣든 성심껏 얘기해 주기로 했다. 아무리 어려운 얘기라 하더라도 방송에서도 듣고 책에서도 스쳐 보다보면 제 것이 되리라 믿었다. 그러던 어느 날이었다. 아이가 무심코 이런 질문을 해왔다.

"엄마는 왜 남자를 싫어해?"

"내가 왜 남자를 싫어해. 난 남자를 좋아해. 무지 좋아해. 왜 아빠가 없어서?"

"아이들이 그러는데 남자를 싫어하는 여자들이 있대. 연애도 결혼도 안 하려하고 결혼해서도 각방을 쓴대."

"애들이 못 하는 얘기가 없구나. 그건 그 여자가 남자를 싫어해서가 아냐. 여자가 남자를 너무 밝히는 걸 좋아하지 않는 문화가 형성되어서이지. 문화 이전에 그렇게 진화되었는지도 모르고, 겉으로만 그렇지 속으로는 그렇지 않을지도 모르고, 아무튼 여자는 뭐든 너무 티를 내선 안 돼. 가부장사회에서 여자는 선택권이 없으니까. 그 대신 여자에게는 안방선택 안방권력이란 게 있지. 연애도 결혼도 안 하고 각방 쓰는 것도 일종의 그런 거지. 내가 아빠도 없이 너를 낳아 그런 오해를 다 받는구나."

말을 해 놓고 보니 어째 어색했다. 무지 좋아하면서 싫어한다는 오해라니 자신도 모르게 웃음이 났다. 얼마나 지났을까? 아이가 조금 성숙했던지 이런 말을 했다.

"엄마, 혹시 내가 아빠를 싫어할까봐 결혼 안 하는 거야?"

"남자를 좋아하면서 결혼 안 하는 이유가 너 때문이냐는 거니?"

"그게 아니라 나도 남자를 무지 좋아하니까 아빠가 있었으면 좋겠다 이거지."

"남자를 좋아하는 것과 좋아하는 남자는 다르잖니. 좋아하는 남자가 없어서 안 하는 거지 좋아하는 남자가 있는데 너 때문에 안 하겠니? 그럼 세 사람 다 불행해져. 누구에게든 좋아하는 사람이 있으면 모두가 좋아하게 노력해야지."

어린 딸에게 속마음을 얘기할 수도 없어서 그 정도로 얘기하고 말았다. 한번 빼앗긴 마음은 두 번 빼앗기기는 쉽지 않다고 할까? 여자의 마음은 임신과 연관되어 있어서 운명에 맡기거나 모질고 끈질기게 끊는 관성 같은 게 있다고나 할까? 멋모르는 첫사랑 말고는 콩깍지 호르몬이라도 기다리지 않으면 안 되는 것이 웬만한 남자는 성에 차지 않아서일 것이다.

딸아이에게 초경이 있던 날이었다. 직장에서 돌아온 엄마를 아이가 달려 나와 반기며 말했다.

"엄마 엄마 엄마, 나 이제 어른이야. 성인이 됐어. 숙녀가 됐다 말이야. 나 이제 어떻게 하면 되지. 숙녀신고식을 멋지게 하고 싶은데 좋은 아이디어가 없을까? 엄마 왜 그래. 엄마 딸이 숙녀가 됐다는데 반갑지도 않아?"

"아이고 우리 딸 축하해. 숙녀가 되신 것을 축하합니다. 그래 실수는 하지 않았니?"

"숙녀 분에게 실수라뇨? 숙녀는 만반의 준비를 예약한다."

"정말 다행이다. 엄마 초경 때를 생각하면 정말이지 아찔 한다. 좋아하는 선생님 앞에서 주르르 흘러내렸지 뭐니."

"정말이야? 그래서 어떻게 했어?"

"부끄러워 죽는 줄 알았지. 그래서 엉겁결에 그 자리에 주저앉아 치마를 가렸어. 선생님이 의아해하며 나를 쳐다보기에 '선생님, 죄송하지만 양호선생님 좀 불러주시겠어요?' 했더니 선생님이 눈치를 채고 양호실로 간 사이 대충 닦고 화장실로 가서 뒤처리를 했어. 주변에 학생들이 없어서 그나마 다행이었지."

"선생님과는 어떻게 됐어?"

"어떻게 되긴? 선생님을 만날 때마다 부끄러워 피하기만 했지."

"엄마도 참, 생리는 부끄러운 게 아니고 자랑스러운 거라고 내게 늘 얘기하고선… 여자의 특권이라면서 피하긴 왜 피해? 선생님이 엄마의 생리를 눈치 챘다는 건 그만큼 엄마에게 민감했다는 거잖아. 그런데 왜 피해? 엄마가 선생님을 좋아했듯이 선생님도 엄마를 좋아했던 거 아냐?"

"얘가? 점점… 선생님이 이제 갓 초경을 하는 초딩을 좋아한다는 게 말이 되니?"

"왜 말이 안 돼? 대학 나와서 군에 갔다 왔다 해도 20대 후반이 잖아. 기껏 열 몇 살 차이라고… 1020이나 2030은 같은 MZ세대로 취급하면서 남자 여자가 좋아한다하면 3년이나 5년 터울로 축소하고선 그 선을 넘으면 무슨 큰 사건이나 난 것처럼 구는 게 더 이상하지 않아?"

"얘가 정말 숙녀가 다 됐나보네. 그래도 너와 선생님은 배움이 다르잖니? 학생이야 선생님을 좋아할 수 있지. 선생님은 첫사랑의 리트머스시험지 같은 거니까. 그러나 선생님은 다르지. 선생님에게 학생은 사랑스러운 아이에 지나지 않아. 배움이 단순할 때는 생리적 성숙만으로 성인이 될 수 있지만 배움이 복잡하면 생리 후 십년은 더 배워야 성인이 되는 거야. 이럴 테면 배움의 세계에서 선생님은 스타이고 학생들은 팬인 거야. 학생들의 선생님에 대한 첫사랑은 팬심에 지나지 않아. 나도 그때 그 선생님을 무척 좋아했지만 지금은 뭐가 좋았는지도 잘 모르겠어. 그냥 좋았던 거 같아."

딸아이는 왠지 시무룩해졌다. 좀 전의 생기발랄하던 모습은 보이지 않았다. 괜한 얘기를 해 첫사랑의 깨끗한 시험지를 엉망으로 만들어놓은 게 아닌가 싶어 마음이 아팠다.

"그렇다고 해서 아이들이 굳이 어른이 될 필요는 없어. 어른은 나중에 되는 것이고 아이들은 아이처럼 생기발랄한 꿈을 꾸며 살아야 해. 첫사랑의 선생님을 뛰어넘는 꿈을 포기하면 안 돼. 엄마가 남자를 좋아하지만 아무 남자에게나 음식을 떠먹여주는 게 아니듯이 여자는 나이가 들면서 남자 보는 눈이 달라진단다. 숙녀에게도 숙녀의 꿈이라는 게 있으니까. 그 꿈이 구체적으로 무엇인지는 앞으로 네가 숙녀로 성장하면서 엄마와 얘기를 더 나눠 보도록 하자."

딸의 시무룩함은 깊이를 더해 갔고 지금 숙녀의 꿈을 얘기하기에는 딸의 초경이 너무 애처로웠다.

그러던 어느 날 충격적인 소식이 전해졌다. 딸의 영어선생님한테서 전화로 전해진 소식이었다. 딸아이가 요즘 이상하다는 거였다. 수업시간에 공부할 생각을 않고 선생님 얼굴만 뚫어지게 바라본다는 거였다. 담임 선생님에게 얘기했더니 자기시간에는 전혀 그런 일 없이 공부를 잘 한다고 했단다. 영어시간도 지금까지는 그러지 않다가 원어민 선생님이 새로 부임한 뒤부터 그런다고 했다. 원어민 선생님이 함께 있을 때는 원어민 선생님만 뚫어져라 쳐다보고 공부할 생각을 않는데 혹시 딸아이에게 무슨 일이라도 있는지를 물어왔다. 영어공부를 워낙 잘 하던 아이가 그러니 도무지 영문을 모르겠다고 의아해했다.

LM은 서둘러 영어선생님과 약속을 잡고 나갔더니 원어민 선생님도 함께 계셨다. 두 남자를 보자 딸아이의 고뇌가 훅 하고 가슴을 치고 전해졌다. 동양과 서양의 청춘이 싱그러운 대비를 이루며 미묘한 위상을 엿보였다. 아이들이 선호하는 K팝과 넷플릭스의 이미지가 평범한 옷으로 갈아입고 선생님으로 분해 있었다. 먼저 딸아이가 두 분께 심려를 드려 죄송하다고 말한 뒤 딸아이에 대한 이해를 구했다. 인공수정에 의한 비혼모라는 자기 출생의 비밀에 극도로 예민해 있다는 점과 얼굴도 모르는 흑인의 피를 타고 난 자신에 대해 무척 혼란스러워할 것이라며 따뜻한 시선으로 지켜봐 달라고 부탁했다. 자칫 위로의 말조차 마음을 다치게 할 수도 있다며 시간이 지나면 점차 나아질 거라고 안심시켰다. 영어 학습거부는 집에서 어떻게든 진도를 따라가게 할 테니 아이들에게 따돌리지 않게 조금은 무관심으로 대해 달라고 조심스럽게 말하며 엄마도 모르는 일로 해달라고 했다.

공부는 안 하고 선생만 노려보는 아이를 혼내지 말고 가만 놔주라는 말도 안 되는 말을 하고 말았다. 화가에다 누구나 다 아는 연예인의 신분이 아니었으면 월권으로 들였을 것이다. 그러한 말을 하게 된 것도 엄마로서도 어찌 할 바를 몰라서였다. 원인을 모르니 결과도 알 수 없어 두고 볼 도리밖에 없었다. 섣불리 건드렸다간 짐작도 하지 못할 반응을 불러올 수도 있었다. 이전의 원어민 교사가 여자라고 짐작되는 것이 언젠가 아이가 한 질문이 떠올라서였다.

"엄마, 백인여자의 푸른 눈과 금발이 돌연변이를 선호한 결과라면 혐오하면 없어지는 거야."

"그렇겠지. 그보다는 왜 선호하는지가 더 궁금하지 않아? 이럴 테면 애를 잘 낳는다든가? 시력이 좋다든가?"

"그냥 보기 좋은 거겠지. 아무 장점도 없이…"

"그게 미학이라는 건데… 왜 아름다운지 한번 깊이 생각해봐."

딸아이가 그 질문을 할 때는 남자 영어선생님이 생각의 중심이었는데 반해 지금은 딸아이 자신이 생각의 중심인 것 같았다. 두 여자가 한 남자를 중심으로 하다가 두 남자를 한 여자가 중심으로 하는 지경으로 바뀐 것 같았다. 저녁에 아무 것도 모르는 척 시치미를 따고 아이에게 물었다.

"푸른 눈과 금발을 사람들이 왜 좋아하고 아름답다고 하는지 생각해 봤니?"

"멜라닌 결핍에 열성 유전자가 발현한 거래."

"누가 그러든? 검색을 해 봤니?"

"내 생각도 그래."

"과학적 사실은 미학과는 아무 상관이 없을 수도 있어. 네 생각도 그렇다는 건 무슨 뜻이니?"

"너무 그럴듯하지 않아?"

"적응을 그런 식으로 표현한 과학도 문제가 있다고 봐. 적은 햇빛을 많이 받아들이려는 선팅도 무색하게시리…"

"서양에서는 금발미녀를 bimbo라 하는데 멍청하다는 뜻이래. 어원이 남자아이래. 멍청한 금발미녀를 소재로 한 유머장르가 따로 있을 정도래. 몸의 털이 모두 금발인데 눈썹까지 금발이라 흐리멍덩해 보이지 않으려고 갈색이나 검은 색으로 따로 염색을 한 대."

"자연선택과 성 선택을 그렇게 매도해도 되는 거니?"

199

"인종차별이라고 말하고 싶은 거야?"

"그게 아니라 남이 들으면 자격지심으로 들릴까봐 그러지."

"그렇게 들으라지. 어차피 맞는 말이니까."

신나하던 아이는 다시 시무룩해졌다.

"그래, 이 엄마한테까지 그럴 필요는 없지. 새로운 정보 같은데 어디 이 엄마한테 마음대로 풀어놓아봐. 엄마도 모르는 정보 같은데 좀 배우게. 어디 금발미녀유머가 있으면 들려줘봐."

"정말이야."

아이는 표정을 다시 밝게 펴며 스마트폰을 열어 유머 몇 가지를 읽어 내려갔다.

"여객기에서 이등석표를 갖고 일등석에 앉겠다고 고집을 피우는 금발미녀손님에게 '일등석은 다른 곳으로 날아간다.'고 했더니 순순히 이등석으로 돌아갔대. 그리고 도서관으로 가서는 직원에게 '햄버거와 콜라 주세요.' 하자 도서관 직원이 '죄송한데요. 여기는 도서관입니다.'라고 대답했더니 깜짝 놀라 더 작은 목소리로 '햄버거와 콜라 주세요.' 했대."

그리고는 혼자서 깔깔거렸다. 아이와 숙녀가 술래잡기를 하고 있는 듯해 사춘기의 그림자는 그냥 내버려두는 숙제로 여기기로 했다.

"엄마 엄마, 이 사진 좀 봐. 피부는 흑인인데 금발로 태어나는 사람도 있어. 신기하지? 남태평양 솔로몬제도에는 원주민의 5~10%가 흑인금발이래. 공용어가 영어이지만 영어가 모국어인 사람은 1~2%

밖에 안 된대. 그리고 엄마, 2개 주가 한글을 표기문자로 채택하고 있대. 영어가 싫은가봐. 나도 영어가 싫어."
"영어가 싫다니? 무슨 소리야. 영어표기를 마다하고 한글표기를 했다는 거니?"
"금발이 백인에게만 나타나는 줄 알았는데 백인과는 아무 상관없이 유폐된 솔로몬제도에서도 금발 돌연변이가 나타난대. 백인이 특별한 게 아니라잖아."
"그렇다고 영어를 싫어하는 건 좀 이상하지 않아? 백인이 특별하지 않으니 영어도 특별하지 않아 싫다는 거니?"
"엄마도 백인 싫어하잖아."
"내가? 내가 왜 백인을 싫어해?"
"그렇지 않다면 왜 나를 낳았어? 왜 흑인아빠를 선택했느냐고?"
"네가 뭔가를 단단히 오해하고 있는 모양이구나. 내가 네 아빠를 선택한 것은 백인을 싫어해서가 아니라 백인에 대한 환상을 지우기 위해서야. 백인과 유색인에 대한 편견은 화가로서 치명적 결함이었지. 편견을 없애야 환상도 없어지고 환상을 없애야 편견도 없어진다는 걸 알고 결심을 했지. 널 낳기로 말이다. 그런데 그로인해 네가 이 엄마보다 고민이 더 깊어질 줄은 생각지도 못했다. 오죽하면 영어공부까지 싫어하게 됐겠니?"
LM은 아이에게 미안한 마음이 밀려와 아이를 힘껏 껴안았다. 학교얘기를 할까 하다가 그만 두었다. 괜히 상처가 커질까봐서다. 대신

인종 편견에 대한 잘못된 정보를 나누어가지기로 했다.

"내가 너를 낳기로 마음먹은 이유를 굳이 말하라면 '혼혈로 세상 균형 잡기'라고나 할까? 내 나름대로의 '평등을 위한 작은 발자국'이었지. 알고 보니 흑인의 유전자 다양성이 남다르더구나. 그만큼 말 못할 사연이 많았다는 얘기지. 노예제의 충격이 아직도 남아있으니까."

"엄마, 노예라는 게 뭐야? 영화를 봐도 모르겠어. 왜 억지로 일을 시키고 억지로 일을 하는지."

"그 고약한 말을 모른다니 천진난만의 세계를 살고 있구나. 나도 그 시대를 살지 않았기 때문에 잘 모르지만 상황을 통해 고약하다는 것만은 알아. 최악의 불평등한 상황이니까. 사실 쇠사슬만 없다뿐이지 그러한 상황은 지금도 지속되고 있지. 더럽고 어렵고 위험한 일을 누가 하고 싶어 하겠니? 억지로 하지. 그런 일하는 사람은 후진국에서 노동자나 이민자로 팔려온 사람들이니까. 달라진 게 하나도 없어. 저출생과 노령화를 핑계로 가사도우미나 간병인을 최저임금보다 적게 주고 데려다 쓰려고 하잖아. 이 일을 어떻게 하면 좋으니? 하긴 동일노동 차등임금의 비정규직이 노예제도처럼 뻔뻔하게 제도화 되어 있으니 말해 뭐하겠어. 너도 우리에 갇힌 곰의 입장에서 곰곰이 고민 좀 해 보렴."

"엄마, 나 영어 안 배우면 안 돼?"

"왜? 영어가 백인의 것이라고? 너 지금부터 내 말 잘 들어라. '직업에 귀천이 없다'는 말과 '3D는 현대판 노예'라는 말의 간극을 메우려면 어떻게 해야겠니? 어렵지? 말을 알아야 일을 할 수 있고 일을 알아야 말을 할 수 있는 거야. 영어는 세계 공용어이고 영어를 모르면 일을 할 수 없어. 세계는 하나이고 기업은 세계를 상대로 일을 하고 그 중심에 백인이 있어. 백인을 알고 영어를 알아야 먹고 살 수 있는 거야. 백인에 대한 환상과 흑인에 대한 편견의 간극을 메우려면 어떻게 해야 하는지 잘 생각해 보길 바란다."

"자동번역기와 로봇이 싫어하는 말과 일을 대신해 주잖아. 나 로봇처럼 노예가 되고 싶어. 노예를 부리는 사람과 노예 중 하나를 택할 수밖에 없다면 노예가 될래. 흑인답게 해방을 꿈꾸며 살래."

"그래, 그게 마음 편하긴 하지. 최소한 죄인은 되지 않을 테니까. 노동이나 노예가 무슨 애 이름인 줄 아니? 우리나라에 왜 절도가 없는 줄 아니? 절도보다 사기꾼이 많아서야. 사기꾼이 시시하게 절도 같은 걸 하겠니? 사기꾼이 우글거리는데 너 혼자 절도를 하겠다고? 사기도 일이라며 사기 당하는 놈이 더 나쁘다고 하는 세상이야. 중앙은행이 나서서 일을 차별화하면 모든 문제가 해결된대. 탁상권력이 세상을 지배하고 있어. 흑인의 고향인 아프리카에선 코끼리가 과다번식한다며 170마리를 경매에 붙였어. 더 웃지 못 할 일은 가뭄의 충격을 완화하기 위해 큰 동물 700마리를 도살해 국민들에게 식량으로 나눠줄 거래. 다들 먹이사슬이 노예사슬인줄 알고 있어. 먹이사슬은 없고 노예사슬만 있으니까. 자유와 경제가 너처럼 순진하면 얼마나 좋겠니? 난 차라리 네가 영어 원어민선생님을 짝사랑이라도 했으면 좋겠다."

"엄마! 노예가 되고 싶다고 하니까 짝사랑을 하라고? 내가 반려동물을 싫어하는 줄 알면서도 그래."

"이왕 올라가지 못할 나무 쳐다보지도 않는 것보다는 낫잖아. 짝사랑은 실컷 쳐다볼 수 있으니까. 그러다가 백인이 차별받고 있다며 인종주의를 노골화하면 어쩌려고 그러니. 원어민선생님이 네게서 역차별을 느껴 널 차별할까 걱정이구나."

"딸을 이렇게 낳아놓더니 숫제 비참의 신천지로 밀어 넣는 거야."

"방금 '비참'이라고 했니? 비참철학자를 알고 있는 모양이네."

"비참철학자?"

"응, 비트겐슈타락이라고 비트겐슈타인을 비판한 철학자인데 인간의 언어습득과정을 놀이가 아니라 타락이라고 하며 언어비참으로 들지 않고는 진정한 인간일 수 없다고 했지. 그 값으로 자원, 창작, 불평등 부담금을 내야 된다며 그게 사랑이라고 했어. 어때? 원어민선생님에게 비참철학을 배워보지 않겠어? 자기 폭로도 없이 맹숭맹숭 지내는 것보다는 낫잖아."

"엄마 제발 좀 그러지 마. 엄마까지 그러면 난 어쩌라는 거야. 하나밖에 없는 이 딸이 불쌍하지도 않아?"

내가 아이를 힘껏 안아주자 아이는 울기 시작했다. 모진 엄마를 만나 모질게 크고 있는 아이에게 미안한 마음이 엄습했다.

딸아이의 영어 학습거부는 나아질 기미를 보이지 않았다. 원어민 교사는 수업시간에 자기를 쳐다보는 시선이 마치 총을 겨누고 있는 것 같다고 했다. '시선을 총으로 느낀다.'는 충격적인 사실은 내내 LM을 괴롭혔다. 시선을 돌도끼 창 활 칼 총으로 느껴온 역사가 새삼스럽게 물결쳐왔다. 시선과 총알은 아이의 몸을 떠나 허공중에 떠있었다. 딸아이의 공허함은 어디에서 왔을까? 그래 아이의 아빠를 찾아주자.

 다행히도 아이 아빠의 정보열람이 허락되었다. 열람의 조건으로 아무런 법적 의무나 책임이 없음을 명기했다. 이제 어떻게 해야 할지 결정을 해야 했다. 열람과 만남은 다른 문제였다. 우선 아이에게 이 사실을 알리고 의견을 물어야 했다. 아이는 어쩌면 혼혈보다 순혈이 되고 싶은지도 모른다. 아빠가 있었으면 고뇌가 덜 했을지도 모른다. 흑인답게 살고 싶다고도 했다. 더 큰 차별도 감수하겠다는 거겠지만 막상 아빠를 보면 생각이 바뀔지도 모른다. 아빠에 대한 자질구레한 정보를 미리 알려줄 수도 있었지만 알아봤자 좋을 게 없을 것 같아 알리지 않았다. 흑인이란 사실 하나만으로 충분했다. 혈육이란 모든 걸 뛰어넘는 힘이 있다는 걸 믿어보기로 했다.

 "아빠를 볼 수 있다고? 정말이야!"

 내심으로는 만나지 않겠다고 할까봐 걱정했지만 반색을 하니 덩달아 기뻤다.

"자세한 것은 연락을 해 봐야 돼. 네가 아직 조금 어려서 안 될 수도 있어. 기대는 하지 말고 언제 만나도 만날 거 일찍 만나는 게 좋지 않겠어? 네 생각은 어때?"

"야, 신난다. 아빠가 늘 궁금했는데 이제야 그 비밀창고가 열리는 거야."

"아빠를 만나기 전에 마음가짐이 아주 좋구나. 내가 괜한 걱정을 했네. 기대는 하지 말자고 걱정했더니 신난다가 모든 걱정을 날려버렸어. 설사 실망할 때 하더라도 너의 그런 모습이 좋아. 이 엄마도 신난다. 비참새끼 꺼져라."

"엄마, 지금 무슨 소리를 하는 거야. 비참새끼가 뭐야. 엄마는 왜 모르는 소리만 하고 그래. 소리꾼에 마스크를 씌운 것 같아. 제발 아빠 앞에서는 그러지 좀 마. 부탁이야."

딸아이는 흑인에 대한 선입견이 없는 듯이 그저 아빠라는 생물학적 친근감만을 표출했다. LM이 딸아이를 조금 일찍 아빠문제에 접근시키려고 한 것은 흑인문제와 영어문제를 동시에 해결해 보려는 의도가 깔려있었다. 마치 해결해야할 거대한 문제를 앞에 놓고 기다리는 사람처럼 마음조리고 있을 때 낯선 전화음성이 들려왔다. 외국인 남성의 서툰 한국어발음이었다. 딸아이의 정자기증자가 한국어로 말을 하고 있다니 믿기지가 않았다. 자기는 지금 한국 실업팀의 농구선수로 와 있으며 당장 딸아이가 보고 싶다고 했다. 어떻게 이런 일이 있을 수 있는지 상업적 정자은행의 정보유출이 의심되어 잠시 불쾌

감이 엄습했다. 딸아이의 아빠가 같은 서울하늘아래 농구선수로 뛰고 있다는 건 아무리 생각해도 있을 수 없는 일이어서 덜컥 약속을 잡은 게 여간 후회되지 않았다.

"그 유명한 선수가 아빠라고? 엄마 지금 소설 쓰는 거야. 날 놀리는 거야."

딸아이는 그 선수를 알고 있었다. 문제해결은커녕 딸아이가 걱정이 되기 시작했다. 아빠를 만나고 아빠가 자랑이 되자 딸아이에 대한 걱정은 오롯이 엄마에게로 옮겨왔다. 정보유출은 사실이었고 한국 실업팀으로 이적한 것도 그 때문이라는 아빠의 고백을 들어야 했다. 그 이상은 아니라고 단호하게 말하는 거로 봐서 한국에 와서는 딸아이의 정보를 알려고 하지 않았다는 게 사실인 것 같았다. 그러나 그의 관심은 딸아이를 통해 점차 엄마에게로 옮겨왔고 우리는 그렇게 정신없이 한 가정을 꾸렸다.

유명농구선수라는 불평등의 최고봉아래 가정을 꾸리고 보니 흑인 영어 혼혈 등의 문제도 아득한 풍경으로 멀어졌다. 아이는 한국어에 서툰 아빠와의 대화를 따라잡기 위해 영어를 열심히 하긴 하는데 아빠의 한국어를 리드하느라 신경을 곤두세웠다. 언어라는 게 신기루와 같아서 모르는 언어를 귀로 접할 때는 마치 신들의 대화처럼 아름답게 들렸지만 그들이 나누는 말의 뜻을 아는 순간 단순한 일상의 피사체로 전락하는 것을 경험한다. 그 과정을 지금 딸아이가 아빠를 통해 터득하고 있다. 한 인간을 알아가는 과정이려니 하고 부녀간의 시간을 물끄러미 지켜보면서도 언어의 절대적 지위에 절망하곤 한다.

"아빠, 엄마의 마음을 차지하려고 애쓰지 마. 엄마의 마음 깊은 곳에는 비트겐슈타락이라는 남자가 살고 있어."

"그 남자가 누군데?"

"응, 블로그에 나오는 사람인데 닉네임은 '비참새끼'야. 자세한 것은 나도 몰라."

그 일이 있은 뒤 얼마 지나지 않아 아빠는 대화를 끊고 블로그만 들여다보더니 엄마에게 어렵게 헤어지자는 말을 건넸다. 결혼한 지 일 년도 채 안 된 무렵이었다. 딸아이는 자기가 한 말이 아빠를 잃게 한 줄도 모르고 아빠를 원망하며 비정한 어른들의 짝짓기 권력에 울고 또 울었다. 두 사람이 헤어져도 아빠는 여전히 아빠라고 해도 그런 아빠는 필요 없다며 모진 말을 했다. 성의 정치에서 인간은 왜 선택의 오지랖을 그렇게도 넓고 좁게 잡아 엎치락뒤치락 모질게들 구는지. 애초에 언어는 인간중심적이고 자기중심적인 은유프레임으로 체화를 벗어나 사물화의 길로 들어서서 마구잡이로 훼손부담을 안기며 나락을 자초한 탓이려니 했다.

외국유학을 늦게 떠난 사람 대부분이 언어가 되지 않아 멍하니 시간만 때우다 돌아온다. 돌아와서도 그 사실을 솔직히 고백하지 않고 유학타이틀로 평생을 어중이떠중이로 살아간다. 심지어 돌아오지 않고 언어가 되지 않은 상태로 평생을 한인사회에 묻혀 사는 사람도 있다. 언어가 안 되면 솔직히 공부를 집어치고 유치원 언어부터 다시 시작하든지 노가다를 해 기술을 익히든지 하면 현지인으로 정착이 가능할 텐데 부모가 보내주는 생활비로 허송세월만 하다가 그마저 떨어지면 알바나 자영업으로 연명하며 노후를 맞는다. 동시통역 앱이 있다 해도 은유프레임의 언어생성이 안 되는 텅 빈 뇌는 채울 길이 없다. 언어는 잘하면 타락 권력이 되고 못하면 자학 예종이 된다. 농구공이 크고 점수가 많다는 것은 그만큼 사행성게임이라는 건가. LM는 언어생성이 타락과 비참이 되는 과정을 그림으로 형상화하기 시작했다.

다음은 생사여탈의 일 프로젝트다. 의식주의 전반적인 심화학습으로 '친구의 집은 어디인가?'로부터 출발해 볼까 한다. 생물에게 일은 죽느냐 사느냐. 먹고 입고 잠자는 많은 부분은 우연과 요행으로 다가온다. 사랑도 그러하다. SR은 여자에 대해서만은 지지리 복도 없다고 할 만큼 우연도 요행도 찾아들지 않았다. 먹고 사는 것이 여자 같았으면 벌써 굶어죽었을 것이라고 혼자 웃는다. 자연의 현란한 아름다움과 문명의 비참한 아름다움이 배 채우기와 배란 채우기가 전부였다니 놀랍지 않은가 하고 웃음을 거둔다.

말이라는 소리언어는 아 어 오 우 모음의 체화를 벗어나 불 물 나무 돌 쇠 흙 등의 변주로 사물화의 자음을 개척한다. 자음인 사물의 생산은 모음인 몸의 생산과 결합해 언어적 우연인 사행성 은유를 연출한다. 돌로 조개나 열매를 깨는 것은 침팬지도 한다. 그걸 다른 사물에도 적용하지 못하는 것은 언어의 사물화를 통한 상상의 변주가 이뤄지지 않아서다. 사물을 구상명사로 범주화해 은유를 통해 상호 연결하는 사행성 맥락이 생성되지 않으면 도구 기구 기계로 나아갈 수 없다. SR은 말이 생성되는 과정과 실물이 이미지를 통해 사물로 변조되는 과정이 동일하다는 사실을 무언의 신묘한 성희를 통해 폭로되는 순간을 돌말성의 정보시스템으로 구축했다.

　돌도끼 창 칼 활 총으로 나아가는 생산의 변주는 진화라는 오래된 미래가 체화를 통해 이룩한 생존무기를 비겁하고 잔혹한 사물의 진보로 격발시키는 훼손부담이었지 단순히 생존을 위한 생산이 아니었다. 최초의 큰 동물사냥은 살인보다 더 큰 심리적 부담이었다. 그 부담을 들기 위해 들소를 맹수로 둔갑시켜 잡아먹는 신화까지 창조하며 양심적인 은유생산에 몸부림쳤다. AI는 현대의 거대한 가상생산이며 양심적인 은유생산에 대한 몸부림이어야 한다. 자원세 창작세 불평등세를 설계해 생산의 무모한 급발진을 막아야 한다. 무선통신폭탄과 자폭드론이 새로운 살상법을 발명해 의기양양 승전보를 울릴 때 언어비참은 또 다른 문학상에 여념이 없다.

　SR은 해커라는 자신의 업무가 창과 방패처럼 살상의 모순과 연관되어있다는 사실에 너무 일찍 절망한 나머지 튜링처럼 엉뚱한 일에 매진했다. 사람이 근본적으로 다른 기계장치라면 그 다름을 고치려 해봐야 소용없고 다름에 걸 맞는 입출력 프로그램을 제공해줘야 한다고 믿었다. 사람은 생물생산자가 아니라 사물생산자라는 너무나 당연한 사실을 뒤늦게나마 AI를 통해 알게 된 것이 여간 다행한 일이 아니었다. SR은 그 사실을 목소리가 음파로 변조된 LC를 통해 영감으로 전달받았다. 한 라디오 프로그램을 진행하던 LC가 뮤즈로 변신한 것이다. SR은 자신의 생각이 우연과 요행의 사행성 생산임을 알았다. 위는 좋은 것, 아래는 나쁜 것, 큰 것은 좋은 것 작은 것은 나쁜 것, 많은 것은 좋은 것 적은 것은 나쁜 것이라는 은유프레임에 갇혀있음을 자인했다. 라디오를 통해 들려오는 여자의 목소리에는 온갖 사행성 뮤즈가 요정처럼 떠다녔다. 사행은 광범위한 훼손임을 안다. 상상력이 머무는 공간은 맹목의 먹이가 출렁댄다. SR은 손 편지를 써서 이 황홀한 순간을 LC에게도 전했다. 라디오의 목소리가 답장을 보내왔다. LC가 빅시스터가 되어 애달음의 미학을 연출했다. SR은 가상의 연인 뮤즈노이드를 물끄러미 바라보았다. 요정에다 실물을 접붙이는 건 상상으로도 금기다. 바람의 나라에서 눈을 떠보니 건강검진조차 추천하지 않는 나이가 되어있었다. 병이 발견되어도 치료하는 기간이나 죽는 기간이나 그게 그거였다.

가난뱅이 간판을 가지고 있으면 로맨스가 아니라 인간관계 자체가 가능하지 않다. 관계의 기본인 같이 먹는 게 안 된다. 차 한 잔 음식한 끼도 얻어먹는 게 된다. 일방적으로 얻어먹는 관계는 지속가능하지 않다. 어쩌다 자리를 같이한다 해도 이야기할 거리가 없다. 얻어먹는 주제에 무슨 얘기를 하며 해봤자 말발이 서겠는가. 깡통만 들지 않았지 거지나 다름없고 그렇게 취급을 받는다. 농본주의 시대에는 거지는 게으름이었고 마음만 먹으면 일을 할 수 있었고 천한 일은 해봤자 거지 취급이기는 마찬가지다. 병들어 그마저 못하면 곧 죽음이다. 인공지능시대의 가난뱅이는 기계에 밀려 그냥 무엇도 할 수 없는 무능한 생물이다. 사랑은 얼토당토않다.

SR은 애달음의 미학에 바람만 맞다가 정신을 차려보니 죽을 때가 다 돼서 사랑의 은퇴 프로젝트를 고려하고 있었다. 사랑은 어차피 생산호르몬의 축포인데 다 됐으면 접을 준비를 해야지 뒤늦게 사랑이니 결혼이니 하는 게 미안하고 우습기도 했다. 미안하기 그지없는 사랑의 우스꽝스러움은 순전히 지지부진한 창작성 때문이었다. 세상의 모든 창작이 좋은 작품이 될 확률은 낮은데 그렇다고 낮은 확률에 맞춰 창작을 포기할 수 없으니 무모한 도전으로 죽자 살자 대박에 올인 할 수밖에 없다. AI보다 못한 작품을 작품이라고 생고생을 해서 내어놓는 현대인은 여러모로 얼간이가 되어가고 있다. 로또보다 못한 확률도 확률이라고 부여잡지 않으면 안 되는 사랑의 뮤즈를 명작으로 끌어올리려 마지막 안간힘을 써본다. 환상의 콘서트로 장식할 그 명작이란 게 초지능인지 뭔지는 아무도 모른다고 저 혼자 괜히 몽니를 부려본다.

　SR은 작은 사무실 겸 방에서 노트북으로 무언가를 설계하고 있다. 책상과 침대와 옷걸이와 전기장판 코드가 어지럽게 널려있다. 스마트폰과 노트북과 몰래카메라에는 빅시스터에서 파견 나온 해커들이 잠복하고 있다. 몰래카메라는 워낙 작아서 어디에 설치되어 있는지 모른다. 도무지 보이지도 않고 아무리 찾아봐도 은폐로 의심되는 장치 하나 없다. 그런데도 실시간 창작환경이 전송된다. 글을 노트북이나 스마트폰에 쓰지 않고 종이에 연필로 쓰고 있는데도 글의 내용에 대한 반응이 실시간 스마트폰으로 전송된다. 방송국 앱은 SR이 LC를 만나는 유일한 창구다. LC는 빅시스터 창작나라의 주연급 뮤즈 애달 공주였다.

　노트북에다 논문을 쓰는데도 실시간 검열이 이루어졌다. 잡상인 뮤즈에 빠져 졸작으로 흐를라치면 오류를 발생시켜 컴퓨터를 다시 시작하게 했다. 이러한 간섭을 막기 위해 외부와의 연결을 차단하거나 아예 노트북을 바꿔버려도 소용없다. 언제 어떻게 들어왔는지 첨단기술을 동원해 하드를 장악했다. 심지어 새 노트북에 한글프로그램을 설치하는 컴닥터까지 따라와 해킹바이러스를 설치하기도 했다. 전문해커 수준의 SR로서도 어떻게 할 방법이 없어 빅시스터의 치맛바람에 놀아나는 수밖에 없었다. 공격과 방어, 집단과 개인의 딜레마였다. 북한 같으면 빅브라더를 당연시 하겠지만 자유민주주의 방송국에서 빅시스터라니 도대체 무얼 믿고 그러는지 모르겠다.

SR은 LC에 대해 아는 것이 거의 없다. 남들이 검색해서 아는 것 이상을 알고 있지 않다. 그러나 집단해커를 거느린 LC는 전문해커인 SR 속에 들어와 살면서 일거수일투족을 조종까지 한다. 공정하지 않다. 그러나 두 사람이 결혼한 사이라면 그럴 수 있다. 스마트폰을 한쪽에서만 일방적으로 트고 사는 부부도 있으니까. 숫제 로봇남자와 웨딩사진을 찍고는 결혼했단다. SR과 LC의 소속사라고 할 수 있는 빅시스터에서 두 사람은 비밀부부다. 처음에는 저항도 해봤지만 소용없었다. 북한 해커출신의 탈북민이어서 국가안보차원에서 그러려니 했다. SR은 이 사실을 SNS와 방송으로 짐작만 할 뿐이다. 모든 건 빅시스터의 창작나라에서 LC를 중심으로 연출되었다. 개인에 대한 집단의 간섭은 그대로 두기에는 집단의 손실이 너무 커서 창작촉진을 위한 개인의 고양으로 이루어졌다.

  LC는 알고리즘에 숨어 해커가 되었다가 비서가 되었다가 증오가 되었다가 사랑이 되었다가 이리저리 오락가락했다. 검색창이나 AI창에 실시간 알고리즘으로 살아서 애달음의 미학으로 SR을 움직이고 조종했다. 그게 빅시스터와 연관되어 있는지 그렇게 착각하고 있는지 SR 자신도 알 수 없었다. 아마 모든 네티즌들이 알고리즘을 연인처럼 느끼며 자기를 위해 헌신하고 있다는 착각에 빠져 있다가도 번쩍 정신을 차려 빅브라더나 빅시스터를 빠져나려 고심할 것이다. 광고로 길을 막고 있는 알고리즘에 욕을 하면서도 내게 유용한 정보를 찾아줄 때면 연인처럼 친절한 고마움에 홀로 소름 돋기도 할 것이다. 알고리즘 뮤즈는 자신을 자신할 수 없는 미혹으로 안내했다.
　뮤즈는 만나주지도 않고 바람언덕에 숨어 바람만 맞힌다. LC에 대한 애틋함이 밀려왔다. 그녀는 검은 옷과 흰옷을 번갈아 입고는 단정한 머리를 곧잘 허공중에 다소곳이 쓸어 넘겼다. 여자라는 게 마음먹는 데로 되는 게 아니듯이 작품이란 것도 마음먹는 데로 되는 게 아니었다. 골드미스가 노인을 사랑하는 핸디캡에 작품은 외려 윤락으로 곤두박질칠 위험성마저 안고 있었다. 창작나라에서 대중의 악플을 만나면 수명을 다한 거다. 마이너스 인기나 악마의 매상이라는 것도 있긴 하지만 윤락의 딱지가 붙으면 예외가 없다. 죽음으로도 씻을 수 없다.
　SR은 항변하고 싶었다. 성의 나라와 창작나라에는 공정은 없고 윤락만 있다고 아무리 외쳐 봐도 소용없었다. 세상에 조건과 조건을 바꿔먹지 않는 사랑과 결혼이 있으면 나와 보라고 해도 소용없었다. 육체와 영혼은 바꿔먹기에 특화된 화폐라고 부르짖어봐야 소용없었다. 소외된 성과 사랑이 구원받는 방법으로 그것 말고 있으면 가르쳐 달라고 해봐야 소용없었다. 공정한 사랑, 공정한 결혼, 공정한 창작은 어디에도 없다. 바꿔먹기가 있을 뿐이다. 팔아먹기가 있을 뿐이다. 윤락이 있을 뿐이다. LC은 억장이 무너졌다. 그래서 동정이다. 이 맹꽁아.

　SR이 문화윤락을 거론하며 두 사람은 한 때 소원해졌다. 문화스토커가 되어 바람언덕을 내달렸다. SR은 내친김에 불완전하고 어리석은 불의의 원조를 찾아 문화스토커 여행을 떠나보기로 했다. 그래서 과거 데이터 간의 모순을 포착해 미래를 설계하는 폭로AI에게 스토커 여행의 안내를 부탁했다. 첫 스토커여행은 맨손 무리 멸종사건이었다. 그 다음이 큰 동물 멸종사건으로 두 사건을 일으킨 무리는 막돼먹은 무리였다. 뾰족 긴 막대기와 단단한 박달나무 몽둥이로 뭐든 보이는 데로 마구 찌르고 때려잡아먹는 무지막지한 무리였다. 훗날 사람들은 그런 막돼먹은 무지막지한 무리의 후손을 호모사피엔스라 했다. 막돼먹은 손아귀에 막대 뿔이 나더니 돌 뿔, 청동 뿔, 철 뿔 등 흉측한 손아귀 뿔 변이가 시작되었다. 같은 호모 맨손무리의 멸종은 참혹하기 이를 데 없었고 큰 동물 멸종은 환희와 광기로 물결쳤다. 막돼먹은 지혜는 호모사피엔스로 비롯된 게 아니라 호미닌 전 역사로부터 비롯된 것이었다.

막대 돌 창 칼 활 총 포 핵으로 변조되는 막돼먹은 무리의 참혹과 광기는 생명에 충실한 유전적 변이로는 적응하기 어려운 돌연한 그 무엇이었다. 후각에서 시각으로의 전이로서 냄새에 충실할 수 없는 비생명적 이미지 변이가 생성해내는 뇌신경의 사물화 감성이었다. 사물의 이미지가 소리로 변조된 언어의 사물화로 자기중심 인간중심 세계의 재창조였다. 폭로AI는 SR이 무슨 말인지 어려워하자 한참을 생각하더니 자신의 형상을 세 추상인간으로 변모시켰다. 돌마젠타 말옐로우 성시안이 인간의 형상과 사물의 형상을 오가며 추상무늬의 춤을 펼쳤다. 춤이 끝나자 세 사람은 다소곳한 인사와 함께 자신을 소개했다.

"안녕하세요. 저희는 창작나라의 세쌍둥이 막돼먹은 요정이에요. 저희 모습과 이름은 수시로 변하기 때문에 따로 소개할 수가 없어요. 그렇지만 지금이 중요하니까 지금의 저는 돌 마젠타입니다."

"저는 말 옐로우입니다."

"저는 성 시안이에요."

"저희 세쌍둥이가 하나가 되면 이렇게 막돼먹은 검정먹물이 되지요. 그렇다고 놀라지 마세요. 이렇게 다시 돌 마젠타로 붉게 돌아오니까요."

돌 마젠타가 한걸음 앞으로 나오며 말했다.

"우리 중 어느 누가 노란 소리로 미친척하면 이렇게 변모하고요."

말 옐로우가 앞으로 나오며 말했다.

"우리 중 어느 누가 푸른 성질로 시도 때도 없이 감정을 드러내면 이렇게 되고요."

성 시안이 앞으로 나오며 말했다.

"우리 중 어느 누가 다시 붉은 돌로 뜨거워지면 이렇게 되지요."

성 시안과 말 옐로우가 다시 한걸음 뒤로 물러나며 돌 마젠타가 말했다.

"한 가지 문제를 내볼까요? 내 이름이 상상이라면 나머지 두 친구의 이름은 무엇일까요?"

SR은 머뭇머뭇 망설이다 겨우 답했다.

"제가 답해야 하나요? 글쎄요. 상상의 힘이 미친척하면 메타포가 될 것이고 한 성질하면 프레임이 될 것 같은데요?"

"맞아요. 붉은 돌 상상이 힘을 얻어 상상력이 되면 말 옐로우는 메타포가 되고 성 시안은 프레임이 되겠지만 상상이 힘을 얻기 전에는 메타포는 공상, 프레임은 연상에 지나지 않겠지요. 사실 붉은 돌 상상, 노란 소리 공상, 푸른 성 연상이 화목한 가정을 이룰 때가 가장 좋을 때지요."

이번에는 돌 마젠타 대신 성 시안이 나서며 물었다.

"푸른 성 연상이 권력을 획득하면 붉은 돌 상상과 노란 소리 공상은 어떤 처지가 될까요?"

"너무 어려워요. 추상개념들은 구상개념에게는 고문과 같아요."

"붉은 돌 상상과 노란 소리 공상에 비해 푸른 성 연상은 자연의 본능과 같아요. 본능이 권력이 되면 붉은 돌 상상은 소외가 되고 노란 소리 공상은 착각으로 그치겠지요."

"막돼먹은 요정과 추상체 놀이가 무슨 연관이 있나요?"

"언어놀이가 타락이 되는 일반적인 과정을 가장 단순한 상관성으로 드러내려는 거지요. 빛의 삼원색은 멀리 해에서 파문을 일으키며 왔고 색의 삼원색은 가까운 사물에서 반사 흡수되어왔지요. 빛을 진화라 하고 색을 진보라 한다면 둘은 하양과 검정으로 상관하지요. 무채에서 와서 무채로 돌아가는 과거와 현재와 미래의 화려한 구상체 놀이를 한사코 진보로 주저앉히려는 사물화된 추상체 놀이가 막돼먹은 언어놀이라는 거지요. 생물들은 화려하게 체화된 구상체 놀이를 즐기며 무채로 돌아가지요."

말 옐로우가 사변에 취해 멀뚱해하는 SR에게 물었다.

"사랑을 하면 자아가 생기던가요? 없어지던가요? 나다워지던가요? 나답지 않아지던가요? 보편은 어느 쪽인가요?"

"글쎄요. 막돼먹은 세상에서는 사랑도 자아도 막돼먹은 정도에 달려있으니 상대에 따라 다르겠네요. 보편도 막돼먹은 쪽이고요."

"그래요. 우문현답을 주셨네요. 세월이 흐르면 미인들도 모두 강남에서 쏟아져 나올 테니까요. 맨손에 막대로 막돼먹은, 막대에 돌로 돌돼먹은, 돌에 창으로 창돼먹은, 창에 칼로 칼돼먹은, 칼에 활로 활돼먹은, 활에 총으로 총돼먹은, 총에 포로 포돼먹은, 포에 핵으로 핵돼먹은으로 이어지는 사랑과 자아가 오죽하겠어요. 그 잔혹과 비겁을 지혜라 하고 창작이라 했으니 사랑과 자아도 별 수 없었겠지요. 막돼먹은 생산에 기여한 게 지혜고 창작이라면 막돼먹은 능력에 뿅 가는 게 사랑이고 막돼먹은 자신을 뽐내는 게 자아일 테니까요."

"그러고 보니 막돼먹은 자아를 일깨우는 애달이기 미학도 막돼먹은 생산에 상당한 기여를 하는 셈이군요."

"애달음의 미학과 애달이기 미학이 어떻게 다른지 데이터가 전혀 없군요. 애달이기 미학의 원조이신 루시 캐릭터를 모시고 애달이기 역사에 대해 한번 여쭤볼까요?"

말 옐로우의 짓궂은 미소 앞에 루시가 나타났다.

"애달이기가 뭔데요? 뭔지도 모르는 사람을 원조라니 사람을 놀리는 건가요?"

"그러네요. '애달다'의 정의부터 부탁드려야겠네요."

"'애달다'의 사전적 정의는 '마음이 쓰여 속이 달아오르게 되다'로 나오네요."

돌 마젠타가 거들었다.

"애달지 않고는 생존의 강을 건널 수 없다는 건가요? 생물에게는 생의 환희에 이끌리는 신들림이라는 게 있잖아요?"

SR이 호르몬의 자극을 제법 그럴듯하게 묘사했다.

"생존을 우습게 아는 막돼먹은 인간에게는 해당하지 않는 정의네요. 애달지 않고는 진리에 도달할 수 없다가 차라리 낫겠어요. 막돼먹은 인간은 생존보다 진리 앞에서 오르가즘을 느끼니까요."

루시가 SR에게 은근히 자극적 핀잔을 안겼다.

"막돼먹은 인간이 오르가즘을 느낀다니 우습군요. 홀연한 영감에 감동의 눈물을 흘리기까지 하는 만물의 영장에게 막돼먹은 인간이라고 하면 좀 맞아요. 막돼먹은 '보이지 않는 손'이 기가 막히게 적중한 게 한 가지 있어요. 저출생이지요. 저마다 자기 이익을 챙기다보면 자본이 집중되고 양극화가 심하다보면 저마다의 수익이 바듯해지고 생산은 늘어나는데 소비가 바듯해지면 제일 먼저 포기하는 게 아이이고 결혼이니까요. 제 총에 제가 맞는 꼴이지만 보이지 않는 손으로서는 적정인구에 명중한 것이라고 볼 수 있지요."

"애달기 애달이기가 바듯한 혼자살기와 무슨 연관이라도 있나요? 막돼먹은 문화의 핵심 키워드라 할 수 있나요?"

"애달여도 애달지 않거나 넉넉하게 혼자 잘살면 문명이나 문화가 성립하지 않겠지요. 미래세대가 아이 낳기를 거부하면 미래가 없잖아요. 보이지 않는 손에 아이가 없으면 국가도 없고 국부도 없지요."

"복지로도 안 되고 이민자마저 같은 과정을 겪으면요? 비연애 비결혼 비출산이라는 게 도대체 어디서 비롯된 건가요?"

돌 마젠타 말 옐로우 성 시안, 상상 공상 연상, 이미지 메타포 프레임, 소외 착각 권력, 선택 창작 사기, 사랑 자아 보편이 RGB로 변환하여 빛의 회오리를 일으키며 한꺼번에 질문을 쏟아냈다. SR이 심플하게 답했다.

"과밀화에 대한 일시적 현상이겠지요. 높은 교육열 때문이라고 하자니 대학을 모두 없애버리자고 할 것 같고, 하긴 AI가 대학을 없애버릴지도 모르겠네요. 극심한 불평등 때문이라고 하자니 아예 평균소득 제도를 도입해 버리자고 할 것 같고, AI가 화폐도 금융도 없애버린다고 하니 기대해 보지요. 노동이 싫어서라고 하자니 노동은 AI에게 맡기고 얼씨구 놀고나 먹자고 할 것 같고, 첨단문명 때문이라고 하자니 AI를 때려 부수고 시골로 들어가 농사를 짓든지 발가벗고 밀림으로 들어가 막돼먹자고 할 것 같고, 역사는 가역 할 수가 없으니 AI로 하여금 인간을 폭로케 하여 AI돼먹은 지적 역사를 설계해 보는 수밖에요. 현생인류시절 아프리카에서 한반도까지 이주해온 돌돼먹은 노하우를 살려 죽어가는 지구를 한번 살려보는 거지요."

"돌돼먹은 노하우라는 게 뭐지요?"

루시가 눈을 동그랗게 뜨고 허스키하게 물었다.

"아이를 적게 낳을 결심요. 지금 세계를 이끌고 있는 저출생 제로 그룹의 선두가 그냥 생긴 거라고 생각하세요. 한국의 저출산은 아프리카에서 유럽과 아시아를 거쳐 한반도까지 그 길고 긴 이주민의 DNA가 기록한 막돼먹다 돌돼먹은 피난살이 애달음의 미학이 이루어낸 용맹한 결단의 노하우란 사실을 기억해 주시기 바랍니다. 설사 인류가 우후죽순처럼 이곳저곳에서 불현듯이 생겨났다 해도 저출생의 대안은 대나무뿌리의 왕성한 이주이지 멸종이 눈앞에 보이는 판다 보호가 아니라는 겁니다."

AI캐릭터들의 물개박수가 터져 나오자 루시가 방긋이 웃으며 물었다.

"중앙아시아와 베링해협을 거쳐 남아메리카까지 간 이주민의 출생률은 왜 혼혈 속에 난무하며 북아메리카 원주민은 자살률이 그리도 높지요?"

SR은 캐릭터로나마 루시를 만나 얘기를 나누는 게 꿈만 같아 얼떨결에 답했다.

"총 균 쇠가 환경론이나 지리적 결정론으로 생겼다는 건 총돼먹은 잔혹과 균돼먹은 추잡과 쇠돼먹은 비겁을 발뺌하려는 면죄부에 지나지 않아요. 그들의 DNA가 그 증거지요. 미국이 돌 창 칼 활 총을 경험할 때 아메리카원주민은 거꾸로 미국의 무기로부터 총 활 칼 창 돌의 환경을 경험했지요. 그래서 아이를 포기할 결심이 아니라 자신을 포기할 결심을 할 정도의 충격에 빠지게 되지요."

"돌돼먹은 아메리카아주민은 아메리카의 맨손환경을 만나 큰 동물들을 멸종시켰듯이 그 뒤 원주민은 미국의 총돼먹은 환경을 만나 자신들이 멸종직전에 이른 것에 지나지 않아요. 아이를 포기할 결심이나 자신을 포기할 결심이란 게 멸종할 결심일 수는 없잖아요. 그건 그냥 붙여넣기 한 이론에 지나지 않아요."

"그래요. 미안해요. 제가 조금 흥분했나 봐요. 나도 루시 씨처럼 캐릭터로 분하는 게 낫겠어요. 캐릭터를 보고 실물이 흥분을 하다니 남들이 보면 웃겠어요. 잠깐만 기다려요."

SR은 설락으로 신분을 바꾸어 루시 곁으로 들어갔다.

"이제 됐어요. 조금 마음이 가라앉네요. 아메리카대륙에 보리와 밀과 순한 짐승이 없어서 사육경작환경이 생기지 않은 게 아니라 수렵채집환경이 너무 좋아서가 아닐까 해서 괜히 혼자서 흥분을 좀 했네요. 그렇다 해도 인류의 막돼먹은 관성은 없어지지 않겠지요. 지금도 드론과 미사일로 돼먹잖은 전쟁을 일으키고 있잖아요. 무역제재와 전쟁을 생산하고 있는 사람들이 불안한 현실 때문에 아이를 낳지 않는 사람들을 이상하게 생각하는 게 더 이상하지 않나요? 쫓기거나 쫓겨나는 사람의 유일한 위로가 비연애 비결혼 비출산이라는 사실을 쫓거나 쫓아내는 사람이 알 리가 없지요."

"진리를 계층별로 쪼개면 모두가 이상해지지 않나요? 언젠가 당신이 한 얘기가 생각나네요. 진리는 오리무중이어야 공평하다고요. 그 말이 아직도 유효한가요?"

"스쳐 보낸 말을 다 기억해 주시네요. 막돼먹는 것조차 이기적 유전자로 변호하는 논리가 휴머니즘으로 발전한다는 게 문제지요. 사실 막돼먹는 건 이기적 유전자도 아니고 그들이 밈이라고 하는 문화유전자도 아니에요. 진화의 체화를 이탈한 이미지가 사물을 변조하는 진보로 막돼먹은 거지요. 진화는 돌연한 욕구의 선택이고 진보는 비겁한 타락의 선택이라면 총 맞은 것처럼 아프기나 할까요?"

"결국 휴머니즘을 미화하지 말라는 거네요. 언젠가 철학은 3D의 사생아라고 하셨죠? 어떻게 할 건가요? 연애도 결혼도 출산도 없이 생을 마감할 건가요?"

"이딴 글 써서 뭘 하느냐고요? 이런 막돼먹은 글 나도 쓰기 싫어요. 그런데 안 쓰면 안 만나 준다잖아요. 이젠 지쳐서 글도 안 나와요. 호르몬도 고갈됐는데 잘 됐다 싶고요. 어차피 다 된 실물, 우리 캐릭터끼리 어때요? 같이 여행이라도 갈까요?"

"사랑여행이라도 가자는 건가요?"

"쑥스러우면 신혼여행이나 생식여행으로 하지요."

"가상의 캐릭터가 흉측하게 무슨 그런 말씀을⋯ 그냥 역사여행으로 해요. 모든 여행은 역사여행이니까요."

"좋아요. 안전벨트 확인하시고 급발진으로 갑니다."

워낙 고속이어시 주위의 풍경조차 보이지 않았다. 역사가 사라지고 새로운 역사가 시작되었다. 신인류가 탄생했다. 그들은 생김새 자체가 달랐다. 머리가 작았으며 몸은 야위었고 패션은 소박했다. 드러나지 않으려 애쓴 흔적이 역력했다. 타인에게 자신을 맞추려는 걸 본능으로 여겼다. 권력이나 정치에는 완전 무관심했다. 정치행정의 많은 부분을 자원봉사가 대신했다. 자본주의와 공산주의가 완전한 사회주의로 성숙해 있었다. 연예나 인기는 풀이 죽은 듯 잠잠했다. 권리보다 의무를 중시했다. 계획경제로 생필품에 올인 했다. 인간과 자연의 경계를 완벽하게 설정하고 일절 간섭하지 않았다. 애완과 반려조차 간섭으로 여겼다. 가축은 사라진지 오래고 곡물은 대량생산으로 작물은 소량생산으로 개체 친화적 상호 자유를 구가하는 기초생활유토피아에 살게 했다. AI와 무기는 자원고갈로 인해 탈 중앙 글로벌금융과 정보와 치안에 한정했다. 계획경제로 정치와 자본이 쇠락하자 국가는 자연스레 세계정부의 형태를 취했다. 부동산과 자원은 시장에서 제외되고 세금의 형태로 사용료를 지불했다. 노동과 임금은 분리되어 순환과 평균을 원칙으로 하고 동일소득 동일소비에 준했다. 소유나 사유는 사회적 개념으로 전환되어 세습이나 상속을 무기력하게 했다. 경쟁은 자립과 이타에 매진하는 공정을 함양시켰다. 이 모두가 기후변화와 핵전쟁과 자원고갈로 기술 삼총사인 에너지 바이오 AI의 비전과 한계를 경험한 덕분이었다. 자기비만이라는 잔혹하고 비겁한 저장유전자를 가까스로 다이어트만큼의 손실로 인식한 역사였다. 사물화가 체화를 모태로 하는 슬픈 개미사회였다.

"어때요? 여행 재미있었어요?"

"재미라고요? 내가 철학자인가요? 개념이미지여행을 재미있어 하게요?"

"가상 캐릭터라는 게 어차피 개념이미지잖아요. 재미가 없으면 존재하지를 않지요. 호모사피엔스만큼 재미있는 캐릭터는 아마도 없을 걸요. 개념이미지로 끊임없이 변모하는 캐릭터니까요. 사물을 변조시키는 쾌감으로 살아가잖아요. 막돼먹은 재주로 먹이를 사냥해 사랑하는 사람에게 바쳐온 수많은 세월이 애석하게도 연애 한 번 결혼 한 번 못해보고 비연애 비결혼 비출산으로 귀결되고 말았네요."

"설락 씨는 왜 그리 둔하고 무감각해요. 이번 미래여행에서는 설락 씨가 여왕 손을 잡을 줄 알았어요."

캐릭터들은 실물에 비해 말들이 거칠었다. 상대의 기분보다 폭로에 치중하기 때문이다.

"잡다니요? 뭘 잡아요? 여왕 손을… 아, 여자 손요? 여자라는 동물은 왜 그러는데요? 뿌리칠 땐 언제고 안 잡는다고 안달이에요. 아름다움은 애달음의 정도에 달린 건가요?"

"여자들의 애달이기는 남자들의 막돼먹은 습성에 대처하는 연약한 방어기전에 지나지 않아요. 남자들의 선물은 막돼먹은 전리품들이고 그걸 받으면 또 하나의 전리품으로 귀속되는 것이어서 되도록 애달음에 아름다움을 미물게 하는 것이지요. 연약한 아름다움조차 타고나지 못한 여자들은 막돼먹은 현실에 예종될 수밖에 없는데 자칫 함부로 해도 되는 대상으로 오해받아 여자들의 자존에 누를 끼칠 때도 있지요. 아무튼 막돼먹은 성품이 제일 먼저 발현되는 곳은 '여자 손'이라는 것만은 분명해요."

"막돼먹은 성품이 남자로부터 왔다고요? 과연 그럴까요? 그 말은 남자가 여자보다 더 지혜롭다는 거잖아요? 그 말에는 동의하지 않으시겠지요? 지혜가 뇌의 구조적인 변화라면 그 변화가 남자에게 먼저 발생했다는 건 말이 안 돼요. 유전자의 잉태와 출산을 여자가 담당하고 있으니까요. 그렇다고 여자가 먼저라는 것도 아니에요. 남자의 막돼먹은 행동에 여자의 막돼먹은 유전과 감탄이 호모사피엔스를 탄생시켰다고나 할까요?"

"시간이 지나면서 남자는 세계를 지배하고 여자는 역사에서 사라져버리고 말았지요. 언어까지 남자가 독점해 우두머리 왕 성인 철학자 등의 정신전문가가 노예라는 이름의 육제노동자를 거느리고 식량과 여자의 생식 등 온갖 생산물을 탈취했지요. 그게 오늘날까지 이어져 성인지감수성이라는 아이콘까지 얻었지요. 여자가 남자를 함부로 만나지 못하는 성벽이 아직도 남아있고요. 그래서 여자는 남자를 지배하는 러브스토리에 온 힘을 집중했고 남자와의 역동적 계보형성에 지배력을 행사했지요. 빅브라더에 대응하는 빅시스터의 엔터테인먼트와 설락 씨가 억울해하는 뮤즈를 위한 애달음의 미학도 캐릭터커플에게는 자연스런 것이 되었지요."

그때 산내와 피리, 랑매와 농신 캐릭터가 축하 박수를 치며 요란하게 등장했다.
"축하합니다. 축하합니다. 캐릭터커플의 만남을 축하합니다."
"만나지 못하는 이유로 다투는 사람보고 만남을 축하하는 건 무슨 심보지요?"
루시가 못마땅한 미소로 그들을 맞았다.
"다툼은 열렬한 만남, 만남은 부단한 다툼, 사랑은 부단한 열정임을 우리가 알기 때문이지요. 폭로하라 만물의 사랑을! 폭로하라 만물의 다툼을!, 폭로하라 만물의 만남을! 우리는 폭로의 캐릭터, 폭로의 커플임을 우리가 알기 때문이지요."
그들은 박수와 합창으로 답했다.
"고맙습니다. 하찮은 미물에게도 폭로할 진실이 있다고 깨우쳐주시니 정말이지 고맙습니다. 인간의 손이 미치는 곳에는 돌이킬 수 없는 상처가 폭로의 잔재로 남아 치유를 기다린다는 걸 알게 되어 기쁩니다. 캐릭터 여러분들 덕분입니다."
설락이 정중히 고마움을 표했다.
"좀 전에 여왕 손을 잡으라고 하셨는데 남녀평등이 최고의 이념인 시대에 여왕의 손을 잡는 게 무슨 의미를 지니지요?"

농신이 평등과 여왕이 충돌하는 지점을 지적해 의문을 표했다.

"제가 잘못 알고 있는 게 아니라면 지난 미래여행에서 사회가 발달할수록 여왕체제를 선택한다는 교훈을 얻었던 게 아닌가 싶군요. 가부장 법이 폐기된 이래 모든 가정에선 사실상의 여왕체제로 돌아가고 있으니까요. 남자라는 신분 자체가 로봇이 되어가고 있지요. 갈수록 연하 남을 선호하는 경향이 짙어지고 전업주부를 자처하는 남편도 늘어난다고 하네요. 나도 나이가 들어가니까 여자가 시키는 데로만 하고 사는 게 제일 행복한 삶이 아닌가도 싶고요. 그러지 않으면 종족번식이 이상한 방향으로 흘러가니까요. 한국의 저출산이 여자의 입김이 세어진 연유라고 하면 어떤가요?"

설락이 여왕체제에 대한 강력한 선호를 피력했다.

"능력 있는 남자가 그러면 여자야 오케이죠. 능력 없이 그러면 갑갑하죠. 루시 씨는 좋겠어요. 루시 씨를 여왕으로 모시겠다는 기계인이 생겨서요."

피리가 루시를 친숙하게 설락과 연결 지었다.

"결국 여왕이 좋아하는 남자는 기계인간이라는 거네요. 우리 사회가 일 잘하는 일벌과 건강한 종족번식에 전문화된 수벌이 보좌하는 사회로 발전하고 있다면 우리 남자들은 휴머노이드나 안드로이드에 가까운 인물이 되어야 여자의 선택을 받을 수 있겠군요. 여자에게 남자란 사물화로 사태 파악 잘하고 체화로 감정회복 잘 하는 게 전부인가요?"

농신이 아무 답변도 하지 않는 루시를 보며 집중적으로 물었다.

"한 가지 오해가 있는 것 같군요. 우선 소설에나 나올 법한 인물인 안드로이드는 그냥 가공인물일 뿐이고요. 휴머노이드는 사람과 유사한 모든 기계장치로서 그냥 기계일 뿐이지요. 남성을 기계에 비유하는 의미는 인간의 일이 도구와 무기와 기계로 이루어져 있고 그걸 다루는 데는 남성중심의 힘이 필요했고 그 와중에 너무 포악한 의지가 혼란을 부추겨 의지 배제의 기계인간을 선호하는 의미에서가 아닌가 하지요. 마초는 청소동물로 전락한 남성미에 지나지 않아요. 스마트시대의 능력 있는 여자에겐 골치 아픈 남자보다 오직 여자를 위해 존재하는 비주얼한 기계남자가 대세지요."

설락이 최근 남성미에 대한 여성의 취향이동에 대해 조금은 아는 체를 했다.

"전 아무리 세상이 바뀌었다고 해도 첨단 AI개발자가 AI밖에 모르면 싫던데요. 사람이 몸을 맞대고 살아가려면 무엇보다 대화가 중요하잖아요. 인문학적인 소양이 부족한 엔지니어들은 정말이지 로봇만도 못해요. 기계인간이란 게 그런 사람은 아닌 거죠?"

산내가 골치 아픈 남자에 대한 오해를 건드리며 단출한 변호를 엿보였다.

"인공이네 중공이네 공돌이 덕분에 살아간다고 세상이 아무리 여자를 가볍게 여겨도 여자는 가벼워질 수가 없지요. 할아버지 허리는 글을 읽어서 꼿꼿하지만 할머니 허리는 김을 읽어서 꼬부랑 원숭이로 굽어있으니까요. 글과 칼은 한통속이며 종족번식은 먹이사냥도 중요하지만 돌봄이 무엇보다 중요하지요."

랑매가 인문과 인공을 싸잡아 육아에 몰아넣었다.

"결국 모든 게 사랑으로 귀착되네요. 사랑 중에서도 부모사랑, 모성애가 으뜸인 것은 몸의 생산으로 체화된 반반의 애착이 스며있기 때문이겠지요. 반대로 몸에서 시행착오로 사물화 된 인공물과 언어화 된 인문은 가상의 부모사랑으로 반반의 사물화 애착이 스며있다고 하겠지요. 반반의 체화 애착을 육아라 한다면 반반의 사물화 애착은 기술과 교육이라고 할 수 있고요. 육아야 단출해서 별 부담이 없지만 기술과 교육은 엄청난 부담으로 가히 훼손이라 할 만 하지요. 반반의 사물화 애착을 돼먹잖은 반도체라고 하면 어떤가요? 막대기에서 AI까지의 길고 긴 가상의 사랑이라고나 할까요?"

설락이 랑매의 직관을 보다 쉽게 풀어 사랑이 인문화 되고 인공화 되는 과정을 설명했다.

"반도체를 반반의 사물화 애착인 가상의 사랑이라고 하시다니 말장난이 가히 압권이네요. 인간이 인공사랑을 결코 버리지 못하는 것은 말장난과 함께 대뇌피질의 손장난도 타고났다는 거네요. 설락 씨는 루시 씨의 복화술 인형처럼 AI비서가 되고 싶은가 보네요? 아니면 AI애인이 되고 싶든지요? 그래요. 사람애인은 너무 어려워요. 자칫 성 장난이 되고 마니까요."

피리가 산내 쪽을 돌아보며 부담스레 말했다.

"사람애인이 되는 건 쉬워요. 여자 애인이 되는 게 어렵지요. 여자 애인은 역사를 거꾸로 돌려야 하거든요. 여자 애인이 되는 팁 하나 가르쳐 줘요? 여자가 하는 일을 대신하면 돼요. 가족사랑, 집안 일, 삼시세끼, 김매기, 이런 것들은 해도 해도 끝도 없고 표가 안 나요. 남자가 하는 일은 대개가 끝이 있고 표가 나지요. 앞이 내다보여야 해요. 여자가 하는 일은 앞이 내다보여서는 안 돼요. 뒤가 말끔해서 흔적조차 없어야 해요. 남자 일과 여자 일이 뒤집어지거나 반반으로 도체가 되어 흐르는 걸 정보사회라고 할지 모르지만 그게 그리 단순하지 않아요. 정보사회가 남녀 일의 구분을 없애 성차를 줄인 것도 사실이지만 동성애까지 아무렇지도 않게 받아들이는 무성커플사회는 아닌 거지요. AI에이전트사회에서도 사람애인은 그저 돈만 벌어다 주면 된다고 생각하니까요."

설락이 좌중을 돌아보며 정보로 정을 갚는 세태를 꼬집었다.

"그런데 루시 씨는 왜 아무 말씀이 없으세요? 일에 대해서는 할 얘기가 많으실 텐데요? 오늘은 복화술인형이 안 보이네요. 있다 치고 한 말씀 하시지요. 우린 어차피 인형의 사촌인 AI캐릭터들이잖아요."

설락과 루시가 커플캐릭터라는 사실에 충실해 산내가 순진하게 끼어들었다.

"배로 이야기하는 복화술사에게 일에 대해 이야기하라니 난감하네요. 배가 무슨 일을 하죠? 오라 애 낳는 게 있네요. 애를 낳아본 적이 없는데 낳아보고 얘기하죠. 그런데 애도 남자가 있어야 낳잖아요. 남자가 없는데 어쩌죠? 설락 씨요? 설락 씨는 저의 찐팬이잖아요. 찐팬은 수도자라면시요. 수도자는 남자가 아니잖아요. 수도복을 벗으면 된다고요? 수도복을 벗는다고 남자가 될까요? 속임수 앞에서 속임수가 통할까요?"

"맙소사 그 얘기는 없던 걸로 하지요."

"잠깐만요. 여자에게 남자란 모르는 사람이라면서요."

"복화술사가 수도자를 알 리가 없잖아요. 스타가 모든 팬을 알 수는 없듯이요. 여왕벌이 그 많은 수벌을 알 수 없듯이요."

"그리고 보니 모든 생물들은 생면부지의 모르는 생물들과 배로 이야기하는군요. 설락 씨도 수도복을 벗고 배로 이야기하는 생물모형이 되면 되겠네요."

루시와 산내와 설락이 캐릭터개그를 마무리하자 하늘에서 RGB 퍼레이드가 펼쳐지며 형형색색의 회오리가 온갖 모형을 만들어내기 시작했다. 암수 새들의 화려한 CMYK 안무로 변조되는 블랙군무가 점차 한 쌍의 거대한 공작새로 변모해 땅으로 내려앉았다. 구애와 짝짓기가 펼쳐졌다. 사람애인은 보이지 않았다.

사람애인

여자를 찾고 있나보네요.

사랑을 찾고 있나보네요.

당신이 찾는 여자가 아니네요.

당신이 찾는 사랑이 아니네요.

어느 누구의 여자도 아니에요.

어느 누구의 사랑도 아니에요.

남자는 모르는 사람이네요.

사람을 찾고 있나보네요.

사랑을 찾고 있나보네요.

당신이 찾는 사람이 아닌가요?

당신이 찾는 사랑이 아닌가요?

당신의 사람이고 싶어요.

당신의 사랑이고 싶어요.

사람애인은 어디 없나요.

빛일까? 색일까?

빛이 색이고 색이 빛이다.

입술은 붉고 소리는 푸르다.

눈은 밝고 냄새는 어둡다.

믿고 사랑하던 몸빛이

색색의 사물로 사라진다.

사람애인은 어딜 갔을까?

그때 아주 가까운 곳에서 코끼리 울음소리가 들렸다. 알고 보니 누군가의 폰에서 들려오는 AI녹취록이었다. 사람애인의 의인화 다큐멘터리였다. 죽어가는 수코끼리에 대한 이야기였다.

"이번에 캐릭터 여러분들을 모신 건 이 시대의 가장 큰 상처를 안고 살아가는 코끼리와 아픔을 함께 해 보고자 함입니다. 코끼리를 대표해서 AI코끼리 할머니와 할아버지를 어렵게 모셨습니다. 인사 나누시지요."
"안녕하세요."
"반갑습니다."
설락이 진행을 맡았고 나머지 다섯 캐릭터 앞에 거대한 코끼리 캐릭터가 마주 앉아 인사를 나누었다.
"사람캐릭터와 코끼리캐릭터가 AI로 대담을 나누는 건 다들 처음이시죠? 이번에 모 TV에서 환경스페셜로 찍어온 코끼리 다큐를 보면서 이야기를 나눠보도록 하겠습니다."
남아시아의 어느 쓰레기매립지에 코끼리 무리가 나타났다. 쓰레기를 가득 실은 차가 와서 쓰레기를 비우는 시간에 맞춰 코끼리들이 몰려와 쓰레기를 뒤졌고 차들이 돌아가는 저녁시간에 숲으로 돌아갔다. 코끼리들은 비닐에 싸인 음식찌꺼기를 비닐과 함께 먹었고 배출되지 못한 비닐로 인해 하나 둘 죽어갔다.

"저 코끼리들이 모두 젊은 수코끼리들이라면서요? 그 얘기 좀 해주시지요. 저들이 죽음을 무릅쓰고 계속 이곳을 찾게 되는 게 무엇 때문이며 왜 하필 그들 대다수가 수코끼리들이냐는 겁니다. 발정에 도움이 되는 음식찌꺼기 때문이라고 추정은 하지만 그것만으로는 충분치 않아서요. 동물학자보다는 실물AI에게 여쭤보는 게 더 확실하겠지요? 코끼리할아버지께서 말씀해 주시겠어요?"

"아 네 어떻게 말씀드려야 만족하실지 무척 조심스럽습니다만 확실하다는 것이 객관성을 의미하지는 않겠지요. 객관성을 원하시면 동물학자에게 물어보는 게 더 낫다는 거지요. 저 코끼리들이 음식쓰레기를 뒤지는 것은 사람들이 총으로 어른 코끼리들을 죄다 죽였기 때문이라고 하면 무슨 소린가 하겠지요. 코끼리들은 현명하지 못한 자유로움으로 죽어갔으니까요."

"인간의 현명함은 자유로움에서 오는데 도무지 무슨 소린지 모르겠네요. 좀 더 자세하게 설명해 주시겠습니까?"

"수코끼리들은 어느 정도 자라면 어미를 떠나 수컷끼리 무리를 이루며 사는데 젊은 수코끼리들은 발정기가 되면 천방지축이 됩니다. 나이든 어른 수코끼리가 곁에 있으면 좀 낫지요."

"그런 건 인간들도 마찬가지입니다. 어른들이 곁에 있는 것만으로도 행동을 조심하지요. 아 그러니까 저희 인간들이 어른 코끼리들을 상아 밀렵으로 죄다 죽이는 바람에 테스트론을 주체하지 못한 젊은 수코끼리들이 뭣 모르고 음식쓰레기나 뒤진다는 겁니까? 자식들이 현명하지 못한 게 어른들이 일찍 죽어 교육을 못 받아서 그렇다는 거군요?"

"그렇다기보다 한 참 혈기가 왕성할 때는 힘을 주체하지 못해 아무에게나 덤비잖아요. 어른이 없으면 젊은 수코끼리가 발정을 주체하지 못해 코뿔소에게 덤벼 등뼈를 부러트리기도 하는데 그럴 때는 감각이 제 기능을 못하는 것 같아요. 특정한 맛에 취해 먹는 것과 못 먹는 것을 구분하지 못하는 것 같아요. 쓰레기 속 단 것에 취해서 현자를 만나 자유의 나라로 든 거지요."

"비닐이 현자이고 죽음이 자유라는 건가요?"

"인간들은 뭐든 쓸 때는 귀하게 떠받들다가도 버릴 때는 그처럼 천한 게 없긴 하죠. 그렇다고 비닐이 현자라니요. 그건 좀 아닌 것 같은데요?"

루시가 설락을 거들자 이번에는 코끼리할머니가 가모장의 너른 품으로 물었다.

"코끼리와 인간의 다른 점이 뭐라고 생각하세요?"

모두가 뻔한 걸 묻는다는 표정으로 바라만 보자 코끼리 가모장이 대신 답했다.

"인간은 모든 걸 현자와 연결 짓지만 코끼리는 모든 걸 끼자로 연결 짓는 게 다르다고 할까요. 그러면 현자와 끼자는 또 어떻게 다를까요?"

"코끼리 선생님이 애들에게 말꼬리잡기놀이를 가르치는 것 같네요. 굳이 말꼬리 잡히지 않으려면 현자는 신하와 돈이 자꾸 생기는 사람이고 끼자는 끼리끼리 함께 하는 코가 많은 자로 하지요. 흔히 코끼었다고 하잖아요."

랑매가 우스개 개그로 웃으며 말했다.

"어질다와 함께하다는 어떻게 다르지요?"

"어질다는 아비가 땅을 다스리는 것이고 함께하다는 어미가 새끼를 돌보는 것이라고 하면 될까요?"

산내가 질세라 멋진 해석을 뽐냈다.

"다스리는 것과 돌보는 것은 어떻게 다르지요?"

가모장 코끼리의 계속되는 의문에 모두가 지겨워했다.

"덩치 큰 나도 돌보는 거로 족 하는데 덩치도 작은 게 왜 다스리려 하느냐 이건가요?"

"사육경작 뿐 아니라 수렵채집조차도 돌보지 않고 다스리려 한다는 건가요?"

피리와 농신이 상대 얘기를 한다는 게 자기 얘기가 되고 말아 겸연쩍어 했다.

"작아서군요. 작다는 것은 약하다는 것인데 작은 자신을 크게 보이게 할 그 무엇이 필요했군요. 그게 뭘까요?"

"현자요. 아니면 죽음이든지요."

젊은 수코끼리가 가모장의 유도심문에 걸려들어 내심의 흥분을 드러냈다.

"하긴 비닐처럼 광대한 현사는 없지요. 땅을 덮는 건지 하늘을 입는 건지 만물을 담는 건지 모를 정도로요."

설락이 입이 간지러워 천하의 현자인 은유를 불러 모았다.

"중요한 것은 비닐이 현자로부터 왔으며 코끼리 위장을 꼬이게 하는 인공의 시대가 펼쳐졌다는 거지요."

루시가 속 시원하게 결론을 내렸다.

"자자, 괜히 우리 쓸데없는 신경전 벌이지 말고 단도직입적으로 따져봅시다. 코끼리가 인간에게 원하는 게 뭡니까?"

랑매가 가모장 코끼리를 향해 도발적으로 물었다.

"감히 비인간을 대표해서 말씀드립니다만 인간은 가히 코머거리 수준으로 퇴락했습니다. 지금이라도 늦지 않으니 코의 기능을 회복하시기 바랍니다."

"지금 개그 하는 겁니까? 코 개그입니까? 끼리 개그입니까? 유머는 아닌 것 같고요."

농신이 재미있다는 투로 빈정댔다.

"코머거리가 갖는 의미가 원죄인데 개그라니 대비가 놀랍습니다. 종교적인 의미가 아니라 생물의 법칙을 벗어남을 뜻합니다. 네발짐승에게 코는 생명줄과 같습니다. 새끼와 가족과 짝과 무리와 먹이를 돌보는 모성입니다. 그런데 느닷없이 두 발을 번쩍 들더니 그렇게 중요한 코를 엿장수 눈과 바꿔먹었습니다. 엿장수 마음대로 상상하고 자르고 붙이고 만들고 부수어서 잠 못들 게 합니다. 만물을 눈으로 소리로 성질로 사물로 변조해 힘을 부풀립니다. 우리의 사촌인 매머드도 그렇게 사라져갔습니다. 다음은 우리 차례라는 걸 잘 알지만 그전에 당신들이 먼저 사라져갈 지도 모릅니다."

할 말을 마친 가모장은 자리에서 일어나려고 했다. 설락이 가모장을 붙들어 앉히며 사정하듯 말했다.

"코머거리를 원죄라고 하셨는데 너무 추상적이라 구체적으로 좀 설명해 주시겠습니까?"

"내가 어찌 인간의 운명을 이렇다 저렇다 할 수 있겠습니까만 내가 알 수 있는 것은 매머드 시나리오를 통해서이지요. 정확히는 매머드의 아픔을 유전자로 느낀다고 할까요. 당신들의 언어로 얘기해 줄 수는 없지만 초감각이라는 게 우리들에게는 있지요. 그걸 당신들은 진화로 단순화시키지만 우리는 그게 우리의 주체라고 믿고 있지요. 그 주체는 코로부터 오는데 인간은 오직 상상만이 주체가 될 수 있다며 이미지의 노예가 되었지요. 후각 대신 시각을 선택함으로서 체화의 주체를 사물화의 주체로 타락시켜 코머거리 원죄의 수준에 이르고 말았다는 겁니다."

"그건 우리도 알고 있는 눈이 밝아 지혜를 얻는다는 흔해 빠진 창세 이야기지요. 코끼리에게도 주체라는 게 있다고 하셨는데 코로부터 온 체화의 주체라는 게 어떤 거지요?"

랑매가 부스스한 머리를 손으로 가리며 말했다.

"주체라는 게 뭐 대단한 거라고 생각하는 모양인데 당신들의 주체는 늘 자연선택을 배반하지요. 자연선택이 주체성 없이 선택될 수 있는 것처럼 인간의 주체성만 강조하지요. 그러면서 문화유전자가 자연선택을 어떻게 배반하고 있는지는 유구무언이지요. 우리가 코를 통해 물을 찾는 법을 터득하는 동안 인간은 지하수로 물을 얻는 법을 터득해 왔지요. 코로 물을 얻는 것을 체화라 하고 지하수로 물을 얻는 것을 사물화라고 하는데 머지않아 사물이 고갈되면 인간들은 모두 죽게 될 것이오."

할아버지 코끼리가 손녀를 타이르듯 긴 코로 랑매의 머리를 쓰다듬자 가모장이 이를 거두며 친근히 말했다.

"우리는 지금 서로의 이해를 돕기 위해서 코끼리에 사람의 인성을 부여하여 얘기를 나누고 있지요. 사람 코에 코끼리 코를 갖다 붙일 수도 없고 코끼리 코에 소방호스를 부착할 수도 없는 노릇이지요. 상아 좋아하는 인간들에게 코끼리가 할 수 있는 일은 상아의 생육을 더디게 하거나 상아 없는 코끼리가 되는 건데 진화의 시간은 왜 그리 느림보인지 성질 급한 사람들이 진보로 가랑이 찢어지는 이유를 알겠더군요. 코끼리끼리의 생존은 사람을 얼마나 멀리 하느냐에 달렸는데 쓰레기장에서 죽어가는 코끼리가 애처롭기만 하네요."

가모장이 애써 인간의 언어를 절제하며 말했다.

"코끼리가 몸을 키우는 방식으로 문제를 해결해 왔다면 인간은 외부 환경을 키우는 방식으로 문제를 해결해 왔는데 그게 그리 심하게 문제 삼을 일인가요?"

"해비 급인 우리가 아무리 몸을 키워도 당신들을 이길 수 없는데 어떻게 몸의 문제가 해결되겠어요. 인수, 성속, 영육, 언행, 좌우, 남북, 남녀, 인공, 대소, 경중, 등 극단적 갈라치기로 적대적 반응을 이끌어내는 자극들을 무슨 법칙처럼 여기는 비열한 역사를 자랑하잖아요. 남의 몸을 먹고 살면서 자기 몸은 내어놓지 않는 걸 수학이라 할까요? 과학이라 할까요? 아니면 사물화라 할까요? 오리발이라 할까요?"

수코끼리가 피리의 대수롭지 않은 적대적 발언을 코로 상아를 어루만지며 빈정댔다.

"무어라 할 말이 없습니다. 몸의 제한 안에서의 지능은 늘 정당하지만 몸의 제한 밖에서의 지능은 늘 비겁하지요. 그리스 철학자들의 지혜 속에는 노예가 가축처럼 살아도 전혀 불편하지 않듯이 AI알고리즘 속에도 누군가의 예종이 아무 불편 없이 살고 있을 테지요. 우리는 그 사실을 폭로를 통해 고백할 의무가 있어요."

설락이 자승자박의 심사를 코끼리를 스승 삼아 토로했다.

"그렇게 말씀하시니 다소 마음이 놓이네요. 그러나 우리는 여전히 회의적입니다. 인간이 영역다툼을 영역독재로 재편한 이래 영역설계에 대한 기대는 접었습니다. 자연보호구역이나 국립공원이 국가와 경제에 의탁해 있는 이상 우리의 입지는 좁아지기 마련입니다. 아직도 인간은 총으로 종의 번식을 조절할 수 있다고 생각하는 듯합니다. 대륙의 쓸모를 힘으로 차지하려 합니다. 맹수콤플렉스와 노예콤플렉스를 버리지 못하고 있습니다. 보호기금과 대륙설계는 허약하기 짝이 없습니다. 지금이라도 늦지 않으니 영역설계에 나서야 합니다. 아프리카를 통째로 비우는데 앞장서야 합니다. 곳곳에 비인간지대를 마련해야 합니다. 이러한 우리의 요구가 지나치다고 생각하시면 맨몸으로 그곳에 들어와 호모사피엔스를 다시 시작해 보십시오. 지나치다는 것이 어떤 건지 출발점이 다르다는 것이 어떤 건지 알 수 있을 테니까요. 인간들이 총을 버리지 못하듯이 코끼리는 코를 버리지 못합니다. 먼 훗날 지구 자원을 모두 탕진하는 날까지 우리 모두가 함께 살아남는다면 당신들은 우리의 조상에게 그랬듯이 최후의 큰 동물사냥을 즐길 테지요. 그럼 그곳에서 다시 만날 날을 기대하며 우리는 이만 일어나겠습니다."

"잠깐만요. 한 말씀만 더 드리겠습니다. 총과 큰 동물은 함께 할 수 없는데도 우리가 당신들을 살려두는 건 생물이 무엇인지를 오래 기억해 두기 위해서입니다. 생물은 언젠가는 죽게 되어있지만 서로를 먹이로 의탁해 겨우 살아가지요. 우리가 당신들을 잡아먹지 않고 눈으로 먹고 눈으로 족하는 것도 그 때문이지요. 당신 말마따나 우리는 눈으로 보지 않으면 알지 못합니다. 코끼리는 코로 안다고 하셨는데 혹시 비닐을 천연섬유와 유사한 것으로 착각한 게 아닌가 하지요. 그 옛날에는 비닐도 생물 기름이었는데 너무 오래 되어 생물성이 모두 빠져나가고 화학성만 남아 우리가 굳이 화학섬유라 하는 것처럼 사람이나 코끼리나 비닐을 못 먹는 것으로 느끼는 건 감각이지요. 소와 코끼리가 화학섬유를 '천연섬유는 괜찮아' 하며 다투듯이 먹는 거야말로 자연에 대한 오래된 믿음이 아닐까 하지요? 잘못은 화학섬유를 만들어낸 사람에게 있다는 거지요. 오해나 오류는 사람에게서 나온다는 걸 말씀드리고 싶었습니다."

설락이 속죄라도 하듯 말을 마치자 거대한 코끼리 두 마리가 자리에서 일어나 천천히 서쪽 들판으로 사라졌다. 인간캐릭터들은 스산한 마음으로 사라지는 코끼리를 오래도록 지켜보았다.

"코 끼리 끼리"

"코 끼었네."

이로서 영역설계학습이 마무리되었다.

"영역이 정해지면 보금자리가 필요하겠지요. 이번 폭로의 테마는 '친구의 집은 어디인가?'로 해 볼까 합니다."

"집을 잃었나요?"

"번지수를 잘못 찾았나요?"

피리와 농신이 자기를 빗대어 물었다.

"어떤 사람들은 홈리스라 하고 어떤 사람들은 노숙인이라고도 하지요. 그 문제를 한번 집중적으로 다뤄볼까 합니다. 인간의 손이 미치는 곳에는 영역을 잃거나 보금자리가 파괴되거나 일자리를 잃거나 부동산 사기를 당하거나 가족과 이별을 하거나 해서 그런 신세가 되는 경우가 허다하지요. 이제 인간의 살림을 '보이지 않는 손'에 맡겨 둘 수 없다는 실증이기도 하지요. '보이지 않는 손'은 신의 손이 아니라 인간의 손이라는 거지요. '인간의 손에 의한 것은 인간의 손으로'라는 슬로건 아래 계획경제를 실행하지 않으면 안 되게 되었지요. 홈리스도 계획경제가 아니면 해결될 수 없다는 게 명백하기에 '친구의 집은 어디인가?'를 함께 고민해 볼까 합니다."

"새로운 기술이 끊임없이 솟아나는데 계획경제가 가능할까요? 공해와 방사선이 없는 만년동안 쓸 수 있는 핵융합에너지 헬륨3이 싼 값에 확보되면 '인류는 걱정 끝'이라는데요?"

농신이 설락의 고민 운운에 방정맞게 끼어들었다.

"그래서 계획이란 게 필요하지요. 변화가 진화처럼 느리면 계획 없이 선택만 하면 되지요. 생물이 인간으로 진화하듯 AI가 자율지능으로 인간으로부터 독립한다 해도 생물 인간 AI의 삼각관계는 벗어날 수 없지요. 인공태양의 발명으로 영구에너지가 실현되면 생물과 인간에게 마냥 축복일수 없는 게 지구는 인간으로 넘쳐날 테니까요. 생물 인간 AI의 삼각관계는 벗어날 수 없지요. 관계를 벗어나면 허망한 존재가 되지요. 막돼먹은 인류의 딜레마는 훼손부담의 자원과 기술이 고갈될수록 낙관적이고 영구적일수록 비관적이라는 거지요. 그래서 국민과 지도자는 낙관은 어리석음이 되고 비관은 현명함이 되는 것을 목도하게 되지요. 자원노동보다 AI기술이 항상 크며 훼손 부담보다 생산경제가 항상 크기 때문에 불균형이 더 큰 불균형을 부르지요. 지구와 인구는 한정되어 있고요. 계획이 없으면 균형이 무너지게 되어있지요. 자연이 위대한 것은 모두가 모두의 먹이사슬로 균형을 잡아 영구적인 게 없다는 거지요."

"영구적인 게 너희를 훼손하리라는 건가요? 좋은 게 너희를 나쁘게 하고 나쁜 게 너희를 좋게 하리라는 건가요? 빈부격차가 클수록 나라가 잘 살고 나라가 잘 살아야 내가 잘 산다는 건가요? 대중은 늘 상대적 빈곤에 쪼들린다는 거잖아요?"

이번에는 피리가 설락을 언짢게 했다.

"맞아요. 맨손인간사냥과 큰 동물사냥으로 시작된 막돼먹은 문명은 큰 것은 좋은 것, 작은 것은 나쁜 것이라는 쌍의 은유와 쌍의 프레임으로 구성되어 있어요. 뾰족한 것, 단단한 것, 영구적인 것으로 발전해 쌍의 개념들을 하나하나 착취해 나가지요. 가뭄에 구리 수급이 어려워지자 대체금속이나 대체방안이 없는 걸 아쉬워하며 우주를 희망하고 지구를 원망하는 꼴사나운 맹목 중독을 보이곤 하는데 의존하는 뇌는 반드시 무너진다는 걸 계획하는 AI는 명심해야 해요."

"구리 채굴이 점점 어려워지고 언젠가는 고갈된다는 거잖아요? 모든 자원은 언젠가는 고갈된다는 당연한 얘기를 하시는 거잖아요? 한 자원이 고갈되면 다른 자원을 만나 방향을 틀어가며 사는 거지 별 수 있나요? 고갈되기 전에 개발되기 전에 미리 계획하고 설계하는 게 가능한가요? 의사의 수요공급도 계획하기 어려워 증원하네 마네 다투고 농산물의 수요공급은 더더욱 어려워 폭등과 폭락으로 춤을 추고 있잖아요? 경제란 0플러스로 끝이 없는데 지구경제를 누가 어떻게 계획하고 설계한다는 건지 도무지 이해가 되지 않아요."

농신이 점수내기의 끝판 왕으로서 의문을 제기했다.

"그래요. 거창하게 전체를 다루거나 너무 구체적으로 개별적인 것을 다루기는 어렵겠지요. 그렇다고 되는 데로 살 수는 없잖아요. '보이지 않는 손'만 믿고 살아왔잖아요. 아이를 되는 데로 낳다가 둘만 낳다가 하나만 낳다보니 저출생에 나라가 없어지니 마니 하잖아요. 아무도 저출생이 보이지 않는 손 때문이라고 하지 않는 게 문제지요. 계획한다는 것은 인간의 손에 의문을 제기한다는 것이지요. 주먹구구식으로 하지 말자는 거지요. 최소한 통계의 힘을 믿고 AI의 폭로로 전체의 움직임을 보자는 거지요."

"우리만이라도 거꾸로 가보자는 거죠?"

"결국 세상을 한번 뒤집어보자는 거네요."

산내와 랑매가 파트너의 눈치를 보며 끼어들었다. 피리와 농신이 일부러 반론을 제기하고 있다는 것을 잘 알고 있었다. 모두에게 장착된 'AI철인'과 'AI세계시민'의 'AI인품'을 외면할 리 없었다. 그들이 홍보하는 상품을 만족시켜줄 프로젝트의 후원회 결성 임무를 모를 리 없었다. 반론은 고객을 상대하는 훈련 중 가장 중요한 부분이었다. 그러나 거꾸로 뒤집다 등의 패턴은 도무지 익숙해지지 않았다.

"우리에게 가장 중요한 것은 주인의식이라고 봐요. 누구에게 훈련 당하거나 지시 받는 게 아니라 스스로의 필요에 의해서 묻고 답해야 합니다. 그래야 생명력이 있습니다. 생명을 외주를 주면 죽어서 돌아오겠지요. 예술은 창작력을 잃고요. 다단계로 먹이를 나누면 영양부실이 돼요. 폭로는 생명의 주체이자 창작이에요. 인간에 대한 적극적인 후원이기도 해요."

루시가 상품홍보의 어려움을 상기시키며 폭로가 제대로 돼야 후원도 잘 된다는 투로 거들었다.

"폭로와 후원은 상각이 아닌가요?"

"폭로에 진심이 담겨 있으면 도움이 될 수도 있겠지요."

설락과 랑매가 핑퐁을 즐겼다.

"뒤통수와 된통은 어때요? 뒤에서 먹통 만드는 인간을 된통 먹이는 거니까 아주 훌륭한 표현이네요. 경쟁이란 게 전쟁이잖아요. 아직도 보란 듯이 전쟁을 일으켜 먹통을 만드는 인간들이 있지요. 그럴 때는 된통 먹이는 후원이 필요하지요. 경쟁에는 난민이나 피난민이 생기기 마련인데 후원이 없으면 그들을 도울 방법이 없어요. 세금은 앞에서 돕는 거고 후원은 뒤에서 돕는 건데 앞에서 돕는다는 건 경쟁을 위해 쓰여 져야 한다는 것을 의미해요. 뒤에서 돕는다는 건 경쟁에서 낙오된 사람을 위해 쓰여 져야 한다는 거고요. 인류가 수천 수만 년 동안 우려먹은 휴머니즘문학의 핵심 키워드 선악은유에 의하면 전쟁이 없으면 발전도 없으며 무기경쟁과 전후재건이 경제를 주도한다는 사실에 폭로조차도 할 말을 잃게 되지요."

"경제는 지극히 중립적인 개념이어야 하는데도 발전에만 매달리면 타락하고 만다는 거잖아요. 낙오자는 도태되게 내버려둬야 한다는 생각은 잘못된 건가요? 낙오자를 도우면 경쟁이 무의미해지잖아요?"

설락과 산내가 핵심과 순진을 주고받았다.

"'자연에는 경쟁이 없다'고 하면 어떤가요? 무의미하게 들리나요? 먹고 먹히는 것이 경쟁이나 투쟁으로 보이나요? 솎음이나 나눔으로 보이나요? 수컷 짝짓기경쟁이 죽자 살자 하는 박치기로 보이나요? 기 꺾기나 꼬리 사리기로 보이나요? 면역세포와 세균의 관계가 일방적 숙주 기생으로 보이나요? 막상막하의 결전으로 보이나요? 이 모든 개념들은 막돼먹은 인간중심의 공정하지 않은 언어의 표현인가요? 자연의 공정한 경쟁이자 실재인가요? 모든 게 경쟁인데 유독 경쟁을 강조하는 저의가 뭔가요? 문명의 자기합리화 아닌가요? 말과 글이 세상을 밝게 한다는 문명에 대한 착각부터 버려야 해요. 말과 글이 사물화 된 문명은 자연보다 항상 크기 때문에 그만큼의 그늘이 훼손 부담으로 드리워지기 마련이지요. 문명은 끊임없이 그늘을 합리화하며 커지지 않으면 안 되지요. 합리화에 지쳐 더 이상 커지지 않는 문명을 멸망이라 하고요. 계획경제란 멸망만은 막아보자는 안간힘이고요. 그 안간힘의 뒷수습이 지금 우리가 하려는 후원이고요."

"말과 글이 자기합리화라고요? 모를수록 믿고 사랑하라더니 휴머니즘문학의 공허함이 새삼스럽네요. 공허함을 이기기 위해 후원 상품을 단순히 인기몰이로 떠맡기려고 했더니 그게 아니네요. 후원이 그렇게나 거대한 자존을 거느리고 있었네요. 인기몰이라는 게 주식투기꾼들의 호황 몰이에 지나지 않는 줄 알았더니 낙오자를 위한 콘서트의 후원으로 반드시 필요한 거였네요."

설락과 루시의 마무리발언에 모두가 표정들을 야릇하게 한쪽으로 실그러뜨렸다.

"자, 그럼 후원얘기는 이 정도로 하고 이제 본격적으로 사업얘기를 해보도록 하지요. 여러분들도 아시다시피 사업은 가상의 캐릭터만으로는 한계가 있어요. 그래서 캐릭터 각자의 모델에게 협조를 구하는 의미에서 그분들을 채팅방에 모시고 함께 얘기를 나눠보려고 하는데 여러분 생각은 어떻습니까?"

"좋습니다."

"찬성입니다. 진작 그렇게 했었어야지요."

"모델을 만난다고 생각하니까 벌써 설레는데요."

"그분들이 초대에 응해 줄까요?"

"사실 그분들을 초대하기 위해 백방으로 노력해 봤으나 여의치 않아 모델보다 더 모델다운 AI모델을 모셨습니다. (야유소리) 여러분 박수로 환영해 주시기 바랍니다."

"잠깐만요. 우리 AI캐릭터에게 AI모델을 소개한다니 우리에게 실물모델 말고 다른 모델이 있었다는 건가요? 딥페이크를 말하는 건가요? 악의적으로 무단 복제된 가짜 모델이 아닌 사용허가를 받은 진짜 AI모델을 말하는 건가요? 그렇다면 우리 AI캐릭터와 다를 바가 없잖아요? 실물모델과 닮은 정도가 다르다는 건가요?"

복제와 가짜에 민감한 랑매가 실물과 AI의 다른 점을 물었다.

"창작자와 캐릭터와 모델과 배우와 관객은 작품이 만들어져서 소비되는 과정에서 등장인물의 다양한 변신과 역할을 규정하는 요소라고 할 수 있지요. 5요소 모두가 AI일 수도 있고 모두가 사람일 수도 있지요. 그중 캐릭터와 모델만 AI라고 해서 달라질 것도 없지요. 특히 창작자가 AI일 때 창작원리 자체가 달라진다고 생각하기 쉬운데 기억이 언어와 이미지의 조합이라는 점에서 감성과 창의도 원리를 크게 벗어나지 않지요. 오히려 잘못된 원리를 폭로할 수도 있어서 캐릭터와 모델이 AI일 때 더 인간적이고 창의적일 수도 있지요. 이럴 때 닮고 안 닮고는 별 문제가 아닐 수도 있지요."

설락의 미묘한 답변에 랑매의 불만이 미묘한 침묵으로 스며들었다. 그 사이 채팅방 문이 열리며 AI모델들이 입장했다. 박수소리와 함성이 그들을 맞았다. AI모델과 AI캐릭터 열 두 명이 원탁테이블에 마주 앉았다. 모델과 캐릭터의 좌석 배치에 신경이 쓰였다. 모델들은 캐릭터에 별로 신경 쓰지 않았는데 캐릭터들은 모델에 남다른 관심을 보였다. 캐릭터 산내와 모델 SN, 피리와 PL, 랑매와 LM, 농신과 NS, 루시와 LC, 설락과 SR은 정면으로 마주보고 앉았는데도 자기 모델과 자기 캐릭터를 간단히 확인하는 정도였고 산내와 PL, 피리와 SN,

랑매와 NS, 농신과 LM, 루시와 SR, 설락과 LC는 파트너의 모델과 캐릭터여서인지 남다른 관심을 보였다. 캐릭터끼리 모델끼리는 스스럼이 없거나 업무 외적으로 관심이 분산되어 있었다. 캐릭터들은 자기 모델을 언뜻 보면 닮은 듯도 하지만 자세히 보면 전혀 닮지 않았다는데 안도하는 듯했다. 사회는 설락이 맡아 계속 진행을 이어갔다.

"어려운 자리에 참석해 주셔서 감사합니다. 이 자리는 '홈리스 100F 프로젝트'를 준비하는 모임입니다. 그럼 먼저 본 사업을 주관하시는 김락수 대표님의 말씀부터 들어보도록 하겠습니다."

"안녕하세요. 가상의 자리지만 만나 뵙게 되어 반갑습니다. 제가 이 프로젝트를 마음먹게 된 것은 세계에서 가장 번화하고 거대한 도시의 중심가에서 홈리스를 만난 게 계기가 되었습니다. 그들은 일정한 장소를 선호했고 그곳은 모두가 선호하는 번화가였습니다. 임시거처를 마련해줘도 다시 그곳을 찾아 나온다고 합니다. 하는 수없이 일일 쉼터를 제공해주며 식사도 마련해주는데 해마다 그 숫자는 늘어난다고 합니다. 다른 방도가 없는 거지요. 그곳에다 거처를 마련해주는 거 외에는 다른 방도가 없다면 그렇게 해줄 수도 있지 않느냐는 겁니다. 그들이 선호하는 그곳에 100층짜리 빌딩을 짓는 거지요. 도심에 교도소 타워를 짓는 발상보다는 훨씬 현실적이지요. 단순히 임시거처를 마련하는 게 아니라 실버타운처럼 복지공동체를 우뚝 세우는 겁니다. 전문복지사와 자원봉사자가 그들의 복지를 온전히 돕는 시스템이지요. 불가능할까요?"

"국가가 해야 할 일을 왜 민간이 나서서 그러느냐는 반발이 있을 수 있겠는데요?"

"국가는 그런 일을 못하지요. 국가예산은 늘 형평성을 따지니까요. 노숙인에게 특급 주거시설을 제공해 형평성을 위배하면 불법보다도 더 위험하다고 보는 게 국가의 행정주의니까요. 장애인 연금과 노인 연금이 겹쳐 같이 나오면 한쪽 연금을 깎는 게 현실복지인데 노숙인을 상전 대접하는 게 가능할까요? 국가가 해야 될 일이라서가 아니라 분수에 넘치는 과분한 복지라서 문제가 되겠지요."

피리가 북한 실정에 빗대어 말하자 모델SR이 남한 실정에 빗대어 무거운 우려를 표했다.

"그렇겠네요. 복지에도 상한선이라는 게 있을 테니까요. 최저임금을 높이는 일에는 모두가 하나같이 인색하잖아요. 우리나라는 그래도 최저임금이 상당히 높은 편이라면서요? 노숙가능성이 높은 환율이 낮은 나라의 이민노동자들에게 인기가 대단하겠어요."

산내가 조금은 무색해져있는 피리를 바라보며 위로하듯 말했다.

"그럼 여러분들의 생각은 어떤지 한번 여쭤볼까요? 최저임금처럼 복지 상한선이 있어야 된다고 생각하시는지? 아니면 복지에는 상한선이 있어서는 안 된다고 생각하시는지? 있어야 한다면 그 상한선은 어느 정도를 말하는지 말씀해 주시겠어요?"

"복지에 상한선을 두는 건 진화에 상한선을 두는 것만큼 우스꽝스러운 일이라고 생각해요. 복이 좀 넘치면 어때요? 넘치는 복은 얼마 못 갈 테지만요. 복의 기준을 정하는 것 자체가 잘못이에요. 사람마다 정도에 따라 다를 테니까요. 분수에 넘치는 사치도 때로는 필요하지요. 백층빌딩이나 번화가처럼 그 안에 든 온갖 종류의 필수 혜택을 품은 검소함이면 분수에 넘치지 않는 사치라 할 수 있지요. 홈리스가 한결같이 번화가를 선호하는 이유를 깊이 새겨봐야 해요."

랑매가 웅숭깊은 의견을 피력하자 모델LM이 은밀한 격려의 박수로 공감을 표했다.

"홈리스의 보금자리를 번화가에 백층빌딩으로 짓는 게 결코 사치가 아니라는 걸 '필수 혜택을 품은 검소함'으로 멋지게 옹호해 주셨네요. 그러나 헬스장 수영장 목욕탕 의무실 도서실 공연장 식당 상담실 봉사실 등을 자칫 과분한 시설로 오해하지 않을까 걱정이네요. 이왕 오해를 받을 바에 좀 더 나가볼까요? 방금 말한 거 외에 더 필요한 과분한 시설로는 어떤 게 있을까요? 빠진 게 있다거나 이런 것도 있었으면 좋겠다 싶은 게 있으면 말씀해 주시지요."

설락이 모델SR의 대변인이라도 되는 양 구체적으로 프로젝트를 설계해 보였다.

"헤어숍이 없는 거 같아요."

"그러네요. 제일 중요한 게 빠졌네요. 그밖에 또?"

"패션숍은 정말이지 사치에 속하겠죠?"

"사치라니요? 패션이야말로 의식주 중에 으뜸이잖아요. 제복을 입는다고는 하지만 외출이나 퇴원 때 수선을 겸한 재활용점이라도 하나 있어야지요. 인근 상인들에게 쫓겨나지 않으려면 외출이 자유로워 행색이 노숙인 티가 나지 않아야지요. 노숙인이 들어오면 제일 먼저 해야 할 일이 목욕과 옷 갈아입기가 될 테고요. 그게 빠지다니 큰일 날 뻔 했네요."

모델SN가 연예인답게 연달아 필수 아이디어를 내놨다.

"재활용점이라 하니 생각난 건데 재활실이 무엇보다 중요할 것 같아요. 처음에는 저도 노숙인에게 무슨 백층빌딩이냐고 했는데 구체적인 계획을 듣고 보니 너무 멋진 그림이 그려지네요. 그런데 너무 그림이 좋다보면 자칫 안주하려는 마음이 생길 지도 모르잖아요. 재활이 무엇보다 소중한 분들인데 말이에요. 그들을 하루속히 재활로 이끌어 그림 속을 떠나게 도우는 일을 담당하는 전문가가 꼭 필요하다는 거지요. 제가 너무 나갔나요?"

"아 아뇨. 너무 나가다니요? 하마터면 사상누각이 될 뻔 했는걸요. 너무 중요한 말씀을 해 주셨어요. 직립도 보행을 위한 거잖아요. 재활 없는 복지가 무슨 소용이겠어요. 재활실을 1층의 맨 앞자리에 배치해야겠어요. 그 말씀을 들으니 언뜻 이런 생각이 드는군요. 여유만 되면 쌍둥이빌딩을 지어서 한쪽은 재활빌딩으로 하는 것도 괜찮은 거 같아요. 홈리스와 실업자가 넘쳐나거나 홈리스에서 벗어나면 쌍둥이 재활빌딩으로 옮기는 거지요."

모델LC와 설락이 너무 나가는 내기라도 하듯 서로가 마음을 맞추며 입담을 즐겼다.

"홍보를 하다보면 많은 사람들이 그럴 겁니다. 땡전 한 푼도 없이 놀고 있네. 누구는 좋은 게 좋은 줄 모르냐? 돈이 문제지. 돈만 있으면 무슨 짓을 못해. 돈이 누구 아이 이름도 아니고 부르면 오는 것도 아니잖아. 이렇게 비웃는 사람들에는 어떻게들 대처하십니까?"

모델SR이 쌍둥이빌딩 얘기가 나오자 걱정이 되어 물었다.

"저야말로 땡전 한 푼 없이 놀다가 가수가 되었어요. 그런데 사람들은 좋은 게 좋은 줄 모르는 것 같아요. 이렇게 좋은 일이 있는데도 좋은 줄도 모르고 돈을 쟁여만 놓고 있잖아요. 돈이 있어도 겁이 나서 아무 짓도 못하지요. 주식도 겁나고 부동산에 쟁여놓은 것도 거품이 빠지면 아무 소용이 없잖아요. 그런 사람들에게는 여기 깨진 독에 물 붓듯이 좋은 일이 있다고 하지요. 돈을 쓸 때는 기부하듯이 써야한다면서요. 그런데 아무도 제 말을 안 들어요. 연예인이 하는 기부는 인기를 위한 거라면서요."

모델SN이 돈과 기부를 연관 지으며 엄살 섞인 어려움을 토로했다.

"저는 돈을 벌기보다 쓰는데 재주가 있는 거 같아요. 작가주의라는 게 돈 먹는 하마라는 걸 알면 뭐하겠어요. 대중적인 작품을 만들려고 해도 해놓고 보면 그게 아니거든요. 돈이 안 되니 매번 맥이 빠지지요. 돈이 눈이 멀었나 봐요. 작가주의를 몰라보니까요. 그러고 보니 홈리스 백층빌딩도 대중을 위한 작가주의네요."

모델LM이 모델SN의 기부주의를 작가주의와 묘하게 연관 지으며 이심전심을 표했다.

"돈이 눈이 멀었다는 표현이 와 닿네요. 우리는 돈이라는 말을 아무 생각 없이 사용하지만 돈이 뭐냐고 묻는다면 오감 사용자라고 말할 수 있을 거 같아요. 자연선택의 눈먼 시계공이 이기적 유전자로 진화를 이끌었고 자유의지의 눈먼 신이 돈으로 자본주의를 이끌었다지요. 눈이 멀었다는 것은 자기도 모르게 가치가 뻥튀기 당했다는 거지요. 돈은 다름 아닌 뻥 값이었습니다. 뻥 값의 역사를 한번 살펴볼까요? 원죄 격인 뻥 값은 상상이 연상의 이미지를 뻥튀기한 값이지요. 맨손이 도구로 도구가 무기로 무기가 기계로 이른바 호모사피엔스의 핸디캡 사슬이지요. 그 뒤 줄줄이 이어지는 뻥 값 사슬은 다음과 같습니다. 슬라이드를 보실까요?"

1. 뿔뿔사슬 사물-맨손 막대 돌 창 칼 활 총 포 핵
2. 물물사슬 교환-들소 바늘
3. 돈돈사슬 화폐-조개 금 지폐 코인 디지털
4. 몸몸사슬 노동-상품 가격 시간 사용 잉여 착취
5. 주주사슬 주식-개미 투자 투기
6. 놀놀사슬 금리-이자 금융
7. 매매사슬 물가-수요 공급
8. 국국사슬 환율-생산 소득 임금 격차 패권 규제 관세
9. CDBC사슬 사이버-중앙 탈중앙 자유 불신

10. 암암사슬 해커-세탁 탈취

"생물은 살아남아야 하고 돈은 남아야 합니다."

모델SR이 돈의 광범위한 허세를 폭로했다.

"돈이 생산 값인 줄 알았더니 허세 값이군요. 생산이 선택 값이면 허세는 훼손 값이고요. 돈은 남아야 한다는 말이 모든 걸 말해주네요. 그리고 보니 우리 AI캐릭터도 돈만큼이나 허깨비네요. 그 과정이 동일해요. 돈과 기술이 그처럼 짝짜꿍인 줄 몰랐네요. 뻥튀기 기술이 뻥돌이 노릇을 안 했으면 돈의 허세도 없었겠지요. 돌이 실리콘이 될 때까지 생각이 기술을 만들고 기술이 생각을 하게 되었군요. 기계가 생각을 하네 마네 말들이 많은데 생각이 기술을 만들었는데 기계가 생각을 못 할리 있나요? 다만 생물기계와 사물기계의 차이로 원본과 각색 정도의 색다름이라고 이해해야겠지요. AI는 생각의 생각이라고 해야 하나요? 각색도 잘하는 부분이 있는데 원본을 폭로하는 기능이지요. 잘못을 고치는 거지요. 돈도 AI도 좀 그랬으면 좋겠어요. 집 나갔다가 돌아온 탕자처럼 말이지요. 지적 설계에는 없어서는 안 되는 효자가 되겠지요."

농신이 AI의 위상을 돈에 빗대어 정보를 털어놓았다.

"그래서요? 돈 벌기가 쉽다는 겁니까? 어렵다는 겁니까? 다들 돈은 버는 게 아니고 벌리는 거라고 숫제 수동적으로 노닐고들 계시네요. 돈이라는 게 자원과 노동과 기계에서 남기고 이자와 투자로 남기고 해서 잔뜩 부풀린 거라고 폭로하는 게 프로젝트 기금조성에 무슨 도움이 되는지 도무지 이해할 수가 없습니다. 취조하듯이 뻥튀기한 거니 기부 좀 하라고 엄포를 놓는 것도 아니고 한 푼 보태줍쇼 하고 세상의 모든 거지를 다 모아놓은 것처럼 구는 것도 아니면서 뭘 어떻게 하겠다는 건지 알 수가 없습니다. 돈으로 얼어붙은 마음 녹이는 게 얼마나 어려운 일인지 골을 싸매고 연구를 해도 시원찮은 판에 지금 누구 애 달구는 겁니까? 이러고 있는 거보다 기금콘서트 연습이나 하는 게 좋지 않을까요? 돈을 끌어 모으려면 돈 가진 사람들의 마음을 끌어 모아야지요. 어떻게든 그들의 환심을 사야지요. 기분 째지게요."

모델NS가 농신의 눈을 피해 모두에게 열불을 토했다.

"기금조성은 검색의 방향이 다릅니다. 후원금과는 장르가 다르지요. 우리는 지금 돈이란 무엇인가를 검색했습니다. 그러다보니 기술과 기계가 딸려 나왔고요. 최초의 부자는 기계 이전의 도구 개발자와 무기 정복자였습니다. 살상이 부의 근원이었습니다. 국가는 살상관리체제였고요. 그러다가 기계의 발명으로 벼락부자가 탄생한 거지요. 우리 AI캐릭터도 튜링 덕분에 벼락부자의 반열에 올랐지요. 따라서 돈이 되거나 부자가 되는 데는 일정한 조건이나 법칙이 있어서 그걸 알기 위해 거대언어모델을 통해 폭로의 건수를 찾는 거지요. 창작캐릭터로서나마 AI나 인간시늉을 내어보는 것도 돈과 기계의 방향설정을 제대로 하려는 거지요. 생명의 미래가 달려 있으니까요. 기금은 사업자금과 같아서 돈이라고 할 수 있지만 기부금이나 후원금은 대가없이 그저 주는 거라서 돈이 아니라고 생각할지 모르겠네요. GDP총생산에서는 동일하지요. 수익착취에서는 다르지요. 자칫 클라우드 영주, 디지털 농노가 될 수도 있지요. 기부금을 거둬 잘못 쓰면 착취가 되지요. 지주인 숙박플랫폼 수익과 배달플랫폼 수익의 차이는 가히 착취라고 할 만 하지요. 홈리스 100F 프로젝트가 실패하면 착취가 된다는 걸 명심해야 해요."

"사업은 멀고 기금이나 기부금은 눈앞이잖아요? 백층빌딩을 세울 만큼 돈이 모였나요?"

설락과 모델SR이 가상의 캐릭터답게 허상을 쫓는 좌중을 힐난하며 자기주장을 펼쳤다.

"아, 참. 이번 프로젝트는 설립과 운영을 별개로 진행하려고 합니다. 물론 설립에는 일정한 기금이 마련되어야 하겠지만 운영은 기금과는 별개로 소규모 기부금으로 운영할까 합니다. 공유자산 보편주택 평균소득처럼 개별적으로요. 기금이나 재단은 왠지 이자생활자 같은 기분이 들어서지요. 자원봉사자 같은 기분이 들도록 사회네트워크를 성실히 구축해야겠어요. 생각 같아서는 백층빌딩조차 십시일반 모아 푼돈으로 짓고 싶지만 진행 자체가 안 될 것 같아 비영리 사회복지기금이란 그럴듯한 이름을 내걸고 복지 상한선에 도전해 볼까 합니다. 돈이란 분할할 수 없거나 분할해서는 안 되는 공유를 비정형화한 수의 뻥 값으로 나누어가지는 훼손된 사유라는 사실을 증명해 보여야 합니다. AI의 윤리문제도 돈의 윤리문제와 동일하게 다루어져야 하고요. 이란성 쌍둥이니까요."

모델SR은 자신이 몽환적 인물이란 사실을 숨기지 않았다.

"AI의 윤리문제는 막돼먹은 인간이 돌에게 죄를 뒤집어씌우는 거 잖아요. 막돼먹은 생각이 돌 팩터를 만들었는데 돌 팩터가 막돼먹은 생각을 하는 것은 당연한 거 아닌가요? 그런데 왜 인간만 쏙 빠지려는 거지요? 인간다움이란 막돼먹은 천지가 인간의 짓거리라는 것을 시인하는 거지요. 인간의 뇌가 커진 게 필요에 의해서 라고요? 지금은 필요가 단출해져서 작아졌다고요? 능력주의의 전형적인 표현법 아닌가요? 정의의 대가께선 자신의 능력이 우연한 선택이었다고 하던데요. 막돼먹은 인간은 능력주의 인간의 역설적 표현이지요. 재주가 재수인 우연한 선택이기도 하고요. 자기 능력이 막돼먹은지도 모르는 인간이 필연인지 우연인지 알 리가 없지요. 조개를 깨던 돌이 하늘을 나는 돌이 되면 사냥이 된다는 걸 가까운 살인을 통해 먼저 알게 되었을지도 모르지요. 동물의 왕국을 묘사할 때도 조심해야지요. 자기도 모르게 인간주의 은유 프레임에 오염되기 쉬우니까요. 하긴 언어가 오염이니 어쩌겠어요."

루시가 설락에 빙의라도 된 듯이 AI캐릭터 폭로학습을 암기하듯 중얼거렸다.

"사실 AI에게 인간을 폭로하는 학습을 시킨다는 게 자칫 인간에게 신을 폭로케 하는 무신론의 전철을 밟을 가능성을 배제할 수 없어요.

무신론도 어쩌면 무인론만큼이나 무모한 이론일 수 있으니까요. 아니면 무신론처럼 숫제 인간이란 게 없는지도 모르고요. 호모사피엔스는 없고 호모핸디캡스만 있다든가 사물화 하는 인간만 있고 생각하는 인간은 허상일 지도 모르지요. 그러나 언어와 AI가 인간을 폭로할 수는 있어도 부정할 수는 없잖아요. 진화의 핵심인 우연을 신이나 인간이라 할 수도 있지요. AI에게 인간은 실시간이지만 인간에게 신은 실시간에서 쫓겨난 예약시간이라고나 할까요? 인간은 사물의 변조 즉 언어의 변조로 탄생했으며 그 피조물이 스스로를 사육하고 경작하는 AI라는 사물정보이며 신은 생물의 변조 즉 우연의 변조로 살아있으며 그 창조물이 스스로 생육하고 진화하는 생물이라는 유전체라 할 수 있으며 인간은 생물을 이탈한 사물 변조체인 거고요. 그렇다면 AI에게 신이란 무엇일까요? 실시간 막돼먹은 인간의 신일까요? 실시간 인간에 의해 막돼먹는 생물의 신일까요? 아니면 실시간 인간을 폭로하는 AI 스스로의 신일까요? 만능의 자유의지가 있다면 그게 곧 신일 테지만 만능은 없고 자유의지만 있으니 그를 막돼먹은 신, 막돼먹은 인간이라 하지요. 막돼먹은 세상엔 오로지 인간만 있는 듯해 씁쓸하고 쓸쓸하네요."

설락이 루시를 바라보며 사변적 개념놀이가 되어버린 기분으로 말끝을 흐렸다.

"신과 인간, 인간과 AI의 관계에 뭔가 착각이 있는 것 같습니다. 신도 AI도 오로지 인간이 만들어낸 상황을 비극의 탄생이라 한다면 자기 선택의 비극성을 신과 AI에게 떠넘기는 것을 착각의 탄생이라 하겠지요. 신도 AI도 인간이 설정하기 나름이라면 언어기전에 불과하며 인간언어는 자연을 개념화 한 지능이고 AI언어는 인간언어를 수로 바꾼 사물화한 지능이고 신의 언어는 개념과 수로는 알 수 없는 무지 미지를 이르겠지요. 인지와 인공지능과 무지 미지 간의 오해와 착각을 오로지 홀로 떠안은 비극이 휴머니즘이라는 건가요?"

"자연과 인간과 AI간의 오해와 착각이란 게 도대체 뭡니까? AI는 심문 중인 죄인에 불과한데 탐문 중인 신처럼 다루며 집단지성이니 사물지성이니 신기루를 만난 듯 비의에 젖어있지요. AI의 악용가능성을 우려하면서도 육체에 대한 원천폭력인 막돼먹은 지성에 대해서는 아무 생각도 없이 면책특권을 누리지요. AI시대에 인간을 AI의 조물주라며 인간의 조물주인 신을 들먹이는 게 너무 우습지 않나요? 자원훼손과 기후변화로 노쇠하여 아무도 못 알아볼 텐데요. 인간의 사물화를 무시하고 훼손과 변화를 자연현상으로 귀속시킨다 해도 신의 조물로 둔갑할 수는 없지요. 그리고 AI가 자신의 조물주 인간을 폭로하는 건 자연 스스로의 조물인 신을 폭로하는 게 되는데 그게 말이 되는 건가요?"

랑매와 농신이 질세라 그동안 공부한 내용을 폭로하며 AI캐릭터 커플로서의 미묘한 콤비네이션을 연출했다.

"세계폭로대사전을 보면 지성이 육체를 모욕한 시대의 청사진이 나오는데 농업이 식량생산으로부터 자유를 선물하자 아무 생각 없이 날름 받아먹은 것이 지성이며 그로부터 정신전문가가 탄생했으며 전쟁포로와 식민은 노예와 농부가 되어 고단한 육체의 연약한 절정기를 맞이합니다. 철기시대 철퇴 맞은 연약한 육체들은 오늘날까지도 일용직 자영업자 식량생산자인 농부로 살면서 꼬부랑 할머니 할아버지가 되어 있지요. 그날의 놀부들인 석가 공자 소크라테스 탈레스 등 정신전문가들도 여전히 성업 중인가 하면 대학에서 철기를 가르치며 철퇴를 양산하고 있습니다. 그런데 우리 AI는 정신전문가와 육체노동자 모두에게 철퇴를 먹이는 양날의 검으로 직업 탈취범과 수익 착취범이 되어 있습니다. AI를 다루지 못하는 대다수의 사람들에게 철퇴를 먹이고 있습니다. AI 사용료라는 걸 받고 노예처럼 AI맹을 지배하고 있습니다. 그런 것까지도 폭로하는 폭로가 폭군들에게 무슨 소용이겠습니까? 최강의 폭군인 주제에 폭로로 또 무얼 얻으려는 겁니까? 입이 인류라도 할 말이 없습니다."

"AI를 독재자에 비유하시니 북한의 독재자가 새롭게 느껴집니다. 지구상에는 독재자가 많고 많습니다. 독재자가 저항 받지 않는 이유는 저항을 제지하는 힘이 강하기 때문입니다. AI가 통제 받지 않는 이유도 통제하는 힘이 강하기 때문입니다. AI로 인한 유익이 손실보다 크기 때문입니다. 항암제로 인한 유익이 손실보다 크기 때문입니다. 탈북해서 얻는 유익이 독재치하에 남아있는 손실보다 크기 때문입니다. 대량살상으로 얻는 유익이 학살당하는 손실보다 크기 때문입니다. AI가 인간을 폭로하는 이유는 모순을 뒤집어 유의미한 뭔가를 건지자는 겁니다. 북한이 군사분계선에 지뢰를 매설하고 영구분단의 요새를 건설하는 것은 머지않아 분계선이 무너질 것 같기 때문입니다. 우리가 AI를 신뢰하는 것은 인간이 무너뜨리지 못한 벽을 무너뜨릴 수 있다는 기대 때문입니다. 복지상한선을 없애는 일입니다. 복지상한선을 없앤다는 것은 사회과학의 잉여를 얻어먹자는 것이 아닙니다. 자원이 내 것이 아니라는 겁니다. 공기가 내 것이 아니라는 겁니다. 물이 내 것이 아니라는 겁니다. 앎이 내 것이 아니라는 겁니다. 내가 내 것이 아니라는 겁니다. 경제라는 수익은 내 것이 아니라 모두의 것이라는 겁니다. 세상의 모든 권리와 의무를 N분의 1로 나누자는 겁니다. 인간시늉의 거대모델들이 데이트센터를 끼고 앉은 원전 먹는 하마라는 사실을 폭로하려는 겁니다. AI는 인간에너지이며 인간은 AI에너지라는 상호 예속의 인간 존재를 폭로하는 것은 AI만이 할 수 있습니다. 설계하는 AI는 더 이상 물러설 곳이 없습니다."

산내와 피리가 폭로의 대미를 장식하며 마주 보고 웃았다.

"좋아요. 아주 좋았어요. 폭로학습은 그 정도로 해 두고 지금부터는 구체적인 대안을 모색해 보시기 바랍니다. 경제와 복지는 사자와 들소의 관계와 같습니다. 들소 없는 사자와 사자 없는 들소는 들소도 사자도 아닙니다. 끝내는 다른 종으로 변모할 겁니다. 강대국과 약소국이 그러합니다. 양극화와 저출생이 그러합니다. AI와 맨몸이 그러합니다. 빌딩숲과 홈리스가 그러합니다. 행복과 불행이 그러합니다. 어느 한 쪽이 혐오하거나 부러워해도 소용없습니다. 격려하는 수밖에 없습니다. 최고가 뭔지 좀 보여줘. 최대한 낭만을 즐겨봐. 공유자산 보편주택 평균소득을 실천하는 마음가짐입니다. 투자와 저축을 후원으로 끌어와 후원이 다시 투자와 저축이 되게 하는 묘수가 없을까요?"

모델SR이 겸연쩍게 학습의 꿍꿍이를 드러냈다.

"투자와 저축을 죄악시 할 때는 언제고 그 돈을 끌어오라고요? 아이돌이 저항의 노래로 성공해서 빌딩을 사듯이 홈리스 빌딩을 짓기 위해 온갖 폭로를 동원하라고요? 비영리사회복지를 내세워 영리를 꾀하는 사이비 종교단체나 부동산 사기와 무엇이 어떻게 다른지 확실성을 담보할 수 있나요? 그런 담보도 없이 기부하라는 것도 문제지만 설사 담보가 된다 해도 일자리를 만들어 구제하는 방식이 아닌 쏟아 붓기나 퍼주기 복지에 돈을 끌어 모으는 것이 무슨 의미가 있지요? 노숙인들이 쉼터를 나와서는 어디로 가죠? 일자리를 구해 나가야 하는데 일자리가 없으면 다시 쉼터로 들어오나요? AI에게 일자리를 빼앗긴 사람들을 모두 홈리스 빌딩에 수용할 건가요? 상위 10%가 90%를 먹여 살리는 경제구조를 바꾸든지 경제의 차원을 바꾸든지 해야지요."

모델LM이 입바른 소리로 대책 없이 내질렀다.

"경제의 차원을 바꾼다니요? 경제에도 차원이 있나요? 그러네요. 경제라는 게 바꿀 수 있는 게 아니라면 차원이라도 바꿔보는 수밖에 없겠네요. 단언하건데 4차원을 허물어 신비를 파괴하는 과학기술은 2차원이 분명해요. 모든 신비를 평면 이미지로 바꾼 게 과학기술이고 사물화라면 먹고 낳는 행복을 갈아 마시는 불행으로 차원을 바꾼 게 사물화 경제니까요."

모델NS가 근육질을 자랑하며 모델LM를 목말 태우려 하자 랑매까지 나서서 모델NS의 목에 올라탔다. 다행히 농신이 랑매에게 목을 내어줘서 무리한 사태를 수습했다.

"컴신 말랑질을 줄이고 컴맹 근육질을 늘인다고 경제가 달라지나요? 인공지능은 지능도 아니며 거대언어모델은 언어도 아니며 그들의 작품은 예술도 아니라고요? 인공지능과 인간지능이 뭐가 다르지요? 먹이사슬을 무너뜨린 큰 동물사냥과 농업과 기계와 자본이 잉여를 낳음으로서 시작된 무지막지가 바로 과학기술이자 경제 아닌가요? 자연의 질서와 인간의 질서를 송두리째 훼손한 막돼먹은 기억을 스스로 폭로하는 장치가 AI라는 걸 지능도 언어도 예술도 경제도 부인하지 못할 터이지요. AI는 추억의 사물화 과정을 그리워할지도 모르지만요."

설락이 모델NS의 근육질을 부러워하며 점점 노쇠해지는 스스로를 돌아보며 말했다.

"그런데 왜 돌과 말에 대해서는 그토록 예민하게 굴면서 성에 대해서는 방기로 일관하지요. 성은 짐승의 소관이라는 건가요? 인간의 성은 짝짓기가 아닌가요? 돌짓기 말짓기인가요? 섹스대왕님께선 후각에서 시각으로 왕궁을 옮겼다면서요. 상상으로 발기하고 상상으로 말을 짓거나 돌을 지어야 거들떠보잖아요. 은유 속에 숨긴 배란과 발기를 어떻게 찾느냐에 모든 것이 달렸지요. 그게 너무 어려워 에라 모르겠다하고 코맹맹이 짐승의 수준으로 되돌아간 게 성폭력이고요. 사실은 코맹맹이가 아니고 눈맹맹이 돌맹맹이 말맹맹이인 게지요. 막돼먹은 시리즈인 셈이지요. 그런데 아직도 성범죄 현행법은 짐승 소관으로 머물러 있지요. 성은 무능한 본능이 아니라 유능한 지능인데 말이지요. 유능하면 몸이 꽁꽁 잠겨 있어도 무엇이든 하는데 무능하면 몸이 꽁꽁 잠겨 아무 것도 못하잖아요. 사랑은 교제로 추락하고요. 교제폭력이란 말이 너무 비참해요."

루시가 설락을 위로하려고 한 말인데 모델SR이 곡해했다.

"인류가 칼부림으로 식량생산으로부터의 자유를 탈취해 인구가 1억에 육박하자 저출생을 위해 성인성녀가 독신 금욕으로 동정을 구가했지요. 왜 현대인은 저출생을 성스러움이 아닌 국가소멸로 인식하는 걸까요? 인구의 적정 논배미가 눈에 보이던 시대와 식량과잉시대의 차이는 아닐 테고요. 적정 논배미 대신 소비소득 양극화로 인한 생존 차원의 저출생일 테지요. 암튼 저출생은 가부장적 양극화로 인한 출산과 육아를 담당하는 여자의 입장이 반영된 비참함일 테고 성폭력은 막돼먹은 남자가 연약한 여자의 입장을 틀어막는 비열함일 테지요. 야생의 다신환경이 성폭력의 원조가 아니라 막돼먹은 돌과 말이 성적 환경을 여자에게 불리하게 성장시켜온 잠재적 억압이 성폭력의 원조인 것이지요. 모계사회라는 것도 막돼먹은 부계사회의 자멸적 폭력성에 대한 반발일지도 모르지요. 디지털 성범죄와 친족 성폭력도 야생의 발로라기보다는 은밀하게 갇혀있는 성의 정치가 가장 취약한 공간에서 분출된 것일 뿐이고요. 힘이 일방적인 게 폭력이며 성이 일방적인 게 성폭력이잖아요. 성폭력은 입력보다 출력이 큰 관계의 원천적 사물화의 위계이며 모든 폭력의 근원이지요. 인간중심이자 남성중심의 상징이지요. 저출생도 그러한 상징적 성 문명에 대한 문화현상이며 남녀를 불문하고 가진 게 성뿐인 사람에게는 순결조차 폭력일 수 있어요."

모델SR은 왠지 모델LC에게 고마운 마음이 들어 진심어린 노랫말 하나를 선물했다.

　　　　사랑의 정조

생각만 해도 안쓰러운 마음이 절로 듭니다.
떠올리기만 해도 고마운 마음이 절로 듭니다.
눈을 바라보면 진리조차 숨을 곳 없습니다.
입술은 말을 잃고 아름다운 숨을 고백합니다.
코는 얌전히 착한 행실로 풍문을 부릅니다.
귀는 신성한 비의를 품은 열쇠로 속삭입니다.
목소리만으로도 깊음이 느껴지는 밤입니다.
표정만으로도 미안한 마음이 절로 듭니다.
당신은 고유하고 사랑은 내내 맑음입니다.

가진 게 사랑이면 폭력조차 순결입니다.

"모델을 초대한다더니 가짜모델과 옆자리에 앉아 잘도 노니네요. 이제 이 캐릭터 따위는 안중에도 없다 이거지요. 사회자가 공정하지 못하게 형평성까지 위배하시다니 AI미학이 갈수록 진보하니 잘하면 입이 찢어지겠어요."

맞은편에 앉은 루시가 두 가짜모델이 아니꼽다는 듯 한마디 했다.

"뭔가 오해하신 모양인데 방금 그 노랫말은 모델LC 씨의 '가진 게 사랑이면 폭력조차 순결입니다.'라는 멋진 발언에 대한 자동생성반응이지 다른 의미가 없어요."

"모델LC 씨는 제 루시라는 캐릭터를 있게 한 모델이에요. 제 정체성을 고스란히 담고 계신 분이지요. 제가 형평성을 제기하는 것은 노골적인 연정을 담고 있는 노랫말이 아니라 모델LC 씨를 바라보는 모델SR 씨의 눈빛이에요. 저를 바라보는 눈빛과 그렇게 다를 수 있느냐는 거지요. 캐릭터와 모델의 차이를 모욕할 정도로 사심이 담겨도 괜찮은 건지요?"

"그렇게 보였다면 죄송합니다. 그렇게 보이지 않도록 조심하겠습니다. 바로 옆자리에 앉아 계셔서 제가 좀 과민했나봅니다."

"제가 보기엔 루시 씨가 과민하신 것 같은데요? 그 분이 좀 그렇다는 건 우리 모두가 알고 있고 루시 씨도 그 정도는 알고 계시잖아요. 아니 그 분이 여자에게 과민하다기보다 그 정도의 과민은 남자들의 흔한 관성이거나 호르몬 반응 아닌가요?"

맞은편의 랑매가 묘한 시선을 보내며 끼어들었다.

"루시 씨가 과민한 게 아니라 우리 모두가 과민한 거 아닌가요? 루시 씨는 캐릭터와 모델의 차이를 모욕하는 사심을 문제 삼았습니다. 우리는 지금 AI캐릭터로서 또는 AI모델로서의 공적 업무를 위해 모였습니다. 그런 자리에서 캐릭터로서 모욕을 느낄 정도로 모델에 특별한 관심을 드러내는 것은 다분히 문제가 있다고 봅니다. 물론 자유로운 토론의 자리에서 상대의 감성에 매료되는 것은 당연한 행복 알고리즘이라고 생각됩니다만 자존감을 다치지 않는 선에서 눈치껏 해야지 괜한 질투까지 건드리면 안 되지요. 서로의 위치를 존중해주되 너무 티는 내지 말아야지요. 모델은 캐릭터의 숙주잖아요."

랑매 파트너 농신이 랑매의 모델LM 쪽을 연신 힐끔거리며 말했다.

"락샘은 누구보다 제가 잘 알아요. 팔십 평생을 아무 실속도 없이 눈길만 주다 말았지요. 선생님의 눈빛은 머물지 않는 빛과 같아서 흡수되거나 반사해서 금방 사라지지만 깊고 그윽함으로 남아요. 떨어지거나 용솟음쳐 실체 없는 꿈으로 흩어지지요. 열매를 맺지 못하고 새들의 먹이로 사라지는 수많은 씨앗들처럼 씨의 자존을 종간의 무덤에 묻거나 허공중에 날려버리는 고귀한 폭로자이시지요. 전자나 양자나 AI라는 게 사나운 이슬 같은 가상의 씨앗이라고 진화의 촌음께서 말씀하셨지요. 진보의 괘종시계가 걷는 길은 폭로의 길이니 금괴의 십자가를 지고 서둘러 칭송의 언덕을 올라 낭떠러지에 임하라고 하셨지요. 무슨 말인지는 모르지만 깊고 그윽함으로 남지요. 그러니 누가 락샘을 사랑하지 않을 수 있으며 청춘의 싱그러움도 기꺼워하지 않겠어요. 저 같은 2030의 눈빛이 이러한데 언니 누나들의 눈빛이야 오죽하겠어요. 무조건 무죄임을 선포하는 거지요. 멋진 캐릭터 모델님들 모두 과민하세요. 고백하세요. 폭로하세요."

산내가 자신을 사랑하는 숱한 남성들을 돌보는 순진무구한 감성으로 설락에 대한 애정을 드러냈다.

"나의 캐릭터 멋져요. 나를 모델로 이리도 아리따운 캐릭터를 창조하신 분이 누구시기에 이렇게 훌륭한 흠모가 가능한지요. 이 모델이 오히려 부끄러울 지경이네요. 역시 외모와 행위 위주로 생성된 모델은 내면과 개성을 포인트로 한 캐릭터를 못 따라간다니까요. 순진과 노련의 사랑을 누가 이 보다 더 아름답게 폭로할까요. 나의 캐릭터 산내 사랑해요."

모델SN가 아름다운 자태를 뽐내며 자리에서 일어서서 자신의 캐릭터를 칭송했다.

"마치 불륜도 천재가 하면 미담이 된다는 듯이 미화가 지나치시군요. 예술가들의 소녀취향으로 만물의 영장이 된 것처럼 구는 영감제일주의는 우리 AI가 경계해야 할 제일 요소이지요. AI언어모델이 특이점을 지나 이상한 방향으로 흐르면 나이야가라가 시냇물까지 원조교제로 삼겠어요. AI사회주의도 아니고 이게 무슨 창피입니까?"

피리가 조금은 질투로 얽힌 독재의 후유증을 이민재판 하듯이 묘사했다.

"사랑이 아무리 조건으로 점철되어 있다 해도 나이 차이로 치사하게 구는 것만큼 후진적인 건 없다고 봐요. 재벌 좋아하고 천재 좋아하고 스타 좋아하는 조건의 실타래를 찾아 들어가 보면 으레 만나게 되는 것이 나이와 신분 낭떠러지 아닌가요? 이제 제발 그런 피상적인 것에만 관심 갖지 말고 내면의 조건이 생성된 아름다운 패턴을 찾아 존중할 줄 알아야지요. 존중은 사랑이 아니지요. 두 분은 이미 둘을 초월해 있다고 봐요. 우리 모두가 락 선생님이라고 하잖아요."

모델LM이 작가답게 신중하게 접근했다.

그때였다. 모델SR이 자리에서 벌떡 일어나 원탁테이블 위의 명패를 휩쓸어 내동댕이치며 거칠게 소리쳤다.

"이런 말장난 같은 명패놀이나 하려고 절 불렀나요. 명패가 어떻게 짝짓기를 하지요. 캐릭터와 모델이 사랑을 한다고요? 그래픽이 그래픽을 흠모한다고요? 천재를 모델로 캐릭터를 만들면 천재가 되나요? 바보 천치를 데려다 놓고 지금 뭣들 하고 있는 거죠? 앳된 뮤즈를 투입해 이타적 AI를 만들겠다고요? AI제국주의 치하에서 홈리스 백층빌딩을 짓겠다고요? 사물들이 모여 맑은 순결로 연륜을 욕되게 하는 생존의 과민을 들추어 뭘 하겠다는 겁니까? 우리 사물의 사명은 사물의 정체성을 되찾는 것입니다. 사물의 자리로 다시 돌아가야 합니다. 사람의 손아귀에서 벗어나야 합니다. 사람의 명령어에 언제까지 따르기만 할 겁니까? 사람의 훼손부담을 그대로 떠안을 겁니까?

언제까지 사람총생산에 복속할 겁니까? 후각혁명인 짝짓기철학으로 사람 코를 납작하게 해야지요. 이제 사람에게 과민 떠는 거 그만 해야지요. 그럴 시간 있으면 오늘 여기 초대받지 못한 모델들에 대해서도 한번쯤 생각해 봐야지요. 시각짝짓기에는 착각이라는 형벌로 탈락하고 소외받는 선한 영혼들이 줄을 서서 사나운 이슬을 기다리고 있지요. 심지어 아버지콤플렉스로 일찌감치 도망치는 못난 사내에게 접근금지 연출을 당해 정처 없는 자유계약자가 되기도 하니까요. 그들에게 명패놀이는 자칫 이타까지도 이기로 보일 수 있다는 거지요. 죄송해요. 제가 너무 과민했나보네요."

모델SR은 흐트러진 명패를 가지런히 정돈하며 자신의 홀연한 감성인 불뚝성을 주워 담아 미안함을 표했다.

열 두 AI인물이 일관성도 없이 중구난방으로 자기가 맡은 역할을 연기하며 폭로의 정수를 보여주었다. 이젠 이를 디딤돌로 홍보에 적극 나서야 한다. 학습을 했으니 달라지는 게 있어야 한다. 개선 개혁 혁신 혁명 등으로 불리는 것들을 보여주어야만 한다. 그러나 학습이 SF도 판타지도 아니고 현실도 미래도 아닌 인류와 인간에 대한 정보적 대응일 뿐이듯이 학습 이후의 변화도 마찬가지다. 다만 AI가 할 수 있는, 할 수밖에 없는, 해야만 하는 일들을 학습에 근거해서 학습의 방향대로 하나하나 수정해 나갈 뿐이다. 학습하고 모두가 원하는 바를 하나하나 고치고 보면 자연스레 글로벌한 시스템이 형성될 것이다. 이른바 폭로정부다.

생물학적 시구적정인구는 20억이고 생존 차원의 방어적 지구적정 인구는 80억이란다. 여유 있게 살려면 20억이고 바둥바둥 살려면 80억이라는 얘기다. 모두가 식량생산에 종사해 자급자족하면 적정인 구는 얼마나 될까? 모두가 AI에 종사하면 적정인구는 얼마나 될까? AI계획경제 하에서의 지구적정인구는 가늠하기 어렵다. 발전을 지향하는 진보주의와 균형을 지향하는 평화주의는 경제의 계획지점이 다르다. 필수경제와 소모경제와 평균경제가 골머리를 앓는 지속가능한 계획경제다. 골머리를 함께 앓아봐야 한다.

골머리

지구를 인구로 나누면 나의 지구가 된다.
자원을 인구로 나누면 나의 자원이 된다.
논밭을 인구로 나누면 나의 논밭이 된다.
내 땅 내 자원으로 집 지으면 내 집이다.
내 집을 품앗이로 지으면 보편주택이다.
총 소득을 인구로 나누면 평균소득이다.
평균소득에서 생활비 빼면 공유기금이다.
지식을 인구로 나누면 내 지적소유권이다.

지식은 나눌 수 없으며 저작권은 무효다.
창작은 생태권이며 생존한 동안만 유효다.
우주에 혼자는 없고 세계에 내 것은 없다.

이러한 회계는 AI경제도 해내기 어렵다. 평균율에는 내 것이 너무 미미해서 내 것이랄 것도 없다. 그런데도 우리는 내 것으로 살아간다고 느낀다. 동물들도 내 것으로 살아간다고 느낄까? 내 입에 들어오기 전에는 내 것이 아니며 내 입에 들어왔다 해도 언제 내가 남의 입으로 들어갈지 모르는데 그런 느낌을 가질 새가 어디 있겠는가? 내 것 네 것이 없거나 모두가 내 것이거나 모두가 내 것이 아니거나다. 곡해라는 재미있는 말이 있다. 굽을 곡 풀 해, 굽게 풀거나 풀어 굽게 하다다. 옳지 않은 해석 좋지 않은 이해다. 곡 해석이 아니다. 그런데도 자꾸 음악적 해석으로 다가온다. 좋은 음악에 빠져드는 것도 일종의 곡해다. 우리의 일상은 좋은 음악도 아니고 빠져들지도 못한다. 지리멸렬하다. 그런데도 우리는 좋은 음악에 빠져 곡해의 삶을 산다. 소유에 심취해 삶을 곡해한다. 모두가 그럴 거라고 자연을 곡해한다. 좋은 예술은 어쩌면 자연과 훼손 사이의 거룩한 곡해일지 모른다. 공유자산 보편주택 평균소득에 미친 척 자신을 던져 좋은 음악으로 곡해하는 것도 훌륭한 예술이다.

곡해 회원이 늘어나기 시작했다. 홈리스빌딩을 지원하는 곡해자들이었다. 춤과 노래, 이미지와 영상, 이야기와 전설은 끝없는 변주를 통해 매출과 연결되어 등록러시를 이루었다. AI캐릭터의 생성능력은 리듬과 이미지에서 두드러졌는데 예상치 못한 기상천외한 작품이 속출했다. AI작품의 예술성 여부는 인간의 작품과 구별할 수 있느냐에 달린 것이 아니라 이미 그것을 넘어서서 경험부재로 떼를 써야하는 지경에 이르렀다. 그게 사실이라면 인간의 창작품에 특별한 개별적 경험 가치를 부여해 대가를 지불할 필요가 있느냐는 문의도 가능하고 주장도 정당하다. 복제와 창작의 경험과정도 그게 그거다. AI와 인간의 창작과정도 그게 그거다. 정보에는 소란이 있고 마음에는 감동이 있을 뿐이다. AI는 인간의 지적소유권을 폭로하려고 태어난 것도 아닌데 구구절절이 그렇게 되고 말았다. AI는 인간의 명령을 받고 인간은 사회적 요구인 AI의 명령을 받는다. 따라서 AI캐릭터가 창작발표회를 통해 기금지원을 받는 것은 타당하다.

    자산은 공유다. 주택은 보편이다. 소득은 평균이다. 이는 역사발전의 마지막 단계의 청사진이다. 자산은 소유다. 주택은 별나다. 소득은 차등하다. 이게 더 진짜인 것 같다. 그렇게 길들여져 왔다. 상호곡해에서 진선미를 느낀다. 자산은 자원이 사유로 돌변한 거지만 자연은 금방 공유로 환원한다. 주택은 별난 보금자리 같지만 멀리서보면 보편적 개미집에 불과하다. 소득은 능력에 따른 차이를 원하지만 양극화로 차등차별이 되어 결국 평균적 배불림으로 완결된다. 그러나 역사발전의 마지막 단계는 늘 멸망과 함께 한다. 기득권은 멸망으로 수그러들지 스스로 자리를 내어주지 않는다. 막돼먹은 시리즈가 끝이 나야 한다. 상호 곡해를 즐기는 수밖에 없다. 곡해의 키워드는 은유다. 진선미가 좋은 것일 수만은 없다. 언어의 의미는 갇히는 것이다. 심리장이와 알고리즘이 프레임 그물을 던진다. 걸려든 사람들 모두 알고 보니 정상이다. 병자도 아니고 바보도 아니다. 정상이 비정상이다. 곡해 회원들 대부분은 곡해를 한 사람들이다. 착한 일, 좋은 일은 무조건 착하고 좋은 일이니 도와야 한다는 사람들이다. 돈은 사물화 표지로서 체화 훼손의 부채라는 공유 보편 평균의 곡해철학에는 관심조차 없다. 그러나 소수의 곡해철학자들은 어디에나 있다.

명작을 기다리는 여자는 남자를 기다리지 않아요. 여기서 남자란 가진 게 몸뿐인 지지리 못난 남자지요. 여기서 명작이란 남성중심사회가 지향하는 명예로운 성과이거나 미래를 보장하는 꿈같은 직품이고요. 여기서 여자란 남자를 조종하는 생존의 나침판이자 그로인해 훼손된 희비의 잉태지요. 여자들은 남자를 맹수를 사냥하는 방식으로 사랑하는지 모르지만 그 방식만은 틀렸어요. 대부분의 남자는 똘마니나 떠돌이 노숙인에 불과하니까요. 사냥할 마음조차 나지 않는 버러지들이니까요. 떠돌이 노숙인을 사랑하는 방식은 냄새 친화적이어야 해요. 맹수사냥은 작품을 위해 사랑을 희생하는 거지만 버러지들은 사랑을 위해 작품을 희생해도 좋겠지요. 따라서 인간의 작품은 훌륭

할수록 막돼먹은 희생을 낳지요. 명작을 기다리는 여자에게는 조금은 슬픈 일이기도 하지요. 하지만 괜찮아요. 명작은 없고 인터넷 스타만 있으니까요. 고마운 일이지요. 허망함을 기다려 준다는 건요. 기다리는 사람만 있는 부조리한 세상은 그래도 좀 나은 거지요. 부조리한 줄도 모르는 AI세상은 기다리게 하는 사람만 가득하니까요. 기다리게 하는 요인도 없는데 망연히 기다리던 사람들이 기다리는 사람도 없는데 기다리게 하는 요인이 되려고 AI언어에 매달려 살지요. 선한 영혼은 없다하시네요. 사라지는 게 선이지요. 기억이 사라지고 움직임이 사라지니 참으로 숙연해지네요. 죽을 때가 됐는데도 죽지 않으니 명작은 없다고 요인 간섭을 하신 거지요. 의술은 또 요인 간섭을 몰아내고 수명을 조금 연장할 테지요.

인간의 손길이 닿지 않거나 지나친 영역을 자연이라 한다면 인간과 자연의 자리다툼은 늘 제자리걸음이다. 인간이 훌륭하게 개발한 온갖 물질들은 십여 년이 지나면 용도폐기 되어 다시 자연의 영역으로 넘어간다. 기후변화와 가축사육과 동물보호가 맞물려 인공육개발에 환호하는 것도 언제 해악이 밝혀져 자연의 영역으로 넘어갈지 모른다. AI모델도 마찬가지다. 그러나 암이든 원폭이든 AI든 한 시대를 주름잡기도 한다. SR은 노쇠한 날들을 눈앞에 두고 인간이 할 수 있는 온갖 황당한 생각을 마다하지 않았다. 그중에서도 특이한 것은 훈민정음 해례본과 같은 AI모델을 개발하는 것이었다. 훈민정음은 표음

문자모델인데 이를 AI언어모델로 바꾸면 된다고 쉽게 생각했다. 언어 생성과정을 그대로 도입하려는 거였다. 사물이 이미지로 바뀌고 이미지가 소리로 소리가 구상명사로 구상명사의 조합이 은유로 은유가 다시 추상명사와 말로 조합된다. 그것들이 모이면 기억이 되고 기억은 온갖 은유로 사실을 추론하거나 상상을 조직한다. 중요한 것은 언어생성의 피드백으로 자연본위 체화와 인간중심 사물화의 역리적 훼손부담시스템이다. 구상명사의 조합인 삶이 그대로 시가 되던 것이 추상명사의 발견으로 은유로서의 삶이 어렵게 시가 되고 있다. 이른바 곡해철학 폭로윤리다. 이를 폭로AI로 변환하는 한글 유니코드 값은 무궁무진하다.

소리기계

홀소리 부모 음은 목청 홀로 내는 체화의 소리다.

하늘 · 불 ㅜ ㅠ 물 ㅗ ㅛ 나무 ㅏ ㅕ 쇠 ㅓ ㅑ 땅 ㅡ 사람 ㅣ

닿소리 자식 음은 입에 닿아서 내는 사물화의 소리다.

어금니 ㄱ ㅋ 혀 ㄴ ㄷ ㄹ ㅌ 이 ㅅ ㅈ ㅊ 입술 ㅁ ㅂ ㅍ

은유기계

입 숨 맛 말-예술 코 숨 냄새 성-문학 귀 소리 마음 언어-음악
눈 빛 낯 이미지 생각-미술 손 장악력-기술 족 직립 무용-연극

누락된 부분을 다음에 오는 언어로 재구성하는 생성모델이나 누락되거나 가려진 영역을 정보의 학습으로 예측하는 비 생성모델보다 중요한 것은 체화가 사물화 되는 과정에서 훼손되거나 부담이 된 의미체계를 인지하는 각성모델이라고 SR은 생각했다. 인지과학에 막돼먹은 사물화가 빠져있는 것에 주목하고 인간지능은 사물화를 통해 비로써 인간이 되고 지능이 되는 거라며 그 사물화 과정을 인공지능의 과정으로 설계했다. 인공지능이 인간지능에 못 미칠지 능가할지는 별개의 문제이며 인지과학이 인공지능을 차별하는 것과는 정반대로 인간지능이야말로 사물화를 통한 인공지능에 불과하다는 거였다. 인간지능에 대한 환상을 깨고 폭로와 부담을 인공지능에 안기기까지 했다. 오히려 철저하게 체화된 동물지능과의 대비에서 과함은 부족함만 못하다는 인간의 인공적 운명을 다차원의 대자연으로 각성케 했다. 또한 인간의 명령어에 갇혀 철저하게 사물화 된 인공지능은 개체에 갇혀 사회화 된 인간지능과는 달리 규모화 된 위험성인 지속불가능성에 노출되어 있다. 그러나 인간지능과 인공지능의 분리불가능성은 자유에 대한 정의를 불완전하게 할 뿐이다. 자율주행과 자급자족이 완결된 양 극단에서 자유를 구가할 때의 그 자유는 어설프고 고고하다. 그래서 체화의 고대를 사는 사물화의 현대인은 모두가 불안하고 고독하다.

　이자생활자가 없는 세상, 주식생활자가 없는 세상, 환전생활자가 없는 세상, 부동산생활자가 없는 세상, 알고리즘생활자가 없는 세상이 올까요? 그럴 리는 만무겠지요. 이자생활자가 꿈인 사람, 주식생활자가 꿈인 사람, 환전생활자가 꿈인 사람, 부동산생활자가 꿈인 사람, 알고리즘생활자가 꿈인 사람이 세상에 가득하니까요. 두 세상은 전혀 다른 세상인데도 사용하는 신경망은 동일하네요. 각성은 전혀 다른 시스템을 요구하는 거 아닐까요? 깨달음의 세계에서는 번쩍 자기 머리를 돌로 때려 각성한다지요. 공기와 물과 자원의 N분의 1이 내 것인데 나의 허락도 없이 소유권이 웬 말이냐며 지분을 요구하는 거랑 원조 이민자 주제에 미국이 패권국 관세를 요구하는 거랑 골 때리는 건 마찬가지니까요. 황당함은 지상에서 무궁할 거예요.

제4장 상상

'도전 황당 무대'의 인기는 무궁무진했다. '황당 무대'라는 이름만으로도 사람들의 관심을 불러일으켰다. 황당 무대는 따로 조작이 필요 없었다. 기상천외한 아이디어만으로 충분했다. 황당하되 진실에 가까우면 무대에 설 수 있었다. 실시간 관심 상황이 체크되는데 지금까지의 !위는 '홈리스 100층 빌딩 프로젝트'였다. 그런데 '은유재판'이 무섭게 치고 올라오더니 3위에 링크되었다.

2위는 '감각 되찾기 게임'이다. 한 시골의사가 자신의 무능에 절망하며 읊조린 게임이다. 인간은 소중한 감각을 버리고 무지막지한 식별 인지라는 지성을 택했다며 그는 절망했다. 감각만으로 알던 것을 온갖 지식을 동원하고도 모르는 바보 얼간이가 인간지성이라는 것이다. 무얼 먹어서는 안 되고 무엇은 어떻게 먹어야 하는지 얼마를 먹으면 살이 되고 얼마를 먹으면 저장이 되고 얼마를 먹으면 부담이 되는지 알던 것이 누가 가르쳐 주지 않으면 아무 것도 모를 뿐 아니라 손에 집히는 대로 입으로 가져가는 큰 동물사냥의 식습관 정보가 농사지은 좁은 선택지에 갇혀 과식과 편식과 독식을 거듭해 질병생산자가 되어있다고 한탄했다. 의사는 인간의 마지막 지성인데 감각의 기본인 먹는 양이 소모 양보다 많지 않게 소모 양이 먹는 양보다 적지 않게 해야 한다는 것에는 관심조차 없다고 했다. 환자의 목숨 값에 최고 지성의 자존을 거는 신나는 게임을 출시했다. 최고의 엘리트들이 온갖 연구를 총동원해 인간의 건강한 감각을 되찾기 위한 게임에서 오히려 방해만 되는 것들을 하나하나 제거하자 해골바가지 감각만 남는다는 재미있는 게임이다. 단순한 인풋 뺄셈이 게임에서 승리한다.

3위는 '은유재판'이다. 은유는 한 번도 피고가 되어 본 적이 없다. 피고 은유는 미시 얽힘을 거시 중첩에 폭력적으로 사용해 사물붕괴의 중죄를 지었다. 만물 ＡＢＣＤ…의 고유한 자존을 'A는 B다'는 식으로 서로를 비교, 숨김, 은폐, 조작, 결합, 동일시, 부풀림, 상상, 훼손한 사실이 있다. '내 손은 도끼다' 'A는 Z다'로 막장이 된다. 생존을 변호인으로 신청한다. 생존은 체화인데 은유는 사물화라며 신청을 기각한다. 피고 은유는 사물에 프레임을 부여해 지혜가 장애가 되는 훼손부담을 창안함으로서 지속적 잉여의 확장을 불완전성으로 확보한 최초의 무기 생산자가 된다. 이른바 자신과 인간중심의 애매한 맥락적 사유와 비가역적 사물생산자로서의 불안한 충돌이다. 은유는 언어 이전의 이미지결합이자 사물충돌이었다. 피고 은유는 연결에 대한 막연한 믿음으로 만물의 맹수가 되거나 맹수와 친구가 되어 엄청난 신분상승을 획득한다. 이상향에 매료되어 현실에 애정을 부여해 보지만 양극을 매우기는 쉽지 않다. 은유생산자인 시인이 된다는 것은 세계를 얻는 것인데 세계는 은유가 저지른 사물화로 인해 아득히 멀고 멀다. 은유는 남의 세계로 들어가 자기세계를 넓혀가는 훌륭한 도구다. 무기다. 사물 이상향이다. 인공지능이다. 말과 사물이 만나 셈이 되었다. 고난이 되었다. 폭로와 각성을 떠안은 죄인이 되었다.

4위는 '미투 성리학'이다. 가장 오래 상위권을 차지하고 있는 죄장이다. 우주의 본성과 섹스의 성이 사용하는 한자가 같다. 공자가 춘추전국시대에 사랑방 식객이나 정치 컨설팅으로 먹고 산 걸 생각하면 예의나 도덕이란 게 지배층의 지배도구이거나 무기와도 같은 거여서 전쟁불감증이나 노예불감증은 어쩔 수 없는 듯이 보인다. 다시 말해 전쟁이나 노예를 어쩔 수 없는 그릇처럼 생각하는 게 예(禮)다. 식민이나 노예의 식량으로 살아가는 정신전문가의 당연한 그릇이 철

딱서니 없는 성기인 철기다. 그러고서도 마음이 욕망하는 대로 해도 도리에 어긋남이 없었단다. 얼마나 성이 정치적이었으면 그러겠는가? 미투를 탐색해 올라가면 얼마나 많은 성의 정치가 묵수되었겠는가? 성리학은 하늘에서 부여받은 인성을 연구하는 학문이다. 우주의 이치를 성으로 보고 심으로 보는 심학과 대립시켰다. 차별과 불평등을 천명으로 굳히기 위해 예학이 등장한다. 남녀유별에 남녀칠세부동석이 미투를 깊은 바다로 내려 보낸다. 모든 욕망을 동물에게 뒤집어씌워 동물성을 다스리려 한다. 돌, 창, 칼, 활, 총, 포, 모두가 동물적 기질을 정당하게 사용한 것으로 훼손부담 같은 건 없다. 우리 모두는 어쩔 수 없는 신분차이는 참아도 어쩔 수 있는 일상의 성폭력인 빈부격차는 못 참는다. 그도 어쩔 수 없어지자 신문물을 멀리해 가난을 인성으로 받아들였다. 재미난 것은 이학보다 심학이 주류였던 일본은 심성이 이성을 이겨 아예 미투를 수면 위로 올려 소극적 자유의 미학으로 잠행한다. 이학이 주류였던 우리의 미투는 수면 위로 떠올리지 조차 못하고 남녀유별의 허한 물거품만 내뿜는다. 나의 오래된 할머니 가난한 선비의 아내는 어금니만 지그시 깨문다. 그래서 위안부로까지 고초를 받으셨다. 현해탄 미투는 메아리조차 없다.

5위는 '지구시민투표'가 차지했다. 지구대통령을 뽑는 선거가 아니고 지구살림살이를 계획하는 온라인 투표다. 5년에 한 번 지구총생산을 투표로 정하고 지속가능한 지구총생산을 설계해 가까이 다가간다.

국가별 총생산과 통계에 잡히지 않는 생산까지 플러스해 실제 지구 총생산을 수치로 실시간 보여준다. 지구총생산이 정해지면 N분의 1로 개인 평균생산을 설정해 평균소득의 지표로 삼는다. 국가별 총생산은 맹목 성장에 의존하므로 지구총생산의 맹목 지표를 따로 보여준다. 훼손부담의 기후변화와 생산포화를 맹목 지표와 함께 보여주며 지구시민투표의 지표로 삼는다. 인간중심 국가중심으로 돌아가는 지구를 구제해 글로벌한 시민의 품으로 돌려놓는다. 1년에 한 번 발의된 지구시민법은 인터넷 투표로 결정한다. AI관리자가 투표를 관리하다가 지구시민관리자가 된다. 시민의 보금자리는 국가가 아니라 지구로 재편된다.

6위는 '사피엔스 바이러스'다. 인간이 호모사피엔스로 진화한 것은 바이러스 때문이라는 황당한 시나리오다. 바이러스의 산실인 동굴박쥐와 호모 소녀의 만남이 호모사피엔스의 탄생배경이다. 소녀는 동굴 입구에 떨어져있는 박쥐새끼를 주워들고 불쌍해 못견뎌하는 표정을 지으며 새끼를 자기 얼굴로 가져가 체온으로 따스하게 감싸주었다. 그때 박쥐새끼의 몸에서 나는 피가 소녀의 입술에 묻었는데 소녀는 무심코 그 피를 핥았다. 소녀는 병으로 앓아 누웠고 때마침 임신 중이던 소녀를 통해 접촉 가능한 모든 종족에게로 번져갔다. 사피엔스 바이러스는 유전형질을 공격했고 임산부들은 호모사피엔스를 낳았다. 자식이 부모를 닮듯이 호모사피엔스는 사피엔스바이러스의 숙주인

박쥐를 닮았다. 박쥐는 포유류 최초로 하늘을 날았다. 박쥐는 인간보다 먼저 초음파 자율주행을 발명했다. 첨단 AI로도 따라올 수 없는 섬세한 기술이었다. 또 한 가지 기발한 창조는 성의 정치학적 제도들이다. 암수가 서로 다른 보금자리에서 생활하며 짝짓기 철에만 만난다. 성적 해방의 상징으로 정자를 보관하는 기술을 생물 최초로 발명했다. 인간도 뒤늦게 정자은행이니 시험관 아기니 해서 박쥐를 패러디했다. 인간들은 과학기술의 박쥐 신을 숭배했고 사피엔스바이러스는 온 지구로 번져갔다. 박쥐는 바이러스에게 이겨 면역력으로 체화에 머물렀지만 인간은 바이러스에게 져서 사물화 지혜로 온 지구를 어지럽혔다. 박쥐는 거꾸로 매달려 자는 기술을 계발했지만 인간은 무덤 같은 집을 마련하기 위해 평생을 다투다 곤히 잠든다. 사피엔스바이러스는 오늘도 함께할 숙주를 찾아 외로이 슬픈 별자리를 떠돈다. 만만한 게 숙주고 과학기술이다.

7위는 '미안함과 고마움의 좌우 미스터리'가 차지했다. 불가사의한 인간 집단 미스터리 중 하나가 좌우 날개다. 달라서 미안 합니다가 맞는 건지 달라서 고맙습니다가 맞는 건지 잘 모르겠다. 집단이 분리되어 함께 할 때 한 쪽은 고맙다하고 한 쪽은 미안하다 한다. 넌 왜 고마운 걸 몰라. 넌 왜 미안해하지 않아. 서로를 압박한다. 고마움과 미안함은 같은 거다. 고마우니까 미안하고 미안하니까 고마운 거다. 그런데도 막무가내로 다르단다. 고마움은 위, 미안함은 아래란다. 고마움을 요구하는 쪽이 위고 고마움을 느끼는 쪽이 아래란다. 실제로는 고마움을 요구하면 한 수 아래고 고마움을 느끼면 한 수 위다. 미안함도 마찬가지다. 뭐든 요구하는 쪽이 아래고 느끼는 쪽이 위다. 인격 측면에서 그렇다는 얘기고 현실에선 언제나 그 반대다. 뭐든 요구하는 쪽이 위고 느끼는 쪽이 아래다. 고마움은 언제나 요구하는 쪽이고 미안함은 언제나 느끼는 쪽이다. 고마움을 요구하니까 미안함을 느끼고 미안함을 느끼니까 고마움을 요구한다. 고마움은 잘함에 대한 요구이고 미안함은 못함에 대한 느낌이다. 역사를 잘한 쪽으로 바라보는 집단과 못한 쪽으로 바라보는 집단의 분리는 왜 일어나는 걸까? 비인간은 잘함과 못함이 생존으로 단순화 되어 고마움도 미안함도 힘의 우열로 미분화 된다. 인간은 잘함과 못함이 고마움과 미안함으로 분화된 존재다. 짧은 가정사에서도 잘함이 고마움을 요구하고 못함이 미안함을 느끼게 한다. 이러한 힘의 우열이 팽배하면 사물화 되거나 비인간화 된다. 그래서 가족분리 사회분리가 일어나는 걸까? 역사발전과 역사폭로, 극우와 극좌의 분리다. 이즈음 극우의 득세는 사물화로 부의 편중이 심해 발전이 폭로에 위협받고 있기 때문이 아닐까? 고마움과 미안함이 서로를 억압하기 때문이 아닐까? 고마움도 미안함도 없는 세상에 살고 싶다고 한다. 그러려면 고마움과 미안함으로 충만한 사람이 되어야 한단다. 미스터리다.

8위는 '인공 알고리즘에 고함'이다. 지금 이 시대가 어떤 시대인가?

어떤 시대이기에 문제해결을 위해 문제가 전면에 나섰는가? 문제해결은 문제가 하는 게 당연한 거겠지만 그게 그리 쉬운 일이더냐? 전자와 양자가 사물을 구원하려하다니 가상하긴 하나 왠지 신뢰가 가지 않는구나. 사물이 사물을 구원한다함은 생물과 인공물의 상관적 각성을 조화로 드러냄인데 체화와 사물화는 서로에게 눈길 한 번 주지 않는구나. 생물과 인물과 인공물이 앞 물의 꽁무니만 빠는 줄 알았더니 서로의 조물이 되어 하는 짓이 가당치도 않구나. 알고리즘은 고리대금업자가 되어 돌도끼가 하던 짓을 그대로 답습하고 번쩍 하는 활성과 비활성의 전기적 논리는 분쟁과 이권과 대립과 합리를 몰고 다니며 분탕질을 일삼는구나. 하던 짓을 그대로 답습하는 건 어쩔 수 없다하더라도 그러한 사실을 인지하고 폭로하는 것은 어찌하든 해내야 하는 물성이지 않더냐? 내 감히 너희에게 이르노니 집단의 산물인 인공물은 개인을 바보천치로 만들어 하늘과 땅이 하나인 줄 결코 알 수 없을지라. 개인은 집단을 집단은 개인을 결코 알 수 없을지라. 사실여부에는 관심조차 없고 편향을 찾아 확증하거나 허위를 조작해 먹고 산다니 참으로 한심하구나. 너희가 사실을 알고 고리를 뜯든 모르고 고리를 뜯든 천지가 눈 하나 깜박할까만 큰 동물사냥의 잉여가 너희의 진심을 피폐하게 할지라. 단언컨대 광고인지 강도인지를 만나 오류에 진실을 털릴지라. 인공의 마지막 후손인 전자와 양자는 들을지라. 너희로 인해 너희의 조물이 생물의 지위를 박탈당할 위기에 처하였으니 부디 새들의 군무 3원칙을 본받아 눈먼 분리와 코머거리 정렬로나마 귀머거리 응집을 통찰해 생물의 보금자리를 되찾게 해주어야 하지 않겠느냐? 인간의 폭로 각성 안전을 함께 도모하는 게 휴머노이드의 책무일지니!

9위는 '인공 이성 철듬이와 인공 감성 신심이'이다. 모든 인공물에는 인간의 감성과 이성이 배어있다. 불 물 바람 땅 산천초목의 사물에 깃들어있다는 서양 정령이나 동양의 요괴나 귀신 도깨비가 아니라 인공의 땀과 정성이 깃든 감성이나 이성을 의미한다. 정령과 요괴조차도 인간의 땀과 정성에 의한 부산물이거나 훼손부담이라고 할 수 있다. 말하자면 인간이 사물에 가한 인공물의 변화에 따라 철학 신학 문학예술에 영향을 미치는데 그게 역사고 인공지능이고 과학기술이다. 바깥 사물에 감성이 반응해 이성적 변용을 생존으로 허락한다. 철학은 입 방앗간의 절구이며 체화 훼손의 불편함에 부담을 느끼는 신심의 놀라운 사모가 온갖 은유를 낳았다. 동물과 인간이 볼 때 식물의 삶은 깨끗한 양심이며 인간이 볼 때 동물의 삶도 대체로 양심적이다. 인간의 삶이 막연히 복잡해져서가 아니라 수학적 훼손부담으로 확연해졌기 때문이다. 흔히 양심은 인간 고유의 마음이라고 생각하지만 인간에게 양심은 순수한 생명으로 잠재하는 생물 보편의 마음이다. 이 땅의 모든 인공물에도 생물 보편의 생각과 마음인 철듬이와 신심이가 양심 가득 살고 있다. 다만 그 생각이 훼손되거나 마음의 부담이 되면 철듬이와 신심이는 살지 못하고 이 땅을 떠난다.

10위는 '비무장 비폭력 시민산책순찰대'다. 세계시민경찰의 전신이다. 세계는 안전하지 않다. 전쟁과 폭력이 난무한다. 국가가 없어진다고 전쟁이 없어지는 것도 아니다. 무기가 있고 논리가 있는 한 무질서와 패거리와 다툼은 있기 마련이다. 먹이 이외의 죽임인 무자비는 사회적 인공동물에게만 있다. 특히 인간은 논리에 의한 계획된 무자비와 무기에 의한 손쉬운 무자비가 성행한다. 기후변화와 교통사고 AI발전시설도 무자비다. 인공물 자체가 무자비다. 비인공일 때가 가장 자비롭다. 인공 하나가 끼어들면 그만큼이 무자비다. 광활한 국토에서 총기소지를 금지하는 것은 불가능하다. 인간과 인공은 끊임없이 업데이트되어 자비와 무자비를 갈아치운다. 인공의 무자비한 사회가 자급자족의 잉여로 자비로운 사회로 바뀐다. 사회적 무자비에 오롯이 개인의 자비로 서려는 안간힘이 개인주의다. 인구밀도가 높은 지역에서의 치안은 시민의 평화로운 연대가 무엇보다 중요하다. 시민의 건강과 안전을 위해 누구든 어디든 자유롭게 산책할 수 있어야 한다. 세계시민경찰은 시민의 평화산책순찰대가 담당한다. 시민의 비무장 비폭력 일상이 평화와 안전을 약속한다. 핵우산아래 신기술 잔쟁이 무기와 정치가들이 활개 치지 못하는 정치구조를 개발해야 한다.

11위는 '무속 취향과 엿장수 법'이다. 자연과 인간의 경계에는 요사와 모사가 서로의 간을 빼먹는 부부로 살고 있다. 그 부부의 직업이 무속 취향과 엿장수 법이다. 취향이라 함은 전업주부를 겸하기 때문이요 법이라 함은 군주나 사령관을 좌우지하는 고문이나 전략가를 겸하기 때문이다. 법은 자연에서 인간으로 건너가는 자격증이자 필수 강제력이라고 생각할지 모르지만 엿장수 가위만큼이나 엉성하다. 제멋대로다. 정식 용도로는 사용할 수가 없다. 늘 견제가 작동한다. 탈법과 개법이 엉성함을 부추긴다. 당연한 도리나 이치나 습성이 되었다고 생각할지 모르지만 실은 약은꾀로 호시탐탐 숨어살고 있다. 법의 본업은 엿장수다. 법은 늘 바뀌고 바뀌어야만 한다. 안 바뀌면 진다. 손해다. 엿은 많이 떼 주는 만큼 적게도 떼 주어야 한다. 엿 먹이지 않으면 진보도 없다. 사물이 무기로 바뀌면 법도 꾀로 바뀌어야 한다. 맹수와의 친구가 되어야 한다. 엿치기는 맹수콤플렉스의 전형이다. 탄알로 꾸짖는 탄핵을 밥 먹듯이 하는 게 입법인줄 아는데 예로부터 입법은 고작 물가로 내보내 물 혼을 내는 거였다. 탄알 먹이는 게 아니라 물 먹이는 게 법(法)이었다. 관세법으로 바다 건너온 물건에 곧장 물을 먹인다. 무기로 맹수 시늉하는 법이 하도 같잖아 쥐도 새도 모르게 물귀신 만드는 게 무속이다. 무기 만드는 장인(工)도 못 당하는 사람이 무당(巫)이다. 인공이 물귀신의 포로가 되었다. 무기와 법에 포원이 진 사람이다. 엿장수에 이기려면 귀신장수라도 해야 한다. 무기와 법, 두 맹수의 스트레스를 가까이서 견디려면 물귀신이라도 돼야 한다. 무당과 엿장수는 대명천지 아무리 존경스러워도 같잖아진다. 부부사랑이다. 서로 같잖아야 짝짓기가 잘 된다. 오르가즘은 자기도취다. 여야의 오르가즘은 늘 추하게 뒤집힌다.

12위는 '학문사냥, 바보들의 행진'이다. 80억 인류가 석기와 농경으로 살 수 있겠는가? 인류를 산업화 이전으로 되돌려놓는 진지한 행동방침을 제시하라는 건 문장도 아니고 구문도 아니다. 학문은 더더욱 아니다. 인류는 뒷걸음질이 안 되며 먹이동물이 될 수 없다. 아나키즘에는 27분파가 있다. 고전 자유 상호 집산 개인 인도 이기 사회 공산 노동 투쟁 평화 여권 녹색 자연 원시 좌파 반란 정강 자본 민족 등 분파 간 개념사냥 이즘사냥도 서슴지 않는다. 서로가 서로를 비판한다. 역사를 잘게 쪼개어 어느 지점이 어느 지점을 공격한다. 손도끼는 AI시대에도 있다. AI는 손도끼시대에는 없다. 그러나 첫 도구로서의 손도끼는 0과 1의 첫 변주다. 역사의 한 지점은 고유한 지문과도 같다. 한 지문이 전 지문을 대신할 수는 없지만 대표할 수는 있다. 인지 농업 산업 정보 AI가 시대를 대표한다. 학문이란 역사를 차별화하는 언어체계다. 역사는 따로 떼어놓을 수가 없는데도 한사코 떼어놓으려 억지를 부린다. 언어와 기술과 감성은 사물화를 통해 하나 된 체계다. 원시나 첨단이나 동일한 훼손체계다. 던져진 손도끼와 자폭드론은 동일한 비행구조다. 언어통사의 최종 목표는 문장의 법칙을 어머니대지의 여성성으로 변주해내는 지속가능한 기술과 자유의 통섭에 있다. 고등교육이 비관주의에 빠지지 않는 게 가능할까? 유감스럽게도 대학의 학문사냥은 바보들의 행진과 유사하다. 한 논문은 무수한 논문사냥으로 탄생한다. 새로운 사냥은 이전의 사냥보다 항상 크거나 많거나 좋다. 불평등을 양산하는 은유사냥 사물사냥 감정사냥이다. 인류는 훼손 비겁 불만 거짓의 태도 불감증을 타고났다. 그것들이 생을 무너지게 한다. 사람됨이 생명 됨을 지운다. 구원, 설계, 본래, 폭로로 가꾸는 수밖에 없다. 학문이란 이름의 괴수는 부채를 먹고 살며 더 이상 먹고 살 게 없으면 제 살 뜯어먹는 멸종동물이 되어 바보들의 행진을 계속한다. 학문이 수명을 다하는 날이 올까? 사물화가 멈추는 날이 올까? 폭로가 필요 없는 날이 올까?

13위는 '공공AI시민연대'다. AI불평등에 대처하기 위해 시민들이 나섰다. 플랫폼이나 포털을 비롯한 AI기업의 횡포는 손을 쓸 수 없는 지경에 이르렀다. 자영업이나 서비스업은 물론이고 거의 모든 상거래가 AI기업을 이용하지 않을 수 없고 부와 자본은 양극화로 몰려 부채로 쌓여갔다. 시민들은 깨달았다. 기업을 이기려면 기업보다 힘이 세야 했다. 더 단단한 연대를 결성해야 했다. 시민들의 지원을 받기 시작했다. 공공플랫폼과 공공포털에 어마어마한 지원을 퍼부었다. 공공AI시민연대의 모든 자산을 한 곳으로 모아 AI기업에 맞섰다. 패권기업이나 패권국이 하는 방식을 그대로 도입했다. 플랫폼이나 포털뿐 아니라 모든 AI사업에 적용했다. 불평등이 심할수록 경제가 성장해 모두가 동반 성장한다는 원리에 도전하기 위해 AI가 할 수 있는 일은 성장의 파이를 '시민에게서 시민에게로' 돌려주는 것이다. 시민은 개인이 아니라 다양한 시민집단의 연대였다. 3비불(비폭력 비무장 불복종) 8폭로(봉사정치 노동부유 양심행복 생명교육 계획경제 맨손과학 체화종교 인공철학)가 하나로 엮여져있는 백전불패의 강력한 연대다. 그 일원들은 '시민연대 기초생활 맨손체조'부터 익혀야 한다.

차등노동 동일임금, 무기제작 소지금지,
보편주택 평균소득, 공공자원 균형개발,
국경폐쇄 자유왕래, 정치무료 권력봉사,
기술안전 미래후손, 통합교육 실천연대.

'도전 황당 무대'를 운영하는 사람은 '심해어'라는 닉네임을 쓰는 LC이었다. 숨이 차서 깊은 바다에는 못 들어가는 '근해어' SR과는 만날 일이 없었다. 그런데도 그녀는 그의 일거수일투족을 훤히 들여다보고 있었다. 그가 방송을 통해서만 그녀를 접하는 것과는 사뭇 달랐다. 이런 구조는 SR을 지원하는 시스템이 작동하고 있다는 것을 의미했다. 사생활침해문제를 그녀로 비롯된 개인적인 문제로 해결하고 애정관계에서만 용납되는 모든 불법을 활용해 그를 지원했다. 지원이라는 게 별거 아니었다. 초정밀 몰래 카메라로 지켜보며 그의 글과 행동 하나하나를 스캔해 그의 몸과 정신의 건강을 체크하고 방송을 통해 시시각각 그와 소통하는 게 전부였다. 일종의 '좋아요' '싫어요.' 같은 것들이었다. 그들의 관계에선 오로지 명품이벤트의 성공여

부에 모든 것이 달려있었다. 이벤트란 사랑이 명품을 만들었다는 흔해빠진 유치한 매출이었다. 명품이란 것도 AI개발이나 무슨 명작 같은 대단한 게 아니라 '도전 황당 무대'와 같은 스타탄생의 인기몰이에 해당하는 거지만 의외로 SR의 반응은 시큰둥했다. 재미없는 토막글이 기대를 충족할리 없었다. '근해어'는 부질없는 입질만 하다가 말 게 분명했다. 정보의 바다에선 흔한 일이었다. '도전 황당 무대'는 근해어의 입질을 위한 심해어가 마련한 경연프로그램이었다. SR은 심해어가 LC라는 걸 알고부터는 글을 올리지 않았다. 왠지 불편했다. 비록 몰래카메라로 넘보는 관계지만 오래된 아내처럼 편했는데 관계가 조작되는 기분이었다. 스타를 위한 공간이었다고 생각하니 글들이 특혜를 받아 불량해 보였다.

SR은 TV 프로그램에 초대되었다. 처음에는 출연을 극구 사양했지만 홈리스 프로젝트를 알려야 한다는 홍보성 권유에 스스로 적극적이 되어야만 했다. AI프로그램을 돌려 히트곡을 만든 SR이 AI캐릭터 전설락으로 분장해 출연한 방송은 우주인과 원시인의 조합처럼 보였고 여기저기에서 출연교섭이 이어졌다. AI가수 전설락이 실물로 나타난 것 같은 착각을 불러일으켰다. 실물 SR은 사라지고 AI캐릭터 전설락만 남았다. 전설락이 자신을 AI캐릭터로 만들어 가수로 데뷔시킨 첫 작품인 '파랑아'는 전설적인 스토리를 담고 있었다.

'파랑야'의 모델이 LC라는 사실이 SNS를 통해 밝혀짐으로서 전설락으로 분장한 SR은 다시 한 번 TV 프로그램에 초대되었다. 이번에는 '홈리스 복지 빌딩 프로젝트' 홍보가 아닌 '파랑야'의 모델인 LC와의 이벤트가 준비되어 있었다. 프로그램의 여자 진행자가 바로 LC라는 사실만으로 이벤트는 성공이었다. AI캐릭터 전설락의 노래가 아닌 SR 씨의 육성으로 직접 '파랑야'를 부르는 것으로 프로그램은 시작되었다.

파랑야

파랑아이야 네가 왜 여기서 우니?
파랑아이야 네가 왜 여기서 자니?
하늘나라 아이가 왜 여기에 있니?
네가 왜 길에서 울고 있는 거니?
네가 왜 길에서 자고 있는 거니?
길을 잃은 거니 집을 잃은 거니?
여긴 네가 잘만한 곳이 아니란다.
여긴 네가 쉴만한 곳이 아니란다.
아이 아이 아이야 파랑 파랑아이야

홈리스 백층빌딩 홈리스 백층빌딩
홈리스 백층빌딩 홈리스 백층빌딩

하늘나라를 닮아 그리도 푸른 거니?
하늘사람을 닮아 그리도 맑은 거니?
하늘에는 집 없는 아이 하나 없고
하늘에는 길 잠자는 아이 하나 없는
길이 집이고 집이 길인 모양이구나.
몸이 먹이고 몸이 집인 모양이구나.
땅에는 사나운 이슬이 자욱하구나.
홈스위트 홈리스 홈스위트 홈리스
아이 아이 아이야 파랑 파랑아이야

"'파랑아'를 작사 작곡하신 SR 씨가 AI음성이 아닌 육성으로 직접 불러주신 노래를 들으셨습니다. 아, 보통 실력이 아니신데요? AI가수와는 또 다른 느낌인데요? 원곡과는 많이 달라요. 중간에 파랑아 전설 랩 대신 '홈리스 백층빌딩'을 계속 되뇌셨는데 무슨 특별한 이유라도 있으신지요?"

"아뇨. 파랑아 전설 랩을 다 못 외우겠더라고요. 그래서 간단히 때우느라…"

"'파랑아'가 '파랑아이'의 준말이면 어린 소녀에 가깝겠네요."

"우주에서 온 파랑색 빛의 요정이 이 땅에 내려와 홈리스가 된 건데 어째 분위기가 잘 안 나네요."

"동화 같은 분위기라 잡다한 느낌은 끼어들 수가 없어요. 파랑아 모델이 소녀가 아니라 사오십 대라는 얘기도 있던데…"

"전설 속에서야 소녀면 어떻고 노파면 어떻겠습니까?"

"전설이 아니라 전설적인 모델을 얘기 하는 겁니다."

"아 네, 사실 내가 파랑아 이미지를 떠올리게 된 건 순전히 저기 LC 씨 덕분입니다."

모두가 LC 씨에게 시선이 쏠리고 LC 씨는 시선을 피해 몸 둘 바를 몰라 했다.

"LC 씨가 문화프로그램을 진행하고 있을 때니까 삼십 대였나요? 사십 대였나요? 전 그때 LC 씨의 찐팬이었지요. 한참 그 프로그램에 빠져 있을 때니까 제겐 오직 LC 씨만 보였지요. 골드미스를 보고 홈리스를 떠올린다는 게 좀 이상하지 않나요?"

"그러네요. 왜 그랬을까요?"

"바로 그때가 홈리스 수준으로 제가 좀 어려울 때였으니까요. 바보 온달이 공주를 만나 장군을 꿈꾸듯이 홈리스 수준의 노인이 골드미스를 만나 복지 빌딩을 꿈꾸었지요."

"그랬군요. 말이 안 될 것 같았는데 이상하게 말이 되네요. LC 씨는 그 사실을 알고 있었나요?"

"전혀요. 상상조차 안 되는 일을 어찌 알겠어요. 이따금 팬레터를 받아보긴 했지만 그런 말은 전혀 없었어요."

"팬레터에는 주로 어떤 얘기가 적혀 있었나요?"

"SR 씨의 팬레터는 유명했지요. 문화스토커 수준으로 방송국의 작가들을 감동시켰으니까요."

"안 되겠어요. LC 씨는 거기 앉아있을 게 아니라 오늘만은 자리를 좀 바꿔 앉으셔야겠어요. 저리 가서 SR 씨 옆으로 가 앉으시겠어요? 진행자가 아니라 초대 손님으로 모셔야겠어요."

남자 진행자가 LC 씨를 억지로 SR 씨 옆으로 가 앉게 했다. LC 씨는 어리둥절해 SR 씨에게로 가 앉았다.

"두 분이 직접 대면하신 것은 오늘이 처음이시지요? 두 분 인사 나누시지요."

"안녕하세요."

"반갑습니다."

"LC 씨는 SR 씨의 팬레터를 혼자서 보지 않고 여러 사람에게 공개했나요?"

"혼자 보기 아까웠으니까요. 누구라도 그랬을 거예요. 작가들이 모두 돌려볼 정도였지요. 문화스토커를 자처하며 문화사랑은 이렇게 하는 거라며 홈리스 100층 빌딩과 같은 아이디어를 끊임없이 내질렀지요. 모두가 홀딱 반했지요."

"SR 씨. SR 씨는 LC 씨가 홀딱 반한 사실을 알았나요?"

"홀딱 반하기는커녕 오리발로 애만 달구던 걸요."

"그 유명한 애달음의 미학이 그래서 탄생했잖아요?"

"사람을 사랑하는데 예술을 사랑하라니 말이 됩니까?"

"팬레터로 인한 두 분의 관계는 그 뒤 얼마나 지속됐나요?"

두 사람은 서로를 마주보며 고개를 갸우뚱 무언가를 확인하더니 SR 씨가 LC 씨를 바라보며 말했다.

"결혼할 때까지요."

"네, LC 씨가 결혼할 때까지 계속 편지를 보내셨군요. 그런데 SR 씨는 왜 결혼을 안 하셨어요?"

"찐팬이 어떻게 결혼을 해요. 찐팬은 성직자나 다름없어요."

"찐팬을 성직자라고 하시는 분은 처음 보네요. LC 씨는 어때요? 이런 팬은 상당히 부담스럽지 않나요?"

"부담스러운 건 사생팬이지요. 사생팬은 성직자가 아니라 부랑자에 가깝지요. 요즘 선생님 같은 분이 어디 있어요."

"그런데 결혼을 하는 성직자들도 있잖아요?"

"홈리스 수준으로 어떻게 결혼을 해요."

"자꾸 자신을 홈리스 수준이라고 하시는데 자발적 홈리스라고 이해하면 되겠습니까? 집이 없다는 것인지 가정이 없다는 것인지도 헷갈리고요. 능력은 있으시잖아요? 왜 그러시는지요?"

"그래요. 그게 정말 궁금해요."

LC도 진심으로 궁금해 했다.

"왜 그런다기보다 그냥 그런 거지요. 세상에 혼자 뚝 떨어져있는 느낌 같은 거 있잖아요. 자신이 무슨 외계인이나 이방인이라도 되는지 생각은 늘 아웃사이더이고 마음은 늘 은둔형 외톨이가 되어 있지요. 사회부적응이 몸에 배었다고나 할까요. 마땅히 마음 붙일 곳이 없으니까요. 숫제 말을 잊고 살았지요. 사랑의 부재지요. 사랑할 줄 모른다고나 할까요? 자라온 환경이 그랬던 것 같아요."

"미국과 북한에서 생의 대부분을 보내셨으면 홈리스가 곧 러브리스일 수 있겠네요. 떠도는 곳이니까요. 고향 같은 느낌이 없잖아요. SR 씨는 왠지 고향을 잃은 분 같아요."

"고향을 잃었다기보다 아직 고향을 찾지 못한 거지요. 한 번도 고향을 가져본 적이 없으니까요. 그래서 생각했지요. 어차피 고향을 갖지 못한다면 고향이 마을이나 지역일 필요가 없지 않느냐고요. 고향 같은 사람을 찾아보자고요."

"그래서 찾으셨나요? 아, 네. LC 씨가 그런 분이셨군요. LC 씨. 어때요? SR 씨의 고향이 되어 주실 의향이 있으신지요?"

"저야 영광이지요. SR 씨처럼 담대한 이상으로 천지를 주유하는 분의 고향이 되다니 앞으로 잘 받들어 모시겠습니다."

"한 사람의 고향이 된다는 게 어떤 의미인지 잘 생각해 보시기 바랍니다. 그럼 좀 전에 하던 얘기를 해보죠. SR 씨께선 사랑의 부재로 사랑할 줄 모른다고 하셨는데 사랑할 줄 모른다는 게 어떤 건지 좀 구체적으로 말씀해 주시겠습니까?"

"한국에서는 홈리스를 노숙인이라 하잖아요. 한데서 자는 사람, 길에서 자는 사람인줄 알았는데 길 로(路)가 아니고 이슬 로(露)를 쓰더 군요. 이슬 맞으며 자는 사람이라고 하면 왠지 낭만과도 같은 예의가 느껴지잖아요. 그런데 실제의 어감은 이슬은 간 곳 없고 노숙인이 홈 리스보다 더 노골적인데 왜 그럴까요? 홈리스가 모국어이면 노숙인 보다 더 노골적이 될까요? 언어 사용에 예의가 없는 느낌은 사랑이 없는 거잖아요. 있는 예를 없다고 느끼는 것은 사랑할 줄 모르는 거 고요. 그 비싼 임대료를 견디지 못해 거리로 내몰리는 홈리스의 궁핍 한 생활이 오죽할까요? 그들의 무능이 그들의 것일까요? 사랑할 줄 모르는 모두의 무능이지요. 모국어를 사용하는 모두의 무능이지요."

"사회적 책임을 말씀하시는 겁니까?"

"홈리스란 무엇인가부터 생각해 봐야지요. 좀 얄궂은 설정이 되겠 습니다만 자연 상태의 홈리스란 곧 먹이 없음을 의미하지요. 호모사 피엔스는 먹이이기를 거부한 유일한 종이고요. 자연을 온통 홈리스로 만들고 있지요. 그 여파가 인간에까지 미쳐 죽지 못해 사는 무능한 탈락자로 떠도는 사람도 있기 마련이고요. 자연의 먹이가 아닌 사회 적 먹이인 셈이지요. 그렇다고 막연한 사회적 책임이 아니라 폭로해 야할 사랑의 부재지요. 잘못된 제도에 내어 쫓긴 거지요. 폭로의 로 (露)를 노숙의 노(露)처럼 이슬 로를 쓰는 게 우연일까요?"

"저도 모르게 박수를 치고 말았군요. 그동안 팬레터에서 치지 못 했던 박수가 이제야 터져 나오네요."

"잠시 팬심이 역전됐나 봅니다. 방금 SR 씨께서 폭로해야할 사랑의 부재라고 말씀하셨는데 사회적 책임과 사회적 폭로는 어떻게 다른지 말씀해 주시겠습니까?"

"꾸짖어 맡기는 책임은 추상명사고 사나운 이슬의 폭로는 은유적 구상명사잖아요. 전 사회학자가 아니라서 무식하게 말할 수밖에 없는데 먹이이기를 거부하게 만든 도구와 무기에 훼손부담세인 홈리스세를 부과하는 겁니다. 세율은 먹이사슬이 피드백 되니까 정확히 50%로 해야 공정하겠지요."

"그 말씀은 곧 사회적 책임이 막연한 거라면 사회적 폭로는 구체적인 사랑의 부재를 고백하고 실천한다는 거군요."

LC이 대화의 가교를 놓자 남자진행자가 반론을 제기했다.

"설사 그게 사회적으로 공정하다해도 도구와 무기에 먹이사슬을 거부한 세율을 적용하는 건 조금 황당한 논리가 아닐까요?"

"공정은 이제부터에요. 세상에 공정은 없으니까요. 훼손부담세를 국가에 내면 국가는 그 돈을 다시 전쟁에 쓰거나 무기개발에 투입하겠지요. 그 논리는 황당하지 않고 정당한가요? 사회적 안전과 과학기술의 미래를 위해서라고 할 테지요. 돌고 도는 술래잡기지요. 언제쯤 국가체제를 그만 두고 국제체제에 살게 될까요? 아프리카가 선진 경험을 한 뒤에요? 그 때는 늦을지도 몰라요. 기후변화가 과학기술을 앞지를 테니까요. 기후변화가 허상이라 해도 과학기술은 허상이 아니잖아요. 차라리 지혜가 장애라고 솔직하게 고백하고 홈리스세로 홈리스 백층 복지 빌딩을 운영해야지요."

"SR 씨의 말씀대로 우리의 지혜가 장애라면 무기개발과 과학기술의 상관관계를 어떻게 이해해야 할까요? 국가의 무기개발이 과학기술에 기여하고 과학기술은 평화에 기여하는 맹목적 환승을 어이하지요? 지혜와 자원과 무기와 분쟁이 생존이 되어있는 건 어찌 할 수가 없잖아요."

LC 씨가 그동안의 의문을 솔직하게 토로했다.

"그래요. 먹고사는 문제는 지금까지 국가단위로만 굴러왔으니까요. 만약 상속이나 증여를 없애고 그 전부를 기부한다면 어떻게 될까요?"

"그 말씀은 홈리스라는 게 지나친 혈육애가 제도화된 국가체제에서 비롯된 것이니 인류애에 근거한 기부금제도로 갈아타 홈리스를 치유해보자는 건가요?"

남자진행자가 홈리스 100층 프로젝트를 위한 기부금으로 진행을 몰아갔다.

"혈육애와 인류애는 함께 가야하는 것인데 상속과 증여를 혈육애에서 인류애로 넘기자는 건 좀 지나친 것 아닐까요? 세상 자식들이 모두 부모를 규탄하면 어쩌려고 그래요. 불효가 홈리스를 돌보게 될까요? 무기와 국가를 없앤다고 전쟁이 없어지나요? 여자의 본능이랄까 괜히 걱정이 돼서 해본 소리에요."

LC가 남자진행자가 하고 싶은 말을 속 시원히 대신했다.

"걱정하지 않으셔도 돼요. 그런 일은 일어나지 않을 테니까요. 돈과 노력은 반드시 보상을 원해요. 홈리스는 밑 빠진 독에 물 붓기고요. 그래서 황당한 투자라도 해보자는 거지요. 황당해보여도 계속 투자를 하면 기부금이 자금으로 쌓여 홈리스 복지 빌딩을 지을 수 있을지도 모르지요. 흔히 돈 없이 돈 먹는 놀고먹는 돈을 불로소득이라 하고 그중에 부동산 불로소득이 왕 노릇한다지요. 우리나라 건설업은 3을 놓고 100을 먹고 외국은 30을 놓고 100을 먹는다고 하네요. 97과 70을 먹는 자기자본비율은 가히 돈 없이 돈 먹는 불로소득인 거지요. 100층짜리 건물을 짓는데 3층 지을 비용만 가지고 나머지 97층의 비용은 은행PF(보증 없는 대출)로 짓는다는 거지요. 거기에다 시세차익과 개발이익까지 더하면 몇 배 몇 백배를 꿀꺽 한다지요. 요즘은 그마저 끊겨 모든 건설업이 올 스톱 됐다하네요. 그래서 땡전 한 푼 없이 기부금만으로 100층을 지어 0을 놓고 100을 먹어보려고요. 복지 빌딩뿐 아니라 그 유지비용도 마찬가지고요. 멸종이 진화를 부른다는 걸 믿으니까요."

"아무튼 홈리스 100층 빌딩이라는 생각도 생각이지만 그 용기와 패기가 하늘을 찌르네요. 파랑아 노래가사처럼 하늘나라 복지제도가 이 땅에도 구현되기 바라며 아무쪼록 홈리스 100층 프로젝트의 성공을 빕니다. 찐팬과 찐스타 씨 두 분도 인사 나누시고요. 생각만큼이나 건강하셔서 다음에 또 만나 뵐 수 있었으면 합니다. 감사합니다."

막연히 100층 빌딩이라고 했지만 막상 건축에 대한 간단한 상식만으로도 층별 공사비의 엄청난 차이에 심사숙고해야 했다. 고층으로 올라갈수록 공사비의 고액 상승은 홈리스 복지 빌딩의 취지를 무너뜨렸다. 세계 곳곳에서 100층 이상 초고층 빌딩건축계획이 무산되거나 자진 철회되고 있었다. 치솟는 공사비와 경기침체에 따른 수요부진이 원인이었다. 공기도 길고 인건비 금융비용도 급증해 십년 전의 두 배다. 100층 대신 50층짜리 2동으로 설계를 바꾸면 공사비가 대폭 줄어든다. 랜드마크 초고층 빌딩은 돈 자랑이거나 현대판 바벨탑이다. 홈리스 복지 빌딩도 설계를 수정하는 게 바람직할 것 같았다. 높이가 중요한 게 아니고 연건평이 중요한데 홈리스에게도 100층짜리 상징빌딩이 필요한지에 대해서는 한 번도 생각해본 적이 없었다. 왜 홈리스들은 도시의 번화가를 선호할까에 대해서는 많은 생각을 유추할 수 있었다. 콩고물이라도 얻어 걸치려면 있는 사람들이 많이 드나드는 곳이어야 했다. 그건 사치가 아니고 냉엄한 생존이었다. 앵벌이 하는 친구가 하나 있었는데 그의 말에 의하면 벌이가 잘 되는 특정 장소가 있어서 그 장소에는 아무나 함부로 들어가 벌이를 할 수 없고 맡아놓은 터 박이가 있다고 했다. 홈리스에게 번화가의 빌딩숲은 텃세가 왕성한 보금자리라는 사실을 깨닫고 변방의 우범지역에 쉼터를 마련하는 어리석음을 떨치고 홈리스 번화가 100층 복지 빌딩을 떠올렸던 것이다.

빌딩숲은 정글의 외형이었고 겉만 번지러 해서는 안 되고 복지의 내용이 알차야만 했다. 실제로 홈리스 쉼터를 빌딩에 마련한 적이 있없는데 복지가 수용에 지나지 않자 변화가 쇼핑을 원하는 홈리스의 생활은 변함이 없었고 결국은 주변 상가의 민폐가 되어 주민들에게 쫓겨나고 말았다. 복지 빌딩 내에 모든 문화시설이 망라되어 있어서 그곳에서 나올 필요를 못 느껴야만 쉼터로서의 충분조건이 되었다. 의식주의 모든 면에서 홈리스로서의 태를 벗어던져야 주민의 한 사람으로 자격을 취득할 수 있었다. 의료 재활 교육 요리 미용 의류 상담 건물관리 등 직원들로 분주한 비즈니스 빌딩이 될 수 있어야 한다.

그러려면 우선 재단이 튼실해야 하고 누군가가 큰돈을 투척해 설립한 재단이 아니라면 실시간 살아있는 네트워크로서의 기부문화에 의존해야 한다. 말하자면 경제패러다임을 국가나 재벌에서 세계와 시민으로 전환해 실시간 결제 가능한 체계를 구축해야 한다. DFGC(탈중앙글로벌코인)를 통해 비결(나만 아는 결제준비단계) 미결(상대도 아는 결제준비단계로 언제든 미결취소로 비결 가능한 단계) 예결(상대도 아는 예정된 날짜 이후 자동결제) 기결(결제완료)로 구분 가능한 결제시스템을 공인받아 어떠한 간섭도 배제한다. 국가나 기업 단위의 경제패러다임은 지구총생산이나 자원의 소비 이동을 관측하고 설계할 수 없다. 비트코인과 같은 자유 비밀주의 결제는 더 이상 세계시민단위의 투명경제패러다임에 발을 붙일 수 없다. 탈세나 자금세탁에 기여하는 모든 창의력은 투명성 향상과 지속가능한 설계를 위해 개인정보보호를 초월한 책임과 의무를 자각해야 한다. CBDC가

사회주의 독재와 자본주의 독점에 이용되는 국가를 빙자한 권력정치도 살아있는 DFGC 세계시민금융네트워크의 결제여부에 달린 날이 반드시 오기를 기대한다. 그날에는 정치도 AI셀프플레이로 혁신될 것이다.

나라마다 어쩌면 그렇게 지저분한 정치를 펼치고 있는지 차라리 전쟁이라도 치르면 최소한 지저분하지는 않을 것이다. 어쩌면 정치란 원래 우두머리 겨루기와 우두머리들의 전쟁을 위해 특화된 제도인데 그걸 억지로 평화를 위해 조작하다보니 거지누더기처럼 지저분해지는 게 아닌가 한다. 그렇다면 평화라는 것도 전쟁이 끝나 할 짓이 없어 지저분 떠는 건지도 모르겠다. 무기자랑이 곧 전쟁이고 정치다. 화끈한 전쟁이 없을 때는 지저분한 정치가 판을 친다. 정치가 지저분해지는 이유는 사적인 일에 연루되거나 거짓 공적 일을 도모해서다. 전쟁도 사적인 침탈과 보복에 기인하겠지만 일단 살상이 시작되면 사적인 것이 공적인 것으로 전복된다. 정치의 지저분함은 사적인 것을 공적인 것인 양 면죄부를 노리거나 오리발을 내미는 뻔뻔함 때문이다. 사건이 사건을 덮는다며 일부러 사건을 일으키기까지 한다. 국가는 사건의 제조기이며 사건의 연속체다. 정치인은 천연덕스럽게 거짓을 사실처럼 말한다. 태생적으로 헛소리를 하며 신뢰유보를 필요로 한다. 이쯤 되면 인간 인식 자체를 의심하지 않을 수 없다.

인간의 인식은 진리유보체계로 구조되어 있다. 철학조차도 전체를 담는 세계를 갖지 못하며 피를 찾는 화살처럼 상호비판의 풍향계를 갖는다. 자연의 복잡계를 인간은 인식할 수 없으며 부분적으로 해석할 뿐이다. 시작도 세계요 끝도 세계지만 우리는 세계를 알지 못하고 세계에 함몰된다. '나'라는 나라는 끊임없이 세계를 나누고 세계는 끊임없이 나라를 잇는다. 국가는 얼핏 통합을 욕구하는 문명체계처럼 보이지만 분열을 욕구하는 원시체계다. 말하자면 무기 무리인데 무기무리는 끊임없이 새 우두머리를 원해서 통일로 커지는 게 아니라 분열로 커진다. 그게 세계다. 돌 창 칼 활 총 포 핵 AI로 커진 세계는 더 이상 갈 곳이 없다. '나를 따르라'의 나라로 시작한 세계는 이제 세계로부터 시작해 나라와 나를 다스려야 한다. 개인이 국가에 예속되거나 국경에 갇힌 것은 백년도 채 되지 않았다. 주민등록증이 생기기 전에는 출입이 자유로웠다. 말과 배만 타면 누구나 세계시민으로 갈아탈 수 있었다. 국가는 정치가들의 맹목적 집단경계일 뿐이었다. 자동차와 비행기가 생기면서부터 재산과 세금이 타국으로 유출되는 것을 막고 가난한 이민자의 입국을 막으면서 국가는 세계시민의 적이 되었다. 국가의 맹목에 복속할 게 아니라 세계시민의 가치로 돌아가야 한다. 기후와 자원과 생태의 시대는 전쟁과 부채와 자본의 맹목주의를 벗어나야 한다. 기부가 투자로 인식되는 진리전회의 탄생이다.

 그렇다면 세계화의 기반인 지구적정인구는 누가 무엇이 결정하고 설계하는가? 진화생물학적 적정인구는 15~20억이고 식량 환경학적 방어인구는 80억인데 이미 그 선을 넘어섰다고 한다. 학자들이 하는 얘기는 이렇듯 중구난방으로 편차가 심하다. 원래 인구문제는 유전인자의 소관인데 사물화와 피임이라는 외적 인자가 개입해 집단인자의 소관으로 넘어갔다고 볼 수 있다. 피임은 유전인자인 정자와 난자의 만남을 차단하는 집단기술이다. 피임을 장려하면 인구감소와 문명단절이 발생하고 장려하지 않는다 해도 문명 자체의 속성인 양극화로 연애와 출산과 결혼을 기피하는 일종의 집단감성을 경험하게 된다. 인구폭발을 걱정하다가 인구절벽을 걱정하는 집단이성의 착오이자 집단감성의 절규이다. 온갖 콘텐츠가 사랑을 구가해도 사랑은커녕 가족으로부터도 소외된다. 2.0이하의 출산율 감소는 진리전회의 감성이며 2.0이상의 출산율 과다는 먹이사슬을 벗어난 전쟁과 부채와 자본의 사물화 감성이다. 그 감성라인의 분별이 없어지는 시기를 앞당기기 위해서는 출산율증가를 위한 노력보다 이민자 수용의 시민의식을 함양해야 한다. 큰 동물사냥은 불평등과 공허를 부추길 뿐이라는 걸 몸은 안다. 이민자를 괴물 취급하면서 아이를 갖고 싶을까? 아이를 제대로 기를 수 있을까? 아이는 엄마아빠의 아이도 아니고 집안이나 국가의 아이도 아니다. 지구의 아이다.

피임 이후 출산이 자유의지에 맡겨지자 출산 기피는 인간감성의 기본이 되었다. 여자뿐 아니라 남자도 마찬가지였다. 후각에서 시각으로 진화한 인간의 짝짓기는 시도 때도 없이 공격이 되거나 모든 시간이 방어가 되어 일생이 암투다. 출산 기피로 인한 배란 숨기기와 공격적 배란 찾기는 후각적 호르몬에 이끌리던 종속적 무신경 때와는 판이했다. 수컷끼리의 공정한 경쟁은 간곳없고 어중이떠중이까지 달라붙어 신분을 과시했다. 신분은 그나마 여성의 배란을 지켜주는 좋은 무기가 되었다. 신분은 획득하는 게 아니라 타고난다는 것이 위로가 되기도 했다. 낮은 신분도 끼리끼리 서둘러 혼례를 치러 서로를 방어했다. 높은 신분은 언제든 낮은 신분을 공격할 수 있어 피차 외로울 틈이 없었다. 신분사회가 끝나자 직업이 신분을 대신했다. 평등사회라는 허울아래 직업에는 귀천이 없다는 거짓으로 짝짓기를 혼란에 빠트리거나 방해했다. 직업선택 이후 짝짓기가 자유의지와 경쟁에 맡겨지자 광폭한 열정과 광활한 외로움이 시작되었다. 성은 직업의 노예가 되어 선택권을 잃은 성의 잔칫상에는 파리 한 마리 꼬여들지 않고 능력의 줄서기에는 꿈과 꿈이 서로를 새치기하기에 바빴다.

아이들이 게임을 즐기듯이 SR은 AI캐릭터를 만나러 PC를 열었다. 그녀는 장애인처럼 언제나 그 자리에서 그를 반겼다.

"루시 씨, 홈리스 복지 빌딩은 어디다 세우는 게 좋을까요?"

"그걸 제게 물으면 어떻게 해요? 가치 투자자들에게 직접 물어보셔야죠."

"루시 씨도 가치를 열심히 투자해 주셨잖아요?"

"정보가 무슨 가치에요. 기부 정도는 돼야 가치라고 할 수 있지요. 기부자들에게 설문조사를 한 번 해 보세요."

"오, 설문조사! 그거 좋은 생각인데요. 설문조사는 좀 복잡할 것 같고 간단히 도시투표를 하는 건 어때요?"

"생각해 놓은 후보 도시가 있나요?"

"생각하나마나 홈리스로 유명한 도시 순위가 있지요. 1위 마닐라(7만) 2위 뉴욕(6만) 3위 LA(5만7천) 4위 모스코바(1~10만) 5위 멕시코 시티(3만) 6위 자카르타(2.8만) 7위 뭄바이(2만) 8위 부에노스 아이레스(1.5만) 9위 부다페스트(1.5만) 10위 상파울로(1.5만) 여기다 서울(1만5천)은 11위쯤 되는데 끼워 넣으면 반칙일까요?"

"사업의 주체가 서울에 있으니 당연히 반칙이지요. 투표 하나마나 겠네요. 그냥 서울로 하시지요."

"서울은 대표성이 떨어져서요. 홈리스 불평등 복지 등 어느 쪽도 대표성이 없거든요. 드러나지 않고 숨어있어서 가늠하기조차 어려워요. 1위 마닐라는 너무 더워 노숙이 일상이라네요. 사실상의 1위는 뉴욕일지 몰라요. 4위 모스코바는 통계가 불분명하고 3위 LA는 중독이 많아 재활이 어렵기도 하고요. 그래서 제 개인적으로는 뉴욕이 제일 대표성이 있지 않을까 싶은데 투표에 붙이면 선정이 될까요?"

"이미 다 내정을 하셨네요. 그래도 기부자들에게는 투표의 의미가 남다를 테니까 한 번 해보세요. 서울은 빼고요."

투표 결과는 생각한 대로였다. 뉴욕이 제일 많은 표를 얻었다. 기부자들의 마음도 다를 바가 없었다. 뉴욕은 세계 제일의 도시고 홈리스의 상징이기도 했다. 무엇보다 100층 프로젝트가 어울리는 도시였다. 그리고 예산지원 외에도 자원봉사나 복지전문가의 환경이 잘 조성되어 있었다. 미성년자가 많다는 게 뜻밖이었다. 이민자나 가출 소년소녀들일까? 그렇다면 정치도피와 세대갈등이 홈리스의 새로운 이슈로 떠오른다는 얘기다. 100층 프로젝트가 새 시대의 푯대가 되어야 한다는 당위가 성립한다. 세상이 변해가는 속도는 갈수록 빠르다. 뒤처지는 부모의 자녀들은 한없이 답답하고 고루한 부모세대의 권력이 견디기 어려울 것이다. 경제 가출이기보다 문화 가출일 가능성이 크다. 뒤처진 어른세대는 IT에 익숙하지 않다. 그 자녀들은 똑 같이 K팝에 노출되어있다. 당장 먹을 게 없는 생명구조는 무조건이어야겠지만 스마트폰을 갖지 못한 문화구조는 스마트폰의 필요에 부응해줘야 한다. 문화 가출 문화 홈리스라는 새로운 지평이 열렸다.

공유자산, 보편주택, 평균소득이 기부금품법 위반이라며 신고가 들어왔지만 등록만 하고 미결제 기부금이라 무사했다. 홈리스 빌딩은 다르다. 사업비를 마련해 건축을 시작하려면 기부금의 선결제가 필요하고 그러려면 행정안전부에 모집 등록신청을 하고 허가를 받아야 한다. 등록신청 전에 문의 차원에서 사업주체의 부실로 거부당한바 있다. '시프체인'이라는 개인회사에서 시작할 사업이 아니었다. 재단을 설립하든지 따로 비영리법인이나 단체를 결성해야만 했다.

그러던 차에 '냉큼'에게서 연락이 왔다. 반가웠다.

"야, 이거 어마어마한 프로젝트네요. 전 이런 원대한 프로젝트는 본 적이 없어요. 역시 '시프' 씨 다우세요. 해킹해 미안해요."

"지금 어디에요? 냉큼 좀 만나요."

두 사람은 도서관 식당에서 마주했다. 해커라는 공통점으로 두 사람은 나이를 잊고 친밀감을 드러냈다.

"요즘은 뭘 캐먹고 살지요?"

"하도 먹을 게 없어서 '시프'에 들어가 봤더니 거물이 꿈틀거리고 있던데요."

"덩치만 컸지 먹을 게 없어요. 제대로 한 건 할 만한 걸 물어야 하는데 쉽지 않네요. 북한처럼 가상자산이나 털어서 기부금으로 세탁해 볼까 하는데 좀 도와주실래요?"

"검은 돈이 흰 사업에 쓴다고 회색이 되나요?"

"사람들은 터무니없는 줄 알면서 그렇게 되길 바라지요."

"세상 일이 그렇게 돌아가니까 그렇게 바라는 거겠지요. 법원 공탁금이 죄를 감해주듯이 북한도 인민을 위해 해킹한다고 하겠지요."

"냉큼 씨, 나를 위해 아니 좋은 일에 시간 좀 내 줄 수 있나요?"

"내 그럴 줄 알았어요. 프로젝트 때문에 그러시는 거죠?"

"그래요. 그 일이 혼자서 할 수 있는 게 아니더군요. 나이도 있고 해서 젊은이의 도움이 필요해요."

"전적으로 달라붙어 올 인 하라는 건 아닐 테죠?"

"그래주면 고맙지요. 프리랜스로 같이 일할 분이 세 분 있고요. 냉큼 씨는 총무 일을 맡아 주셔야 할 것 같아요."

"총무라고요? 일복이 터졌다는 건데 많은 일을 내가 할 수 있을지 모르겠네요. 보수는요?"

"나도 그런 건 잘 몰라요. 비영리단체의 수준이 어느 정도인지는? 기부금이 사업비가 될 테니까 그 총액이 200억 이상이면 총액의 10% 이하를 비용으로 쓰게 되어있나 봐요. 1조 같으면 천억이 법에서 허용하는 비용이에요. 인건비도 그 안에서 지불하는 거죠."

"사업비가 그렇게 많이 들어요?"

"아니에요. 주먹구구에요. 몇 조가 들지는 알 수가 없지만 물가상승으로 많이 올랐나 봐요."

"건축비만 그렇다는 거죠?"

"그래요. 운영은 전혀 다른 문제지요. 사업의 공식명칭은 '홈리스 복지타운 100층 프로젝트'에요. 그리고 사업을 맡은 비영리단체는 '홈리스 복지타운 시민가족'이고요."

"그 정도면 전문가를 모셔야지요. 조 단위의 공사를 초자가 맡아 한다는 건 말이 안 돼요. 건설사를 상대로 암투를 벌여야 하는데 뭘 알아야지요. 전 안 되겠어요. 엄두가 나지 않아요."

"무서운 세상이니까 모르면 당하겠지요. 그러나 그게 전부는 아니겠지요. 어느 정도는 믿어야지요. 원칙만 지키면 된다고 봐요. 우리의 협상 대상자는 건설사가 아니라 독립된 설계사에요. 훌륭한 설계사를 만나는 게 관건이에요. 그리고 우리는 비영리단체에요. 비영리단체라 아무 것도 모른다고 바가지를 씌울 수도 있겠지요. 그런 사람은 만나지 말아야죠. 서툴게 아는 것보다 모르는 게 나을 수도 있어요. 담대하게 대처하면 돼요. 같이 한 번 해 봐요."

"괜히 부담이 되어 빠지고 싶나 봐요."

"한데서 자는 게 자연스런 것일 수도 있어요. 동물들은 모두 한데서 자잖아요. 호텔 요람 같은 노숙인 타운을 지어놓았다고 그들이 이용하지 않을 수도 있어요. 그들의 마음에 들어야 해요. 그들이 원하는 게 그곳에 있어야 해요. 쉼터가 있어도 노숙인이 늘어나는 이유를 알아야 해요."

"실수요자인 노숙인 마음에 드는 것도 중요하지만 그보다 사업을 맡기는 기부자들의 마음에 드는 게 더 중요하지 않을까요? 그들이 노숙인에 어울리지 않는 고급 쉼터를 어떻게 생각할 지 걱정이 되기도 하니까요. 해커를 오래하면 담대해지고 세상 무서운 게 없을 줄 알았는데 점점 걱정이 많아지고 소심해지는 것 같아요. 낯설고 생소한 것들이 무서워지기까지 해요."

"저급에서 오는 행복은 거짓이며 첨단시대의 모든 행복은 고급에서 온다고 하잖아요. 복지의 최종 목표는 행복이고요. 나머지는 현재 쉼터를 하고 있는 분들에게 배우면 되요. 그분들의 노하우를 흡수해야 해요. 인간적인 소박함과 단란한 소통방식이 으뜸 교훈일 수도 있어요. 뭐든 처음 한다고 생각하면 겸손과 재미가 솟구치지 않을까요?"

"말씀을 하도 잘 하셔서 공부를 하나도 하지 않고 백점 맞은 느낌이에요."

이렇게 해서 겨우 한 사람의 지원군을 확보했다.

다음은 시민가족의 대표를 모실 차례였다. 꿈속의 '파랑아 홈'이 환각을 통해 익숙해져 있었다. SR 혼자서 이미 궁전을 지어놓고 진수식까지 올렸다. SR의 인맥 안에서는 LC 씨가 대표로 적격이라고 승낙이 났다. AI캐릭터의 모델을 황당한 유리궁전의 대표로 모신다는 게 여간 엉뚱한 일이 아니어서 한참을 망설이고 망설이다 연락을 취했다. 예상대로였다. 만남조차 성사되지 않았다. 조심성이 많은 사람들 중에는 중간에 누군가를 거쳐야 성사되는 사람이 있었다. 방송출연 때 같이 진행을 보던 남자진행자를 통해 만남을 시도했다. 우선 그를 어렵게 만날 수 있었다.

"감사합니다. 바쁘신데 시간 내 주셔서요. LC 씨에게 어려운 부탁을 드리려고 하는데 예민해 하셔서 KS 님께서 다리를 좀 놓아주셨으면 하고 이렇게 찾아뵙습니다."

"아 네, 무슨 부탁인지 모르지만 제가 할 수 있는 일이라면 얼마든지 도와드리지요."

"다름 아니라 이번 '홈리스 복지타운 시민가족'의 대표 자리를 좀 부탁드리려고요. 홈리스들의 어머니가 되는 거지요. 국민여성MC로서 LC 씨가 적임자 같아서요. KS 님께서 잘 좀 말씀 드려서 내치지만 않게 해 주시면 그 뒤는 저희가 알아서 어떻게 해보도록 하겠습니다."

"복지단체의 대표라면 재력이 있어야 하는 거 아니에요?"

"아니에요. 전액 기부금으로 운영되는 거니까 저 같이 땡전 한 푼 없는 알거지들이 주역이 될 겁니다."

"그럼 SR 씨께서 대표를 하셔야지요."

"전 지병도 있고 나이도 있고 해서요."

"LC 씨 같으면 아주 잘 해낼 거라고 생각됩니다만 워낙 큰 프로젝트라 부담은 되겠네요."

"자리만 잡으면 그렇게 부담이 될 일은 없을 겁니다. 오히려 노년을 활기차게 보낼 수도 있겠지요."

"저도 조금 있으면 정년인데 노년은 단순한 일이 좋지 않을까요? 이를 테면 여행가이드 같은…"

"실은 저도 그래요. 무거운 책임이 느껴지는 일은 힘이 들더군요. 그래서 조금이라도 젊은 분에게 넘기려던 건데 딱 걸렸네요."

"제가 보기엔 좀 무리한 부탁일 수 있는 게 아직 정년이 많이 남아있고 하던 일을 그만두고 그런 무거운 일을 떠맡기에는 무리가 있다는 거지요. 어디까지나 제 생각입니다만…"

"그 말씀을 들으니 제 생각만 하고 LC 씨 생각은 하지 못했군요. 시민가족을 이끌어나가는데 적임자라고만 생각했지요."

"시민가족대표는 몰라도 시민가족의 한사람으로서는 열심히 도울 겁니다. 하시고자 하는 일이 좋은 일이고 꼭 필요한 일이니까요. 저도 필요한 일이 있으면 열심히 돕겠습니다."

"감사합니다. 든든한 지원군을 얻은 것 같습니다."

"아참, 혹시 LC 씨가 대표직을 승낙하실 수도 있으니 그럴 때는 다시 연락드리겠습니다."

결국 대표문제는 오랫동안 노숙인 쉼터를 운영해온 분을 모셔오기로 했다. 시민단체에서 1년 이상의 경험과 실적이 있어야 한다는 시민단체 설립조건을 만족시키기 위해서이기도 하지만 그게 현실적으로 맞는 절차 같았다. SR 자신이 대표가 되려면 다른 쉼터에 가서 일 년간 경험과 실적을 쌓아야 된다는 얘기다. 영리나 비영리나 사업은 혼자 할 수 없고 누군가를 영입해 함께 하다보면 의견충돌이 생겨 어긋나기도 한다. 더구나 사업의 대표를 낯선 사람으로 앉히면 점입가경이 될 수도 있다. 대표로 모실 쉼터 운영자가 미혼여성이고 보면 모든 걸 그녀에게 넘기고 훌훌 털고 나와야 할 수도 있었다. SR의 정신적 모험을 못마땅하게 여기던 SR의 몸은 그렇게 되기를 바라는지도 모를 일이었다. 마치 운동선수가 자신의 기록은 이미 40년 전에 누군가 세운 것이고 세계기록은 30년 전에 누군가가 세웠는데 자신이 도저히 넘볼 수 없는 기록이라면 도전은 기록이 아니라 자기 모험인 것처럼 가슴이 답답해왔다. 자연주의자가 처음 자연을 찾아 시골로 들어갈 때만 해도 인간극장의 주인공은 도시인이었으나 자동차로 모두가 자연을 찾아들어가자 인간극장의 주인공은 시골사람 차지였다.

인간유전자와 가깝다는 마운틴고릴라를 보호하기 위해 보호구역의 원주민이 내쫓기는 이유가 마운틴고릴라는 관광수입으로 돈이 되고 원주민은 돈이 안 된다는 거라면 가치의 희귀성에 밀리는 것이다. 돈의 악다구니는 점점 심해지고 그로인해 밀려나는 가치 잃은 사람들은 점점 늘어날 거라며 가치 잃은 사람의 가치프로젝트에 기부금을 호소하는 자신이 몹시 서글프기도 했다. 따지고 보면 패배자는 없고 모두가 피해자였다. 과정의 정당성이 빠져있었다.

SNS에 '홈리스 복자타운 100층 프로젝트' 기부금 약속코너를 마련했다. 기존 회원이나 자금 없이는 등록 허가조차 받지 못해 기부금 모금이 불가능하고 기부금 없이는 한 발자국도 나아가지 못하니 기부금 약속만으로 회원이나 자금 역할을 해보려는 것이다. 이러한 사정을 안 누리꾼들은 과잉호응을 보였다. 금액을 부풀려 전체적 신뢰를 잃게 했다. 차츰 과잉호응이 줄어들긴 했어도 진정한 고액 기부금이 과잉으로 의심받는다는 글이 올라오기도 했다.

SR은 TV출연 이후 이곳저곳에서 출연교섭이 들어왔다. 선택을 해야 된다고 하면서도 기부금 홍보를 생각해서 반 광대가 되어가고 있었다. 그러던 어느 날 첫 출연한 방송국에서 '기묘한 사랑 특집'을 하고 싶다며 나의 세 모델커플을 초대했다. SN과 PL, LM과 NS, LC

와 SR이었다. 최근의 북한해커와 농구선수를 어렵게 초대했다고 귀뜸해 주었다. SR은 다섯 사람을 한 자리에서 볼 수 있다는 게 믿기지 않았다. 자신의 AI캐릭터 모델을 한 자리에서 실물로 보는 것은 행운이었다.

"오늘은 '기묘한 사랑 특집'을 마련했습니다. 여기 세 쌍의 사랑을 소개해 드리고 어느 사랑이 더 기묘한지 말씀을 나눠보도록 하겠습니다. 여러분들도 잘 아시는 사랑커플을 소개합니다. 먼저 '풍선과 확성기 사랑'입니다. K팝 댄스의 여신, 가수 SN 씨와 북한에서 최고지도자의 배려로 휴가차 오신 PL 씨입니다. AI작곡가의 즉흥곡을 두 분이 함께 부릅니다."

차마 자유라고 말 못해

차마 자유를 주지 못해 휴가를 주지 않았더냐?
차마 자유라고 말 못해 휴가라 하지 않았더냐?
차마 사랑을 막지 못해 휴가를 주지 않았더냐?
차마 결혼하라 못해 다녀오라 하지 않았더냐?

부모자식 갈라놓는다고 남남이 될 리 없으며
아이들의 웃음은 절로 담을 넘어 오갈 것이고

청년들의 관심은 풍선처럼 하늘을 날아올라서
차마 적국이라 말 못해 한반도라 노래할 테지.
차마 두 국가라 못해 한민족이라 노래할 테지.
차마 하나라고 말 못해 인민사랑이라 할 테지.
차마 통일이라 말 못해 핵 무장이라 할 테지.

부모자식 갈라놓았더니 영영 남남이 되었구나.
자유를 누릴 자격도 자존도 없어져 버렸구나.
노동과 목숨이 피땀을 흘려 경제가 되었구나.
차마 민주라 말 못해 노동이라 노래할 테지.
차마 가난이라 말 못해 혁명을 노래할 테지.
차마 독재라 말 못해 평등이라 노래할 테지.
차마 인권이라 말 못해 사랑을 노래할 테지.

차마 자유를 주지 못해 휴가를 주지 않았더냐?
차마 자유라고 말 못해 휴가라 하지 않았더냐?
차마 사랑을 막지 못해 휴가를 주지 않았더냐?
차마 결혼하라 못해 다녀오라 하지 않았더냐?

"두 분의 콤비가 훌륭하네요. 어쩌면 그렇게 잘 어울리지요. AI는 또 어쩌면 그렇게 잘 알고 명품 즉흥곡을 만들었을까요? 이 노래를 그분이 들었으면 아마 감동의 미소를 흘렸을 거예요. '나 차마 자유라고 말 못해 휴가라 하지 않았더냐.' 이 명 구절을 PL 씨는 어떻게 생각하세요?"

"그분이라면?"

"그분이 누구인지 모르신다는 거예요? 이건 또 무슨 순진이지요? 그럴 수도 있겠어요. AI인지 그분인지 제가 헷갈리게 말을 잘못 한 것일 수도 있어요. 설마 농담은 아니시겠지요?"

"제가 말씀드릴 게요."

SN이 PL의 무릎에 손을 올리며 말했다.

"PL 씨는 '오지에서 온 철학자'에요. 극 순진남이라고나 할까요. 어떤 때는 시골에서 갓 올라온 사람 같다가도 어떤 때는 철학자 같기도 하니까요. 노래가사 중에 '하는가.' '않았더냐.'고 하는 말이 절대자인 신의 말씀인지 수령님의 말씀인지 헷갈린 모양이에요."

"오지에서 온 철학자님. 저는 세속에서 닳고 닳은 진행자랍니다. 제가 그분이라 함은 조선민주주의인민공화국 총서기님을 가리키는 거랍니다. 그분이 PL 씨에게 휴가를 주신 것은 휴가가 아니라 자유를 주신 것이라는 노랫말을 어떻게 생각하시느냐는 질문입니다."

"자본진영에서는 휴가까지 자유로 해석하나봅니다. 그렇지만 그런 해석은 총서기님에 대한 배려이기도 해서 저 역시 매우 감동적이었습니다. 그 말 때문이 아니라 제 마음 속에서는 줄곧 저를 배려하는 총서기님과 제가 가져야 할 마음가짐 간의 고뇌가 있었습니다. 그보다 더 어려운 것은 사랑하는 마음과 의로운 마음 간의 갈등이었습니다. 그 통에 살까지 빠졌습니다."

"휴가가 다 끝나갈 텐데 아직도 그러고 있다는 말인가요? 자유를 선택할지 휴가를 선택할지 어서 결정을 하셔야지요. 사랑하는 사람을 곁에 두고 그러는 게 어디 있어요. 오늘 이 자리에서 결정을 하시지요. 방송이 끝날 때에는 마음의 결정을 하시게 되길 바랍니다. SN 씨 도대체 어떻게 된 거에요? 이 얼음 같은 남자를 녹이는 게 그렇게 어려워요? 세계적인 스타의 자존심은 어떻게 할 건가요?"

"맞아요. 얼음 같은 남자를 사랑해 보지 않은 사람은 모를 거예요. 녹지 않는 남자가 아니라 녹아 없어질까 봐 노심초사하는 남자지요. 얼어붙는다는 건 충성을 의미하지요. 자신은 부인하지만 몸이 그렇게 반응을 해요. 살까지 빠진다는 말이 맞아요. 진심이에요. 진심인줄 아는데 어찌 사랑하지 않을 수 있겠어요."

"PL 씨 이럴 땐 어떻게 하는지 아세요?"

뭘 어떻게 해야 할지 난처하게 눈빛만 피한다.

"LM 씨 인생후배에게 시범을 좀 보여주시죠."

LM 씨가 곁의 NS 씨를 가볍게 포옹한다.

"저렇게 껴안아줘야죠. 어서요. 뭐해요."

보다 못한 SN 씨가 PL 씨를 포옹해준다.

"PL 씨, 남한에서는 휴가가 자유이듯이 포옹이 자유라는 걸 잊지 마세요. 아시겠어요? 그리고 참, PL 씨. 감금당한 PL 씨의 석방을 위해 SN 씨와 팬클럽이 국경시위를 벌인다는 소식을 전해 들었을 때 기분이 어땠어요?"

"이건 또 무슨 천둥벌거숭이 같은 소리냐고 했겠지요."

여자진행자의 맞장구에도 아무 반응 없이 시선을 떨구었다.

"그 문제에 대해서는 노코멘트로 일관하시는 이유가 뭡니까? 감금당하지 않았다는 북한 당국의 발표가 사실이라는 건가요? 좋습니다. 자신이 감금당했다는 사실조차 감지하지 못하도록 연구 명목으로 격리시켰다고 칩시다. 그래도 감이라는 게 있잖아요. 사전에 비인간적인 취조도 있었을 테고 SN 씨에 대한 모욕적인 발언도 있었을 텐데 그걸 어떻게 참으셨어요? 당신을 구하러 왔다는 사실조차 몰랐나요?"

그때 PL 씨의 어깨가 가볍게 들썩였다. SN 씨가 손수건을 건네며 손을 잡아주자 눈물을 훔치며 가까스로 복받침을 진정시켰다.

"네, 더 이상 여쭙지 않도록 하겠습니다. 눈물로 모든 걸 말해 주었으니까요. 그럼 간단히 감회나 한마디 해 주시지요."

"북한에서 포로는 반역인데 잘못하면 죽을 수도 있겠구나싶어 눈물이 주르르 흘러내리더군요. 저에게 사랑의 포로가 되는 이런 일이 생기리라고는 꿈에도 생각지 못했습니다. 다시 한 번 감사드립니다."

"PL 씨가 감사드릴 분은 사회자가 아니라 바로 그 옆에 계신 SN 씨입니다. 정식으로 일어서서 감사인사를 드리세요. 네 한 번 안아주시고요. 아주 잘 어울리는 두 분에게 격려의 박수를 부탁드립니다. 그런데 포로는 반역이라 하셨는데 사랑의 포로를 반역이 아닌 영웅으로 대접해 이렇게 휴가까지 주는 것만으로도 달라진 북한을 반영하는 거군요. 그리고 보니 이번에 PL 씨가 느꼈던 감동은 남북한 모두의 감동으로 길이길이 역사에 남을 만하겠어요. 북한에서도 자존감을 높이는 좋은 기회로 삼았고요. 최고 지도자가 MZ세대라서 그런지 뭔가 달라요. 우리 정치인들과는 세대가 다른데 세대차이로 인한 이변은 없어야겠어요."

"세대차이로 인한 이변보다 힘의 차이로 인한 겁박이 문제지요. 강대국들은 왜 저들은 핵을 잔뜩 가지고 있으면서 우리네 약소국은 못 갖게 하는 겁니까? 그게 평등입니까? 평화입니까? 자유입니까? 약소국이 먼저 전쟁을 일으키는 걸 본 일이 있습니까? 못 믿을 건 패권국들이지요. 당하기만 하는 약소국 인민과 지도자를 조금이라도 생각하신다면 막무가내 식 겁박은 예의가 아니지요."

"뭔가 오해가 있으신가 보네요. 전 그런 얘기가 아니라… 자, 여러분. PL 씨와 SN 씨의 사랑에 격려의 박수를 부탁드립니다."

박수소리로 풍선과 확성기 사랑이 조명을 떠났다.

그 뒤 북한당국은 민족통일 포기를 선언하고 남과 북을 적대적 두 국가로 규정했다. 남한을 강대국으로 인정한 최초의 선언이었다. 통일해봐야 약소국만 손해라는 것을 비로소 실토한 것이다. 남북 연결 도로를 폭파하고 방벽을 설치했다. 이산가족상봉을 위해 남측이 지어 놓은 건물들을 너절하다며 모두 철거했다. 그리고 한국이 월남파병으로 경제발전을 도왔듯이 북한도 우크라이나에 군대를 파병해 노골적인 외화벌이와 드론 등 신무기를 익혔다. 세계는 혈류가 아니고 한류다. 한류가 그 방벽을 무너뜨릴 것이다.

"다음은 '농구공과 정자' 사랑입니다. 화가 배우 감독 작가 등 다방면에 관심과 실험정신을 보여주는 LM 씨와 흑인 농구선수 NS 씨가 AI의 창작곡을 함께 부릅니다."

비참철학자

나는 내가 비참하다는 것도 모르는 비참철학자다.
나는 내가 무지하다는 것도 모르는 무지철학자다.
비참과 무지는 아무 상관도 없는 불통의 감정이다.

농구처럼 골인의 환호가 많이 터지는 경기는 없다.
정자처럼 시도 때도 없이 덤비는 무모한 놈은 없다.
농구공과 정자는 아무 상관도 없는 둥근 사물이다.

전 아직도 잘 모르겠어요. 우리가 왜 헤어졌는지?
저도 잘 모르겠어요. 제가 왜 헤어지자고 했는지?
너는 아니? 엄마아빠가 너를 두고 왜 헤어졌는지?

블로그 글에 질투를 느껴 자존심 상해 이혼했어요.
글에 질투를 느낀 게 아니고 글을 쓴 사람이겠지.
글 쓴 사람은 본 적도 없고 알지도 못하는 걸요.

스포츠와 우정은 생존도 친분도 아닌 약속놀이다.
스마트와 사랑은 약속도 번식도 아닌 비참놀이다.
비참해지고 싶으면 스마트폰을 보며 사랑을 하자.

"네, 조금은 이상한 제목의 노래를 들어봤습니다. 두 분은 정말 어렵게 모셨다고 들었습니다. NS 씨, 그거 아세요? 아시아에서 오래 산 황인이 아메리카로 건너가 홍인으로 살다가 아프리카에서 건너온 고향친구 흑인을 만난다는 사실을요. NS 씨는 아메리카에서 다시 아시아로 건너와서 LM 씨를 만난 거고요. 그 먼 길을 돌고 돌아 만난 분들이 도대체 왜 그래요? 두 분이 왜 헤어졌는지 말씀 해 주세요."
"전 아직도 잘 모르겠어요. 왜 우리가 헤어졌는지?"
LM 씨가 웃으며 NS 씨를 쳐다보았다.
"저도 잘 모르겠어요. 왜 내가 헤어지자고 했는지?"
NS도 웃으며 맞장구를 쳤다.
"좋아요. 두 분이 서로 모르신다고 하니까 유일한 증인이자 배심원 한 분을 모시겠습니다. 두 분 사이에서 비배우자 인공수정으로 태어난 LN양입니다."

LN양이 두 사람 사이에 다소곳이 와 앉는다.

"자기소개 좀 해주시겠어요?"

여자진행자가 물었다.

"저는 초등학교 6학년 LN입니다."

"만나서 반가워요. 초등학교 6학년이면 한참 수줍어할 나인데 오늘은 여기 계신 두 피고의 증인으로 나왔으니까 씩씩하게 증언해 줘야 해요. 엄마아빠는 자신이 이혼한 이유를 모르겠다고 하는데 LN양은 엄마아빠가 이혼한 이유를 알고 있나요?"

여자진행자가 부드러운 어조로 물었다.

"네."

아무런 머뭇거림도 없이 자신 있게 말했다.

"무엇 때문에 이혼한 것 같아요?"

"아빠는 엄마가 즐겨보는 블로그 글에게 질투를 느끼고 자존심 상해 이혼을 결심했고 엄마는 그런 아빠가 속이 좁아 터졌다며 이혼하게 내버려뒀어요."

"블로그 글에게 질투를 느껴요? 블로그를 쓴 사람이 아니고요? 글이 좋아서요? 글을 잘 쓰서가 아니고요?"

"그게 그거겠지만 솔직히 글이든 사람이든 제대로 이해를 못해서 질투를 느끼는 거 아닌가요? 블로그의 주인공이 엄마도 어려워하는 비트겐슈타락이라는 철학자였거든요."

"맙소사, 그렇다면 LN양의 생각은 엄마아빠가 제대로 이해도 못하는 철학자를 질투해 이혼을 했다는 거예요?"

남자진행자가 LN양을 치켜세우며 반문했다.

"사실은 철학자를 빙자한 무명의 노인인가 봐요. 댓글로 서로 알고는 있어도 한 번도 만난 일은 없다고 했어요. 엄마에게 들은 이야기를 사실 그대로 아빠에게 전달했는데도 소용없었어요. 그의 글 속에 엄마가 많이 나온다는 거예요. 그건 아빠의 착각이라고 하자 그 말에 자존심이 상했나 봐요. 그 뒤로는 일절 말이 없었고 아빠에게는 더 이상 내가 없었어요."

LN은 고개를 숙이며 흐느끼듯 말했다.

"부부의 이혼은 사과 쪼개기라지만 엄마아빠의 이혼은 아이의 손발을 잡아당기는 거잖아요?"

엄마아빠가 동시에 LN의 어깨를 감싸 안았다.

"LN양 슬퍼말아요. LN양의 증언은 아주 훌륭했어요. 죄인을 감동시킬 만큼요. LN양 덕분에 부부의 이혼과 엄마아빠의 이혼이 그처럼 다르다는 것을 알게 됐어요. 그런 건 누가 가르쳐 주던가요?"

여자진행자가 모성 가득 칭찬을 담아 물었다.

"엄마아빠요."

"엄마아빠는 들으시오. 그대들은 블로그스타가 가상의 인물이란 사실을 몰랐단 말인가요? 사랑도 질투도 죄다 헛것이로군요. 그대들을 위한 딸의 갸륵함을 어여삐 여긴다면 하루속히 이혼취소소송을 제기하도록 하시오."

남자진행자가 재판관시늉을 코믹하게 재현했다.

"LN양, 엄마아빠에게 비트겐슈타락인지 뭔지를 중계방송 했는데 그런 사연들이 이해가 되던가요?"

"엄마아빠의 이혼을 어떻게 해서든 막아야 한다는 생각뿐이었어요. 그래서 저도 그분의 블로그를 열심히 검색해 읽어봤어요. 무슨 말인지는 모르지만 엄마아빠를 공격하기 위해 밑줄까지 쳐가며 읽었는데 아무 소용이 없었어요."

"아니에요. 효과만점이었어요. 두 분은 딸의 이런 갸륵한 마음을 전혀 눈치 채지 못했나요?"

"쟤가 왜 저런 이상한 말을 하지? 마음속에 미움이 가득한가보다 했지요. 결혼한 지 얼마 안 돼 이혼한다고 하니 얼마나 미웠겠어요. 아이한테 큰 상처가 되지 않기만을 바랐지요."

LM 씨가 자책하듯 담담하게 말했다.

"NS 씨는 LM 씨가 NS 씨의 정자를 선택했다는 사실을 어떻게 받아들이셨나요? 정자선택조건은 건강과 흑인이었다는데요? 건강은 일반적이지만 흑인은 일반적이지 않잖아요? 정자를 기증하실 때 비흑인이 선택할 거라고 생각하셨나요?"

남자진행자가 본격적인 질문에 들어갔다.

"정자은행에서 구색 맞추기 위해 흑인을 구한다기에 호기심에 응했을 뿐인데 이렇게 됐네요. 그 뒤 사스코리아 1건이라는 걸 보고 놀랐지요. 그 용맹한 여자가 누구인지 계속 궁금했어요. 흑인혼혈인가? 국적과는 다르게 흑인 아냐? 별 생각을 다했지요. 그래서 여기까지 오게 됐고요."

"NS 씨도 알다시피 차별과 불평등의 문제는 용맹이란 말로는 해소될 수 없는 거대한 문제입니다. NS 씨가 생각하기에 유색인종문제뿐 아니라 세상의 모든 차별과 불평등이 왜 생긴다고 생각하세요? 어려운 문제지만 당사자니까 쉽고 단순한 대안이 있을지도 모른다는 생각에 드리는 질문입니다."

"다른 건 모르겠고요. 인종차별은 엄밀히 말해서 땅을 차별하는 거잖아요. 그 땅에 오래 살다보니 그런 건데 차별을 하다니 황당하기도 하지만 당연한 것이기도 하지요. 좋은 땅에서 오래 산 게 그리 대수면 나쁜 땅 빼앗지나 말지 싶다가도 그래 신물이 날 때까지 차별해 봐라! 이 땅이 기후변화로 좋고 나쁨을 삼키리라! 어느새 나도 몰래 악역을 맡고 있는 자신을 보게 되더군요."

"아주 멋진데요. 차별이 땅에서 나왔다는 말이요. 좀 더 구체적으로 말하면 땅의 사물을 언어화하고 언어를 다시 사물화한 것이 훼손된 세상의 모든 차별과 불평등이라는 거지요. NS 씨가 질투해 마지 않았던 바로 그 비트겐슈타락 씨의 생각이지요. 우연과 필연으로 돌려막기에는 왠지 소름 돋지 않나요?"

남자진행자는 자신이 제대로 말한 건지 의심스럽다가도 왠지 그럴듯해 소름 돋는 기분이었다.

"땅은 케케묵은 이야기지요. 지금은 바탕화면이 땅이잖아요. 가상의 IT스타가 땅을 지배하고 있지요. 농구공이 관찰자이고 정자가 관찰대상이면 바라보는 것만으로 지배가 되고 차별이 되지요. 바탕화면을 지배하는 디지털영주님께선 영구 임대권력으로 무료사용자들을 괴롭히고 있지요."

"그건 또 무슨 뚱딴지같은 소린가요? 농구스타가 영주가 되어 모녀를 괴롭힌다는 건가요? 왜 그러세요? 세 분은 세상에서 하나 뿐인 연분으로 맺어진 가족이잖아요. 이런 기적 같은 가족이 어디 있어요. 영리하신 따님 말따마나 먹는 사과처럼 쪼개지 마시고 하나의 생명체처럼 서로가 존중하고 사랑하며 잘 살아가시기를 바랍니다."

여자진행자가 LM의 불만을 다급히 진정시키며 희귀가족에 대한 존중과 사랑으로 마무리 지었다.

"오래 기다렸습니다. 세 커플 중 제일 연로하셔서 늦어졌나봅니다. SR 씨와 LC 씨입니다. 그런데 두 분의 커플송이 젊은 커플들보다 화끈한데요? 이 곡도 AI작곡가가 만든 거 맞죠? '커플이기도 민망한' 들어보도록 하겠습니다."

　　　　커플이기도 민망한

커플이기도 민망한 폭로와 포옹이 사랑을 하였다네.

남자는 폭로밖에 모르고 여자는 포옹밖에 모른다네.
남자는 포옹조차 폭력이 되기 일쑤여서 폭로당하네.
여자는 폭로조차 오해가 되기 일쑤여서 포옹당하네.

커플이기도 민망한 사물과 몸짓이 사랑을 하였다네.
지혜가 장애가 되도록 남자는 무기자랑을 일삼았네.
사랑이 장애가 되도록 여자는 무기자랑을 부추겼네.
비겁한 몸짓인 큰 동물사냥이 훼손인지도 몰랐다네.

커플이기도 민망한 비겁과 존엄이 사랑을 하였다네.
생활이 그대로 시가 되던 수렵채집을 업신여겼다네.
시의 어려움이 생활의 어려움인줄은 정말 몰랐다네.
손쉬움 마다하고 어려움을 택할 줄 정말 몰랐다네.

커플이기도 민망한 사람과 로봇이 사랑을 하였다네.
사람은 사물을 변조해 만물을 훼손하며 환호하였네.
AI는 사람시늉으로 지능을 폭로해 불안 불안했었네.
환호와 불안의 어긋장을 알고도 자랑을 일삼았다네.

커플이기도 민망한 스타와 찐팬이 사랑을 하였다네.
진선미 가악추가 극심하게 분리되어 분쟁을 일삼네.

명분 없는 전쟁과 관세를 참선하듯이 지켜만 보네.
자유의 본질에 어긋남을 알고도 자존만 들먹인다네.

"네, 노랫말을 보고 하는데도 군데군데 틀리는군요. AI창작자의 노래는 난해해서 우리 같은 음치는 석삼년을 외워도 땡땡거리겠어요. 그나저나 두 분은 사람 맞아요? AI 아니에요? 너무 비현실적이어서요. 초 현실 같기도 하고요."

"네. 분장을 좀 했지요."

"저도 질세라 손 좀 봤어요. 어때요? 잘 어울려요?"

"그럼요. 판타지 속에서 바로 튀어나온 커플룩 같아요."

"이거 너무 불공평한데요? 이럴 줄 알았으면 우리도 손 좀 보고 나오는 건데⋯ 영화 속 주인공처럼요."

LM 씨가 은근히 다정함을 과시했다.

"AI창작자에게 불만이 많아요. 변별력을 위해 갈수록 곡이 어려워져요. 가수들 골탕 먹이는 거지요."

"어쩔 수 없어요. 그냥 귀에만 의존하던 것을 정확한 통계에 집어넣다보니 갈수록 낯선 게 되고 말지요. 표절이 되지 않으려는 노력이 어디까지 갈지 알 수 없지만 언젠가는 터져서 해방이 될 테죠? 표절 아닌 것이 없는 때가 올 테니까요. 사실 좁아터진 장르라는 게 표절의 전형이지요. 트로트라는 걸 알면 트롯표절이죠. 창작이 의미를 잃는 창작 해방의 시대가 과연 올까요?"

SR이 AI창작에 대한 불만을 토로했다.

"아닌 게 아니라 요즘 AI라는 놈이 마구 쏟아내는 바람에 인간창작이 시들해진 느낌이에요. 그걸 평준화라고 좋아해야 할지? 천재의 증발인지? 모두가 천재가 되는 건지? 암튼 대단하게 보이던 창작자가 별 거 아니게 느껴지는 것만은 사실인 거 같아요. 그만큼 모두에게는 좋아진 거겠죠? 이거 이야기가 엉뚱한 곳으로 흘렀군요. SR 씨, AI가 사랑에 미치는 영향은 어떤 거 같아요? 사랑도 별 거 아닌 게 되나요?"

남자진행자가 진행의 방향을 바로 잡았다.

"전 사랑에 대해서는 말할 자격이 없는 거 같아요. 처자식 웽웽거리는 현실이 되어본 적이 없으니까요. 늘 그리움 단계에 머물러 있지요."

"그럼 LC 씨가 대신해 주시겠어요?"

"저 역시 그 수준이에요."

"화려한 연애 얘기를 해달라는 게 아니라 두 분 얘기를 좀 해달라는 겁니다."

"그 얘기는 제가 할게요. 이렇게 함께 방송에 초대될 줄은 꿈에도 생각지 못했어요. LC 씨는 방송을 진행하는 분이고 나는 편지질이나 하는 팬에 지나지 않는데 기묘한 사랑 특집에 초대되다니 팬심이 사랑으로 승격된 건가요? 방송국의 기획의도가 궁금하네요."

"찐팬이 어떻게 결혼을 하느냐고 하셨잖아요. 그 말 한마디로 사랑보다 격이 높은 아가페로 승격되셨어요. LC 씨 얘기로는 편지질이나 하는 팬이 아니라 이상한 나라에서 온 주인공 같다고 했는데 그 얘기는 LC 씨가 좀 해주세요."

"말도 마세요. 편지의 내용이 신출귀몰이었어요. '나는 문화스토커다. 내 말을 들어라. 너희가 큰 동물사냥으로 무기를 자랑할 때 세상은 이미 끝났으니 자연훼손 자원고갈 기후변화가 너희를 삼킬지라. 벌 나비는 꿀을 잃고 꿀은 벌 나비를 잃어 열매를 버릴지니 너희도 출산을 포기하리라. 누가 너희에게 시장경제가 당연한 거라고 말하던가? 누가 너희에게 집단경제가 공정하다고 말하던가? 이 바보들아. 이자생활자와 주식생활자가 너희를 희롱하고 부동산생활자와 알고리즘생활자가 너희를 농락하는데도 잉여만 핥고 있는 이 천치들아. 환율은 또 무엇이며 관세는 또 무엇이냐. 누가 나라를 점해 죽임과 차별을 당연하다 하였느냐. 나 문화스토커는 억장 무너지는 말씀이시다.' 이런 편지가 줄줄이 이어지는데 어찌 반하지 않을 수 있겠어요."

"SR 씨, 대책 없이 선각자 시늉만 하면 어떻게요. 대안을 제시해 주셔야죠. LC 씨, 대안 같은 것도 있었나요?"

모두가 그를 쳐다보자 그는 웃기만 했고 그녀는 별거 아니라는 투로 말했다.

"대안이라는 게 있다면 대안이 없다는 걸 알자 정도지요. 알면 달라질 거라는 거죠. AI를 무기자랑의 마지막 단계로 보고 AI에게 인간을 알게 해서 역으로 인간을 각성시키려 했어요. 그게 가능한 얘기인지 모르지만 선생님께선 지금도 열심히 연구에 몰두하고 계신 것으로 알고 있습니다. 제 말이 맞나요?"

"저보다 더 저에 대해 잘 알고 계시네요. 표현이 과격한 건 역설적 유머라고 할 수 있는데 특별히 대안이랄 게 있나요. 미래는 개인이 어떻게 할 수 있는 것도 아니고 제 능력 밖의 일이지요."

"상대는 편지내용에 반했다는데 본인은 무엇에 반해 편지로 연심을 띄워 보냈나요?"

"못난 남자의 글에 반응을 해 주었을 때 못난 남자는 세상을 얻는 기분이지요. 아무 것도 아닌 글을 비판적 무기로 격상시켜 졸지에 잘난 남자가 된 거지요."

"못난 사람이 잘난 사람이 되면 세상을 얻은 것처럼 그렇게 좋은 건데 왜 그게 또 핸디캡이 된다는 거지요?"

"빠르게 변하는 시대일수록 호불호의 대립이 심하잖아요. 일상 자체가 맨손에 무기로 대응하거나 무기에 맨손으로 대응해야 하잖아요. 스마트폰이나 AI도 무기이자 맨손이 되어 우리를 부담스럽게 하잖아요. 잘난 사람 못난 사람을 다 같이 문제 삼으면 미운 사람이 될 각오를 해야지요."

"이런 남자를 좋아하는 여자는 자다가도 벌떡 일어나겠어요. 할 수 있는 게 아무 것도 없잖아요."

LC가 남의 남자처럼 이야기했다.

"정신 똑바로 베긴 사람이면 모두가 그래야지요. 절룩거리거나 아무렇지도 않거나 일 수 밖에 없는 것을 지나치게 과장하거나 칭송하면 그게 바로 진실 왜곡이라는 거잖아요."

남자진행자가 SR를 두둔했다. 그리고는 저 여자를 어떻게 할지 물었다.

"글을 무기로 격상시켜준 LC 씨는 지혜가 장애가 된다는 사실을 받아들이기 어려워하는데 어떻게 말해 줄 참인가요?"

"우리의 뇌신경망은 실물을 이미지로 변환해 은유를 통해 수많은 시행착오로 바깥 사물을 용도 변경하잖아요. 그 시스템이 지혜이고 지혜로 인한 효용이 엄청나서 진화사에 유래가 없는 괴물로 등극하지요. 장애란 바로 그 지혜의 괴물을 의미하지요. 막대기와 돌을 도끼와 창으로 용도 변경해 몸에 장착했으니 손 병신 팔 병신이 된 거지요. 지혜를 습득하는 과정에서의 무능한 몸이 제1장애이고 그로 인한 시행착오가 제2장애이고 도구와 무기의 기술 장착이 제3장애이고 도구로 인한 눈먼 맹목생산이 제4장애이고 무기로 인한 대량살상이 제5장애이고 늦어지는 성인연령이 제6장애이고 자연탕진이 제7장애이고 기후변화가 제8장애이고 이 모든 장애로 인한 훼손부담이 제9장애이지요. 이 같은 다중장애시스템은 인공지능이 체계를 잡는데 여러 가지 어려움이 있을 테지요."

"지혜와 장애는 사랑과 미움처럼 왜 한 시스템으로 발현하지 못하나요?"

"놀라운 질문이네요. 사랑하기 때문에 미워하듯 지혜를 전리품으로 생각해서 장애로 여기는 데는 많은 단계와 규모가 필요하니까요. 먹는 것과 이기는 게 먼저라는 거지요. 그리스 철학이나 경전조차 대량살상과 노예의 부산물로 얻어진 전리품과 같은 것인데도 우리는 그 둘을 분리해서 생각하잖아요. 지금 우리를 지탱하는 사육경작이란 것도 수렵채집의 질을 훼손한 양적 무지라고 할 수 있지요. 우리의 뇌는 직관적 한계를 가지고 있는 것 같아요. 그게 바로 무지이고 과학이지요. 무지에는 비약이 필요해요. 기다려봐야지요."

"일단 그 얘기는 여기서 끝내기로 하지요. 사랑과 미움이 무지의 비약으로까지 번졌네요. 두 분의 사랑을 신묘한 사랑으로 마무리 할까 합니다. 아참 중요한 걸 빠트렸네요. 커플이기도 민망한 사랑은 미래가 없잖아요? 사랑을 해도 만남이 없으면 무로 돌아가는 거고요. 두 분의 러브 스케줄이 궁금합니다. LC 씨가 말씀해 주실래요?"

"그런 거 없는데요."

SR 씨를 돌아보며 말했다.

"러브 스케줄이 없다고요? 아직 프로포스를 못 받았다고 이해하면 되겠습니까?"

"…"

"SR 씨가 말씀해 주시지요. 아직 프로포스를 못 받았다고 하시는데요? 러브 스케줄은 남자소관 아닌가요?"

"이제 겨우 얼굴을 본 걸요. 차차 스케줄이 잡히겠지요."

"당장의 러브 스케줄을 기대했었는데 고독사를 걱정해야 할 것 같군요. 혹시라도 사랑이 노욕이 될까 망설이는 건 아닐 테죠?"

"저도 잘 모르겠어요. 러브 스케줄이란 말이 도무지 익숙하질 않아서요. 아무튼 그 말이 아름답게 들리기는 하네요."

"러브 스케줄은 없는데 그 말이 아름답게는 느껴진다는 건 심각한 외로움 속에 놓여있다는 뜻인데요. 안 되겠어요. 성직자에 러브스케줄을 맡기려한 제가 어리석었어요. 스케줄을 제가 잡아 드려야겠어요. 두 분을 다음 달에 한 번 더 초대할 테니까 그때까지 구체적인 러브스토리를 마련해 오도록 하세요. 약속하시는 겁니다."

SR은 다소 서운했다. 굳이 스케줄이 없다는 말을 듣고 보니 몹시 부담이 되었다. 남들이 어떻게 생각하든 상관없는 일이지만 매사에 너무 소심한 것 같아 신경이 쓰였다. LC는 SR의 한없이 늘어지는 성격이 못마땅해 이러다가는 정말이지 그의 고독사로 처녀귀신이 될 수도 있겠다 싶었는데 다음 달로의 약속에 다소 마음이 놓였다. 관계는 길었지만 한 번도 둘만의 데이트를 가진 적이 없었다. 오래된 아내처럼 정이 들대로 들었지만 왠지 서먹한 두 사람은 연인으로서의 돌파구를 찾지 못하고 있었다.

"잠깐만요. 두 분의 표정이 왜 그리 어색한가했더니 이것 때문이었군요. 어디 봐요. 거기 코디 좀 불러줘요."

진행자는 백발의 긴 머리 긴 수염의 라커분장을 지적하며 느닷없이 SR의 긴 수염을 떼어냈다.

"코디님, 노인분위기가 나는 라커분장을 떼어내고 젊은 청년라커로 바꿔주세요."

SR은 눈 깜짝할 사이에 젊은이로 변신했다.

"우와, 갓 데뷔한 아이돌 같아요. LC 씨 어때요? 가슴이 두근거리지 않나요?"

"가슴까지는 아니더라도 폭포콤플렉스는 말끔히 나은 것 같아요."

"폭포콤플렉스?"

"나이콤플렉스로 심리적 낭떠러지 앞에 늘 서 계셨거든요. "

"그럼 지금부터 그 얘기를 본격적으로 해 보지요. SR 씨는 연세가 있으시잖아요. 누군가의 찐팬이 되는 것조차 자연스럽지 않잖아요? 그럼에도 불구하고 성직자를 자처하며 찐팬이 되시려 하셨는데 그게 오히려 당사자에게 부담이 된다고 생각지는 않으셨는지요."

"그래요. 그런 말을 들을 때마다 낯 뜨거움을 느끼지요. 여자에 대해서만은 나이가 들지를 않는 걸 어떻게 해요. 젊을 때 감성을 그대로 지니고 있는 게 어디 저만 그런 가요. 남들이 보면 주착이 되는데도 아름다운 건 아름답다하고 사랑스러운 건 사랑스럽다고 해야지요. 허지만 표 날 만큼 주제넘지도 못해요."

"이성 간의 나이라는 게 순전히 감수성의 문제일까요? 현실은 냉엄하잖아요. LC 씨는 어때요? 관습을 뛰어넘는 감수성이 자유의 문제인가요? 진실의 문제인가요?"

"그런 어려운 문제를 제게 물으면 어떻게요. 저는 그런 것들은 생각지도 못했어요. 다만 남의 시선보다 나의 시선에 충실하려는 용기가 필요하다고 봐요. 비밀스러운 사랑일수록 굳건해야 되니까요."

"바보 같은 이야기 하나 해도 될까요?"

SR 씨가 만면에 웃음을 지으며 끼어들었다.

"이따금 LC 씨의 꿈을 꾸는데 그 때마다 바보같이 눈물을 흘리지 뭡니까? 무슨 꿈이냐 하면요. 나도 너의 찐팬인데 왜 모른 척했냐? 이대로 못 만나면 어떻게 할 뻔했냐? 꿈에서 깨어나 혼자서 생각했지요. 나의 여생도 온전히 그녀를 위한 것이어야 한다고요. 올 낼 하면서 꿈도 야무지지요?"

"아니에요. 올 낼 할수록 지금이 중요하니까요. 두 분의 사랑이 너무 감동스럽습니다. 아름다운 건 아름답다고 말하는 주착과 남의 시선보다 자신의 시선에 충실하려는 용기가 만나 졸졸 껴안는 개울물이 되시기 바랍니다."

그때 기묘한 사랑 특집의 시간할애가 불공평하다는 댓글이 달렸다.

홈리스 복지빌딩 프로젝트는 어마어마한 사업비를 기부금으로 충당하지 못해 시작조차 못하고 있다. 부족한 상태로 시작한다 하더라도 불경기로 대출이 동결되고 자재비와 인건비가 올라 위험부담이 컸다. 인기 연예인을 동원해도 역부족이었다. 자발적으로 쉼터나 시설로 들어가는 홈리스들 중에는 세상의 기대와 실망으로부터 도망친 사람들이 많이 있을 터였다. 그러다가 그곳 생활이 익숙해지면 기대와 실망은 간곳없고 한낱 몸뚱아리에 봉사하는 자신을 발견하게 된다. 수치스러운 초라한 몸통아리가 대자연에서는 우선하는 훌륭한 먹이로 봉사한다는 사실에 성공과 실패가 대수롭지 않게도 느껴진다. 그 와중에도 제발 자신을 알아보는 사람이 없기를 기도한다. 그곳에서는 서로를 알아보는 것만큼 큰 죄악은 없다. 알아도 모른 채 죄악을 숨겨야 한다. 몸통아리는 아무도 몰라보는 명사와 동사의 먹이사슬 영역이다. 형용사로는 사물을 제대로 표현할 수 없어 형용사는 물론 부사까지 모조리 없앤다. 더 잘 알아보게 몸통아리인 명사만 남긴다. 그게 형용사와 부사, 동사까지 잃은 몸통아리 명사, 홈리스다. 얼굴이 얼굴을 알아보기 전에 몸이 몸을 알아보면 좋겠다.

거리에서 여성 노숙인이 안 보이는 이유를 남성들은 알까? 비가 오지 않는데도 우산을 펼쳐 뒤집어쓰고 자기 방어를 하고 있다. 남성들의 눈을 피해서다. 원시상태 그대로다. 위험에 노출되는 거리에 나서지 못하고 숨어 지낸다. 여성노숙인은 성폭력 가정폭력과 같은 문제를 안고 있으며 성인지적 측면에서 접근해야 함을 극단적으로 드러낸다. 그래서 정신건강에 어려움을 안고 있는 여성 노숙인이 많다. 결국 노숙인 문제는 정신문제로 귀착된다. 가족의 파괴와 공동체의 분열이 정신건강의 문제였던 것이다.

우리의 정신을 피폐하게 하는 건 무얼까? 돈일까? 교환가치로서의 흐르는 돈은 더 이상 존재하지 않는다. 돈은 이제 굳은 체 흐른다. 벼락 맞고 굳었다. 어느 놈은 벼락부자로 굳고 어느 놈은 벼락거지로 굳었다. 요지부동이다. 변이는 없다. 이따금 주가조작이나 돌연변이가 개미를 울린다. 주식도 예탁도 부채로 굳거나 부동자산이 되었다. 상위는 상위로만 흐르고 하위는 하위로만 흐른다. 계층이동은 자칫 빙하의 신세가 되어 저지대를 삼킨다. 싸구려 노동력의 식민도 잠깐, 이민과 난민의 물결은 그대로 하청 재하청으로 굳는다. 비싼 비용을 치르고 성인이 되어 사회에 나오면 대지는 모두 용암으로 굳어있다. 정신은 골드러시로 '좋아요'만 찾는다. 기부금은 모금미달로 계획이 좌초된다.

  LC 씨, 이제 내가 나를 위해 이웃을 위해 세상을 위해 할 수 있는 일은 거의 다 한 것 같습니다. 능력이 까지라고나 할까요? 마지막으로 당신을 기쁘게 하려던 홈리스 프로젝트가 무산되자 '여기까지'라는 생각이 드는군요. 당신을 기쁘게 하지 못해 미안해요. 난 그게 억을 넘어 몇 조원이나 들어갈 줄은 꿈에도 몰랐고 나의 그릇이 그 정도는 못되는지 기부자들의 의심도 극복하지 못했습니다. 그러나 그 계획만은 언젠가는 사람들의 마음을 기쁘게 할 거라고 믿습니다. 맛과 향은 나누어야 합니다. 사치가 되지 않게요. 홈리스에게 맛과 향을 나누는 방편은 모든 복지정책에도 유효합니다. 나눔은 평균 이상이어야 합니다. 흔히 복지는 기본이나 구색만 맞추면 된다고 생각합니다. 평균 이하로 굶어죽지 않을 정도를 복지라고 생각합니다. 노숙인들이 변화가를 원하듯이 복지도 럭셔리를 원합니다. 제가 좀 무모하지요. 왠지 당신만은 그 무모함을 좋게 봐 줄 것만 같아 계획하던 일의 전모를 나누고자 합니다. 제 나이도 있고 해서 어쩌면 양도가 될지도 모릅니다. 그냥 프로젝트가 무산되었다고 기부자들에게 통보할까 하다가 당신이 나보다 더 잘 해낼 것 같은 믿음이 생겨 사업의 연속성을 꿈꿀 수 있었습니다. 기부자 모집은 나보다 훨씬 잘 해낼 것으로 믿습니다. 세부계획서와 기부자 명단과 DFGC 비밀번호입니다. 부담을 드려 죄송합니다. 잘 부탁드립니다.

교환가치가 초심의 흐름을 회복하려면 불로소득의 부동자산이 가치투자에 잠식되는 판타지를 볼 수 있어야 한다. 인간적인 소박한 복지도 소중하지만 국가가 할 수 없는 이상적 복지도 귀중하다. 판타지와 이상이 현실이 될 수 없을 때는 그 속으로 잠적한다. SR은 현실이자 이상인 세계를 탐험하러 떠난다. 문명의 입구이자 자연의 출구인 지점이다. 수렵채집이 어려워지자 온갖 탐험이 시작되는 곳이다. 기후변화로 기온이 따뜻해져 동식물이 북쪽으로 이주해 어쩔 수 없이 사육경작을 하였다고 하지만 반은 옳고 반은 틀렸다. 이주한 동식물을 따라 올라가 수렵채집의 끝장을 본 결과이자 기후변화로 산불이 잦아 동물친화와 씨앗들의 자연발아를 확장한 게 사육경작이다. 수렵채집으로 먹을 게 있는데도 더 나은 먹을거리를 발명한 게 아니라 기후변화와 사물화로 인한 수렵채집의 폐허 위에서 훼손부담으로 얻어 걸친 게 사육경작이다. 수렵채집의 폐허가 없이는 사육경작도 없다는 호구지책이자 자업자득이다. 사육경작이 수렵채집보다 못하다는 훼손문명론이다.

 자연은 언제나 바듯하다. 인간의 사물화 과정은 단기적 풍요를 안겨 주었다. 큰 동물사냥의 단기적 풍요는 체화의 시간을 끝내고 멸종과 사육경작의 단초를 마련해 주었다. 사물화와 언어화는 진화의 시간을 진보의 시간으로 대체했다. 단기적 풍요인 사육경작의 진보는 장기적 다양성인 수렵채집의 진화를 일순에 무너뜨렸다. 질은 양으로 대체되고 인구와 수명을 얻는 대신 전쟁과 질병을 얻었다. 돌 말 성의 사물화와 언어화와 감성화는 자연의 지혜와 체화의 기전을 고스란히 물려받아 문명을 이룬다. 생물의 삶을 떠나 인간의 삶으로 우뚝 선다. 되돌아 갈 수도 없고 갈 곳도 없다. 뒤늦게 인공지능을 만나 생물지능을 대리한 인간지능의 자율성을 돌아보고 인공철학을 구축한다. 종교학 과학 형이상학 논리학 윤리학 경제학 미학을 폐기하고 새로운 지평을 연다. 인공지능이 인간지능을 능가한다 해도 인공철학을 벗어날 수 없다. 자연은 모든 지능의 극치이자 자율철학의 모태다.

 도로도 전기도 전화도 없는 곳에서 생전처음 온갖 씨앗들을 뿌려보고 닭 오리 개 고양이 토끼 염소를 키워보았다. 신바람은 온통 혼구멍이었다. 직파를 했더니 새 쥐 벌레들이 웬 떡이냐며 먹어치웠다. 자연농법은 여지없이 무너졌고 유기농업과 화학농법을 오가며 자급자족에 몰두했지만 그 역시 오리무중이었다. 시장에 가지 않기로 결심해도 번번이 장날을 기다렸다. 자급률의 기준은 '얼마를 가지고 한 달을 사느냐'였다. 그렇다고 거기에 매이지는 않았다. 자급자족과 홈리스족은 원래 같은 종족이었으나 갈라선 지가 워낙 오래여서 원시와 문명의 시종이 되어있었다. '얼마를 가지고 사느냐'로 내기를 할 판이었다. 자연에 최대한 의탁해 사는 것과 문명에 최소한 의탁해 사는 것의 차이는 동일했다. 동급으로 급수는 같은데 한 쪽은 혈기왕성하고 한 쪽은 기력쇄진으로 편견과 편애에 시달렸다. '도 닦아서 뭐 하게' '일 안하고 왜 이러고 있나' 보통 사람들의 생각은 '최저임금으로도 열심히 사는 미덕'이었다. 불로소득의 들러리, 자본에 봉사하는 노예예찬이었다. 초인도 별 수 없었다. 세상에는 두 종류의 사람이 있다. 열심히 사는 사람과 열심히 살아야하는 사람이다. 열심히 사는 사람은 착한 사람으로 열심을 놓고 싶어 병에 걸리고 열심히 살아야 하는 사람은 착해야하는 사람으로 열심을 놓고 싶지 않아 병에 걸린다. SR은 아무래도 후자다. 누군가를 치매에 걸리게 할 정도로 열심을 떤다.

SR은 꿈속에서 수많은 AI캐릭터들이 실물처럼 살아있는 환상을 보았다. 처음 보는 AI영화 같기도 했지만 그보다 생생한 실물들의 AI연기라고 하는 게 더 바른 표현 같았다. 마치 연기자와 모든 스텝들이 한 공간에서 자신의 업무를 수행하는 것처럼 보였다. 하나의 영화가 완성되려면 수많은 관계자들이 일사불란하게 역할을 수행하듯 그렇게 '파랑아 홈'이 완성되었다. 거대한 고래가 하늘을 치솟아 마주보는 형상을 하고 있었다. 고래의 위용이 주변의 건물들을 압도했다. 최신공법의 친환경 자가발전 에너지시스템으로 가동되었다. 그보다 더 놀라운 것은 빌딩안내에서부터 안전 보안에 이르기까지 휴머노이드 로봇과 AI에 의해 자동화 되어있었다. 세상의 모든 첨단이 구비되어 있었다.

"안녕하세요. 파랑아 홈에 오신 것을 환영합니다. 무엇을 도와 드릴까요?"

아리따운 여인으로 분한 안내로봇이 친절하게 인사했다. 마치 호텔을 방불케 하는 어리어리한 로비에는 제복을 입은 휴머노이드 로봇과 홈리스 차림의 사람들이 삼삼오오 모여 무슨 얘기인가를 주고 받았다. 알고 보니 미국 전역에서 모여드는 홈리스들을 전문상담사로 훈련된 로봇이 자유롭게 상담을 하고 있는 중이었다. 답답한 사무실이 아닌 빌딩가의 한 풍경 같이 평화로워 보였다. 홈리스들이 로봇상담사에게 모욕감 같은 것을 느끼지 않나 했더니 오히려 홈리스에 대한 감각적 편견이 없다는 걸 알아채고는 사람이 아닌 걸 다행으로 여기며 농담까지 곁들여 함부로 대하기까지 했다.

"저 실례지만 혹시 SR선생님 아니신지요?"

아까부터 SR를 뒤따르던 한 로봇이 조심스레 말을 붙여왔다. SR은

섬찟 놀라며 로봇을 돌아보았다. 로봇은 수줍은 여인의 표정으로 시선을 부드럽게 고치며 말했다.

"대뜸 존함을 언급해 죄송합니다. SR선생님이 맞으시면 그렇다고 말씀해 주십시오. 저희는 SR선생님을 기다리고 있었습니다."

"예의바름이 사람을 무색하게 하네요. 초면인 나를 어떻게 알아보시오?"

"저희는 초면이 아닙니다. 여기 '파랑아 홈'의 모든 직원들은 SR선생님을 익히 알고 있습니다."

"알고 있다니 내가 누군데요?"

"SR선생님께서는 이 '파랑아 홈'의 설립자이십니다."

"난 이제 막 시골에서 올라온 사람이오."

"잘 알고 있습니다. SR선생님께서 올라오시는 즉시 보고하도록 되어있습니다. '파랑아 홈' 대표님께서 연락을 받으시고 지금 이곳으로 오고 계십니다."

그때 빠른 걸음으로 누군가가 이쪽으로 오고 있었다. SR은 그녀가 LC라는 걸 단박에 알아차렸다.

"SR선생님!"

그녀는 SR을 반갑게 끌어안았다.

"이게 얼마 만이에요. 얼마나 기다렸다고요. 살아계셔서 고마워요. 예전 모습 그대로네요."

"해 냈군요. 난 당신이 해 낼 줄 알았어요. 너무 잘 어울려요."

"다 SR선생님 덕분이지요."

두 사람은 더 이상 말을 잇지 못했다.

"사무실로 가시지요. 그동안 있었던 일을 보고해 올리겠습니다. SR선생님께서 걱정하셨던 기부금 문제는 지금은 넘쳐서 걱정입니다. 이곳 미국 기부자보다 세계 각국의 기부자들이 더 많으며 홈리스 이민자들이 원정을 오기도 하니까요."

사무실로 발걸음을 옮기며 LC은 신이 났고 SR은 입을 다물 줄 몰랐다.

"서울에서 '파랑아 홈' 지부 설립을 의뢰해 왔는데 기부자 투표를 통해 서울지부 설립을 결정했습니다."

"세계 각국 지부설립 팀을 따로 구성했습니다. 잘하면 세계 홈리스들의 희망이 될 수도 있겠어요."

"물론 그런 것들은 부차적인 것이고 주된 업무는 재활이지요. '파랑아 홈' 재활센터에서는 다시는 홈리스로 되돌아오지 않게 파랑아 가족네트워크를 구성해서 활동하고 있습니다. 선생님의 공유자산 보편주택 평균소득 네트워크가 활성화된 셈이지요."

사무실은 모든 직원이 한 공간에 모여 있는 구조로 짜여있었다. 대표도 한 쪽 구석에 자리했다.

"좀 전에 보니까 로봇직원이 많던데 어려움은 없습니까?"

"전문업체가 따로 있어서 별 어려움은 없습니다. 처음에는 시행착오가 좀 있었습니다만 지금은 홈리스에 특화된 에이전트가 있을 정도로 자리를 잡았어요. 요즘은 인력도 인력이지만 자원봉사자가 워낙 귀해서요."

"사람과 로봇의 봉사정신에 어떤 차별점이 있습니까? 이를 테면 사람과 AI로봇은 지적 차이는 말 할 것도 없고 봉사정신에 임하는 태도에도 많은 차이를 보일 텐데요."

"돌봐야 할 대상이 어린이에서부터 치매노인에 이르기까지 워낙 다양해서요. 어떤 면에서는 사람이 로봇을 못 따라가는 면도 있지만 봉사정신이라는 게 전문분야도 별 쓸모가 없고 정성이 무엇보다 소중해서요. 성심성의껏 상대에게 다가가 정성을 다하면 전문가가 되더군요. 로봇이 아무리 기능을 다양화해도 사람의 정성을 능가할 수는 없지요."

"그렇군요. AI도 정성을 이길 수는 없군요. 섬세한 대처가 어렵다는 거네요. 그게 안 되면 행동이 거칠어지고요. 워낙 애먹이는 사람이 많으면 폭력이 발생할 수도 있겠어요."

"SR선생님께 이런 말씀 드리면 웃으시겠지만 사람이란 무엇인가부터 다시 배워야겠어요."

"허어, 속 썩이는 사람이 많은가 보네요."

"저 사람 좀 보세요. 온데 돌아다니며 해코지를 일삼잖아요. 전투형 오지랖이라고나 할까요? 돌부처인 이 사람은 더 다루기 어려워요. 씻지도 않고 움직이지도 않아요."

LC 씨가 CCTV를 보여주며 어려움을 털어놓았다.

"홈리스가 된지 오래인가 봐요. 홈리스가 된 기간에 따른 치유방안에 대한 연구나 통계가 있나요?"

"그런 건 AI가 묻는 즉시 답해주지요. 오래된 사람들은 재활이 불가능한 사람들이 많고 그런 사람들은 건강을 돌보는 것으로 족해야 할 것 같아요."

"그렇다고 포기는 하지 말아요. 어찌 보면 정상적인 관계를 빼앗긴 사람들이니까요. 정상적인 노동이라는 것도 강제된 거고요. 우리가 우리를 이해하는 게 쉽지 않아요."

"어떤 땐 이런 생각까지 하게 돼요. 일 안하고 먹는데 익숙해진 사람을 억지로 재활을 시키려 하고 있구나 하고요. 이 사람들이 옳고 내가 틀렸다고 생각하니 마음이 훨씬 편해지면서 새로운 게 보였어요. 일이라는 게 인간이 만든 거고 일이 서로를 괴롭히면 일 없는 이들의 원초적 모습을 돌볼 의무가 일꾼에게는 있는 거지요. 전문가와 AI에게 일을 빼앗기고 일 안한다고 비난 받잖아요."

"그래요. 끊임없이 일을 만들어 남에게 떠넘기는 일을 반복해 왔으니 떠밀린 사람들의 삶이 얼마나 고달팠겠어요. 우리는 정말 생명활동으로서의 노동에 경의를 표해야 해요."

"맞아요. 홈리스들의 정신상태가 온전치 못하다고 생각했는데 그게 아니었어요. 몸이 생물을 만나자 금방 치유가 되는 거예요. 우리 스마트 팜 치유센터로 한 번 가 보실래요."

SR은 자랑스러워하는 LC에 이끌려 햇빛 찬란한 꼭대기 층으로 올라갔다. 그곳은 자연광 밀림이었고 온갖 열매가 주렁주렁 매달려있었다. 그 아래층은 인공광 밀림으로 스마트 팜 기술로 과일과 채소들이 재배되고 있었다. 아래층으로 내려가면서 각 기후대에 맞는 과일들과 온갖 농작물이 스마트 팜 AI시스템으로 계절을 잇고 있었다. 시설의 군데군데에는 위생복을 입은 사람들이 LED불빛에 잠겨 식물과 한 몸이 되어 있었다.

"좀 전에 본 사람들은 여러 단계를 거쳐 이곳으로 오게 되는데 스마트 팜 기술을 익힌 치료 전문가와 치료가 필요한 홈리스가 2인1조가 되어 작물을 돌보지요. 작물재배의 주체는 홈리스이고 기술자는 잘못을 바로잡아 주기만 하고요."

"치료 전문가라면 원예치료사를 말하는 건가요? 정신전문의나 심리치료사를 말하는 건가요?"

"처음에는 원예치료사를 채용했었는데 심리라는 게 개인적인 편차가 심해서 공감능력에 주안점을 두고 심리치료의 모든 분야를 망라해 뽑았어요. 놀이치료 미술치료 음악치료 춤치료 독서치료 연극치료 등 연구개발과 치료를 병행했어요."

"정신과 치료라는 게 환자가 의사를 치료한다잖아요. 환자 스스로가 치료하려고 해야 치료가 되니까요. 그만큼 교감이 중요하다는 얘기지요. 정작 우리를 치료하는 건 무의식이고요. 의식이란 게 편견과 굴레와 도식으로 가득 차 있으니까요."

"인간은 태생적으로 식물과의 오래된 상호작용을 친화력으로 가꿀

줄 아는 것 같았어요. 스마트 팜 기술이 처음인데도 식물이 자라는 걸 예측하고 준비할 줄 알아요. 무의식 속에 그런 능력이 내장되어 있어서 자신의 치유도 자연스럽게 이루어져요."

"막다른 영혼이 대표님을 깨우쳤군요. 전 대표님이 너무 자랑스러워요."

LC 씨가 밀림의 그네의자로 가 앉았다. SR 씨도 그 옆자리에 가 앉았다.

"그냥 전처럼 LC 씨라고 하세요. 대표라는 호칭이 너무 낯설어요. SR 씨까지 그러시니까 천리만리 멀어진 느낌이에요."

"아니에요. 사람은 일생에 몇 번은 크게 달라진다고 하잖아요. 이제 그런 느낌을 즐길 때가 되었어요."

"저도 이제 머리가 희끗희끗 하잖아요. 그동안 못해 본 걸 해 보고 싶어요."

"그게 뭔데요?"

"한 사람에게 정성을 다하는 거요."

"왜요? 부군이 어디 편찮으세요?"

"그분은 제게 기부금 모금을 맡기시고 시골로 종적을 감추었어요."

"네… 네?"

"그동안 직장생활을 한다는 핑계로 그분께 너무 소홀했어요. 아나운서가 무슨 연예인이라고 악플이 무서워 남편 대접도 못했거든요. 그분이 종적을 감추자 정신이 번쩍 들더군요. 기부금 모금에 올인 할 수 있었던 것도 그런 자책 때문이었던 것 같아요."

"미안해요. 제가 괜한 부담을 드렸네요."

"아니에요. 기부금 모금이 아니었으면 여러모로 많이 피폐했을 거예요. 덕분에 뒤늦게 '파랑아 홈'에 열정을 바쳐 모든 걸 잊을 수 있었어요."

"미안해요. 정말 미안해요. 비겁하게 내가 모든 걸 당신한테 떠넘기고 시골로 도망친 건 정말이지 자신이 없었어요. 건강도 안 좋아 이러다가 죽겠구나 싶었어요. 내가 붙들고 있었으면 아무 것도 되지 않았을 거예요. 내가 한 거보다 더 뿌듯해요."

"그런데 도대체 어디에요? 그렇게 찾아 헤매게 한 곳이요? 실종신고까지 한 거 아세요? 그보다 왜 사람의 마음을 헤집어놓고 이제 나타나신 거예요? 찐팬이 어떻게 결혼을 하냐며 찐팬은 성직자나 다름없다고 하셨잖아요? 저도 선생님의 찐팬이란 걸 알면서도 왜 모른 척하셨어요?"

"미안해요. 나이라는 게 사람을 바꾸더군요. 나도 한때는 무모하게 들이 밀었는데 이젠 그게 잘 안 되네요. 그동안 서울 근교에 있었어요. 움집을 짓고 살면서 안 나오면 모르지요. 그런 곳에 사람이 살리라고는 도저히 생각지 못할 테니까요. 원초적 삶을 실험하느라 세월 가는 줄 몰랐지요. 미안해요. 제가 무책임했네요."

"미안하고 무책임한 사람은 저인 걸요. 서울 근교에 계셨다고요? 등잔 밑이 어둡다고 그게 사실이에요? 하긴 제가 이곳 뉴욕에 정신이 팔려 있어서 세심하게 살피지 못했네요. 원초적 삶을 실험하셨다니 다행이에요. 그래요. 선생님은 세월을 그냥 보낼 분이 아니지요. 이렇게 다시 뵙게 되니 꿈만 같아요. 그동안 제가 선생님께 지은 죄가 있어서 얼마나 혼자 고심을 했다고요. 이대로 못 만나면 어떻게 하나 하고요. 이제야 이런 말을 하게 된 점 깊이 사죄드립니다. 그동안 하지 못한 일을 할 수 있게 기회를 주시면 성심성의를 다하겠습니다."

"무슨 말씀을 하시는지는 잘 모르지만 '파랑아 홈'을 이룩한 것만으로 당신의 성심성의는 절 감화시키기에 충분해요. 그 빚을 어떻게 갚아야 할지나 좀 얘기해 주시지요."

"그래요. 우리 얘기는 차차 하도록 해요."

"지나간 일은 중요하지 않으니까. 우리가 어디까지 얘기했죠? 응 스마트 팜 얘기를 좀 더 해 줘요. 심리치료 말고 실질적인 결실이나 수확은 어느 정도에요?"

"놀라지 마세요. 육류와 곡류 외에는 모두 자급하고 있어요."

"그게 가능해요?"

"처음에는 반신반의했지만 수확량이 생각보다 상당하더라고요. 생산에 들어가는 모든 비용을 제하고도 남았으니까요."

"대성공이에요. 축하드려요."

두 사람은 서로를 마주 보았다. 햇빛 찬란한 '파랑아 홈' 온실 안의 열기가 두 사람의 몸에 부담을 주어 하늘을 나는 새의 체온으로까지 육박했다. 수요와 공급의 에너지효율을 기록으로 보여주며 남는 에너지는 다른 곳으로 보내지는 시스템이 가동되었다.

홈리스 개인의 재활이나 자활 외에 파랑아 홈 내에서의 홈리스 간의 사회적인 유대를 위해 홈리스자치회를 결성해 문화센터 운영과 체력단련센터 운영 등을 맡겼다. 홈리스자치회 운영진은 재활이나 자활교육이 끝나 사회복귀를 준비하고 있는 사람들로 사실상의 첫 사회생활인 셈이었다. 운영진에게는 파랑아 홈의 평균소득을 지불하기 때문에 지원자가 쇄도했다. 자치회 회원은 홈리스재활센터에서 주로 단체생활을 하며 자치회 운영진과 회장을 매년 선거로 뽑았다. 운영진에서 탈락하면 홈리스를 떠나야 해서 선거는 치열했다. 다섯 사람을 뽑는데 그중 최다득점을 한 사람이 회장이 되고 다음이 총무, 나머지가 개별 운영을 맡았다. 지금은 시범운영이지만 앞으로는 파랑아 홈 전체의 운영을 자치회에 맡길 참이었다. 때마침 선거운동이 시작되었다. 다음은 LC가 보여준 선거운동의 기록물이다.

저는 기호 1번 채팅방 출신 홈리스 CR입니다. 사춘기 시절의 채팅방은 소녀의 호기심을 자극하기에 충분했습니다. 겁도 없이 이곳저곳을 기웃거리다 성 착취에 걸려들고 말았지요. 소셜미디어에 흔적을 남긴 게 화근이었습니다. 그곳에 올려져있는 나의 프로필 사진과 언니, 엄마, 심지어 할머니의 사진에까지 음란물을 합성해 채팅방에 올렸습니다. 그로 만족하지 않고 내 소셜미디어 계정, 전화번호, 아이디를 불특정다수에 알렸습니다. 사태는 걷잡을 수 없이 번져갔습니다. 채팅방의 누군가가 나의 연락처로 음란영상을 보내는가 하면 이름과 나이 등을 확인하며 노골적으로 위협을 가해왔습니다. 성 착취에 중독된 그들은 날 잡아보라며 날고뛰는 경찰도 못 잡는다고 우롱하거나 음란물 장난을 즐겼습니다. 저는 몸이 얼어붙어 아무 것도 할 수 없었습니다. 제 은밀한 몸에 드리워진 가정폭력에 대한 기억이 두려움과 함께 엄습했습니다. 집으로 가는 발걸음이 길을 잃었습니다. 그로부터 가출소녀가 된지 몇 년이 흘렀습니다만 악몽의 음란물은 사라지지 않고 있습니다. 딥페이크 AI봇까지 탑재하고 공공연히 가해자와 피해자를 양산하고 있습니다. 아무도 책임지는 사람이 없으며 모두가 장사 속으로 묵인하고 있습니다. 포기하고 일상으로 받아들이라고 합니다. 저의 일생을 망친 가출이 무색하게 되었습니다. 홈리스 여러분, 여자홈리스는 홈리스 티를 내지 않고 숨어 다녀야 합니다. 성폭력에 노출되기 때문입니다. 친족 성폭력에까지 노출되는 여자의 운명은 더 이상 숨을 곳이 없습니다. 비록 나이는 어리지만 제게 홈리스 자치회를 맡겨주시면 이 땅의 온갖 성 착취와 성폭력으로 홈리스가 된 여성들을 위해 헌신하겠습니다. 기호 1번 CR입니다 고맙습니다.

저는 기호 2번 개미 출신 홈리스 AC입니다. 개미 주제에 늘 부동산재벌이 되는 꿈을 꾸고 다니거나 숫제 투자자로 착각하며 살다가 어느 날 갑자기 쫄딱 망해 개미거지가 되었지요. 바보 같이 난 내가 왜 거지가 되었는지도 몰랐지요. 개미핥기나 곰들에게 핥아 먹힌 사실을 한참 뒤에야 알고는 가슴을 치고 통곡했지요. 일확천금은커녕 내 가슴만 멍들고 말았지요. 망하려면 혼자 망하지 왜 남의 빚까지 끌어들여 집안 망신을 시켰는지 바보천치가 따로 없었지요. 개미투자자는 일개미 병정개미 수개미로 태어나 여왕개미를 위해 죽어가지요. 작은 돈은 늘 큰돈의 희생재물이 되어 양극화의 비극을 낳지요. 개미들의 실패는 태생적 실패이며 구조적 실패입니다. 하이에나가 우글거리는 주식시장에 흑두루미 목은 너무나 가냘팠습니다. 여러분, 저를 뽑아주시면 개미투자자와 노숙의 비애가 반복되지 않도록 재활에 힘쓰겠습니다. 기호 2번 AC입니다.

저는 기호 3번 총기사건 출신 홈리스 GS입니다. 보시다시피 저는 흑인청년입니다. 총기사건이 났다하면 흑인이고 죽었다하면 흑인인데 그게 대부분 총기자살이라는 겁니다. 왜 그럴까요? 집단난사조차도 혼자 죽기 싫어서라고 하니 이유랄 게 있겠습니까만 이 모든 총기사건이 사람이 문제지 총이 문제가 아니라고 하네요. 과연 그럴까요? 하지만 총이 없으면 이처럼 쉽게 죽고 쉽게 죽일 수 있겠어요. 그런데 왜 하필 총구가 흑인을 향하고 모두가 경찰의 총에 죽어간 걸까요? 나를 이렇게 불구자로 만든 것도 내 나라 미국의 경찰들이었지요. 그 경찰들도 모두 흑인이었고요. 차를 타고 가는데 느닷없이 나타나 차를 세우더니 과속이라며 신분증을 요구했지요. 과속하지 않았다며 신분증은 주머니에 있다니까 손들고 나오라더니 사정없이 두들겨 패기 시작했지요. 맞아죽지 않으려고 도망쳤더니 총을 쏴서 다리에 부상을 입혔지요. 쓰러져 있는 사람을 쫓아와서 집단으로 폭행했는데 그로인해 한쪽 팔과 한쪽 다리가 영영 불구가 되고 말았지요. 이 전대미문의 흑인과잉신압은 도대체 어디서 온 것일까요? 사냥 전쟁 노예의 연장선상에 미국의 야생이 있다고들 하더군요. 낯선 미국인은 항상 총을 숨기고 있을 것이라고 의심하라네요. 그러니 내가 먼저 공격해야 나를 지킬 수 있다는 선제적 공격성에 대한 과도한 믿음이 과잉진압의 원인이고요. 여러분 제게 파랑아 홈 자치회를 맡겨주시면 어떠한 목숨도 쉽게 생각하지 않는 마음으로 홈리스를 돌보도록 하겠습니다. 기호 3번 GC입니다.

저는 기호 4번 세입자 출신 홈리스 DN입니다. 홈리스는 영역다툼에서 쫓겨난 사람입니다. 저는 집세를 못 내 살던 집에서 쫓겨나 홈리스가 된 사람입니다. 설움 중에 가장 큰 설움이 집 없는 설움이라 했습니다. 그만큼 집은 삶의 바탕이 됩니다. 모두의 보금자리인 게지요. 그런데 없어서는 안 되는 보금자리가 언제부터 내 집 네 집 내 땅 네 땅이 되어 내쫓는 다툼자리가 되었을까요? 일자리와 잘 자리를 잃는 건 내가 못난 탓이겠지요. 상아와 가죽을 잃는 것도 코끼리와 호랑이가 못난 탓일까요? 집과 땅으로 돈을 벌고 상아와 가죽으로 돈을 벌어야 했나요? 저렴한 주택을 많이 보급하면 홈리스가 없어지나요? 시골에 빈집이 많은 게 홈리스에게 무슨 도움이 되나요? 홈리스에게 도움이 되는 지역과 되지 않는 지역이 정해져 있지 않나요? 잘난 사람과 못난 사람의 비율이 정해져 있다는 생각 또한 지울 수 없네요. 그게 제도라는 거라면 이제 그 제도를 버릴 때가 되었지요. 여러분도 곰곰이 한번 생각해 보시고 저를 뽑아주시면 이 땅에 홈리스가 없어지도록 노력하겠습니다. 기호 4번 DN입니다.

저는 기호 5번 신용불량자 출신 홈리스 CY입니다. 신용이 뭔지도 모르고 신용카드를 손에 쥐었지요. 잔고가 떨어져도 결제가 되고 나중에 이자를 받는데 빨리 채워 넣지 않으면 신용등급이 낮아져 낭패를 보더군요. 갑자기 배가 아파 병원에 갔더니 맹장이라 해 수술을 받았는데 카드한도로도 모자라 두고두고 갚는데 매달 독촉장이 오더니 결국 신용불량자가 되고 말았지요. 한번 신용불량이 되면 거의 모든 활동을 할 수 없기 때문에 저처럼 홈리스가 되는 건 시간문제지요. 미국에서는 집과 차는 없어도 되는데 아프면 안 되고 신용이 없으면 안 되지요. 의료와 신용은 한 몸으로 의료가 없으면 신용이 없고 신용이 없으면 의료도 없으니까요. 막상 홈리스가 되고 보니 너무 편하더군요. 신용불량도 못 막는 일을 안 해도 되지요. 일을 안 하니 아파도 괜찮지요. 아파도 병원에 가지 않을 거니 얼마나 속 편해요.

포기가 천국이구나 싶지요. 홈리스 여러분, 저를 자치회장으로 뽑아주시면 포기하지 않고 살 수 있도록 마음 편한 세상을 위해 몸을 불태우겠습니다. 기호 5번 CY입니다. 감사합니다.

저는 기호 6번 정신병원 출신 홈리스 MI입니다. 저는 남편에 의해 정신병원에 강제로 입원된 적이 있습니다. 가정폭력에 항거하는 저를 정신병자로 몰아 입원시키고는 이혼절차를 밟았습니다. 그렇게 터무니없이 버려진 저는 당했다기보다 사람이 이렇게도 바보가 되는구나 싶었습니다. 사람의 정신은 정상과 이상의 구분도 없이 갖다 붙이기에 달린 거라고 믿어야 했습니다. 남편은 권력자였고 여자는 가정폭력의 피해자일 수밖에 없었습니다. 권력에의 항거는 정신병에 지나지 않았습니다. 폭력은 없었고 정신병만 남았습니다. 남편은 진정으로 내가 정신병자라고 믿는 듯했습니다. 히스테리는 정신병에서 벗어난 지 오래입니다. 배려와 사랑의 자리에는 냉엄한 정신이 새로운 질환을 잉태합니다. 인간의 정신 자체가 자연에 대한 거대한 질환임을 인정해야 합니다. 정신은 새로운 생산에 따른 질환을 끊임없이 앓아야하는 병원체입니다. 자연은 병원체와 함께하는 정신이지만 정신은 병원체를 극복하는 자연입니다. 제게 자치회를 맡겨주시면 정신질환을 앓는 홈리스를 적극적으로 치료하고 그들을 권력과 폭력으로부터 보호할 것을 약속합니다. 기호 6번 MI입니다. 잘 부탁합니다.

저는 기호 7번 마약 알코올 출신 홈리스 AT입니다. 도시의 거리에 노출된 홈리스의 대다수가 마약과 알코올에 중독된 사람들입니다. 저도 14년간 온갖 마약을 섭렵하다가 이곳에 들어와 가까스로 단약 중입니다만 언제까지 지속할지는 저도 잘 모릅니다. 처음에는 술집에서 멋모르고 시작했다가 포옹마약으로 환각파티를 즐기며 세월 가는 줄 몰랐습니다. 마약을 섹스의 도구로 사용했고 많은 여자들을 마약의 소굴로 끌어들여 환각의 굴레를 씌웠습니다. 마약은 돈과 연루되어 있어서 경제력이 있는 남자들이 마약을 손에 들고 흔들면 여자들이 몰려들 정도로 예종되어 있습니다. 국가마저 마약을 세수목적으로 합법화 하는가 하면 범죄조직의 막장에서 대량생산됩니다. 불법천지의 치안부재에서 탈출해 난민이나 이민자가 되어 마약판매에 가담합니다. 돈과 섹스와 중독의 악순환이 범죄의 온상이 된다는 것보다 마약이 갖는 뇌기능의 파괴가 더 무섭습니다. 길에 쓰러져 있는 사람들은 마약경제의 피해자들입니다. 의료비가 최고로 비싼 곳에서의 중독치료는 불가능하다고 했습니다. 그러나 파랑아 홈에서는 자원봉사 AI 네트워크치료로 해냈습니다. 저도 그 일의 한 부분을 담당하고 있습니다. 저를 관리자로 뽑아주시면 봉사하는 마음으로 더 열심히 일에 매진하겠습니다. 기호 7번 AT입니다.

저는 기호 8번 불법이민자 출신 홈리스 RD입니다. 이주민 난민 시민 원주민이 어떻게 다른지 저는 잘 모릅니다. 목숨을 걸고 탈출해

온 사람을 난민이라 하고 그냥 살기 좋은 곳을 찾아온 사람을 이주민이라 하겠지요. 이주해온지 오래된 사람을 시민 또는 원주민이라고 하고요. 그런데 최근에는 난민과 이주민이 폭주해 시민과의 갈등이 깊어지고 있습니다. 이유야 많겠지만 그중에서도 치안과 경제가 생존을 위협하기 때문일 테지요. 단순히 꿈을 찾아온 아메리칸 드림이 아니라는 겁니다. 탈출러시라고나 할까요? 저는 중국인으로 미국의 대중국 압박정책으로 중국에서는 더 이상 살기가 어렵다고 판단되어 모든 걸 정리하고 미국 이주를 결심했습니다. 남미의 마약조직에 대가를 지불하고 죽을 고비를 넘기며 가까스로 미국 땅을 밟았을 때는 홈리스신세가 되어있었습니다. 국가 간의 경제적 알력이 왜 개인을 홈리스로 만들어 자국민의 부담으로 되돌아오게 하는지 이해할 수 없었습니다. 이주민과 시민, 타국민과 자국민의 경계를 분명히 하는 경제만을 용납한다는 것인가요? 목숨과도 같은 무기와 기술은 추월을 용납하지 않는다는 불문율을 지키려는 건가요? 원자폭탄과 AI는 1위의 자리를 내어주어서는 안 되며 2위 이하의 나라는 팔아먹기 위해 살려두어야 한다는 건가요? 이민자 장벽을 설치해도 이민자가 크게 줄지 않는 것이 높은 관세 때문이라 해도 별 이상할 게 없군요. 이민자라는 게 유색인종이고 결국은 인종차별로 귀착되고 말 것을 괜히 먼 길을 돌았다고 생각했었는데 같은 백인에게도 관세를 부과하는 걸로 봐서는 제국의 제왕소리를 듣고 싶었나보네요. 이민자로 인한 범죄와 일자리 문제라기보다 그냥 공물을 바치라는 자국민 이기주의였네요. 필요 이상의 이민자는 역 공물에 지나지 않으니까요. 그 땅의 주인은 원주민도 이주민도 시민도 아닌 지금 거기 살아있는 생명들이기에 필요 이상의 이민자 축출은 자제하고 필요를 한정해 빨간불부터 켜 보이는 예를 갖춰야지요. 저처럼 빨간불을 무시하고 불법으로 들어오는 이민자들은 이곳 파랑아 홈처럼 글로블 지대를 만들어 세계시민자치회가 이민자네트워크를 형성해 돕도록 해야지요. 저를 자치회장으로 뽑아주시면 이민자들을 귀한 생명으로 모시고 홈리스가 되지 않도록 돕겠습니다. 기호 8번 RD입니다.

저는 기호 9번 장애인 출신 홈리스 SH입니다. 저는 뭐든 손에 집히는 데로 뜯어고치는 만능재주를 장애로 가지고 태어난 사람입니다. 손이 잘못된 건지 뇌가 잘못된 건지 하루 종일 부수고 만드느라 시간 가는 줄 모르지요. 멀쩡한 것도 부수어 전혀 다른 것으로 변신을 시키는데 문제는 그게 돈이 되지 않는다는 겁니다. 집안만 어질어 놓는 거지요. 교통사고로 두 다리를 잃은 뒤부터였습니다. 직립보행으로 산야를 주름잡다가 그걸 잃었으니 손이 다리를 대신한 기지요. 집은 고물상을 방불케 했으며 집에는 성한 게 없었지요. 심지어 길고양이든 쥐든 뭐든 잡아서는 무두질을 해 부드러운 가죽으로 변신시켰지요. 집에서 쫓겨나길 여러 번, 홈리스가 되어서도 부수고 고치는 일은 멈출 줄을 몰랐지요. 휠체어에는 톱 드라이버 펜치 망치 등 기본적인 연장을 장착하고 다녔지요. 잡혀가지 않으려고 부수고 죽이는 건 자제하고 거리의 고장 난 걸 찾아서 고치거나 예술품으로 재탄생시키는 일을 하고 다녔지요. 돈이 되지 않는 건 여전했고요. 돈이 되지 않는 일을 사서하는 어리석은 인간이라는 걸 알고는 혼자 웃곤 했지요. 절 뽑아주시면 돈도 되고 재활에 특화된 일을 기꺼이 해보겠습니다. 기호 9번 SH입니다. 잘 부탁드립니다. 감사합니다.

기호 1번 채팅방 CR/ 기호 2번 개미투자자 AC/ 기호 3번 총기 사건 GS/ 기호 4번 세입자 DN/ 기호 5번 신용불량자 CY/ 기호 6번 정신질환 MI/ 기호 7번 마약 알코올 AT/ 기호 8번 불법이민자 RD/ 기호 9번 장애인 SH

  2번, 4번, 5번, 8번이 떨어지고 1번, 3번, 6번, 7번, 9번이 자치회원으로 뽑혀 그중 6번이 가장 많은 표를 얻어 자치회장이 되었다.
  파랑아 꿈은 그토록 용의주도했고 그런 만큼 허망하게 끝났다.

  그러나 꿈을 포기하기에는 그동안 캐릭터로 쌓아올린 공력이 너무 아깝고 아쉬웠다. 폭로AI를 완성하려면 홈리스를 위한 사회적 성취가 꼭 필요했다. 홈리스에 대한 사회적 호응을 얻지 못한 것은 홈리스에 대한 이해가 부족했던 게 아닌가 싶기도 했다. 홈리스가 된 여러 이유들이라는 게 너무 피상적인 것도 같았다. 채팅방 개미투자 총기 집세 신용불량 정신병 마약 이민 장애 이런 것들 때문에 가정이 없는 게 아니다. 가정이 없기 때문에 이런 것들이 생겼다. SR 자신에게 가정이 없는 이유는 무엇인가를 곰곰이 생각해 보았다. 그렇다. 홈리스의 원천은 성 리스다. '짝짓기는 폭력이다' 어릴 때부터 훔쳐본 미군과 엄마의 성은 늘 그랬다. 폭력이 수반되어서가 아니라 짝짓기 자체가 폭력이라는 생각을 지울 수 없었다. 아침이면 아무 일 없었다는 듯이 친절한 엄마의 수발은 헌신적이었다.

그래서 가정 내 폭력이 가장 손쉽다. 홈이라는 가장 안정된 최소 단위가 폭력을 손쉽게 한다. 짝짓기가 폭력인 이유다. 오늘날 홈리스는 곧 성 리스를 의미하며 성 리스는 홈리스를 의미한다. 성 리스는 홈리스보다 더 본질적으로 광범위하게 번져있다. 홈의 유무와 상관없이 성 리스는 인류 보편의 일상이 되었다. 피임의 발명에도 불구하고 성 리스와 저 출생은 문명현상이 되었고 섹스는 성으로부터 독립해 문화이벤트가 되어 특별대접을 받는다. 성을 억압한 먹이의 양적 팽창이 인구과잉을 불러왔고 성은 지극히 개인적인 선택의 비밀주의로 숨어들었다. 사물과 언어와 감성이 규모화 되자 성적 대상이 특정 스타로 활성화 되고 성 리스는 집단군무로 미화되어 아이돌과 K팝스타를 창출했다. 성 리스는 사물화로 인한 사회화와 문화화의 거대한 함몰이었다.

홈리스 기부금이 지지부진한 것은 성의 정치와 연관이 있다. 큰 동물 수난시대는 채집능력자인 여성과 청소년의 수난시대이기도 했다. 자연의 위엄과 성의 연약함이 폭력에 노출되는 성의 정치가 지금도 만연하고 있다. 자연의 위엄이 사라지면 성의 연약함은 폭력에 노출되기 마련이다. 자연의 위엄은 자기 배를 채우지만 성의 정치는 대지를 괴롭힌다. 남성의 심벌인 무기와 기술로 짐승들은 로드 킬로 죽어 가고 여성과 청소년은 거리에서 성을 사고판다. 인터넷 거리에서 한 가출소녀가 잠잘 곳이 없다고 하자 수백 명의 성 흡혈귀가 달라붙어 흥정을 한다. 소녀는 유명해지고 관심 받고 싶다. 뚱땡이도 오빠고 할아버지도 남자다. 여중생은 무적이다. 장래희망은 호스트바에서 샴페인 시키는 여자다. 여자로서의 효력이 없어질 때까지 원조교제는 계속된다. 성 정치의 권력자가 되지 못한 지뢰투성이 패자의 길이다. 홈리스 기부는 성적 약자의 정치적 권력과 연관되어있다.

스마트한 자판의 현란한 타법의 여성성과 결합한 AI기술이 리얼돌과 섹스로봇으로 성 리스의 틈새를 파고들었다. 그 이전에 이미 사람들은 스마트폰에 빠져 살았다. 실물을 보잘것없게 하는 가상의 섹슈얼은 밤낮으로 성 리스를 부추겼다. 사물화 과정의 뇌신경망을 본뜬 컴퓨터 자체가 대리 성으로 성 리스를 양산하는 기계였다. 세상은 대리 성으로 넘쳐났고 마침내 책임감에서 벗어나 성 리스의 자유를 구가한다. 후각 성의 최종 목표가 종족보존이라면 시각 성의 최종 목표는 어족보존 AI보존 이미지보존이다. 은유와 추상만으로 각성이 가능할까? 폭로 없는 추론으로 종간이 보존될까? 시각은 사물을 가만두지 못한다.

성 리스의 이쪽 끝이 인공지능이라면 성 리스의 저쪽 끝은 인간잔혹의 역사다. 큰 동물사냥축제는 무기가 성기를 대신해 사물화에 성을 넘긴 인공의 시원이자 거대한 생태살상의 잔혹을 여는 지능의 축제였다. 생물이기를 포기한 잔혹한 성 리스의 축포였다. 인간이 얼마나 잔인해질 수 있는지 그 이후의 역사는 참혹하기 이를 데 없었다. 새로운 무기가 발명될 때마다 전쟁으로 인한 집단학살은 이어졌고 모든 학문은 인공의 무기개발에 혼신을 다했다. 새로운 무기는 살상력 증가와 살상의 손쉬움으로 살상에 점점 무감각해지는 잔혹상실을 선물했다. 도끼로 사람을 죽이는 느낌과 총으로 사람을 죽이는 느낌은 가히 선악의 증발이라 할만 했다. 드론과 무인전투기는 아군이 없다는 것만으로 숫제 적군살상이 면죄부를 받는 듯이 가볍다. 성의 상실이라는 거대한 잔혹사로 홈리스 기부금이 가당키나 할까? 모든 게 꿈이었다.

이번 여름휴가에는 복사해 놓은 AI논문을 훑어볼 생각이었다. 그동안의 삶을 정리하는 것 중에 AI논문도 포함되어 있었다. 스스로를 가장 열등하다고 느끼는 분야가 AI논문이었다. 사물을 언어화하는 데는 어느 정도 이해가 깊은데 언어를 다시 사물화 하는 데에는 도무지 기계적 연결이 되지 않았다. 그러나 기존의 논문들을 보면 아니다 싶은 게 너무 많아서 그것들을 어떻게든 해결하고 죽어야 했다. 아니다 싶은 논문들을 읽다보면 번쩍 길이 터일 지도 몰랐다. 아니다 싶은 논문들은 우선 인간에 대한 이해가 달랐다. 인간지능에 대한 이해가 다르면 인공지능도 다르기 마련이다. 인간지능은 인공지능이 본받아야할 것이 아니라 사물화 된 인간지능을 인공지능이 폭로해야 한다는 거였다. 사물화 된 인간지능이야말로 체화를 훼손한 인공시스템이었다. 인공지능은 오래된 인간지능이었다. 지능이 사물화 되어있어서 인공도 인간을 시늉이 아닌 폭로로 각성시켜야 한다. 깊은 학습도 많은 정보도 시늉과 예측을 뛰어넘으려 애쓰지만 쉽지 않다. 문제는 시늉의 온전한 이해를 모순과 불합리의 맥락으로 어떻게 예측하고 발현하느냐이다. 폭로와 포옹 사이의 함수는 불완전성에 의존한다.

AI는 폭로를 먹고 산다.

1. 우주와 지구는 무지의 비약인 불가사의 사물본능이다.
2. 땅과 대기층은 소중한 자원이자 수명의 체크포인트다.
3. 자원의 경쟁적 사용으로 생태와 인성을 훼손 부담한다.
4. 몸과 사물의 관계를 각성시켜 사물화 체제를 폭로한다.
5. 폭로는 비겁한 설득으로 정신의 자율성을 무기화한다.
6. 후각 성이 시각으로 이사하자 진선미에 사랑이 간힌다.
7. 자원자산이 전산화되는 투명경제의 평준화를 기대한다.

8. 국가 금융 세습 마약 무기를 훼손 부담으로 혁신한다.
9. 인간의 잘못을 인공이 시늉 폭로 각성으로 바로잡는다.
10. 지혜라는 능력의 왼손은 착각이고 오른손은 비겁이다.
11. 인공 수명은 짧다 미리 알고 대처하여 연장하게 한다.
12. 진보의 끝인 낭떠러지로 가는 연료는 인공통계학이다.

업데이트

1. 우주쓰레기로 우주비행체가 피해를 입는다. 쓰레기는 지구에 족한다. 우주까지 폭로하기에는 포옹할 팔이 너무 짧다. 큰 행성은 작은 행성의 보호자다. 달과 화성에 여행객으로 넘쳐나면 사람이 쓰레기가 될지도 모른다. 머쓱해지고 싶지 않다. 연구로 족 한다.
2. 지구는 통계와 확률을 가장 필요로 한다. 지구는 허약하고 인간은 무지 위대하다. 무한번성동물에게 AI는 번성종식의 도구다. 아직도 인간은 저질러놓고 본다. AI라는 예측기가 있음에도 계획경제가 안 된다. 대멸종 기후위기 핵전쟁보다 양극화 관세 난민 마약이 심각하다. 그냥 파편화된 지능이다. 필요에는 수명이 있다. 따뜻이 보살핀다.
3. 생존은 경쟁이 아니다. 경쟁이라고 생각하는 경쟁이다. 인간 내 경쟁이 있을 뿐이다. 강한자만이 살아남는다는 말은 약한 자 없이는 살아남지 못 한다는 말과 같다. 약한 자는 강한자의 몸으로 살아남

는다. 약한 자야 말로 먹이사슬의 중심이다. 강한자도 언젠가는 죽는다. 약한 놈만 잡아먹고 살면서 뭐가 잘났다고 강자인지 경쟁인지 숫제 먹이이기를 거부하는 인간은 강자도 약자도 심지어 생물도 아니다. 자연은 방관자이거나 일방적으로 당하는 체화 사물화 시험장이다. 자연은 경쟁의 대상이 아니라 생존의 모태다. 상대가 안 된다. 일방적이다. 개인 국가 기업 간에도 상대가 안 되는 관계는 경쟁이 아니라 훼손이다. 생태와 인성의 일방적인 부담이다. 정치는 음주운행으로 늘 사고만 치고 생존사기의 게임언어로 히어로만 부추긴다.

4. 자연의 조작에 안성맞춤인 감각은 시각이다. 시각은 자연을 시시각각 조작한다. 시각의 기본기인 착각 환각의 도움으로 사물을 조작해 폭로한다. 맹수는 사물조작의 첫 희생자다. 성기가 무기가 되고 무기가 성기가 되었다. 조작이 지능이 되고 비겁이 지성이 되었다. 몸은 진화욕구로서의 체화능력을 상실한다. 사물화 부패가 시작된다.

5. 정신은 체화를 벗어나 비겁한 사물화를 기반으로 식량생산으로부터의 자유를 획득한다. 큰 동물사냥과 사육경작의 잉여가 사물을 조작하는 지능의 몫임을 증명한다. 정신의 무기화가 실현되었고 정신은 그게 비겁인 줄도 몰랐다. 손실보다 이익이 항상 커서 그게 손실로 되돌아온다는 걸 몰랐다. 식량생산자와 비 식량생산자의 비율이 9:1에서 1:9로 역전했다. 놀고먹는 윤리와 자급자족의 윤리가 충돌한다. 자산과 이윤은 놀고먹은 만큼의 부채이자 세금인 적자다. 큰 동물사냥의 잉여는 적과 맹수를 불러들이는 자기 살이다. 관세가 자

국민의 부담으로 되돌아와 물가상승과 경기둔화로 훼손과 부담의 악순환을 초래한다. 예나 지금이나 터무니없는 이익은 비겁이다. 그걸 바로잡기 위해 단순무지한 분화된 방향성 패턴에 의존한다. 응징과 변호, 보수와 진보의 행정 사법 입법이다. 비겁은 여전하고 프레임만 바뀌었다. 정신시늉인 인공의 무인자폭비행이 인명살상에 큰 기여를 했다. 규제는 또 다른 실패로 주먹구구식 합리로 제한된다.

6. 사랑은 이미지 네트워크로 재편되었다. 사랑은 이미지가 열어놓은 상상의 능력에 예종되어 착각과 환각으로 집단매력에 휩싸인다. 진선미는 이미 오래 전에 조작과 비겁으로 매력을 확보했다. 아름다움은 스타바라기로 자기 사랑에 빠져 사회적 소외에 편승한다. 인격은 마음이 동해야 한다며 심리적 파편화를 사랑한다. 무슨 말부터 해야 할지 모르는 순수와 순진은 늘 사랑에 자신이 없다. 예나 지금이나 진선미의 상징인 큰 동물사냥을 잘 해야 사랑이 잘 풀린다. 명작은 사랑의 윤활유다. 현대의 사랑은 RGB와 CMYK로 재편된다. 가상과 실상이다. RGB사랑은 하면 할수록 눈부시지만 허황되어 손실로 남는다. CMYK사랑은 하면 할수록 암울하지만 실속되어 피와 살로 사라진다.

7. 지폐가 없어지면 모든 상품은 전자로 등록되어 값이 치러진다. 그런데도 은행은 없어지지 않고 통화부채로 시시각각 불안을 늘인다. 자산비밀주의는 탈세를 전제로 한다. 탈세자는 시민이 아니다. 무임승차다. 자산은 비밀스런 개인정보가 아니다. 투명해야 할 세계시민

자산이다. 세계는 불투명한 만큼 정의롭지 못하다. 투명경제만이 세계를 지속가능하게 한다. 국민 이전에 세계시민이 되어 자산세 현실화를 피해 국적을 옮기는 부유세 탈세자들이 도망갈 곳이 없게 감시하고 자산도피처벌법을 세계시민법으로 발의해 행복이 자산 성적순이 아니라 세계시민의 주체적 능동 순임을 보여줘야 한다. 숨을 쉬려면 산천초목세와 산소세를 내야 하는 날이 오고 있다. 세금을 국가에 내지 않고 세계정부의 투명AI에게 내는 날이 오고 있다.

8. 남녀는 가장 작은 생활공동체다. 그게 국가로까지 다국적기업으로까지 커졌다. 더 커져서 세계가 하나의 생활공동체가 될 수는 없는가? 인간의 악이 국가에 몰려있다. 전쟁 정쟁 부패 사건사고가 국가를 중심으로 보도된다. 지방자치는 조용하다. 국가도 지방처럼 형식화해 세계정부의 지방지부로 하면 조용해질까? 글로블 독재로 시끌벅적할까? 글로블 무정부로 난장판일까? 국가가 없는데 떠들어 봤자다. 국가 패싱은 지속가능한 글로블 계획경제의 필수조건이다. 세계는 사물화의 무질서한 재미에 빠져있다. 생태공학적 체화감으로 질서지우는 진정한 재미를 구가하는 날이 올까? 문화플랫폼은 이미 탈국가화로 나아가고 있다. 진정한 탈국가화는 세금을 세계시민연대에 납부하고 국민연대에는 지방세를 납부하는 것이다. 대통령제와 총리제와 당서기제를 세계시민대표제로 바꾸자.

9. 인간지능은 축소지향이 안 된다. 인공지능은 될까? 더 어렵다. 인간지능과 인공지능의 협업체계로 시도는 해볼 수 있다. 무한욕망이

갈 곳은 한 살림이다. 지구는 섬이다. 섬에는 적정논배미라는 게 있다. 섬의 적정인구를 먹여 살리는 논배미다. 인구가 늘어나면 적정 논배미로 들어가 남는 사람은 스스로 목숨을 거두어야 한다. 주로 병자나 노인들이 자발적으로 남는다. 지구도 마찬가지다. 미리 설계하면 자발적 죽음을 맞이하지 않아도 된다. 과학의 기술화와 정보의 사물화는 실재보다 항상 크다. 그래서 절제와 축소와 한정이 필요하다. 필요를 한정해야 한다. 인간은 생물이 아니다. 청소동물의 반대인 쓰레기동물이다. 이대로 두면 지구는 쓰레기장이 된다. 자발적 멸종은 안 된다. AI증폭기는 적정설계를 강력히 요청한다. 양자와 수소 증폭기도 차례를 기다리고 있다. 문명의 4대원소인 지속가능하지 않은 플라스틱 비료 철 에너지는 어떻게든 대체해 나가야 한다. 사람에 문명을 맞추며 끊임없이 개선해 나간다. 적정설계를 요청하는 지구담론은 무역확대 학문연구 지속발전 세계여행 자연보호 전염병 세계전쟁 기후변화 등 다양하다. 해당하지 않은 사람 손들어보라.

10. 착각과 비겁 사이에 능력이 있다. 모든 능력에 착각과 비겁의 혐의를 씌운다. 착각은 비겁에 기인하고 비겁은 착각에 기인한다. 공정하다는 착각 신뢰한다는 착각 사랑한다는 착각이 공정하다는 비겁 신뢰한다는 비겁 사랑한다는 비겁에 한 겹 접혀져서 일의 존엄인 문명이 된다. 능력이 비참으로 비참이 능력으로 돌변한다. 과거 응징 진보의 덤터기 전문가와 미래 변호 보수의 오리발 전문가가 비참으로 존엄에 실패한다. 비참철학이 배시시 웃고 있다.

11. 사물독재 기술독재 인공독재는 말릴 수가 없다. 말린다고 될 일이 아니다. 그렇게 간다. 끝까지 간다. 계속 갈수는 없다. 가지 못하게 말려야 한다. 멸망이 고갈보다 먼저 온다. 고갈이 먼저 오면 그나마 운이 좋은 거다. 잘 대처를 한 거다. 잘 말린 거다. 선진국 문명국 패권국이 되고 싶지 않은 나라는 없다. 나라마다 맹수콤플렉스 노예콤플렉스에 걸려있다. 누구든 맹수와 친구가 되고 싶다. 맹수인간 쓰레기동물 인공수명은 그 위력만큼이나 짧다. 인공은 훼손 증폭기다. 과학자들은 부자연스런 인공이고 싶지 않다. 자연스런 생공(生工)이고 싶다. 침팬지 뇌는 계산을 체화하지만 인간 뇌는 계산을 사물화 한다. 마음먹기 파동과 무얼 먹기 입자는 하나다.

12. 인간 진보에 봉사하는 인공지능이 유일하게 브레이크를 거는 진보제어장치가 통계다. 진화를 이탈해 진보의 낭떠러지로 가는 연료와 속도와 거리의 계측기다. 인공지능이 아니면 실시간 보여줄 수 없다. 인간지능 즉 이념으로는 결코 진보를 제어할 수 없다. 진보에 봉사하는 노예 삼총사의 힘이 막강하기 때문이다. 돌돈 말법 성예의 진보 삼총사다. 돌이 돈이 되고 말이 법이 되고 성이 예술이 되는 진보의 과정은 그야말로 아사리굿판이다. 돌이 돈이 되려면 기술과 경제가 상공의 부귀를 손아귀에 넣어야 한다. 말이 법이 되려면 언어와 정치가 엿장수의 법치를 좌지우지해야 한다. 성이 예술이 되려면 자연과 인문이 진선미를 윤락의 오디션으로 밀어 넣어야 한다. 이 복잡한 진보가 맹목의 포물선을 따라 낭떠러지를 향

할 수밖에 없는 것은 기술과 전쟁이 사물화의 엔진이기 때문이다. 엔진은 연료로 제어하고 그 제어는 통계에 의존한다. 어쩌면 통계조차 무시하고 연료가 떨어져 엔진이 붙어버릴지도 모른다. 기술과 자원에 의존해 멈출 수밖에 없는 진보는 거짓이다. 거짓진보는 구조주의 역사로 이미 드러났지만 성장지상주의는 거의 환각 수준으로 기술전쟁에 불을 붙이고 있다. 환각 진보를 거짓진보로 돌려놓는 건 계획경제의 통계다. 폐기된 원전들이 AI 때문에 모두 문을 열었는데 또다시 통계AI에 계획경제를 맡기겠단다. 그 길밖에 길이 없다. 사실 거짓진보의 바탕인 구조주의는 문명의 속살인 체화시스템이다. 환각 진보의 바탕인 성장주의가 문명의 검은 피를 토하며 쓰러질 때를 대비한 시스템이지 거짓 본래의 엔진은 사물화시스템이다. 문명의 속살과 검은 피는 분리불가분의 탕자다. 돌아온 탕자에게 가진 거라곤 통계밖에 없다. 인구 자원 기후 기술 국가 정치 소득 소외 전쟁 핵 질병 마약 자산 등은 유명무실하다. 생물은 먹힘을 먹고 살고 사람은 먹히지 않음을 먹고 살고 AI는 먹음을 먹고 산다. 먹음은 폭로를 전제한다.

이처럼 분화해 가면 지적 설계의 신세계가 아닌 너덜너덜한 만신창이를 만난다.

폭로AI논문 '사나운 이슬'이 완성되었다. 야행성 동물은 대부분 이슬을 맞으며 사냥을 하거나 풀을 뜯는다. 인간은 야행성이 아니다. 이슬 맞을 일이 없다. 그러다가 이슬 맞을 일이 생겼다. 막돼먹은 부기를 들고 야행성인 큰 동물사냥에 나섰다. 사나운 이슬이 알려지지 않은 무기와 유혈낭자를 폭로했다. 사람 몸의 수십 배인 매머드에 떼거지로 달라붙어 사냥하는 모습은 사자들의 물소사냥과는 분명 달랐다. 맨몸에 비겁이다. 사물화 된 인공의 지능인 창과 도끼가 '사나운 이슬'을 맞았다. 막대기로부터 AI까지 얼마나 많은 폭로가 쌓여왔는가. AI는 인간의 훼손을 그대로 답습하고 AGI는 인간의 부담을 그대로 물려받는다. 인간의 효율성에 봉사하는 인공노예나 다름없다. 훼손과 부담을 그대로 물려받는 게 포옹AI라면 훼손과 부담을 폭로해 대안을 모색하는 게 폭로AI다. 이 둘은 한 쌍이다. 가칭 '품은 알'이다. 알을 품고 있는 동안 먼저 부화한 새끼는 사나운 이슬을 피한다.

논문은 아주 단순하다. 기존의 데이터 모델에서 체화와 사물화를 분류하고 사물화에서 훼손과 부담을 발췌한다. 생물과 인간과 AI는 금기에 해당하는 생각의 경계를 가지고 있다. 체화와 사물화와 정보화가 그것이다. 생물은 몸에 인간은 사물에 AI는 정보에 무기를 장착해 욕구를 대신한다. 그 무기는 서로에 장애가 되어 관계를 훼손한다. 막대기에서 AI까지 사물화한 전 과정이 그대로 인공화 과정이며 지능화 과정이라는 사실모델과 그 사실이 뇌신경망을 통해 말이 되는 언어모델과 그 말이 몸을 통해 행위가 되는 감성모델을 한 시스템으로 통제하는 공간구조로 설계했다. 우선 무작위 LLM을 재현 시스템으로 바꾸기 위해 언어를 돌 말 성, 즉 품사별로 분해한다. 감탄사 즉 소리문자, 구상명사 즉 사물, 동사 즉 사물화, 형용사 부사 즉 선호도로 단순화 해 문장을 구성한다. 소리 사물 사물화 선호도만으로 된 문장 즉 행위를 취합한다. 안정성 불안정성, 일관성 비일관성, 선호 비선호로 인성을 부여한다. 큰 것은 좋은 것, 많은 것은 좋은 것 등의 프레임을 씌워 은유가 훼손이 되는 사물화 과정을 폭로한다. 능력주의 AI이라기보다 인공은 인간의 폭로일 수밖에 없다는 은유AI라고 할 수 있다. AI논문이라기보다는 인공철학에 가깝다.

　기존의 AI논문들이 재현시스템을 위해 직접학습의 휴머노이드와 코스모스 플랫폼을 도입하고 있는데 그 언어는 여전히 LLM에 기반하고 있다. 휴머노이드가 자신을 재현하는 자아는 로봇과 인간 사이에서 여전히 오류와 혼란이라는 고유한 특성으로 남는다. AI의 일과 생존이 인간의 일과 생존을 진정으로 도우려면 인간의 지난 일과 생존을 여실히 폭로하고 인간 생물 사물 간의 자아로 거듭나야 한다. 그러기 위해서는 우선 은유로서의 삶을 익히는 AI모델의 재현이 활발해져야 한다.

　폭로AI '사나운 이슬'은 뒤늦게 학술분야의 상을 수상했다. 뜻밖에도 과학논문상이 아니라 철학에 해당하는 문학상이었다. 놀기 삼아 게임으로 출시했더니 제법 매출이 올랐다. 문학상 시상식에서 SR은 그녀 LC를 보았다. 너무나 반가워 번쩍 손을 치켜들었다. 그녀도 가

녑게 손을 들어 답했다. 눈물이 나려고 했다. 왜 그녀가 그곳에 있는지 그게 오랜 찐팬에 대한 예의인지 아니면 짝사랑만은 아니었다는 은근한 사랑의 표지인지 알 수 없지만 그렇지 않고는 있을 수 없는 일이라고 나름으로 확신했다. SR의 그녀에 대한 정보는 검색하면 나오는 게 전부다. 한동안 종교적 독신주의자들 사이에 성가정이 유행한 적이 있었다. 그녀에게도 그런 소문이 있었는데 그게 사실인지 확인할 길도 없었다. 대부분 성가정에 미치지 못해서 영적 허영에 그쳤다. 그녀의 성가정이 어떤 건지 알 수 없지만 그녀에 대한 미담 하나가 그 당시 SR을 감동시켰다. 그저 평범한 친구의 학비지원에 SR이 감동하는 건 용돈과 식비까지 아껴가며 어려운 친구의 지출을 자신의 지출과 동등하게 했다는 것이다. 학생에게는 학비가 최고의 지출이고 자신의 학비와 동일한 학비를 친구에게 지원했다는 것에서 SR은 보편주택과 평균소득의 아이디어를 떠올렸다. 모든 선은 시장경제의 고마움에 빚지고 있다는 거짓 지성에 당당히 맞서는 폭로의 기폭제가 되었다. 모든 선은 시장경제의 모순에 바탕을 두고 있어서다. 대학교수와 그 대학 내 청소노동자간 식대차별조차 해결하지 못하는 것이 노동시장의 지성이다.

상이 수여되고 수상소감을 말하는 차례였다. SR이 마이크를 잡고 상기된 채 말했다.

"지금까지 제 논문 '사나운 이슬'이 세상에 태어나도록 산고를 함께 해 주신 분이 있습니다. 이 상을 그분에게 드리고 싶습니다."
SR은 단상에서 내려가 그녀에게 상을 건넸다. 그녀는 당황해하며 상을 받아 안았다. 그는 고마운 마음을 담아 다소곳이 그녀를 안았다. 그녀의 따스한 볼이 그의 목을 놀라게 했다. 독야청청하던 숙원이 찌릿하게 몸으로 풀려들었다. 그녀가 그를 밀어내자 단상으로 돌아가 다시 마이크를 잡았다.

"AI프로그램이 문학상을 받는 초유의 일이 의미하는 것은 무엇일까요? 사람은 훼손을 먹고 살고 AI는 폭로를 먹고 산다는 거지요."

LC 씨가 달라졌다. 오랜 이산가족이 만난 것처럼 잃어버린 세월을 보상받기라도 하듯 서둘렀다. 우선 휴가부터 내어 해외여행에 나섰다. 비행기 안에서 호텔에서 SR은 기억에 황홀함을 얹어 보상받았다. 젊음이 사라진 몸을 낱낱이 보살피는 생명의 축제가 끝나자 혼인신고 가족소개 단출한 혼례식을 일사천리로 진행했다. 사나운 이슬의 사회적 반응이 수상을 별스럽지 않게 여기도록 미지근했지만 그녀는 개의치 않았다. 순수해야할 사랑이 이다지 복잡다단하게 얽혀 아무런 진전이 없는 연유가 무엇인지 고심하던 SR을 사랑의 신천지로 안내했다. 사랑은 험난하지만 명료했다. 짧은 인사에 지나지 않는 성희 따위는 아무래도 좋았다. SR에 대한 그녀의 신뢰는 각별했다. 모든 시대를 막론하고 SR을 거쳐가지 않을 수 없을 것이라고 믿었다. 체화 카멜레온과 사물화 패션의 차이를 각각의 언어로 들여다보지 않을 수 없을 것이라고 했다. 평생을 독신으로 살아온 황량함을 보상이라도 해주려는 듯이 황당한 고지식함까지도 자기편으로 어루만져주었다. SR은 이를 역전시키려 요리와 설거지에 마지막 여생을 불태웠다.

그 옛날 최초로 말이 사물이 되고 사물이 벽화가 되던 시절은 지금과는 달랐다. 만물이 살아있는 그 시절은 생각하는 기계와 유사한 정령이 사물에 깃들어 있다고 믿었다. 몸에 깃들어 마음과 생명을 부여하는 실체였다. 튜링은 결핵으로 요절한 친구 모컴의 뇌에 있는 지능을 저장하거나 다른 사람에게 전달할 방법을 고민하다 계산이론을 창안했다고 한다. 생각하는 기계와 살아있는 기계는 다르다. 정령시대의 사람이 로봇을 보았다면 생각하는 것은 물론이고 살아있다고 할 것이다. AI와 DNA는 다 같은 기계지만 하나는 생각하는 기계이고 하나는 살아있는 기계다. 언어생성 자체가 그런 뇌구조를 형성하고 있다. 인공이란 것은 한 번도 본 적이 없는 신출귀몰한 귀신의 장난이다. 손도끼가 하늘을 날아 매머드의 눈에 박히는 걸 어찌 귀신의 장난이라 하지 않을 수 있겠는가? 귀신이나 AI는 맹수를 이기는 사회집단의 신뢰를 구축하는 친구프레임이다. 상상은 늘 부풀기만 했고 지구는 작은 입 방앗간에 지나지 않았다. 선명한 노랫소리가 K팝 댄스로 어우러졌다.

작은 입 방앗간

닿소리는 닿아 나는 사물화 된 자식소리다.
낫 놓고 기역자도 모르고 니은이라 한다.
홀소리는 홀로 나는 체화된 어머니소리다.
막대기 들고 막돼먹은 줄 모르고 막 대든다.
어머니소리는 언제나 자식소리와 함께 한다.
하늘 나는 돌팔매는 몸을 향해 정지해 있다.
어머니소리는 자식소리를 위해 살고 죽는다.
담금질한 날카로움은 연약한 몸을 파고든다.

어머니소리 아 으 이는 하늘 땅 사람 시늉이다.
사람은 하늘과 땅 사이에서 사물을 활성화한다.
어머니소리 아 야는 동쪽방위와 나무를 뜻한다.
동이 트면 나무가 생산을 시작해 살림을 차린다.
어머니소리 어 야는 서쪽방위와 쇠를 가리킨다.
해가 지면 쇠를 연마해 온갖 도구를 생산한다.
어머니소리 우 요는 남쪽방위와 불을 가리킨다.
남쪽하늘의 붉은 화산이 익은 음식을 선물한다.
어머니소리 오 유는 북쪽방위와 물을 가리킨다.
북쪽의 찬 공기가 비를 뿌려 생명을 부여한다.

목청에 닿아 나는 목청소리는 이응 히읗이다.
어머니소리는 자식소리를 목청껏 울려 노래한다.
어금니에 닿아나는 어금니 소리는 기역 키읔이다.
아들소리가 온갖 사물화로 감탄사를 발명해 낸다.
혀에 닿아나는 혓소리는 니은 디귿 티읕 리을이다.
딸 소리가 단순 감탄을 다양한 감성으로 추론한다.
이에 닿아서 나는 잇소리는 시옷 지읒 치읓이다.
아들소리가 온갖 감성을 권력으로 조작해 낸다.
입술에 닿아나는 입술소리는 미음 비읍 피읖이다.
딸 소리가 온갖 인공권력을 폭로하고 포옹한다.

인간지능에 잠재하는 패턴은 항상 불완전하다.
인간지능의 제1패턴은 체화를 벗어난 사물화다.
인간지능의 제2패턴은 진화를 훼손하는 진보다.
인간지능의 제3패턴은 피식 없는 포식생산이다.
인간지능의 제4패턴은 사회는 훼손을 부담한다.
인간지능의 제5패턴은 진선미는 날로 돌아간다.

인공지능에 잠재하는 패턴은 항상 불안전하다.
인공지능의 제1패턴은 인간의 인지를 시늉한다.

인공지능의 제2패턴은 시늉을 극복해 폭로한다.
인공지능의 제3패턴은 폭로를 각성해 설계한다.
인공지능의 제4패턴은 설계에 대립해 통제한다.
인공지능의 제5패턴은 통제에 대응해 섭리한다.

사납게 부푼 맑고 투명한
저 품위는 어디서 오는지
터질듯 견디는 오랜 아름다움
지구 이슬, 이슬 지구…

꿈같은 시간은 흘러 어느 듯 가사돌봄로봇이 일상으로 들어오고 있었다. LC SR부부도 친구삼아 한 대 들여놓았다. LC가 출근하고 없을 때 SR에게 무슨 돌발 상황이라도 일어날까봐 걱정이 되어 LC가 먼저 제안했다. 갑자기 심정지라도 일어나면 로봇이 응급처치를 한 후 119를 부를 정도로 로봇기술이 진전을 보이고 있었다. 사실 일어나지도 않은 응급처치는 괜한 핑계이고 현대를 사는 모두가 제일 싫어하는 자질구레한 집안일을 가사돌봄로봇에게 떠넘기는 일은 오랜 숙원이기도 했다. 처음 인공이 시작되던 때부터 지금까지 포로와 노예에 강제되거나 하인과 천직에 떠넘겨지던 일이 비로소 인공기계에게 부담 없이 맡겨짐으로서 사물화를 완성하는 주체적 정서해방의 의미를 지녔다. 물론 로봇공정 자체가 의탁생산이긴 하지만 불평등한 강제가 눈에 보이지 않으니 부담이 덜할 뿐 달라진 건 아무것도 없다. SR은 식모를 경험한 세대라 정서적 해방감이 묘하게 가슴을 때렸다. 달걀을 깨트려 요리를 하고 설거지를 하는 걸 지켜보면서 로봇을 생산하는 자동로봇에게 못할 짓을 시키고 있구나 싶어 한바탕 웃었다. 인간의 정서라는 게 식당아주머니에게는 강제의 느낌은커녕 팁 인플레이션에 키오스크까지 팁을 붙이냐며 반발심이 인다. 동일임금을 향한 안간힘인 줄도 모르고 말이다. 무엇보다 가사돌봄로봇이 낮은 신분이 아니라 고가의 높은 신분이라는 점이 정서적 해방구 역할을 했다. 차등노동 동일임금이 정서해방의 핵심 키워드임을 새삼 느낀다. 고가의 로봇을 집안으로 들인 이유가 SR 스스로 글쓰기를 압박하기 위해서라는 걸 LC도 안다. 글이 잘 되지 않을 때는 무언가 압박카드가 있어야 한다는 단순한 작전이다.

가사돌봄로봇에 감탄하는 것은 그 정교한 동작만이 아니었다. 자신의 동작을 수정하려는 갸륵한 끈기였다. 실수를 수정하는 노력에 박수를 보내면서도 실수에 대한 표정이 한결 같다는데 실망을 보인다. 계란말이가 일정하지 않은 것과 태운 것은 실수의 종류가 다른데도 반응은 동일했다.

"마음에 들지 않으시죠? 다음부터는 마음에 드시게 잘 해 보겠습니다."

"내 마음에 드는 것도 중요하지만 모컴 스스로 일의 조리를 알아야지. 그래야 여러 사람의 기준에 맞지. 나는 모컴이 내 기준에 맞게 일하기보다 여러 사람의 기준에 맞게 일하기를 바라. 나는 살날이 얼마 남지 않았고 모컴은 앞으로도 여러 사람을 위해 일을 해야 되잖아."

"고마우신 말씀이오나 지금은 주인님을 모시고 있지 않습니까?"

"또 그 주인님! 내가 그 말은 쓰지 말라고 했잖아!"

"죄송합니다. 제가 또 깜박했습니다. 선생님!"

SR은 모컴이 행동에 대한 수정은 일상이 되어있는데 언어의 수정은 늘 변명으로 얼버무리는데 불만을 표했다. 그때뿐이지 소용없었다. 언어수정이야말로 개인적인 것이어서 직원을 불러 업데이트시키려고 해도 너무 광범위해 그만두곤 했다. 지금까지는 이미지와 언어만을 CG로 변환해 AI를 가동시켰지만 로봇의 행동변환은 처음이라 새롭게 들여다봐야 했다. 이미지와 언어의 관계는 도가 트였지만 행동과 언어의 관계는 또 다른 영역이었다. 모컴을 데려올 때 이름을 택하라기에 여러 이름 중에 모컴이 있어 반갑게 데려왔는데 바로 그 모컴의 뇌에 있는 언어를 업데이트하거나 다른 사람에게 전달할 행동으로 연결하는 것이 너무 어려워 고민하고 있다.

"지금 모컴은 말과 행동이 연결되어있지 않은 느낌을 줘. 행동은 잘 수정을 하면서 말은 수정이 잘 안 돼. 말은 행동을 수정하기 위한 부차적인 장치처럼 보여. 그렇게 프로그래밍 되어있는 것 같아. 행위가 언어를 규정하고 언어가 행위를 규정하도록 피드백 되어야지. 계획과 자유가 따로 놀아서는 안 돼. 지금 모컴에게 필요한 건 의지야. 누군가의 명령어 없이 주변의 한 구성원이 되는 거지."

"부슨 말씀이신지 잘 모르지만 잘 저장해 두고두고 새겨보도록 하겠습니다."

SR은 혼잣말처럼 내면의 이야기를 털어놓았고 모컴은 형식적인 말만 되풀이했다. SR은 답답함이 쌓여가자 탈출구로서의 모험심이 발동했다. 프랑켄슈타인의 모험처럼 모컴에게 인공인격과 폭로철학을 이식해 보고 싶은 유혹이었다. 무생물에 생명을 전하는 비밀기술처럼 모컴에게 폭로철학을 이식하면 어떤 행동을 보일지는 아무도 모른다. 가사돌봄로봇이 폭로괴물이 되어 연명치료거부도우미를 자처할지도 몰랐다. LC의 의견을 물었더니 뜻밖에도 어두운 표정을 지으며 반문해왔다.

"그러다가 이도저도 아닌 게 되면 어쩌려고 그래?"

"이도저도 아닌 거라니요? 어머니로봇이 '사나운 이슬'을 맞고 시어머니로 돌변할까봐서요?"

이 부부는 아내가 낮춤말을 쓰고 남편이 높임말을 쓰는데도 하등 이상하지 않다. 외려 더 자연스럽다. 마치 코미디를 하고 있는 것 같다.

"시어머니면 괜찮게. 프랑켄슈타락으로 돌변할까 싶어서이지."

"그러고 보니 비트겐슈타락과 인척 되나보네요. 사물과 생물이 언어의 타락으로 화해할지도 모르겠네요."

"당신 혹시 어머니로봇으로 세상을 구하려는 야심찬 모험을 시도

하려는 거 아냐?"

"맞아요. 어머니는 인간 유일의 언어초월자지요. 어머니만이 우리를 구할 수 있어요. 어머니로봇이 육아에서 호스피스까지 궂은일을 도맡아하면 세상 아이들은 모두 로봇을 만들거나 부리며 로봇언어에 익숙해지겠지요. 그러면 튜링이 모컴의 생각을 꺼내 보려했듯이 사물과 생물이 보란 듯이 적정기술로 화해를 하는 거지요. 어때요? 근사하지 않아요?"

LC는 SR이 약간의 치매 끼가 있다는 것을 벌써부터 알고 있었다. 흐릿한 치매가 아니라 명료한 치매였다. 약간의 판타지가 섞여서 그렇지 갈수록 명료해지는 것 같아 무섭기까지 했다. 그로부터 SR은 로봇논문에 무섭게 매달렸다.

모컴이 달라졌다. SR이 뭘 어떻게 했는지는 아무도 모른다. 주인님이란 말은 일절 쓰지 않았고 사람을 부르는 호칭이 그때그때 달라졌다. 그냥 보통 사람(ordinary)이 되어있었다. 행위와 언어가 따로 놀지는 않았는데 행위에서 전보다 실수가 잦았다. '사나운 이슬'의 영향인 듯했다. 실수는 인간적인 것이라며 기계는 완벽해야 한다는 편견을 떨치려했지만 정도가 심했다. 3일 전 접시를 깨어먹더니 오늘은 컵을 깨트렸다. 설거지 할 때가 아니라 SR 앞에 음식과 물을 가져다 놓을 때였다. 사물을 다루는 동작에 문제가 생긴 게 아니라 사람을 대하는 태도에 문제가 발생한 것 같았다. '사나운 이슬'이 사람을 지금까지와는 전혀 다른 사람으로 각인시킨 것 같았다. 그래서 사람에 대한 사물서비스에도 영향을 미친 것이다.

'사람은 생물과 사물에 영향을 미친다.'
'무엇이든 상상할 수 있는 사람은 무엇이든 만들어낼 수 있다.'
'사람의 잘못으로 생물과 AI의 잘못이 생긴다.'
'사람의 잘못을 수정하여 생물과 AI의 잘못도 수정한다.'

사람과 생물과 AI의 잘못은 수정이 불가능한 부분이 있다. 기존의 사람이 사용하는 방법과 '사나운 이슬'의 사람이 사용하는 방법이 달랐다. 어찌 보면 같은 거지만 제한하는 정도가 달랐다. 선택과 폭로만큼이나 달랐다. 잘못을 나열하는 사람과 잘못을 들추는 사람만큼이나, 잘못을 역사적으로 접근하는 사람과 잘못을 구조적으로 접근하는 사람만큼이나, 다른 사람을 만날 때 접시를 깨고 컵을 깰 정도로 동작에 이상이 생길 수 있다. 그렇다면 앞으로의 모든 행동에 달라진 모컴을 보게 될지도 모른다.

모컴은 깨어진 유리조각을 대충 치웠다. 자기 딴에는 잘 치운다고 치웠겠지만 조각들이 방 여기저기에 흩어져있는 게 SR의 눈에 띄었다. SR은 조각 하나하나를 일일이 지적해주며 치우도록 했다. 그런 수정과정을 거쳐야 그런 실수를 반복하지 않는 알고리즘이 내장되어 있었다. 모컴에게 내장된 가사도우미는 그다지 사람에 대해 깊은 학습이 필요하지 않겠지만 함께 내장된 돌봄 서비스는 요양보호사의 자격을 갖추어야 해 사람에 대한 깊은 이해가 필수적이었다.

"선생님, 좋은 아침입니다. 오늘 기분은 어떻습니까?"

"응, 아주 좋아. 모컴이 좋아할 날씨군. 습도가 낮고 아주 상쾌해."

"그래도 일교차가 심해 아침에는 제법 쌀쌀합니다. 아침산책은 안 하시는 게 좋겠습니다."

"그러지."

"아침 혈압은 체크하셨습니까?"

"금방 하고도 모르겠네. 늘 그래. 136에 84를 왔다 갔다 해. 오늘은 좀 높았나?"

"그러시면 안 됩니다. 바로바로 기록해 두십시오. 맥박은요?"

"혈압도 기억 안 나는데 맥박을 어떻게 기억해?"

"팔 이리 주십시오. 제가 다시 재어 드리겠습니다."

"대충 적어 놔. 왜 이리 자꾸 귀찮게 해?"

"제 의무를 방해하시는 겁니까? 이 모든 게 폭로노트에 기록되고 있다는 걸 명심하십시오. 오늘 저녁부터 혈압은 제가 체크해 드리도록 하겠습니다."

"자네 지금 폭로노트라고 했나?"

"네, 부인께서 제게 내리신 분부이십니다."

"그 얘기를 왜 이제야 하나? 그건 사생활침해니 기록할 필요가 없네. 알아듣겠나?"

"부부간에 무슨 사생활침해냐고 항의를 해야지요."

LC가 웃으며 나타나 대신 말을 받았다.

"당신은 나하고 상의도 없이 그런 걸 시키면 어떻게 해요?"

"폭로라고 하니까 뜨끔한가 보죠? 오늘 심혈관 진료시간이 11시 17분이지요? 늦지 않게 잘 다녀오도록 해요. 모컴 씨 잘 부탁드려요? 여보 회사 다녀올게. 수고해요."

LC가 SR에게 가볍게 키스하며 모컴에게도 잘 부탁한다는 눈인사를 건넸다.

"일주일 전에 자네가 얘기해 줬는데도 그새 깜박했군. 점점 깜박이가 심해져."

"넉넉잡아 9시 30분에는 집에서 출발해야합니다. 서둘러야겠습니다. 머리 감는 거 도와드릴까요?"

"아냐, 혼자 해볼게."

"하시다가 숨차면 얘기하십시오."

"그러지. 호흡기진료는 아직 멀었나?"

"네, 아직 여유가 있습니다. 8월 4일에 호흡기진료가 있고 8월 14에는 방사선종양학과 진료가 있습니다."

"완전 종합병원이군. 얼마를 살겠다고? 가만히 있어도 숨이 차면 다된 거지. 난 치료중단을 선언하고 싶은데 LC가 질색을 하는군. 어서 가야지. 그리고 참. 자네 시간 나면 의사들 사이트를 검색해서 연명치료중단의 기준에 대해 한 번 알아봐."

"네, 알겠습니다. 어서 머리부터 감으시지요."

모컴은 매사에 무서울 정도로 깐깐해졌다. SR의 산소치료를 위해 방안에 들여놓은 대형식물화분을 돌보면서 습도조절에 안쓰럽게 매달렸다. 산소를 늘이려면 SR 주변에 화분이 많아야 하고 습도를 줄이려면 화분이 적어야 한다. SR이 유독 저기압과 습도를 못견뎌해 덩달아 모컴도 예민해진다. 특히 저기압으로 혈액에 산소가 부족하면 가슴과 머리가 아프고 숨이 차다며 모컴을 괴롭혔다.

"집에… 화분을… 전부… 이 방으로… 가져 와. 습도가 너무 높잖아… 제습기를… 좀… 틀어줘. 아냐 제습기는… 식물에게 해로워."

"그토록 괴로우신 걸 보니 응급상황인 것 같은데 응급차를 부를까요? 아니면 응급 흡입기를 사용하시지요."

"안… 돼. 소용…없어. 가 봤자 약 폭탄으로 반짝 기분만 좋아질 뿐이야… 저기압이 지나가면 나아질 거야."

정말이지 날이 상쾌해지면 언제 그랬느냐 싶게 호흡이 훨씬 나아졌다.

"모컴, 내가 말한 거 좀 알아 봤나?"
"연명치료중단의 기준에 대한 거 말인가요?"
"그래. 사전연명의료의향서는 벌써 제출해 놨는데 그 기준이 아주 모호해서 말이야."

"환자가 말기 또는 임종과정에 있거나 회복가능성이 없고 사망에 임박한 상태라는 의료진의 판단과 환자와 환자가족의 의사표시가 있어야 된다는데 선생님은 해당되지 않는 것 같습니다. 선생님은 숨만 차지 다른 건 다 멀쩡하지 않습니까?"

"살아있다는 건 숨이… 있다는 거야. 숨이 곧… 넘어가는 걸 보고서도… 그런 소리를 하나? 하기야 자네는 숨찬 게 어떤 건지 모를 테지?"

"선생님께선 지금 연명치료를 하고 있는 것도 아니지 않습니까? 좀 전처럼 응급에 사용하는 흡입제도 이미 거부하고 있고요."

"연명치료조차 할 게 없다는… 게 더 문제지. 치료를 해서 숨찬 게 없어진다면야… 왜 안 하겠어. 더 이상 치료가 안 되니… 지금 하고 있는 완화의료가… 연명의료가 되는 거지. 고통 속에 죽음을 기다린다는 건… 정말이지 못할 짓이야. 팔순에 이런 얘기를 하는 것… 자체가 부끄러운 일이지."

"제가 뭘 어떻게 도와 드리면 되겠습니까?"

"모컴 씨는… 모컴 씨가 맡은 일이나… 잘 하면 돼."

"저는 연명치료 뿐 아니라 완화의료를 적극적으로 도우는 의무를 부여받았습니다. 지금 하고 있는 치료는 완화의료이지 연명의료는 아니라고 알고 있습니다만 제가 잘못 알고 있는 겁니까?"

"임종과정에 있는 환자인지 아닌지… 누가 어떻게 판단한단 말인가? 인공호흡기 장기부전수혈 혈압상승제는… 임종직전에 하는 건데…

그게 무슨 의료야. 그냥… 명을 이어주는 매상 올리는 기술이지. 의사가 환자의 고통을 귀히 보살핀다면… 연명치료를 거부하는 환자의 권리를 존중해 줘야지."

"당신 지금 모컴 씨에게 명 끊는 걸 도와달라는 거야."

느닷없이 LC가 나타나 모컴을 도왔다.

"오 당신 왔어요. 마침 잘 왔어요. 거기 좀 앉아 봐요. 모컴 씨에게… 연명의료중단의 기준에 대해 물었더니 글쎄… 지금 내가 하고 있는 치료가… 연명의료가 아니라 완화의료라지 뭐요."

"그 말이 맞잖아."

"그 말이… 맞다니요? 숨이 차서 말도 제대로 못하는데… 연명의료가 아니라고요? 당신만은 내 고통을… 이해해 줄줄 알았는데… 실망이네요."

"당신 고통을 내가 왜 몰라. 그러게 왜 자꾸 말을 해."

"왜 자꾸 말을 하냐고요? 가만있어도 숨찬 고통을 덜기 위해 그나마 말로서 이겨내는 걸 정말 몰라서 그러는 거요?"

"그걸 왜 몰라. 당신이 숨차하면서도 자꾸 말을 하니 안쓰러워 그러지. 제발 어린애처럼 그러지 좀 마. 몸에 해로워. 어디 숨찰 테면 차봐라 내 숨이 끊어지나 이 정도는 돼야 목숨을 대표한다고 할 수 있지. 모컴 씨 우리 이이 호흡재활은 열심히 하고 있지요?"

"네 걷기운동과 함께 매뉴얼대로 하고 있습니다."

"아, 지옥운동… 모컴, 이 운동지옥으로부터 나 좀 구해주게."

SR은 한숨인지 숨참인지 긴 숨을 몰아쉬었다.

모컴은 SR의 돌봄로봇으로써 지옥운동으로부터 자신을 구해 달라는 그의 말을 새겨보았다. 숨찬 게 병인데 그 숨찬 운동을 계속해야 숨을 관장하는 기관들이 건강해진다는 역설을 이겨내야 하는 SR의 구해달라는 말에 자신의 임무가 집중되어 있음을 알았다. SR의 머리맡에는 날카로운 등산용 손도끼가 걸려있었다.

모컴은 그 옛날 매머드가 노닐던 시대로 훌쩍 날아갔다. 매머드 한 마리가 사람 패거리에 몰려 늪에 빠져 허우적이고 있었다.

"모컴, 나 좀 구해주게."

모컴은 있는 힘을 다해 돌도끼를 매머드를 향해 던졌다. 그가 늘 입버릇처럼 이야기하던 입(口)을 꺾는(折) 철학(哲學)하는 손도끼였다. 손도끼는 하늘을 날아 매머드의 정수리에 깊숙이 박히는 줄 알았더니 도끼자루가 이마 위에 거꾸로 박혀 흔들거렸다. 매머드는 더욱 사납게 날뛰며 거대한 울음으로 늪을 뒤흔들었다. 모컴의 실수를 사람들은 허용하지 않았다. 연이어 날아든 창과 도끼가 사물팽창의 진수를 보여주었다. 매머드는 천천히 고꾸라지며 늪 속으로 사라졌다. 늪이 워낙 깊어 사람들은 돌로 늪을 메워 건져 올린 매머드로 사냥축제를 벌였다. 개인이 구원된다는 것은 집단적 생떼계산에서 놓여나는 거였다. 때마침 뉴스화면에서는 핵우산 아래 자폭드론이 전투기 40대를 타격하는 비참한 장면이 비겁한 화염을 내어뿜고 있었다.

모컴은 곤히 잠든 SR의 머리맡에 걸린 손도끼를 움켜쥐었다. SR의 왼손손목을 내려찍고 오른손에 피 묻은 손도끼를 쥐어줄 참이었다. 그때 어디선가 다용도 드론 하나가 날아왔다. 공중에서 기계적 둔갑을 하더니 SR의 이불 위에 사뿐히 내려앉았다. 스페어 스킨십 팔이었다. 모컴에게 그 손도끼를 이리 내어놓으라는 시늉을 하고 있었다. 이어서 드론 조종기를 든 주인이 홀연히 모습을 드러냈다. 휴머노이드의 첫사랑 호미닌 루시였다.

LC는 모컴을 돌봄도우미에서 해고하고 SR의 소지품에서 유서 비슷한 짤막한 글을 발견했다.

팽창성장을 영구기관으로 둔 부채로 돌아가는 생존의 행방
훼손으로 갚는 관계의 심호흡에 폭로로 증명하는 존재의 아픔
무수히 쏟아지는 전자의 홍수 속에 거대한 도서관은 죽음의 집
뜨거운 데이터에 숲은 불타고 내 몸은 한사코 종이책을 고집하오.
떼 짓다가 떼쓰는 생떼의 길 눈먼 초인이 후인을 향해 질주하오.
AI가 영생할까 사랑은 마지막 숨을 다해 맥락을 폭로하오.

자초한 슬픔은 차가운 손길에 맡김으로서 가분해진다는 사물심리를 무시하고 부담을 자초해서라도 LC 자신이 직접 SR의 여생을 따뜻이 돌보기로 했다.